Thomas Breitung

Mein. Du gehörst nur mir

PIPER

Zu diesem Buch

»Ich beobachte sie jeden Morgen bei ihrer Runde um den See. Wenn sie läuft, scheinen ihre Füße kaum den Boden zu berühren. Als würde sie schweben, als wären da immer ein paar Zentimeter Luft zwischen den Sohlen ihrer hochkomplexen Laufschuhe und dem sandigen Untergrund. Die Strecke bewältigt sie mühelos. Sie kommt näher, immer näher. Von meinem Versteck aus könnte ich fast die Hand nach ihr ausstrecken, doch sie bemerkt mich nicht. Lauf, mein Engel, lauf.«

Thomas Breitung wurde 1987 in Thüringen geboren. 2016 nahm er mit seinem Stück »Die Anderen« am Autorenlabor des Nürnberger Staatstheaters teil. 2018 erhielt er den Publikumspreis des Fränkischen Preises für junge Literatur. Thomas Breitung lebt und schreibt in Nürnberg. »Mein. Du gehörst nur mir« ist sein erster Roman.

Thomas Breitung

MEIN

DU GEHÖRST NUR MIR

Thriller

PIPER

Mehr über unsere Autoren und Bücher:
www.piper.de

Wenn Ihnen dieser Thriller gefallen hat, schreiben Sie uns unter Nennung des Titels »Mein. Du gehörst nur mir« an *empfehlungen@piper.de*, und wir empfehlen Ihnen gerne vergleichbare Bücher.

Unser Versprechen für mehr Nachhaltigkeit
• Klimaneutrales Produkt
• FSC®-zertifiziertes Papier
• Hergestellt in Europa

FSC www.fsc.org
MIX
Papier aus verantwortungsvollen Quellen
FSC® C083411

Originalausgabe
ISBN 978-3-492-31570-8
August 2021

Redaktion: Kerstin von Dobschütz
Umschlaggestaltung: Sandra Taufer
Umschlagabbildung: Miguel Sobreira / Trevillion Images und Shutterstock.com
Satz: psb, Berlin
Gesetzt aus der Freight Text
Druck und Bindung: CPI books GmbH, Leck
Printed in the EU

Für Clarissa und Natascha in Dankbarkeit

EINS

PROLOG

Ich beobachte sie jeden Morgen bei ihrer Runde um den See.

Wenn sie läuft, scheinen ihre Füße kaum den Boden zu berühren. Als würde sie schweben, als wären da immer ein paar Zentimeter Luft zwischen den Sohlen ihrer hochkomplexen Laufschuhe und dem sandigen Untergrund.

Vor wenigen Tagen ist sie neununddreißig Jahre alt geworden, was schwer zu fassen ist. Ihr Körper strahlt noch immer diese hartnäckige Jugendlichkeit aus. Die Haut ist straff, ihr Blick wach und neugierig, das Haar lang, glänzend und ohne jede chemische Nachhilfe blond.

Die Strecke bewältigt sie mühelos. Der Weg zieht sich dicht am Ufer entlang, in geschmeidigen Bögen folgt er den Flussmäandern, selten weiter als eine Baumlänge von der glitzernden Oberfläche entfernt.

Der Geruch von Kiefernnadeln liegt in der Luft, Mückenschwärme tanzen um eine unsichtbare Mitte. Bis auf das Zwitschern der Vögel ist es ruhig. Kein Straßenlärm, keine Baustellen, kein nervtötendes Handyklingeln. Man könnte meinen, endlos weit von jeder menschlichen Ansiedlung entfernt zu sein, doch mit dem Auto braucht man kaum fünf Minuten in das nächste Dorf, nach Berlin dauert es nur eine Stunde.

Sie kommt näher, immer näher.

Von meinem Versteck aus könnte ich fast die Hand nach ihr ausstrecken, doch sie bemerkt mich nicht. Ein winziger MP3-Player hängt an ihrem Oberteil, vermutlich hört sie belanglosen Indie-Pop, irgendetwas, das den nötigen Rhythmus zu ihren perfekten Bewegungen liefert. Ihr Atem geht tief und gleichmäßig, keine Spur von Anstrengung. Ihre Muskeln setzen ohne Zögern jeden Befehl ihres Willens um. Man merkt, dass sie viel trainiert.

Plötzlich bleibt sie stehen.

Ich weiß, was der Grund für diese Unterbrechung ist, schließlich habe ich ihn dort platziert: ein kleiner Strauß weißer Anemonen.

Es handelt sich nur um sieben Blüten, doch hier, mitten auf dem Weg, herausgelöst aus jedem erkennbaren Zusammenhang, genügt es, um sie irritiert innehalten zu lassen. Sie betrachtet die Anemonen, blickt sich um und geht dann in die Hocke. Hinter ihrer hübschen Stirn arbeitet es. Wer hat die Blumen hier abgelegt? Und warum? Hat jemand sie unterwegs gepflückt und dann doch weggeworfen?

Sie bemerkt, dass die Blüten noch ganz frisch sind. Sie können höchstens eine Stunde hier liegen.

Die Gegend ist nicht sonderlich populär bei Wanderern oder Erholungssuchenden, zu spärlich sind die Gaststätten verteilt, größere Sehenswürdigkeiten – von der kaum erschlossenen Natur einmal abgesehen – gibt es nicht.

Außerdem ist es erst sieben Uhr, keine typische Zeit für Seniorengruppen, die sich mit ihren Nordic-Walking-Stöcken abseits der ausgeschilderten Wege verirrt haben könnten.

Plötzlich kommt ihr ein Gedanke, den sie lieber verdrängt hätte: Wollte jemand, dass sie die Anemonen findet? Sind sie eine Art Geschenk? Ein Symbol? Oder sogar eine Warnung? Aber natürlich ist das Blödsinn ... Es wird eine sehr triviale Erklärung dafür geben. Kein Grund, sich irgendwelche Sorgen zu machen.

Sie richtet sich auf, sieht sich ein letztes Mal um und läuft dann weiter. Nur wenn man ganz genau darauf achtet, fällt einem auf, dass sie schneller ist als zuvor. Sie macht größere Schritte, tritt fester auf. Fast könnte man denken, sie hat Angst.

Lauf, mein Engel, lauf.

1

MARIE LIEBT FESTE STRUKTUREN.

Für ihre Arbeit benötigt sie eine klare Abfolge von Routinen, was im ersten Moment verwundern mag. Von einer erfolgreichen Schriftstellerin würde man eher ein kreatives Chaos erwarten, doch Marie bestätigt keine Klischees. Ihr Schreibtisch ist aufgeräumt, ihr Tagesablauf minutiös geregelt, Überraschungen jeder Art geht sie lieber aus dem Weg.

Nachdem sie den Kleist-Preis erhalten hatte, wollten Freunde eine spontane Feier bei ihr veranstalten, doch sie zog es vor, Kopfschmerzen zu simulieren und alle nach Hause zu schicken. Sie findet kein Vergnügen in erzwungenem Small Talk, auf Komplimente über ihre Arbeit kann sie verzichten. Perfekte Abendgestaltung bedeutet für sie, lesend auf dem Sofa zu liegen, während ihr Plattenspieler die B-Seite einer vergessenen Dark-Wave-Albums wiedergibt.

Wer Marie nur oberflächlich kennt, wird ihre selbst gewählte Isolation und die unterkühlte Ausstrahlung mit Arroganz verwechseln. Leicht übersieht man, dass ihre Persönlichkeit wesentlich komplexer ist. Dass sie mehr ist als eine erfolgreiche Autorin, die ihre Spleens kultiviert. Dass auch sie sich nach einem ganz anderen Leben sehnt. Doch

Marie lässt niemanden nah genug an sich heran, um das zu begreifen.

Ihr Haus ist ein postmoderner Fiebertraum aus Glas, Beton und Stahl; große Flächen und nüchterner Minimalismus prägen das zweigeschossige Gebäude, den Worten der Architektin zufolge soll es Klarheit und Transparenz ausdrücken. Das Gleiche versucht Marie mit ihren Texten.

Der Vorbesitzer war ein Wirtschaftsboss in der Midlife-Crisis, den es nach Ruhe und Abgeschiedenheit verlangte. Er ließ einen Garten anlegen und kaufte sich ein Ruderboot. Nach sechs Monaten hatte er genug von allem und zog zurück in die Stadt.

Marie lebt nun seit vier Jahren hier.

Ihr Tag beginnt mit Sport; neben dem Joggen zieht sie im Frühsommer manchmal ein paar Bahnen durch den See, wenn dessen Ufer noch nicht von einem schleimigen grünen Film überzogen ist.

Sie genießt es, die Lungenflügel bis an ihre Kapazitätsgrenzen mit Luft zu füllen, sie mag den Zustand höchster Konzentration, für den andere eine komplette Kanne Kaffee benötigen würden. Es wäre die richtige Stimmung, um größenwahnsinnig zu werden oder eine Religion zu gründen. Am meisten gefällt ihr, nach dem Sport unter die Regendusche zu steigen und als ein neuer Mensch daraus hervorzugehen.

Notdürftig abgetrocknet hüllt sie sich in einen Bademantel, der so wenig individuell ist, dass er genauso gut aus einem Hotel geklaut sein könnte. Überhaupt Kleidung: Sie erfüllt verschiedene Funktionen, Ästhetik gehört nach Maries Definition nicht zwangsläufig dazu. Sie hasst es, sich für Veranstaltungen in ein Outfit zu hüllen, das absolut unpraktisch ist und im Anschluss nicht einfach in die Waschmaschine geworfen werden kann. Kleidung soll dem Menschen dienen, nicht andersherum.

Marie greift nach dem erstbesten T-Shirt und der Jeans, die ganz oben auf ihrem Stapel liegt. Im Anschluss geht sie die Treppe hinunter und bereitet sich ihr Frühstück zu. Sie schält Bananen, schneidet sie klein und kippt sie in ihr Müsli. Es sind viele kleine Arbeitsschritte, die ihren Alltag ordnen. Ohne sie, geht es ihr durch den Kopf, würde sie sich in einem heillosen Chaos verlieren.

Kaum hat sie das Essen beendet und die Schale in den Geschirrspüler geräumt, hört sie das vertraute Geräusch des Zweitschlüssels, mit dem die Haustür geöffnet wird. Die untersetzte Frau, die mit einer viel zu großen Handtasche den Flur betritt, ist Maries Assistentin.

Astrid ist eine Frau mit geringen Ambitionen. Ihre Arbeit erledigt sie mit ausreichender Hingabe, über ihr Privatleben erzählt sie angenehm wenig. Vor einiger Zeit hat sie sich aus einer unglücklichen Beziehung *befreit*, wie sie es nennt, ganz so, als wäre sie von ihrem Ex in einem Keller gefangen gehalten worden. Nun ist sie auf der Suche nach einem neuen Partner. Oft genug wird Marie unbeabsichtigt Zeugin, wie ihre Assistentin in der Mittagspause auf einschlägigen Internetseiten unterwegs ist. Sie gönnt ihr die trügerische Hoffnung, durch Profil- und Interessenabgleich sowie Datemanagement den Mann fürs Leben zu finden.

Astrids Arbeitsplatz wurde in einem Raum im Erdgeschoss eingerichtet, der unter anderen Umständen vielleicht ein Kinderzimmer oder der Schlafbereich für Übernachtungsgäste geworden wäre. Für beides hat Marie keinen Bedarf.

An einem Glasschreibtisch, wie ihn auch ein Reisebüro

oder eine Zahnarztpraxis besitzen könnte, macht sich Astrid daran, die Eingangspost zu sortieren.

»Der Briefkasten war wieder gut gefüllt«, sagt sie jeden Montag, ganz so, als wäre es eine Neuigkeit. Sie hat sich eingerichtet in dieser Blase aus Regelmäßigkeiten, vielleicht auch deshalb verstehen sich die beiden Frauen gut genug, um ihr Arbeitsverhältnis nun schon über ein Jahr aufrechtzuerhalten.

»Die *Süddeutsche* fragt an, ob du an einer Artikelserie über junge Intellektuelle mitarbeiten möchtest.«

Das Du ist ihnen irgendwann einmal durchgerutscht, und nun wäre es unangenehm, wieder zum Sie zurückzukehren. Manchmal ist Marie dankbar für die Vertraulichkeit, die damit einhergeht.

Einen Moment wägt sie den Aufwand einer Kooperation mit der Zeitung ab, vielleicht wirkt es sich positiv auf zukünftige Kritiken im Literaturteil aus. Am Ende siegt jedoch ihre Einstellung, sich nicht in unnötige Projekte verwickeln zu lassen. Was ist das überhaupt für ein Thema – junge Intellektuelle? Und was soll ausgerechnet sie dazu sagen können? Sie fühlt sich nicht sonderlich intellektuell – und jung … nun ja.

»Kein Interesse. Schick ihnen eine Standardabsage. Leider keine Kapazitäten … sehr bedauerlich … für die Zukunft aber gerne … bla, bla, bla.«

Marie würde Astrid nun gerne ihrer Arbeit überlassen und sich der eigenen zuwenden, doch der Mitteilungsdrang ihrer Assistentin scheint noch nicht gestillt zu sein. Sie öffnet eine weitere Postsendung und kommentiert sie.

»Schon seltsam, was manche Leute so schicken. Sieh mal hier: *Achte auf deinen nächsten Schritt.* Was soll das bedeuten?«

Marie nimmt ihrer Assistentin den Brief aus der Hand. Kein Name, kein Absender, nur dieser eine Satz: *Achte auf deinen nächsten Schritt.* Es handelt sich um gedruckten Text, weder das Papier noch eine der üblichen Standardschriftarten lassen irgendwelche Rückschlüsse auf seine Herkunft zu.

Ihr Bekanntheitsgrad bringt es mit sich, dass regelmäßig auch Sendungen von Verrückten eintreffen. Liebeserklärungen. Heiratsanträge. Oder dieser eine Typ, der ernsthaft meinte, er würde sich in der Figur des Widerstandskämpfers Paul in ihrem Roman *Neue Ordnung* wiedererkennen, und sie wegen Verletzung des allgemeinen Persönlichkeitsrechtes verklagen wollte.

Als sie das Schreiben bereits in den Papierkorb werfen will, fällt plötzlich etwas aus dem Kuvert. Es ist klein und filigran und segelt langsam zu Boden.

Eine vertrocknete Anemone.

Wenn das ein Scherz sein soll, ist es kein besonders guter.

»Vielleicht ein geheimer Verehrer«, sagt Astrid in ihrer dankenswerten Naivität und betrachtet die Blume mit einer gewissen Melancholie.

Marie antwortet nicht. Stattdessen nimmt sie die Blüte mit spitzen Fingern auf und wirft sie zusammen mit dem Brief in den Müll.

Sie bemerkt die eigene Unruhe und ärgert sich darüber. Warum ist sie nur so schreckhaft geworden? Als Achtzehnjährige trampte sie allein durch Europa, kein Geld in der Tasche, keinen Plan, nur mit Schulenglisch und wenigen Brocken Französisch. Hatte sie damals etwa Angst? Und nun soll sie sich Sorgen machen wegen einer dämlichen Blume? Es kann auch alles ein völlig bedeutungsloser Zufall sein. Für eine ihrer Geschichten wäre diese Begebenheit vielleicht zu unglaubwürdig, aber die Literatur muss ohnehin immer realistischer sein als die Wirklichkeit. Das Leben hält sich nicht an ausgeklügelte Handlungsstränge und eine durchdachte Symbolik. Nein, das Leben ist völlig beliebig.

»Du denkst an deinen Termin mit Toma di Francesco um zehn Uhr?«

Astrids Stimme reißt sie aus ihren Gedanken.

»Di Francesco?«

»Der Herr von *SeitenHiebe*.«

»Ach ja. Das dauert hoffentlich nicht allzu lange.«

»Vorgesehen ist eine Stunde. Soll ich Kaffee aufsetzen?«

»Nein. Er soll es nicht zu bequem haben, sonst bleibt er nur länger.«

Die beiden Frauen tauschen ein verschwörerisches Lächeln miteinander. Oft genug denkt Marie, dass sie ohne ihre Assistentin verloren wäre. Die Planung ihrer Lesereisen, der Kontakt mit dem Verlag, ihre Steuererklärung – alles läuft zum größten Teil über Astrid. Nicht auszudenken, dass sie eines Tages eine besser bezahlte Stelle annehmen oder sich einem Mann an den Hals werfen könnte, dessen Einkommen für zwei Personen reicht.

Hätte sie sich di Francesco bildlich vorgestellt, wäre ein großer, kräftiger Mann mit vollem dunklem Haar und Henriquatre-Bart dabei herausgekommen, dessen Wurzeln durch einen feinen italienischen Akzent in jedem Satz präsent sein würden.

Stattdessen bedient der Mann, den Astrid wenige Stunden später hinauf in das Arbeitszimmer führt, absolut keine südländischen Stereotype. Sein zurückweichendes Haar ist blond und brüchig, die Figur schlank und von unterdurchschnittlicher Größe. Um das Bild des Intellektuellen zu vervollständigen, rückt er in regelmäßigen Abständen die Nickelbrille mit den runden Gläsern auf seiner Nase zurecht.

Die ersten Worte, die er an Marie richtet, klingen hanseatisch eingefärbt. Nicht einmal auf Klischees ist noch Verlass.

»Frau Kardisch, ich freue mich, dass wir einen Termin für unser Gespräch gefunden haben. Mein Name ist Toma di Francesco, ich schreibe unter anderem für das Literaturmagazin *SeitenHiebe* und verfasse Artikel für das Feuilleton namhafter Tageszeitungen.«

Dass er die namhaften Tageszeitungen nicht beim Namen nennt, könnte einer grundsätzlichen Bescheidenheit geschuldet sein, vielleicht möchte er Marie aber auch nicht offenbaren, wie gering seine journalistische Reputation in Wirklichkeit ist.

Elegant aktiviert di Francesco die Diktierfunktion seines Smartphones und legt es dann vor sich auf den Tisch.

»Für den Anfang möchte ich Sie bitten, mir etwas von Ihnen zu erzählen.«

Ein paar Sekunden sagt Marie überhaupt nichts. Sie genießt es, das Schweigen zu dehnen, weil sie weiß, wie sehr es ihr Gegenüber herausfordert. Bei einem geschwätzigen Wesen wie dem Menschen bedeutet Stille immer auch einen Machtkampf.

»Da gibt es nicht viel zu erzählen«, hebt sie schließlich an; der Journalist nickt erleichtert. »Ich persönlich bin so langweilig, wie man es nur sein kann. Wenn Sie interessante Geschichten bevorzugen, lesen Sie besser meine Bücher.«

Nun lacht di Francesco, als wäre es ein Scherz gewesen, doch Marie meint es ernst. Sie verabscheut Interviews, und diese ergebnisoffene Art ganz besonders. Auf konkrete Fragen kann sie entsprechende Antworten geben, aber was soll man schon über sich selbst erzählen? Als Nächstes will er vermutlich wissen, woher sie die Ideen für ihre Texte nimmt.

»Was inspiriert Sie?«

Marie wendet den Blick von dem Journalisten ab. Das, was ihr an ihrem Haus am meisten gefällt, ist der Umstand, dass man von jedem Punkt aus den Wald sehen kann. Ein leichter Wind ist aufgekommen, dünne Äste schwingen gemächlich hin und her. Wie gerne wäre sie jetzt dort draußen. Ohne Termine. Ohne Verpflichtungen.

»Ich könnte jetzt irgendetwas von der Natur stammeln, von meinen Freunden oder einem traumatischen Kindheitserlebnis – aber das wäre alles Unsinn. Ich benötige keine Inspiration, zumindest nicht bewusst. Meine Ideen sind einfach da, und sie wollen niedergeschrieben werden. Wie andere Leute sich eine Erkältung einfangen, fange ich mir den Kern einer Geschichte ein. Ohne dass ich es bemerke, infiziert mich die Wirklichkeit, und dann brüte ich einen ganzen Plot aus. Reicht Ihnen das?«

Di Francesco nickt.

»Wie sind Sie zur Literatur gekommen? Was war der Moment, in dem Sie sich dachten, ich möchte Schriftstellerin werden?«

»Wie sind Sie dazu gekommen, überflüssige Interviews zu führen? Was war der Moment, in dem Sie sich dachten, ich möchte gerne eine Stunde mit dem Auto in den Brandenburger Wald fahren und einer Autorin alberne Fragen zu ihrer Arbeit stellen?«

Instinktiv erwartet sie, dass di Francesco aus Verlegenheit die Augen niederschlagen und das geometrische Muster des Teppichs analysieren wird, doch er sucht weiterhin Blickkontakt.

»Gut, lassen Sie uns über Ihr neues Projekt reden.«

»Ich rede nie über einen Text, der noch nicht abgeschlossen ist.«

»Aber Sie können sicher verstehen, dass Ihre Leser gerne erfahren würden, was als Nächstes …«

»Das verstehe ich. Aber es ist mir egal.«

Marie ist nicht immer so schroff, doch di Francescos Anwesenheit kommt ihr ungefähr so gelegen wie ein Hausbrand. Bevor sie bei ihrer Runde um den See durch ein paar dämliche Blumen abgelenkt wurde, hatte sie in Gedanken den umfassenden Dialog des dritten Kapitels ausformuliert, und nun möchte sie nichts anderes, als ihre Einfälle niederzuschreiben.

Doch di Francesco ist nicht so leicht abzuwimmeln wie andere Vertreter seines Berufsstandes.

»Dann reden wir eben über Ihre letzte Veröffentlichung. In *Tyrannenmord* greifen Sie Elemente des klassischen Thrillers auf und schildern die Gedanken eines paranoiden Diktators, der sich von Feinden umgeben glaubt und am Ende …«

»Mir ist bekannt, was ich geschrieben habe.«

»Selbstverständlich, Frau Kardisch, aber …«

Das *Aber* hängt eine Weile lose in der Luft, abgesprengt von jedem Zusammenhang. Der Mann bleibt dennoch freundlich, aufrichtig freundlich, was Marie eine gewisse Anerkennung abverlangt.

»Ist dieser Text als Schlüsselroman zu werten, etwa auf die aktuelle politische Entwicklung in …«

»Der Text ist das, was Sie darunter verstehen. Er enthält keine tiefere Botschaft, keinen Aufruf zu irgendetwas – selbst wenn der Titel eine solche Interpretation nahelegen könnte. Es geht schlicht und ergreifend um den inneren Monolog eines wahnhaften Machthabers. Sie können gerne eine Parabel darin sehen, doch erwarten Sie von mir bitte keine Hilfestellung dazu. Ich schreibe Geschichten, keine Aufsätze im Deutsch-Leistungskurs.«

»Vielleicht sollten wir kurz zu Ihrer privaten Seite kommen. Sie leben sehr zurückgezogen, Frau Kardisch. Was hat Sie dazu gebracht, Ihr Leben in Berlin gegen diese Waldeinsamkeit einzutauschen?«

Bei der Erwähnung des Wortes Waldeinsamkeit muss sie lächeln. Wer hat es doch gleich in die Literaturgeschichte eingeführt? Tieck oder Heine?

»Nun, das war kein Tausch, sondern eine Veränderung. Ein Mensch wird mit etwas Glück achtzig oder neunzig Jahre alt, manche Individuen sogar hundert. Sehen Sie, ich habe die ersten fünfunddreißig Jahre meines Lebens immer in größeren Städten verbracht. Was spricht also dagegen, sich etwas anderes zu suchen? Es war ein Test, nichts weiter.«

»Aber gefällt es Ihnen hier auch?«

»Mir gefällt, wenn der Planet nicht in einem Atomkrieg untergeht oder unsere Nahrungskette nicht durch das Bienensterben zusammenbricht. Hier lebe ich einfach.«

»Der literarischen Öffentlichkeit ist nicht entgangen, dass Ihr Umzug auch mit einer Abnahme Ihrer Auftritte und Lesungen verbunden war. Ist das nur eine Phase oder ein dauerhafter Zustand?«

»Unser Dasein besteht aus Phasen, Herr di Francesco. Aktuell widme ich meine Energie lieber dem Schreiben, als Vorträge zu halten oder aus meinem Werk vorzulesen. Für Letzteres gibt es Hörbücher.«

Für einen Moment betrachtet sich Marie von außen. Sollte sie sich nicht geschmeichelt fühlen von so viel Interesse an ihrer Arbeit? Es gibt genügend – durchaus talentierte – Autorinnen und Autoren, die keinen Hausbesuch von einem Journalisten bekommen. Vielleicht hat di Francesco einfach den falschen Tag für seinen Auftritt gewählt.

»In der Vergangenheit traten Sie immer wieder auch politisch in Erscheinung – ist das nun endgültig vorbei?«

»Die Politik überlasse ich inzwischen den Leuten, die sich damit auskennen. Ich möchte ja auch keinen Roman lesen, den ein Bundesinnenminister oder eine Fraktionsführerin verfasst hat. Jeder sollte sich auf seine originäre Begabung konzentrieren.«

Marie blickt auf ihre Armbanduhr. Für einen kurzen Moment überlegt sie, wie die Menschen wohl vor der Erfindung tragbarer Uhren ihrem Gegenüber signalisierten, dass sie es eilig hatten. Doch vermutlich hatte es ohne Uhr auch niemand eilig.

»Wo sehen Sie sich selbst in zehn Jahren?«

Noch eine abgedroschene Fragenhülse. Ein kaum totzukriegender Bestandteil mittelmäßiger Interviews. Vermutlich müsste man das Gehirn des Wirts zerstören, um sie auszulöschen. Niemand sieht sich irgendwo in zehn Jahren. Man hat Pläne, Ziele, vielleicht sogar Visionen, aber warum in zehn Jahren? Was ist in neun Jahren? Oder in elf?

»In zehn Jahren bin ich mit einem gut aussehenden Schauspieler verheiratet, wir werden fünf Kinder aus verschiedenen Entwicklungsländern adoptiert haben und einen rumänischen Straßenhund besitzen, der groß, grau und ein bisschen dämlich ist. Vermutlich habe ich Brustkrebs, aber er wird rechtzeitig diagnostiziert, sodass ich mit einem halben

Dekolleté überlebe. Mein Mann wird mich ein bisschen mit jüngeren Frauen betrügen, aber wer kann ihm das schon verübeln? Ich gehe dann schließlich auf die fünfzig zu.«

Di Francesco lächelt. Es ist kein aufgesetztes Lächeln, das eine wie auch immer geartete Beschämung verbergen soll, sondern ehrliche Belustigung.

»War das detailliert genug?«

»Das reicht. Ich danke Ihnen vielmals für Ihre Zeit, Frau Kardisch.«

Sie stehen auf, di Francesco sammelt sein Smartphone wieder ein und reicht Marie diplomatisch die Hand. Es ist nicht zu erkennen, was er in diesem Moment denkt oder fühlt. Ist er enttäuscht? Erleichtert darüber, dass es nun vorbei ist? Diese Unbestimmtheit in seinem Blick macht ihn sekundenweise interessant für Marie, zumindest aus einer literarischen Perspektive.

»Wäre es möglich, dass wir uns in nächster Zeit einmal wiedersehen?«, fragt er, und sie betrachtet ihn wie einen Untersuchungsgegenstand. Spürt er das Seziermesser, das Marie auf seine Stirn projiziert?

»Wozu?«, entgegnet sie. Ihre Erwiderung gerät unfreundlicher als beabsichtigt. »Ihr Interview haben Sie doch jetzt.«

»Frau Kardisch, wir sind beide Profis in dem, was wir tun. Unser Gespräch gerade ... Möchten Sie ernsthaft in der Öffentlichkeit ein Bild von sich zeichnen, wie Sie es mir eben gaben?«

»Mein Bild ist egal. Es zählen allein die Texte.«

»Aber wer wird Ihre Texte lesen wollen, wenn Sie sich verhalten wie ein verzogenes Kind? Einige Stimmen in der Literaturszene gehen davon aus, dass Sie innerhalb der nächsten vier Jahre den Georg-Büchner-Preis erhalten werden. Was kommt danach? Vielleicht der Nobelpreis? Sie müssen sich daran gewöhnen, beobachtet zu werden. Es gibt für Sie kein Zurück mehr in das ruhige Fahrwasser der Bedeutungslosigkeit. Ihre Leser haben einen Anspruch darauf, mehr über den Menschen hinter den Büchern zu erfahren. Dafür wäre es ein Anfang, wenn Sie sich menschlich zeigen würden.«

Das ruhige Fahrwasser der Bedeutungslosigkeit. Marie gefällt das Bild, aber das ist nicht der geeignete Moment, näher darauf einzugehen.

»Ich bin menschlich.«

»Wir scheinen ein recht unterschiedliches Verständnis von diesem Begriff zu haben«, sagt di Francesco und räuspert sich.

Bevor er wenige Minuten später in sein Auto steigt und davonfährt, blickt er noch ein letztes Mal zu Maries Haus zurück. Durch die breite Glasfront der oberen Etage kann er ihren Rücken und Hinterkopf sehen. Sie sitzt an ihrem Schreibtisch, das Haar inzwischen zum Zopf gebunden.

Wahrscheinlich hat sie jetzt schon vergessen, dass er überhaupt hier war.

2

Ich liebe sie seit so vielen Jahren.

Als ich sie das erste Mal traf, waren wir noch Schüler. Sie stand hinter der Turnhalle, in der Raucherecke mit dem stockfleckigen Sofa. Als Einzige dort hielt sie keine Zigarette in der Hand, und dennoch schien sie ganz selbstverständlich das Zentrum der kleinen Gruppe zu bilden. Beiläufig dirigierte sie die Gespräche, brachte neue Themen ein oder beendete Unterhaltungen, wenn sie sich im Kreise drehten.

Ihr Gesicht war schon damals seltsam zeit- und alterslos; es konnte ebenso einer Siebenjährigen gehören wie einer Siebenundzwanzigjährigen, die Wahrheit lag ziemlich genau in der Mitte. Attraktiv war sie, nicht nur in den vereinfachenden Maßstäben des Schulhofs. Immer wieder bemühten sich die älteren Jungs um ihre Aufmerksamkeit und scheiterten kläglich.

Was mir am besten in Erinnerung blieb, war diese Traurigkeit in ihrem Blick. Selbst wenn sie lachte, schien die Melancholie nie weiter als einen Steinwurf von ihr entfernt zu sein, bereit, auf ein Signal von ihr sofort herbeizueilen wie ein gut abgerichtetes Haustier.

Irgendetwas ließ sie nicht mehr los; wie die Gewitterwolke, die in alten Filmen über der unheimlichen Burg hing.

Sie war das Mädchen in der letzten Reihe.

Als ich damals näher kam, wollten die Raucher sich schon über mich lustig machen. Klein war ich, leicht übergewichtig. Unsportlich. Ein leichtes Ziel für die Witze und Gehässigkeiten der anderen. Doch sie unterband es. Ein Blick von ihr genügte, und die anderen verstummten – zumindest kam es mir damals so vor. Als Übersprunghandlung fragte ich nach einer Zigarette, dabei hatte ich nie zuvor geraucht. Tränen schossen mir beim ersten Zug in die Augen, meine Kehle schnürte sich zusammen, ich wollte gleichzeitig husten und mich erbrechen. Es war ekelhaft, doch niemand wagte es, über mich zu lachen.

Sie fragte, wie ich hieße, woraufhin ich meinen Namen stotterte – halb vor Aufregung, halb weil mir der Rauch die Artikulation erschwerte. Irgendwie kamen wir ins Gespräch; Bücher waren schon damals ihre Leidenschaft, stundenlang konnte sie über einzelne Werke und ihre stilistischen Besonderheiten referieren. Musil, Kafka, Mann. Sie hielt sich an die erprobten Klassiker, zeitgenössische Schriftsteller waren für sie Trickbetrüger, die viel versprachen und nichts davon einlösten.

Auch ich war belesen.

Meine Einsamkeit erwies sich als guter Bibliothekar und brachte mich mit den Größen der Weltliteratur in Berührung. Statt meinen unsportlichen Körper im Badezimmerspiegel zu betrachten, entfloh ich in fiktive Welten. Legendäre Walfische jagen. Gegen Napoleon zu Felde ziehen. Sieben Jahre in einem luxuriösen Sanatorium verbringen.

Mein Vater schüttelte regelmäßig den Kopf darüber, wenn er mich wieder mit einem Roman erwischte. Seiner Meinung nach sollte ich meine Freizeit lieber an der frischen Luft verbringen. Mich mit anderen treffen. Irgendeinen dämlichen Sport ausüben.

Stattdessen war ich dankbar für jeden Regentag, um eine Ausrede zu haben, nicht rausgehen zu müssen. Ich war nicht der Junge, den er sich gewünscht hatte.

Im Gespräch mit Marie spürte ich das erste Mal nicht die kosmische Kälte, die mich sonst auf Schritt und Tritt begleitete. Sie verstand meine Liebe zur Literatur. Sie hörte mir zu. Es gab Schnittmengen zwischen ihr und mir, Autoren, die wir beide gut fanden. Plötzlich kamen die Worte ganz von allein, ich redete mich regelrecht in Rage. Nie werde ich ihr anerkennendes Lächeln vergessen; ich hatte die Probe bestanden, sie ließ die Zugbrücke herunter und mich in ihr kleines intellektuelles Königreich einkehren.

Von da an verbrachten wir häufig die Pausen miteinander. Ich wusste es noch nicht, doch es sollten die schönsten Wochen meines Lebens werden. Bald war es nicht mehr nötig, die Raucherecke als Treffpunkt für unsere Dialoge zu benutzen. Wir waren eine kleine Gruppe, drei andere Schüler begleiteten uns, auch wenn sie die meiste Zeit wahrscheinlich nicht verstanden, wovon Marie und ich sprachen.

Wir trafen uns nach der Schule im »totgesagten Park«, wie sie es nannte, eine Referenz an Stefan George, doch das wusste ich damals noch nicht. Das Gras war kurz und vertrocknet, der Erdboden schien durch wie die Kopfhaut eines alten Mannes. Wir saßen zu fünft auf der in die Jahre gekommenen Bank, häufig im Gespräch, manchmal auch schweigend und die Köpfe in den Nacken gelegt, als würden wir Wolken katalogisieren. Marie brachte Bücher mit, Erzählungen, Gedichtbände. Nie eigene Texte, obwohl sie schon damals schrieb. Vielleicht war es ihr unangenehm vor den anderen.

Naiv, wie ich war, ging ich davon aus, dass mehr aus uns werden könnte. Ich wollte nicht einfach nur Freundschaft, ich wollte sie in meine Arme schließen und küssen. Nachts lag ich wach und stellte mir immer wieder vor, wie es sein müsste, wenn sich unsere Lippen begegneten. Ich malte mir ihren nackten Körper aus und befriedigte mich so oft selbst, dass ich eine Sehnenscheidenentzündung davon bekam. Natürlich traute ich mich nie, ihr von meinem Verlangen zu erzählen. Wie hätte sie schon reagieren sollen?

Für mich änderte sich alles. Von einem Moment auf den anderen hatte mein Universum einen Mittelpunkt erhalten: Marie.

Marie.

Alles wird von ihr angezogen, und ich genieße es, auf immer engeren Umlaufbahnen um sie zu kreisen. Vielleicht werde ich in ihrer Atmosphäre verglühen, vielleicht endet auch alles mit einem gewaltigen Einschlag. Wer weiß das schon?

Leben heißt fallen.

Eine Weile hat Marie auf einer Lettera 22 geschrieben.

Sie dachte, die Arbeit mit einer Schreibmaschine würde den Textfluss anregen, sie konsequenter am Ablauf der Geschichte festhalten. Während das Notebook erlaubt, zwischen den Kapiteln hin und her zu springen, ganze Seiten zu verschieben und einen Satz hundertfach umzustellen, kennt die Schreibmaschine keine Gnade. Sie verzeiht keine Fehler (was eine erniedrigende Schmiererei mit Tipp-Ex nach sich zieht); sie akzeptiert nur das Blatt, das gerade in ihr eingespannt ist, und sieht bloß den Buchstaben, der als nächster kommt.

Marie dachte, sie bräuchte diese Autorität, diese technische Begrenzung, um den Kern ihrer Texte zu finden. In Wahrheit hatte sie nach hundertsechzig kaum brauchbaren Seiten eine Sehnenscheidenentzündung im linken Arm. Die

Lettera landete daraufhin unsanft im Keller, wo sie neben einem halb defekten Fahrrad, den Winterreifen und alten Fotoalben verstaubt.

Seitdem schreibt Marie wieder auf ihrem Notebook.

Inkubation, die Geschichte, an der sie gerade arbeitet, handelt zu großen Teilen von einer jungen Frau, die nach ausführlichen Medienberichten über eine tödliche Virusinfektion ihre Wohnung nicht mehr verlässt. Sie verschanzt sich hinter Desinfektionsmitteln, Konservendosen und Online-Beiträgen über die unheimliche Krankheit, deren Name nie genannt wird.

Marie fragt sich, ob sie sich verrannt hat.

Bevor sie mit dem Schreiben beginnt, liest sie jeweils die vorangegangenen zehn Seiten, doch was sie sieht, gefällt ihr nicht. Die Protagonistin wirkt nicht nur unsympathisch, sondern auch – und das ist ein Kardinalverbrechen – unglaubwürdig. Im ersten Kapitel erscheint sie noch als selbstsicher, lebensbejahend und mit sich selbst im Reinen, doch dann führen ein paar hysterische Pressemeldungen über eine neue Pandemie dazu, dass sie sich unverzüglich von allem und allen abkapselt. Warum fällt es der Hauptfigur nur so leicht, alle Bande zu lösen? Müsste sie nicht, zumindest hin und wieder, schockiert über sich selbst innehalten, wenn sie einen weiteren geliebten Menschen aus ihrem Leben verbannt? Warum rührt es sie so wenig, wenn sie die Anrufe ihrer besten Freundin dauerhaft ignoriert? Wenn sie der eigenen Schwester nicht mehr die Tür öffnet, aus Angst, diese könnte kontaminiert sein?

Vielleicht ist der Text zu gewollt. Nach *Tyrannenmord* könnte er als weitere Variation zum Thema Einsamkeit verstanden werden. *Inkubation* handelt nicht einfach von einem

Menschen, der allein ist. Es ist die Geschichte einer Selbstaufgabe, aber auch einer Wiedergeburt.

Am frühen Nachmittag beendet Astrid ihren Dienst.

Die Assistentin weiß, dass Marie in den Stunden des Schreibens bis auf eine Ausnahme nicht gestört werden darf, also verlässt sie das Haus schweigend. Als sie die Tür hinter sich zuziehen möchte, schleicht die Ausnahme gerade heran. Sein Halsband weist ihn als »Echo« aus, doch es bleibt unklar, ob das sein richtiger Name ist. Er hat struppiges, tiefschwarzes Fell, Narben von früheren Kämpfen und einen beeindruckenden Freiheitsdrang. Der Kater reibt sich an Astrids Beinen, erwartet ein kurzes Streicheln und eventuell etwas Futter, doch zumindest mit Letzterem kann sie nicht dienen. Mit einem Laut der Enttäuschung sprintet er durch den Türspalt, nimmt die Treppe ins Obergeschoss und sitzt wenige Sekunden später auf Maries Schoß.

Sie mag den Kater, auch wenn sie weiß, dass diese Zuneigung einseitig ist. Echo mag niemanden, er lässt sich zwar verwöhnen, lässt sich Leckereien darbieten, aber seine Nähe ist zynisch und berechnend. Sobald es in diesem Haus nichts mehr für ihn zu holen gäbe, bliebe er fort. Vielleicht ist es gerade diese nie zu durchbrechende Distanz, die Marie an ihm schätzt.

Als Junges scheint Echo nicht gelernt zu haben, dass es einen Unterschied zwischen spielen und angreifen gibt. Wenn er mit seinen Tatzen nach Marie schlägt, zieht er die Krallen nicht ein, was in unregelmäßigen Abständen hässliche Spuren auf ihrem Unterarm und dem Handrücken hinterlässt.

Vielleicht hat der Kater schlechte Erfahrungen mit anderen Menschen gesammelt. Vielleicht wurde er enttäuscht und verletzt, sodass seine Aggressionen nur den ungeschickten Versuch darstellen, ein empfindliches Ich zu verteidigen. Eine Mauer kann schließlich zwei Aufgaben erfüllen: andere ausgrenzen – oder etwas beschützen.

Marie muss keine hobbypsychologischen Ratgeber lesen, um zu erkennen, dass es sich bei diesen Überlegungen um reine Projektion handelt. Vielleicht ist es eine Nebenwirkung der Einsamkeit, sich mit einem zugelaufenen Tier zu identifizieren. Unbewusst gleiten ihre Finger tiefer in Echos Fell.

Nach wenigen Minuten hat der Kater genug von ihr, er springt auf den Boden und verlangt lautstark nach Futter. In der Anfangszeit hat sie ihm immer etwas von ihrem Räucherlachs, den Resten eines Schollenfilets oder übrig gebliebene Scampi gegeben. Inzwischen lagern im untersten Fach des Küchenregals auch ein paar Dosen Katzenfutter.

Echo ist hervorragend konditioniert, er schleicht vor dem Fach herum, bevor sie es öffnet. In seinen Augen ist etwas zu erkennen, das dümmere Menschen für Dankbarkeit halten könnten – in Wahrheit ist es einfach nur Gier.

Sie streicht dem Tier über den Hinterkopf, während es sich über den Napf neigt: Es ignoriert die Berührung vollständig. Als sie aufsteht und wieder nach oben geht, schenkt ihr der Kater nicht einmal einen kurzen Blick.

Echo hat gelernt, an die Klinke der Haustür zu springen und sich selbst hinauszulassen.

Zwei Abende später kommt Jakub vorbei.

Marie würde sich gegen die Bezeichnung Verhältnis wehren, aber letztendlich ist es das. Liebe spielt dabei keine allzu große Rolle, das wissen sie beide. Es geht vielmehr um ein gegenseitiges Aushalten. Um ein Hinnehmen verschiedener Unzulänglichkeiten. Und um Sex.

Jakub hält sich an Absprachen, er drängt sich nicht auf, er fordert keinen Vorrang gegenüber anderen oder sogar ihrer Arbeit. Er ist einfach da, und dieses Dasein kündigt er rechtzeitig genug an, damit Marie sich darauf einstellen kann.

Kennengelernt haben sie sich bei einer Reise durch Osteuropa, Jakub war ihr Dolmetscher. Sie war fasziniert von seiner Sprachgewandtheit und von der Leichtigkeit, mit der er ihre verkopften Sätze so wiedergab, dass die Zuhörer sich daran erfreuen konnten.

Sonst tritt Jakub eher wortkarg auf, was Marie entgegenkommt. Außerdem verfügt er über Anstand und Allgemeinbildung und ist gepflegt.

Marie genießt es, über sein kurz geschorenes Haar zu streichen; es sind Momente größter Zärtlichkeit. Sie stellt sich dann oft eine andere Welt vor, in der ihre Leben eine minimal abweichende Entwicklung genommen hätten. Eine Welt ohne hässliche Szenen, missbrauchtes Vertrauen und emotionale Kältestarre. Marie weiß: In dieser Welt würde sie Jakub bedingungslos lieben.

Er hat das Lächeln eines Jungen und die Souveränität eines alten Mannes, eine Kombination, die sie anziehend findet. Vielleicht bedient er keine klassischen ästhetischen Ideale; die Gesichtszüge sind weit davon entfernt, als symmetrisch durchzugehen, die Augen schmal, die Nase plump, sein Bauch etwas vorstehend und untrainiert, aber sie schätzt das Eigentümliche daran. Schönheit ist etwas für Anfänger.

Jakubs größter Pluspunkt ist die völlige Gleichgültigkeit gegenüber den Themen Ehe und Kinder. Auf diesem Gebiet scheint er keine eigenen Intentionen zu haben, vermutlich würde er sich aber auch nicht dagegen wehren, wenn Marie mit entsprechenden Wünschen an ihn heranträte. Er lässt völlig unklar, wohin es in seinem Leben gehen soll, vielleicht weil er es selbst nicht weiß. Am Ende ist es diese Ziellosigkeit, die ihn so ruhig erscheinen lässt.

Für Marie ist Jakub der nahezu perfekte Mann.

Ihr Abend folgt einer sorgfältigen und von beiden Parteien akzeptierten Choreografie. Zunächst bereiten sie gemeinschaftlich das Essen zu, meistens eine leichte, mediterran angehauchte Speise. Die Küche ist dabei die geeignete Bühne, um die Ereignisse der letzten Tage zu besprechen, außerdem kann sich Marie bei den routinierten Handgriffen entspannen. Es sind die wenigen Momente, in denen ihr innerer Monolog schweigt und sie das Leben unreflektiert wahrnimmt.

»Wie läuft die Arbeit an deinem Buch?«, fragt Jakub, während er Paprikaschoten halbiert und entkernt. Marie verzeiht ihm diese naive Frage. Er ist kein übereifriger Leser und kein aufdringlicher Journalist, ihm gegenüber darf sie ehrlich sein.

»Im Moment schleppend. Kann sein, dass ich das Projekt in ein paar Tagen kippe und mit etwas völlig Neuem beginne.«

»Aber du hast schon so viel Energie hineingesteckt.«

»Energie allein nützt nichts, wenn der Entwurf in sich zusammenbricht.«

»Ich bin sicher, du kannst ihn retten.«

Nun spürt Marie doch eine gewisse Tendenz zur Eskalation in sich.

»Ach ja, was macht dich denn so sicher, dass ich ihn retten kann?«

Zu spät bemerkt Jakub, dass die Frage rhetorisch gemeint

war. Er will zu einer Antwort ansetzen, doch Marie kommt ihm zuvor.

»Hast du etwa heute acht fucking Stunden vor dem Notebook verbracht? Und das nur, um vierzehn Sätze so lange umzuformulieren, bis sie nicht mehr wie die schlechte Übersetzung einer chinesischen Montageanleitung klingen?«

»Jetzt übertreibst du.«

»Ich übertreibe?«

Sie will es sich nicht eingestehen, doch Jakub hat recht. Dabei genießt sie es, die aufgestaute Unzufriedenheit in Form von Wut hinauszulassen, selbst wenn er überhaupt keine Schuld an ihrer Situation trägt. Aber wann trifft Aggression jemals den Richtigen?

Nachdem sie sich beim Braten des Ziegenkäses ein paar Minuten angeschwiegen haben, möchte sie zu einer Entschuldigung ansetzen, doch Jakub ist schneller.

»Warum setzt du dich so unter Druck?«

»Was meinst du?«

Marie rührt den Mascarpone unter das Risotto und ist dankbar, eine Aufgabe zu haben, um Jakub nur beiläufig ansehen zu müssen.

»Du zählst zu den angesehensten Schriftstellerinnen des Landes. Du musst niemandem mehr etwas beweisen. Mach mal Pause. Gönn dir einen gewissen Freiraum.«

»Mein Freiraum sind leere Blätter, die ich mit meinen Texten fülle. Einen größeren Freiraum kann es gar nicht geben.«

»Ich meine ja nur.«

Während Jakub das Risotto auf zwei viel zu große Teller verteilt, wirft sie ihm einen abschätzigen Seitenblick zu.

»Was soll das, Jakub?«

»Was soll was?«

»Ich schreibe dir nicht vor, wie du deine Arbeit zu machen hast, und ich erwarte das Gleiche von dir.«

»Es war nicht böse gemeint. Du wirkst in letzter Zeit nur etwas ... angespannt. Ist denn alles in Ordnung?«

Sollte sie ihm von den Anemonen erzählen? Von dem seltsamen Brief? Von dem missglückten Interview mit di Francesco?

»Ja, alles in Ordnung.«

Das Essen nehmen sie wortlos zu sich.

Jakub hat die *Nocturnes* von Debussy aufgelegt. Obwohl Marie klassischer Musik nicht viel abgewinnen kann, weiß sie die Unaufdringlichkeit des majestätischen Orchesterwerks zu schätzen. In Kombination mit dem Paprikarisotto fühlt sie sich in einen langatmigen, aber ästhetisch ansprechenden Arthouse-Film versetzt.

Die Sonne ist untergegangen, das Licht der Deckenlampe zeichnet die Spiegelbilder der beiden auf die Glasflächen: Ein normales Paar beim Abendessen, könnte ein außenstehender Beobachter denken, doch die Oberfläche weist feine Risse auf.

Vielleicht sollte sie die Geschichte beenden.

»Was hast du gesagt?«, fragt Jakub, ein Stück Peperoni zwischen den Zähnen.

»Nichts.«

Nach dem Einschalten des Geschirrspülers gehen sie hinauf in Maries Schlafzimmer.

Wenn es nach ihr ginge, könnten sie sich das Vorspiel sparen. Sie möchte ihn in sich spüren, am liebsten sofort, alles andere ist nur Ablenkung und Zierrat. Doch Jakub zuliebe nimmt sie es hin, dass sie einander anfangs umständlich küssen, sich langsam ausziehen und erst dann mit dem Hauptteil beginnen.

Jakub legt sich auf sie, es gefällt ihr, wenn sie sein Gewicht spürt. Sie presst seinen Kopf an ihren Hals, der Anblick seines von Leidenschaft gezeichneten Gesichts ist ihr unangenehm.

Anfangs waren sie experimentierfreudiger, sie liebten sich im Auto, auf dem Herd (was wegen des druckempfindlichen Touchdisplays fast gefährlich geworden wäre), im Wald. Inzwischen haben sie die Schnittmenge ihrer Fantasien und Vorlieben ermittelt und sich auf einen fairen, aber leider auch etwas vorhersehbaren Mittelweg geeinigt. Manchmal vermisst sie den Exzess.

Nach ein paar Minuten wechseln sie die Stellung, Jakub nimmt sie von hinten. Das ist ihre Lieblingsposition, sie mag das leicht Animalische daran. Er greift ihr ins Haar und zieht ihren Kopf nach hinten, dann knetet er ihren Hintern so fest, dass sie tagelang Abdrücke davon zurückbehalten wird. Seine Stöße werden schneller. Sie braucht noch ein paar Minuten für ihren Gipfel, doch so viel Zeit bleibt ihm nicht mehr. Um sein Selbstbild als überdurchschnittlicher Liebhaber nicht zu beschädigen, stöhnt sie laut auf und krallt die Finger ekstatisch ins Bettlaken. Jakub kommt in ihr und fällt dann erschöpft auf die Seite. Unwillkürlich muss sie an den Kaninchenstall ihrer Großeltern denken – nach dem Deckakt kippten die Rammler immer bewusstlos ins Heu. Als Kind verstörte sie dieser Anblick zutiefst, sie hielt die Tiere für tot und brach in Tränen aus.

Ein Satz ihres Großvaters fällt ihr ein: »Man darf ihnen keine Namen geben, sonst bringt man es später nicht übers Herz, sie zu schlachten.«

Ich bin es leid, das wieder und wieder mit ansehen zu müssen. Und doch sitze ich auf einem alten Hochstand, vor mir eine Kamera mit Superteleobjektiv, bereit, jeden einzelnen Moment aufzuzeichnen. Aus der Not heraus habe ich mich mit den Grundlagen der Fotografie vertraut gemacht, mittlerweile gelingen mir ganz taugliche Bilder. Es liegt nahe, dass ich sie nicht auf Ausstellungen zeigen werde, für meine Zwecke ist ihre Qualität mehr als hinreichend.

Glücklicherweise kommt sie nie auf die Idee, die Vorhänge an der Glasfront des Schlafzimmers vorzuziehen. Wer sollte euch schon zusehen, nicht wahr, in dieser menschenleeren Gegend? Ich könnte lachen, wenn das Schauspiel vor mir nicht so tragisch wäre. Ähnliches müssen die Menschen des Mittelalters gefühlt haben, wenn sich die Sonne, die ihnen Licht, Wärme und Nahrung gab, plötzlich verfinsterte; ein Unheil verkündendes Zeichen, eine düstere Prophezeiung. Vielleicht sollte ich ein rituelles Opfer bringen, um die Götter wieder gnädig zu stimmen …

Es ist die Ästhetik der Grausamkeit. Ich muss hinsehen, muss mir jede Bewegung genau einprägen. Wenn seine plumpen Finger über ihren Bauch streichen, sein aufgerichtetes Glied zwischen ihre Beine gleitet, bis sie es in die Hand nimmt und einführt. Er benutzt sie. Sie ist nichts weiter als ein Hilfsmittel seiner Befriedigung, ein Werkzeug. Das Wort Vergewaltigung drängt sich auf, ich möchte sie beschützen und weiß doch nicht, wie.

Picassos Guernica *fällt mir ein, auch die allgemein bekannte (und vermutlich unzutreffende) Anekdote dazu: Ein deutscher Soldat besucht den Künstler 1944 in seinem Pariser Atelier, zeigt auf eine Reproduktion des Bildes und fragt: »Haben Sie das gemacht?« Picassos angebliche Antwort: »Nein, Sie!«*

Einmal konnte ich beobachten, wie sie auf ihm saß, ihr Gesicht ungefähr in Richtung meiner Kamera, sein untersetzter Leib dankenswerterweise hinter Kissen verborgen. Sie massierte ihre vollen Brüste, die Augen vor Lust geschlossen, während sich ihr Oberkörper zärtlich auf und ab bewegte. Ihr Mund öffnete sich, als würde sie etwas flüstern, vielleicht entkam ihm auch nur ein unbestimmter Laut der Wollust.

Ich habe das Foto noch in derselben Nacht entwickelt und mir vorgestellt, ich würde so unter ihr liegen, liebkost werden von dieser durch und durch anbetungswürdigen Frau. Vor Erregung konnte ich stundenlang kaum schlafen.

Wie grausam, dass sie es vorzieht, sich wöchentlich von diesem Trampeltier besteigen zu lassen. Welch himmelschreiende Ungerechtigkeit. Würde ich sie nicht auf jede erdenkliche Weise befriedigen? Wie gerne würde sich mein Mund erst in ihrem Dekolleté, dann in ihrem Schoß vergraben ... Noch tragischer, als etwas nicht zu bekommen, ist zu sehen, wie ein anderer es bekommt.

Warum tut sie sich das nur an? Und vor allem: Warum tut sie mir das nur an? Ahnt sie denn wirklich nichts von dem heimlichen Verlangen, das mich von innen verbrennt? Mit jedem Tag ist es schlimmer geworden. Die Heimlichkeit meiner Liebe befeuert es noch, das Schweigen ist ein Brandbeschleuniger.

Nein, es wird nicht anders gehen. Ich muss deutlicher werden. Meinen Blumenstrauß wollte sie nicht, also wird sie morgen etwas auf ihrem Weg finden, das sie nicht ignorieren kann.

Achte auf deinen nächsten Schritt, Marie.

3

EIN BESONDERER EHRGEIZ HAT SIE GEPACKT. Sie will ihre übliche Streckenzeit heute um mindestens zehn Minuten unterbieten. Ab und an verlangt es sie nach einer Herausforderung.

Noch vor Sonnenaufgang hat Jakub auf seine dankenswert diskrete Weise das Haus verlassen. Er wird bei einem internationalen Kongress in Stettin benötigt – zumindest sagte er das. Vielleicht ist es auch eine Lüge. Welche internationalen Kongresse finden schon in Stettin statt, und warum muss ausgerechnet Jakub die hundert Kilometer dorthin fahren? Es wird ja noch andere Übersetzer geben. Nicht auszuschließen, dass er direkt in das nächste Bett springt, seiner anderen Liebschaft glaubhaft versichernd, dass er gerade von einem internationalen Kongress in Eberswalde käme.

Marie wäre es egal.

Solange sie keinen fremden Slip in seiner Jackentasche oder Kaugummi in seinem Schamhaar findet, ist alles in Ordnung. Affären sind ein bisschen wie das Gedankenexperiment mit Schrödingers Katze: Lässt man die Kiste verschlossen, kann der Zustand fragiler Zufriedenheit aufrechterhalten werden.

Die Sonne bricht sich auf der Oberfläche des Sees, ein erhebender Anblick nach klassischen Maßstäben, doch Marie schenkt ihm keine Aufmerksamkeit. Sie hat heute Morgen sogar auf ihren MP3-Player verzichtet, keine Musik, nichts, das ablenken könnte. Jetzt ist sie nur eine Laufmaschine. Jede Zelle in ihrem Körper soll sich dieser Aufgabe unterwerfen, alle Ressourcen für den Kampf gegen die Uhr einsetzen. Es ist ein totaler Krieg, und sie wird ihn gewinnen.

Sie hat fast die Hälfte der Strecke geschafft und liegt gut in der Zeit, als plötzlich etwas nach ihrem Bein greift. Bevor sie den Widerstand ausmachen kann, stürzt sie bereits auf den Weg, die Arme instinktiv vorgestreckt, um den Schaden zu minimieren. Für eine orientierungslose Sekunde verwischen oben und unten, dann verlangt die Realität aggressiv nach Aufmerksamkeit.

»Scheiße«, sagt Marie, weil sie etwas sagen muss, um sich nicht unerträglich hilflos vorzukommen. Knapp sechs Kilometer trennen sie von ihrem Haus, ein weiter Weg, falls sie nicht mehr richtig laufen kann.

Sie betrachtet ihr Knie, auf dem sich Sand und Blut miteinander vermischen. Die Verletzung scheint oberflächlich zu sein, doch genau kann sie das erst beurteilen, wenn sie ein paar Schritte gegangen ist. Als sie aufsteht, entfährt ihr erneut ein Schimpfwort. Tränen steigen in ihre Augen, und ihr Knie schmerzt höllisch.

Marie sucht nach der Ursache für ihren Fall. Sie läuft diese Strecke jeden Tag, hat sie bei unterschiedlichen Licht- und Witterungsverhältnissen erlebt und kennt alle größeren Unebenheiten. Sie muss genau hinsehen, um es zu erkennen. Was zum ...?

Eine Angelschnur.

In Schienbeinhöhe ist sie quer über den Weg gespannt. Sie verläuft von Baum zu Baum und dient scheinbar keinem anderen Zweck, als Menschen zu Fall zu bringen. Da niemand außer ihr um diese Zeit hier läuft, geht es offensichtlich nur um einen Menschen: sie.

Ängstlich blickt sie sich um.

Die Anemonen fallen ihr wieder ein, obwohl sie diese schon in ein diffuses Halbbewusstsein verbannt hat. Ebenso wie den seltsamen Brief. Was stand noch einmal darin? *Achte auf deinen nächsten Schritt.*

Marie würde gern ein drittes Mal fluchen, doch sie verzichtet auf unnötige Laute. Sie muss hier weg, die Wunde benötigt eine gründliche Ausspülung und einen Verband, außerdem weiß sie nicht, ob der Urheber der Stolperfalle noch in der Nähe und potenziell gefährlich ist. Gedanken über seine Motivation kann sie sich später machen.

Ich wollte sie nicht verletzen, nicht sehr jedenfalls. Es sollte nur symbolisch sein, nur ein halb erstickter Schrei nach Aufmerksamkeit. Unter keinen Umständen sollte sie so leiden, wie ich es jedes Mal tue, wenn sie sich diesem widerwärtigen Menschen hingibt. Nein, ihr bisschen Schmerz ist gar nichts gegen meine lebenslängliche Qual. Die Schürfwunde wird innerhalb weniger Tage heilen, doch das, was sie mit meiner Seele anstellt, wird endlos wehtun.

In unserer gemeinsamen Vergangenheit gab es diesen einen Moment: Nach der Schule sind wir zu ihr gegangen, Marie, ich und die anderen unserer kleinen Clique. Ich war unendlich aufgeregt, als ich das Zimmer betrat. Überall lagen Bücher herum, auf dem Schreibtisch stand der Röhrenmonitor eines vergilbten Rechners. Schrieb sie daran ihre Texte?

Da es nur einen Stuhl gab, setzten wir uns auf das Bett. Ihr Bett. Das Bett, in dem sie schlief und sich vermutlich regelmäßig selbst befriedigte. Am liebsten hätte ich den Geruch der Decke mit tiefen Atemzügen in mich aufgesogen, doch was hätten die anderen gedacht?

Marie hatte das Album einer britischen Band, deren Name mir überhaupt nichts sagte, aufgetrieben und wollte es uns vorspielen. Wir schauten dabei zu, wie sie die CD aus der Hülle nahm und in den Player einlegte. Dieses kleine Zeremoniell rührte mich; sie führte es mit so viel Hingabe durch, wie ein Priester ein jung vermähltes Brautpaar segnen würde. Die ersten Akkorde erklangen. Als sie sich uns wieder zuwandte, verzog sich ihr Gesicht vor Schmerz. Barfuß war sie in eine Stecknadel getreten, die von ihrer Pinnwand abgefallen sein musste. Humpelnd trat sie zu uns, wunderschön noch in ihrer Verletzlichkeit. Sie fiel neben mir auf das Bett und streckte mir ihr Bein hin. Natürlich wird sie sich nichts weiter dabei gedacht haben, doch für mich war es eine Offenbarung. Ihr Schmerz, ihr nackter Fuß in meinem Schoß – es bereitete mir große Mühe, meine Erregung zu verbergen. In diesem Moment gab es nur uns beide. Meine Hände zitterten leicht, als ich die Stecknadel aus ihrem Zeh herauszog. Es kam ein wenig Blut, das ich mit einem frischen Taschentuch auffing. Die Musik lief weiter. Mit einer Stimme, wie ich sie nie zuvor gehört hatte, wiederholte der Sänger dutzendfach: This is the way, step inside.

Das alles ist dreiundzwanzig Jahre her. Zeiten ändern sich. Heute muss ich dieses entwürdigende Versteckspiel im Wald treiben und mich auf anonyme Botschaften beschränken.

Trotzdem empfinde ich Mitgefühl. Wie auch nicht? Ich bin schließlich kein Monster. Wie gern würde ich jetzt mein Versteck in den Büschen aufgeben, mich ihr zeigen und sie in meine Arme schließen ... Komm nur, ich bringe dich nach Hause. Ich werde dich pflegen, für dich kochen, dich auf Rosen betten und es dir an nichts fehlen lassen.

Das Taschentuch mit ihrem Blut besitze ich heute noch.

Es ist mein größter Schatz.

Jeder Schritt bereitet ihr Schmerzen.

Sie zwingt sich, ihre Konzentration auf etwas anderes zu richten, doch dieses andere ist hauptsächlich die Frage, wer ihr das angetan hat und warum. Plötzlich kommt ihr der Wald sehr dunkel und bedrohlich vor. Sie fühlt sich schwach und wehrlos. Einem Angreifer, der aus dem Gebüsch hervorspringen würde, hätte sie wenig entgegenzusetzen.

Der Weg zieht sich.

Unter normalen Umständen käme sie von diesem Punkt der Strecke in weniger als dreißig Minuten zu ihrem Haus zurück, doch so, wie sie humpelt, würde es sicher eine Stunde dauern. Ihr Handy hat sie selbstverständlich nicht dabei, sie trägt während des Joggens ungern zusätzlichen Ballast, außerdem ist der Empfang hier miserabel.

Wenn sie wenigstens Astrid benachrichtigen könnte. Ihre Assistentin würde sich sofort mit einem kompletten Erste-Hilfe-Koffer unter dem Arm auf den Weg zu ihr machen. Oder gleich einen Arzt und die Polizei rufen. Aber wahrscheinlich übertreibt Marie. Es könnte noch immer eine rationale Erklärung für alles geben, oder nicht?

Scheißmenschenleere Gegend. Scheißschnur. Scheißfreak.

Zum ersten Mal beginnt sich die Vorstellung von einem Menschen, der ihr etwas Böses will, zu konkretisieren. Es gibt wenig Zweifel daran, dass die Falle ihr galt. Erst die Blumen, dann der Brief, heute die Schnur. Sie denkt zu rational, um es noch immer für Zufall halten zu können. *Achte auf deinen nächsten Schritt.*

Arschloch.

Die Liste der Personen, die ihr Böses wollen, erscheint ihr kurz. Natürlich, man steht nicht unbeschadet über Jahre hinweg im Licht der öffentlichen Wahrnehmung, aber sie ist Schriftstellerin, nicht Bundeskanzlerin. Sie hat keine größeren gesellschaftlichen Kontroversen ausgelöst, und die paar Skandälchen um ihr Theaterstück *Auschwitz reloaded* spielten sich überwiegend in einem akademisch-intellektuellen Biotop ab. Das waren Feuilletonisten, Literaturkritiker, Universitätsprofessoren, die eine leichtfertige Instrumentalisierung des Holocaust zu erkennen glaubten. Keine Typen, die ihr in Brandenburger Wäldern nachstellen und Fallen aufbauen würden.

Im Grunde gibt es nur einen Menschen, dem sie eine solche Tat zutrauen würde: Hendrik.

Vor einer gefühlten Ewigkeit hatte sie mit ihm eine brüchige, reichlich chaotische Beziehung, da waren sie beide Anfang zwanzig. Irgendwann ertrug sie die Unordnung nicht mehr, die Hendrik in ihr Leben brachte, und sie beendete die Geschichte sehr kühl. Für ihn war da immer mehr gewesen, aber das war nun einmal sein Problem, nicht ihres. Er hatte im Anschluss noch ein paar Dinge unternommen, die heute wohl den Tatbestand des Stalkings erfüllen würden, doch damals wollte sie es so nicht wahrnehmen. Er hatte ihr vor dem Institut aufgelauert, ihr unerwünschte Szenen und Geschenke gemacht, sich Freunden und Verwandten von ihr aufgedrängt – aber schließlich blieb er fort, und sie wandte sich einem neuen, sehr erfolgreichen Abschnitt ihres Lebens zu. Wenige Monate später erschien ihr erster Roman.

Der Schmerz in ihrem Knie katapultiert Marie zurück in die Gegenwart. In unregelmäßigen Abständen fährt sie mit dem Kopf herum, fest damit rechnend, hinter sich einen Mann mit schwarzem Kapuzenpulli und Fleischermesser zu sehen, doch da ist niemand.

Als sie noch in der Stadt wohnte, belegte sie einen Kurs in Selbstverteidigung. Sie mochte ihre Trainerin, die sehr ehrlich über die strukturellen Nachteile des Angegriffenen sprach. Der Täter habe stets das Überraschungsmoment und fast immer eine körperliche Überlegenheit auf seiner Seite, weshalb man sich von allen Vorstellungen eines fairen Kampfes verabschieden müsse.

»Treten Sie dem Arsch zwischen die Beine. Kratzen Sie ihm seine Augen aus. Nutzen Sie jede Gelegenheit, ihm Schaden zuzufügen – er wird, ohne zu zögern, das Gleiche mit Ihnen machen.«

Marie erinnert sich an jedes einzelne Wort, und doch hat sie sich noch nie wehrloser gefühlt als in diesem Moment. Ein paar Meter vor sich sieht sie eine Bank, auf der ein Mann sitzt und Zeitung liest.

Die Bank ist üblicher Bestandteil ihrer Strecke, jeden Tag kommt sie daran vorbei, den Mann jedoch hat sie nie zuvor gesehen. Er trägt ein etwas knittriges Leinensakko, das volle, aber wirre Haupthaar verleiht ihm den Anstrich eines mit sich selbst überforderten Geisteswissenschaftlers. Und bitte, wer liest heute noch Zeitung?

Immerhin wirkt er nicht wie ein Mensch, der eben noch durch das Unterholz schlich und Fallen für ahnungslose Joggerinnen präparierte. Doch wie sähe so jemand schon aus?

»Kann ich Ihnen helfen?«, fragt er und betrachtet Marie neugierig.

»Ich glaube nicht.«

»Ich glaube schon. Sie haben sich verletzt.«

»Ach wirklich? Mussten Sie mehrere Semester Medizin studieren, um das zu erkennen?«

»Tatsächlich bin ich Tierarzt, aber wenn Sie mich lassen, sehe ich mir Ihr Knie gerne einmal an. So groß ist der Unterschied zu einem Paarhufer wohl nicht.«

»Das dürfte das größte Kompliment sein, das ich in letzter Zeit bekommen habe.«

Der Mann legt die Zeitung weg und klopft auf die freie Sitzfläche.

»Setzen Sie sich.«

Marie wägt ihre Optionen ab, viele sind es nicht. Mit einem Mal scheint ihr die Aussicht, neben einem fremden Menschen auf einer Bank zu sitzen, gar nicht so unattraktiv. Als sie das Bein entlastet, stellt sich ein brüchiger Waffenstillstand mit ihren Schmerzen ein.

»Darf ich mir das mal ansehen?«

Sie rechnet es dem Unbekannten an, dass er zuerst fragt. Ein vorsichtiges Nicken von ihr genügt, und er beugt sich über ihr verletztes Knie.

»Tut es nur beim Laufen weh? Oder auch in diesem Moment?«

»Nur beim Laufen.«

»Strecken Sie das Bein bitte kurz aus ... Ja, so ist es gut. Wie fühlt sich das an?«

»Unangenehm, aber nicht wirklich schmerzhaft.«

Er berührt sie am Unterschenkel, erinnert sich mutmaßlich an längst vergangene Anatomiestudien und erklärt dann:

»Gut, das reicht schon. Wie ich bei meinem üblichen Patientenkreis sagen würde: Wir können auf die Notschlachtung verzichten.«

»Das beruhigt mich.«

»Im Ernst, gönnen Sie Ihrem Knie ein paar Tage Ruhe, und legen Sie es hoch. Bald sollte alles wieder gut sein. Die Verunreinigungen der Wunde spülen Sie aus. Und auf Sport verzichten Sie besser die nächsten zwei Wochen.«

Marie zögert, aufzustehen und ihren Weg fortzusetzen. Die Vorstellung von Hunderten weiteren Schritten lässt eine dezente Verzweiflung in ihr aufsteigen. Dem Tierarzt entgeht das nicht.

»Haben Sie es noch weit?«

»Nein, ich muss nur ... Es ist nicht mehr weit«, korrigiert sie ihren Satz, um die Lage ihres Hauses nicht preisgeben zu müssen. Ruckartig löst sie sich von der Bank, gleichermaßen mit dem Schmerz und ihrer Mimik kämpfend, um keine Schwäche zu zeigen. Der Mann erhebt sich ebenfalls.

»Mein Name ist übrigens Clemens Hochstett.«

»Marie Kardisch. Wie kommt es, dass ich Sie hier noch nie gesehen habe?«

»Ich bin erst vor Kurzem in die Gegend gezogen. Der bisherige Veterinär für Nutztiere ging Anfang des Monats in Ruhestand, die Stelle war vakant und ... na ja. Vor ein paar Tagen entdeckte ich dann den See für mich. Er ist ein gutes Stück Fußweg von meinem Haus entfernt, aber der Anblick lohnt sich. Normalerweise bin ich nie so früh hier. Ich schlafe gerne länger, besonders wenn ich am Vorabend noch bei der Entbindung eines Kalbes helfen musste.«

Aus der Innentasche seines Sakkos zieht Hochstett ein Stück Papier hervor.

»Hier«, sagt er und reicht ihr eine Visitenkarte. »Da steht auch meine Handynummer, unter der erreichen Sie mich jederzeit. Falls irgendetwas sein sollte, rufen Sie mich an. In dieser Gegend kann man sehr allein sein.«

Der letzte Satz begleitet Marie für den Rest ihres Weges. Ist sie nicht gerade deswegen an diesen Ort gezogen? Hat sie die Einkünfte aus ihren letzten Veröffentlichungen nicht genau deshalb in ein Haus am gefühlten Ende der Welt investiert, weil sie allein sein wollte?

Teile einer Erinnerung drängen sich auf. Marie sieht sich bei ihrem Besichtigungstermin, wie sie die leeren Räume durchquerte und ganz erstaunt war von dem Ausblick, den die breiten Glasflächen über Wald und See boten. Sie konnte ihr Glück nicht fassen. Hier würde sie leben und arbeiten, überfüllte U-Bahnen, Baustellen und den latenten Geruch von Scheiße eintauschen gegen unbeschädigte Natur. Auf die Frage, welche Nachteile ein Kauf des Gebäudes mit sich bringe, erwiderte die Maklerin lediglich: »Nun, es liegt eben sehr abgeschieden. Das muss man mögen.«

Und Marie mochte es.

Sie mochte die Geräusche von Vögeln, die sie aus der Stadt nicht kannte. Sie mochte den Anblick der Milchstraße, die nachts wie ein Gütesiegel für Idylle über ihrem Haus stand. Sie mochte die unergründliche Ruhe des Sees, auch wenn sie im Sommer mit Mückenschwärmen erkauft wurde. Sie mochte sogar die leisen Flüche des Paketboten, wenn sie etwas im Internet bestellt hatte und er für sie einen Umweg von fast fünfzehn Minuten zurücklegen musste.

In den vergangenen Jahren dachte sie nicht ein einziges Mal darüber nach, dass Alleinsein keine rein positive Eigenschaft ist.

Als sie das Haus betritt, sortiert Astrid gerade die Einkäufe in den Kühlschrank. Offiziell gehört das nicht zu ihrer Tätigkeitsbeschreibung, doch irgendwann erkannten beide Frauen, dass es nur konsequent wäre, wenn sich die Assistentin auch um diese notwendigen Erledigungen kümmern würde – gegen ein zusätzliches Entgelt, versteht sich.

Marie versucht, unbemerkt an Astrid vorbeizugehen, doch das Vorhaben scheitert, noch bevor sie die zweite Treppenstufe erreicht.

»Was ist denn passiert?«

Die Frau hat den veränderten Gang bemerkt, obwohl Marie sich große Mühe gab, nicht wie die Veteranin eines vergeblichen Krieges zu humpeln. Für einen kurzen Augenblick ringt sie mit sich, ihrer Assistentin die ganze Wahrheit zu erzählen, belässt es aber bei der knappen Bemerkung: »Ich bin gestürzt.«

Astrid muss nichts von der Angelschnur wissen. Die Information hat für sie keine Bedeutung und würde an der aktuellen Situation nichts ändern.

»Mein Knie, aber es ist nichts Ernstes. Bitte verschieb meine Termine auf übermorgen, ich will einfach nur meine Ruhe.«

»Tut es sehr weh?«

»Ja.«

Ihre Assistentin kennt sie gut genug, um keine weiteren Fragen zu stellen. Aus dem Kühlschrank holt Astrid ein Gelkissen, aus dem Medizinschränkchen Desinfektionsmittel und einen Verband.

»Hier«, sagt Astrid und zieht sich dann mit der Geräuschlosigkeit eines höfischen Lakaien zurück. Marie bleibt allein mit ihrem Schmerz, der im Takt des Herzschlags an- und abschwillt wie eine qualvolle Sirene.

Sie legt sich auf das Bett und schiebt sich ein Kissen als sanfte Anhöhe unter ihr Bein. Für einen Zeitraum, der zehn Minuten oder drei Stunden umfassen könnte, gibt sie sich oberflächlichem Dösen hin. Schließlich steht sie auf und geht, das beschädigte Knie wie einen Fremdkörper mit sich führend, an den Schreibtisch.

Sie versucht, sich durch Arbeit abzulenken.

Zunächst liest sie die zuletzt geschriebenen Abschnitte. Satz für Satz nimmt sie Stimmung und Rhythmus auf, um den Text möglichst nahtlos fortzuführen:

Sie sah aus dem Fenster und wurde den Gedanken nicht los, dass die außen liegende Welt nur ein Aquarium sei. Träge zogen Passanten ihre immer gleichen Bahnen und spürten wenig von den unsichtbaren Wänden, an die sie regelmäßig stießen. Annabelle hingegen war frei. Als Einzige hatte sie verstanden, dass Freiheit keine Frage des zur Verfügung stehenden Raumes war, sondern ...

Marie ist unzufrieden mit der Formulierung. Frei und Freiheit direkt hintereinander? Geht es Annabelle überhaupt darum, frei zu sein? Ist das, was sie will, nicht vielmehr Sicherheit, also das genaue Gegenteil? Schon oft hat sie die Beobachtung gemacht, dass Figuren und Handlung ein Eigenleben entwickeln. Das mag hilfreich sein, um einer gewissen Eindimensionalität vorzubeugen. Bei Annabelle hingegen sorgt es lediglich für Widersprüche und Unglaubwürdigkeit.

Marie klappt den Bildschirm herunter. Es überkommt sie der Wunsch, sich an wehrlosen Gegenständen abzureagieren. Vielleicht sollte sie mit einem Ordner um sich werfen? Eine

Vase zertrümmern? Doch die entstehenden Geräusche würden eine besorgte Astrid auf den Plan rufen, für die sie sich irgendwelche gesellschaftskompatiblen Ausreden einfallen lassen müsste.

Mit dem Drehstuhl fährt Marie hinüber an das Bücherregal und sucht nach Lektüre. Früher las sie viel und wahllos, ihr Konsum umfasste die jährliche Shortlist zum Deutschen Buchpreis ebenso wie angelsächsische Thriller; Musil und Kafka folgten auf Liebesromane. Diese Zeit ist lange vorbei, heute beschäftigt sie sich zielgerichtet mit Texten, recherchiert zu den Themen geplanter Werke und befestigt bunte Klebezettel in populärwissenschaftlichen Abhandlungen. Sachbücher haben die Belletristik in ein Nischendasein gezwungen. Als sie im vergangenen Jahr Gast des Literarischen Quartetts war, fühlte es sich beinahe obszön an, zur Vorbereitung vier aktuelle Romane zu lesen.

Der unterste Regalteil wird dominiert von Geschenken. Hier sammeln sich Bücher, die sie nie wollte – wenn es nach Marie ginge, würde sie den ganzen Stapel in einen der öffentlichen Bücherschränke in Berlin versenken, doch anstandshalber bewahrt sie auch unerwünschte Präsente zumindest ein paar Jahre auf.

Nachdem sie sich einen schnellen Überblick verschafft hat, entscheidet sie sich für einen Krimi mit dem vielsagenden Titel *Alles Vergängliche*. Ja, da hat jemand Goethe gelesen. Damit auch der dümmste Leser die Verbindung erkennt, werden die letzten Verse des *Faust* noch einmal als Zitat vorangestellt. Schnell umreißt der Erzähler das Setting (den literaturwissenschaftlichen Zweig einer namenlos bleibenden deutschen Universität, allerdings so fehlerhaft beschrieben, dass Marie sich fragt, ob der Autor jemals eine derartige

Einrichtung aufgesucht hat), dann geschieht auch schon der unvermeidliche Mord. Auf dem Campus findet man die Leiche eines vormals angesehenen Professors, der in den letzten Wochen jedoch mit einem Sex-Skandal zu kämpfen hatte. Alles deutet auf Suizid hin, doch unser Held, ein abgebrühter und selbstverständlich geschiedener Kommissar, weiß es besser. Im studentischen Umfeld nimmt er seine Ermittlungen auf und stößt schließlich auf ein »unerhörtes Geflecht aus Erpressung und Abhängigkeiten«.

Unerhört ist eigentlich nur die Auflösung. Gleichermaßen vorhersehbar wie unglaubwürdig (der zurückhaltende, aber insgeheim ehrgeizige Doktorand war's, natürlich) entlockt sie Marie doch eine gewisse Anerkennung. Eine solche Dichte an handwerklichen wie stilistischen Fehlern ist ihr bisher noch nicht begegnet, abgesehen vielleicht von diesem Workshop für kreatives Schreiben, den sie mit Mitte zwanzig einmal betreuen durfte. Sollte es jemals einen Literaturwettbewerb geben, bei dem ausgerechnet der schlechteste Text gesucht wird, wäre *Alles Vergängliche* Maries Kandidat.

In der Nacht kann sie nicht schlafen.

Bei jeder Bewegung spürt sie ihr Knie, sie sucht angestrengt nach einer erträglichen Position, findet keine und steht schließlich auf. Sie geht in die Küche, füllt ein Glas mit Leitungswasser und setzt sich an den Tisch. Ihr Gesicht wirkt in der Reflexion der Scheibe plötzlich sehr alt, doch was sie noch mehr beunruhigt, ist die Dunkelheit hinter ihrem Spiegelbild.

Er könnte nur wenige Meter von dir entfernt sein, geht es ihr durch den Kopf, und dieser Gedanke fühlt sich unerträglicher an als der Schmerz in ihrem Bein. Er, das ist ein halb mystisches Wesen mit einem finsteren Fleck anstelle des Gesichts, ohne Herkunft, Alter oder sonstige kategorisierbare Eigenschaften. Er, das ist reine Unberechenbarkeit, ein Szenario, wie sie es sonst nur aus Thrillern kennt.

Sie ist über eine Angelschnur gestolpert und hat sich dabei verletzt – für sich genommen sind die einzelnen Elemente dieses Vorfalls harmlos. Angelschnur. Stolpern. Verletzen. Alles banale Dinge, kein Grund zur Aufregung. Doch so, wie es geschah, haftet dem Ganzen eine Bedrohung an. Ist sie in Gefahr? Sollte sie vielleicht doch die Polizei informieren?

Marie schüttelt den Kopf über ihre Naivität. Sie ist nicht mehr das kleine Mädchen, das beim Lesen einer Gruselgeschichte vor lauter Schreckhaftigkeit Gänsehaut bekommt. Ein paar billige Effekte reichen nicht aus, um sie zusammenzucken zu lassen.

Auf ihrem Notebook sucht sie nach Internetradiosendern, die sie nicht nerven. Doch es fällt ihr bei einem derartigen Überangebot gar nicht so einfach, ein erträgliches Programm zu finden. Nach koreanischem Prog-Rock, mehreren Abstufungen Easy Listening und einem englischsprachigen Feature über Feinstaub bleibt sie schließlich bei einem obskuren russischen Sender namens UVB-76 hängen, der kontinuierlich ein kurzes, monotones Summen von sich gibt. Eine schnelle Recherche zeigt, dass der Sender einigen Theorien zufolge Teil einer Totmannschaltung sein soll: Sobald sein Signal verstummt, machen sich Dutzende Atomraketen auf ihren Weg zum vermeintlichen Vergeltungsschlag. Auf eine Art, die Marie selbst nicht ganz klar ist, beruhigt sie diese Vorstellung.

Als sie endlich auf dem Sofa Schlaf findet, dämmert hinter den Bäumen bereits der neue Tag heran.

Marie hat wieder den Traum von ihrem eigenen Ertrinken, der weniger bedrohlich auf sie wirkt, als man meinen sollte. Mit einer perfiden Freude an der eigenen Vernichtung schwimmt sie hinaus auf den See, der plötzlich wellenreicher ist als das Meer während eines Sturms. Die Wassermassen schlagen über ihrem Kopf zusammen, zwingen sie unter die Oberfläche. Sie ringt eine Weile um Luft, doch schließlich erkennt sie die Ausweglosigkeit des Unterfangens an und stellt die Atmung ein. Dann wird alles ganz leicht. Ungeahnte Kräfte ziehen an ihrem Körper, sie sinkt hinab in die Tiefe, die Finsternis streckt ihre zahlreichen Finger nach ihr aus. Hellblau wird zu Blau, Blau zu Dunkelblau, dann herrscht nur noch Schwärze.

Das ist der Moment, in dem sie immer erwacht.

Sie hört Schritte vor der Tür und setzt sich auf. Die linke Hälfte ihres Gesichts hat die Struktur des Sofabezugs übernommen, die schräg einfallende Morgensonne blendet sie und verstärkt die kurzzeitige Orientierungslosigkeit.

Für einen Moment glaubt sie, Astrid würde ihren Dienst antreten, doch ein Blick zur Uhr belehrt sie eines Besseren. Es ist kurz vor sieben Uhr, viel zu früh für ihre Assistentin.

Hat sie sich die Geräusche vielleicht nur eingebildet?

Sie steht auf, wird schmerzhaft an die eingeschränkte Funktionstüchtigkeit ihres Knies erinnert und läuft dann mühselig zur Tür. Niemand steht davor, auch kein in seinem Biorhythmus gestörter Postbote hat eine Sendung hinterlassen. Sie betrachtet die stille Einfahrt, ihr Auto, das sie seit Wochen nicht mehr benutzt hat. Ganz beiläufig kommt ihr die Erkenntnis, dass sie seit Wochen auch nicht mehr in der Stadt war. Ihr Leben ist zentriert auf dieses Haus, auf den See und ein paar Wege im Wald. Ein kleines Reservat, zugegeben, aber wie viele Menschen verfügen schon über mehr?

Als sie die Tür bereits schließen will, sieht sie die beschädigten Mädchenaugen. Mehrere der gelben Blüten liegen wie ihr eigener Grabschmuck auf der Erde. Es ist nicht eindeutig, was zum Zustand der Blumen geführt hat, doch Marie kann den Eindruck nicht abwehren, dass dort jemand gestanden hat. Die Position wäre ideal, um das Wohnzimmer einzusehen. Und das Sofa, auf dem sie bis eben gelegen hat. Sie schreckt vor der Außenwelt zurück wie vor einer heißen Herdplatte.

Die Tür fällt sehr laut zu.

Ihr Verstand zieht Konsequenzen, die sie nicht anerkennen möchte. Nein, das hat nichts zu bedeuten. Die Mädchenaugen können durch alles Mögliche Schaden genommen haben. Vielleicht war es Echo, der sich einer plötzlichen Eingebung folgend im Beet wälzte. Der unzufrieden war, weil Marie ihm nicht sofort die Tür öffnete. Aber wo ist der Kater jetzt? Wäre er nicht sofort zu ihr gekommen, um sich seine unverdiente Portion Zärtlichkeit und Nahrung abzuholen?

Bevor sie unter die Dusche geht, schließt sie zweifach von innen ab und lässt den Schlüssel stecken – eine Vorsichtsmaßnahme, die sie sonst nie ergreift.

Das wechselwarme Wasser tut ihr gut, obwohl es nicht den gleichen berauschenden Effekt besitzt wie sonst. Beiläufig wandert ihre Hand in den Schoß; sie schließt die Augen und versucht, durch Masturbation zu entspannen, gibt jedoch nach wenigen Minuten auf. Statt trainierten Oberkörpern und kräftigen Armen tauchen nur Bilder von umgeknickten Blütenstielen und einer über den Weg gespannten Angelschnur auf.

Marie stellt die Dusche ab und wickelt sich so fest in ein übergroßes Handtuch, als wäre es ein magischer Umhang, der die Gabe besitzt, sie vor allem Ungemach in der Welt zu beschützen.

Während sie beim Frühstück sitzt, klingelt es. Erst jetzt fällt ihr wieder ein, dass sie den Schlüssel von innen stecken ließ, weshalb Astrid die Tür nicht öffnen kann.

»Guten Morgen, Marie. Ist alles in Ordnung?«

Die Assistentin wirkt etwas irritiert.

»Guten Morgen. Nein, es ist nur ... Manchmal kommt man sich sehr einsam vor hier draußen, weißt du?«

Astrid sieht Marie mitfühlend an. Natürlich könnte sie ihrer Arbeitgeberin vorschlagen, zurück in die Stadt oder zumindest in ein Dorf zu ziehen. Doch sie weiß, wie sehr Marie Einmischungen jeder Art verabscheut. Geräuschlos zieht sie sich deshalb an ihren Schreibtisch zurück, um die Eingangspost zu sichten.

Auch für Marie wird es Zeit, sich wieder an die Arbeit zu machen.

4

Am nächsten Tag verlässt sie das Haus nicht.

Was habe ich denn erwartet? Sie hat sich verletzt und muss sich erholen, und ihre morgendliche Joggingrunde wird wohl eine Weile ausfallen. Habe ich das nicht geplant, nicht berücksichtigt? Da ich doch sonst so strukturiert bin und alle möglichen Konsequenzen durchdenke ... Nur bei ihr will mir das nicht immer gelingen, da handle ich impulsiv, gefährlich unüberlegt.

Aber sie hat mich provoziert. Warum lässt sie auch diesen unbelesenen Bauern in ihr Bett? Sie wollte es ja nicht anders. Eine Warnung war mehr als angemessen, eine ernsthafte Konsequenz ...

Ich muss mich zusammenreißen.

Ich bin so weit gekommen, aber ich darf keine Fehler machen. Natürlich, ich leiste hier Pionierarbeit. Was ich tue, ist Studie und Langzeitexperiment in einem, dafür gibt es keine Handlungsanweisungen.

Meine Aufgabe macht mich sehr einsam, obwohl ich mir das nicht eingestehen will. Wenn ich sie beobachte, verliere ich jedes Gefühl für Zeit, Schlaf und Hunger. Mein ohnehin bescheidener Freundeskreis hat sich zunächst ausgedünnt und ist dann komplett verschwunden. Doch ich komme sehr gut ohne ihn zurecht;

Langweiler waren das, Ignoranten. Niemandem konnte ich von meinem höheren Ziel erzählen, niemand hätte mich verstanden. Sie alle leben ihr Durchschnittsleben, sie haben keine Richtung und keine Vision. Sie heiraten, machen ein bisschen Karriere, schwängern ihre Frauen und lassen sich scheiden. Wer braucht schon solche Freunde?

Auch sie ist einsam, geht es mir durch den Kopf. Auch sie sehnt sich nach Wärme und Zuneigung, möchte verstanden und geliebt werden.

Kann dies die Verbindung zwischen uns werden? Wie zwei Gefangene in einem völlig verdunkelten Raum strecken wir die Arme nacheinander aus. Die erste Berührung bereitet uns noch Angst, wir weichen zurück in entgegengesetzte Ecken, den Rücken zur Wand, doch schließlich erkennen wir, dass wir kooperieren müssen. Wir gegen den Rest der Welt.

Ich muss sie isolieren.

Nach vier Tagen fühlt sich Maries Knie schon wesentlich besser an. Die Entzündungsphase ist vorbei, die Schwellung geht zurück. Eine dezent bläuliche Verfärbung ist geblieben, ebenso ein leichtes Ziehen, wenn sie zu schnell auftritt.

Hochstett hat ihr sportliche Betätigung für mindestens zwei Wochen untersagt, und sie ist bereit, sich daran zu halten. Nicht etwa, weil sie seine medizinische Expertise sonderlich schätzen würde – die gilt ohnehin eher für Rinder, Schweine und Hunde –, sondern weil ihr die Vorstellung, wieder um den See zu joggen, ein diffuses Unbehagen bereitet.

Sie liegt auf dem Sofa, das Notebook auf dem Schoß. Noch hat sie *Inkubation* nicht aufgegeben, vielleicht ist der Plot zu retten, wenn sie die Exposition gründlich überarbeitet. Nur langsam geht es voran, jede Veränderung zieht eine Kaskade weiterer Anpassungen nach sich.

Sie hasst dieses Stückwerk.

Es gibt Tage, da schreibt sie Seite um Seite, sie hört die Erzählerstimme laut und deutlich in ihrem Kopf, jedes Wort ist an seinem Platz. In diesen Momenten liebt sie ihren Beruf, würde ihn mit keiner anderen Beschäftigung auf der Welt eintauschen. Heute hingegen könnte sie ebenso gut als Verkäuferin in einem schäbigen Discounter tätig sein, die Arbeit wäre gleichermaßen unbefriedigend. *Annabelle hatte sich eingerichtet in ihrem komfortablen Käfig. Alles war an seinem Platz, die Desinfektionstücher, die Konserven, Schokolade für mehrere Monate. Sie musste nur noch* – nur noch was, verdammt? Soll Annabelle doch in ihrem komfortablen Käfig krepieren, ihr ist es egal. Sie hat das Gefühl für die Figur verloren, und damit ist Annabelle so gut wie tot. Marie kann deren flachen Atem hören. Ihre Brust hebt und senkt sich kaum noch, ihr Herz schlägt mit immer größeren Pausen. Ihre Gliedmaßen werden kühl und verfärben sich, der Notarzt wird zu spät kommen, sich mit bedauernswerter Miene den Angehörigen zuwenden und erklären, dass man leider nichts mehr machen könne.

Arme Annabelle, du stirbst unverzeihlich jung. Dir hätte eine große Zukunft bevorgestanden, eine Zukunft als authentische, ansprechende Figur, die symptomatisch für einen Paradigmenwechsel der westlichen Gesellschaft gewesen wäre. Marie sah bereits den bemüht intellektuellen Klappentext vor sich.

Probehalber schreibt sie ein paar kurze Absätze, losgelöst von jeder chronologischen Reihenfolge. Es sind Testballons, sie möchte herausfinden, wie tragfähig die Geschichte noch ist. Die Idee gefällt ihr zu gut, um sie auf den Müllhaufen der uneingelösten Fiktionen zu werfen.

Wie hat Simon, ihr Professor in Leipzig, einmal gesagt? »Niemals aufgeben. Von einer Handvoll Fragmente einmal abgesehen, wurde jedes Buch, das wir kennen, vollendet. Wer nicht durchhält, kann nicht veröffentlichen.«

Kurzzeitig schweift sie ab in verklärte Erinnerungen an ihre Studienzeit. Doch dann gibt sie sich selbst eine gedankliche Ohrfeige, setzt sich auf und tippt ein paar Sätze, die sie kurz darauf wieder verwirft. *Annabelle zog sich mit jeder Minute weiter in sich selbst zurück.* Wirklich? *Annabelle war die einzige Bewohnerin eines verödeten Planeten.* Nein, unbrauchbar. *Annabelle bezog einen Posten am Ende der Welt, wohin niemand mehr zu ihr durchdringen konnte.* Bitte ...

Fast wäre sie dankbar für eine Wortmeldung von Astrid, doch die sitzt an ihrem Arbeitsplatz und sortiert Belege vergangener Lesereisen für das Finanzamt.

Nicht einmal Echo kommt vorbei, um sich streicheln und füttern zu lassen. Undankbares Tier. Vor zwei Tagen war er das letzte Mal hier, er wollte nur fressen und zog sich dann schnell in den Wald zurück, als hätte er dort einen wichtigen Termin. Vielleicht hat er einen Haushalt gefunden, bei dem es ihm besser gefällt.

Marie gibt in die Suchmaschine ihren eigenen Namen ein.

119.000 Ergebnisse werden in Sekundenschnelle angezeigt, an oberster Stelle steht der Wikipedia-Eintrag. Ausgedruckt würde er kaum zwei Seiten umfassen, etwas mager für eine Schriftstellerin, die von der *ZEIT* als »große Hoffnungsträgerin der deutschsprachigen Literatur« bezeichnet wurde. Neben einem kurzen Abriss zu Leben und Werk besteht der Hauptteil des Artikels aus einer Auflistung ihrer

Einzeltitel. Über sechzehn Jahre hinweg hat sich viel angesammelt, drei Essay-Sammlungen, sieben Romane, vier Theaterstücke, zwei Gedichtbände (beide sind ihr heute eher peinlich), ein Band mit Kurzgeschichten und eine Neuübersetzung von Gogols *Tote Seelen*. Marie gilt als äußerst produktiv, ein Kritiker bezeichnete sie sogar als Text-Berserkerin, obwohl sie das nicht nachvollziehen kann; wenn man jeden Tag schreibt, hat man eben auch einen gewissen Ausstoß.

Vielleicht sind andere Autoren einfach nur faul.

In der Mittagszeit geht Marie in den angrenzenden Garten oder zumindest in das, was davon übrig ist. Sie bewundert die Natur für ihr Talent, Spuren menschlicher Domestizierung derartig schnell und gründlich zu beseitigen. Die Zierpflanzen sind handfestem Unkraut gewichen, die Büsche lassen nichts mehr von ihrem früheren Schnitt erkennen, die Wurzeln junger Bäume lösen die Begrenzung zwischen alten Beeten und dem Weg immer weiter auf. Es fehlen noch das rostige Metallgerippe eines geplünderten Wagens und eine einsturzgefährdete Ruine, dann könnte dieser Teil des Grundstücks auch ein schönes Setting für ein Endzeitdrama abgeben.

Etwas abseits liegt das Boot, die Unterseite mit der abplatzenden Farbe nach oben.

Marie hat es bisher nie benutzt, was sie im Nachhinein erstaunt. Wie eine Requisite, die sich schon seit Beginn des Stücks auf der Bühne befindet, doch erst im letzten Akt durch die Schauspieler verwendet wird.

Sie tritt näher und begutachtet es. Zumindest oberflächlich sind keine ernsthaften Beschädigungen im Rumpf zu erkennen. Das Boot herumzudrehen und es ins Wasser zu schieben gestaltet sich schwieriger als angenommen, besonders weil sie das verletzte Knie nicht voll belasten will. Wo es gelegen hat, ist die Erde annähernd frei von Bewuchs, nur ein paar seltsam blasse Grashalme sind zu sehen. Asseln suchen nach einem neuen Versteck.

Marie zieht der Bequemlichkeit halber ihre leichten weißen Turnschuhe aus und klettert vorsichtig hinein. Das Boot schaukelt spektakulär, obwohl das Wasser an dieser Stelle kaum dreißig Zentimeter tief ist. Sie stößt sich vom Ufer ab, und nach ein paar Ruderschlägen sind die letzten Widerstände aus Schilf durchbrochen.

So oft hat sie den See schon umrundet und ist in ihm geschwommen, doch die neue Perspektive überrascht sie. Mit dem Rücken voran hält sie auf die Mitte des stillen Gewässers zu, ihr Haus erscheint kleiner und kleiner.

Sie könnte gut auf einer einsamen Insel leben. Natürlich, ein gewisser zivilisatorischer Grundbedarf müsste gedeckt sein, sie will sich nicht jeden Tag Gedanken um Trinkwasser, Essen und Licht machen müssen. Doch darüber hinaus? Sie würde keinen Kalender in Palmholz ritzen, nicht den Stand der Sonne verfolgen, um sich die aktuelle Stunde zu errechnen. Ihre Geschichten würde sie erzählen, nicht niederschreiben. Es wären endlose Selbstgespräche, Erkundungen des eigenen Ichs, indem sie die Perspektive unterschiedlichster Figuren einnähme.

Kürzlich (es muss direkt nach der Veröffentlichung von *Tyrannenmord* gewesen sein) wurde sie gefragt, ob sie die Protagonisten ihrer Geschichten eigentlich sympathisch fände – ein wahnsinniger Diktator sei ja niemand, den man gerne in seinem Freundeskreis hätte. Doch Marie entgegnete gelassen, dass sie sich eher mit faszinierenden Charakteren abgäbe als mit liebenswürdigen. Ganz so, als wären diese zwei Eigenschaften unvereinbar.

Sie bleibt knapp eine Stunde draußen. Die Beine hat sie über das Heck gelegt, ihre Füße ziehen kleine Kreise im Wasser. So frei hat sie sich seit langer Zeit nicht mehr gefühlt.

Erinnerungen an eine Klassenfahrt werden wach. Die Bilder zeigen einen kleinen Ort am Bodensee, eine heruntergekommene Jugendherberge, aber auch einen eigenen Steg mit Booten. Jeden Tag in der freien Zeit vor dem Abendessen fuhr sie raus, neben sich ein Buch. Mehrmals kam sie zu spät zurück, was zu unnötigen Konfrontationen führte – doch das war es wert. Auf dem Wasser war sie ihre eigene Insel, ungestört und unantastbar.

Als sie zurückkehrt, weist ihr eine Spur aus geknicktem Schilfrohr den Weg zur Anlegestelle. Sie holt die Ruder ein, springt mit dem gesunden Bein an Land und zieht dann das Boot zur Hälfte aus dem Wasser.

Sie findet ihre Schuhe nicht.

Obwohl sie sich sicher ist, sie hier abgelegt zu haben, fehlt von den Turnschuhen jede Spur. Hat Astrid sie vielleicht im Gras liegen sehen und hineingetragen? Aber weshalb sollte sie das tun?

Barfuß läuft Marie ins Haus. Astrid telefoniert gerade mit dem Verlag, es geht um die Paperbackausgabe von *Tyrannenmord*.

»Das kann ich verstehen, aber ... natürlich ... doch besprechen Sie das lieber mit ihr persönlich.«

Die Assistentin legt eine Hand auf den Hörer. »Marie, hättest du kurz Zeit?«

»Ich suche meine Schuhe.«

»Deine Schuhe?«

»Ich habe sie vorhin im Garten ausgezogen, bevor ich mit dem Boot auf den See rausfuhr – jetzt sind sie weg.«

Astrid betrachtet sie voller Unverständnis, dann wendet sie sich wieder ihrem Telefonat zu.

»Hören Sie? Es tut mir leid, aber ich muss Sie bitten, es in einer Stunde noch mal zu versuchen. Gerade ist es ungünstig. Ja, ich richte es ihr aus ... bis dann.«

Sie legt auf. Für ein paar Sekunden stehen beide Frauen unschlüssig im Raum, wie Schauspielerinnen, die auf ihre Bühnenanweisung warten.

»Du hast meine Schuhe also nicht genommen?«, startet Marie einen letzten Versuch.

»Nein. Warum sollte ich deine Schuhe nehmen?«

»Es ist nur ... Sie lagen vorhin noch am Ufer, und jetzt sind sie ... einfach verschwunden.«

Astrid denkt nach. Das Erstellen wahrscheinlicher Hypothesen gehört offenkundig nicht zu ihren Stärken.

»Vielleicht hat ein Tier sie genommen.«

»Welches Tier nimmt Schuhe mit?«

»Keine Ahnung ... Ich bin sicher, die werden schon wieder auftauchen.«

Marie wendet sich ab. Auf nackten Sohlen geht sie in die obere Etage, die Stufen fühlen sich entsetzlich kalt unter ihren Zehen an.

Man kann mir nicht vorwerfen, dass ich es nicht versucht hätte.

Nach unserer gemeinsamen Zeit gab ich mir große Mühe, sie zu vergessen. Ich wollte mich von einer Vergangenheit befreien, die keine Zukunft besaß und die Gegenwart mit unfruchtbaren Tagträumen belastete.

Ich lernte andere Frauen kennen und war aufgeschlossen für Neues. Für eine Weile gingen diese Liebschaften immer gut, mein Leben schien einen gewöhnlichen Verlauf ohne Hochs und Tiefs zu nehmen. Abende auf dem Sofa. Restaurantbesuche. Ficken. Familienfeiern.

Doch – ich konnte mich noch so sehr dagegen wehren – immer verglich ich meine wechselnden Partnerinnen mit ihr. Und selbstverständlich konnte keine von denen ihr das Wasser reichen. Immer war sie die Klügste, Sanftmütigste, Aufmerksamste, Schönste. Ihre Eigenschaften existierten nur im Superlativ, während die anderen bloßer Durchschnitt blieben.

Schließlich gab ich die Hoffnung auf eine funktionierende Beziehung endgültig auf. Nein, ich war nicht für ein Leben zu zweit bestimmt, zumindest nicht ohne sie. Scheiß auf alle Caros und Julias und Nadines dieser Welt, sie verblassten vor der Herrlichkeit meiner großen, tragischen, unglücklichen Liebe. Diese Liebe war es auch, die mich aus den Fesseln des Alltags befreite.

Auf dem Weg zur Arbeit, in einer Warteschlange im Supermarkt, abends vor dem Fernseher – mein Dasein glich dem von Millionen anderen Menschen, zumindest oberflächlich betrachtet. Doch das, was ich in meinem Herzen trug, zeichnete mich vor dieser stumpfen, belanglosen Masse aus. Ich war nicht wie sie, meine Gefühle erhoben mich über den Schmutz der Straßen und über die Enge der Wohnsilos. Der Verzicht war es, der mich adelte.

Meine profanen Bedürfnisse lernte ich schließlich in Bordellen zu stillen. Irgendeines der Mädchen fand sich stets bereit, auf meine Wünsche einzugehen. Ich hielt die Augen geschlossen und dachte an sie, während mich eine Nutte mit ihrem Mund verwöhnte. Wenn ich kam, krallten sich meine Hände in ihr Haar, und ich schrie laut den Namen, der mir alles bedeutet: Marie.

Auch wenn ich zu jeder Sekunde wusste, wie erniedrigend das war, bewahrte es mich doch davor, den Verstand zu verlieren.

Es ist Sonntagabend, und Maries Handy klingelt, was bedeutet, dass es nur Michelle sein kann.

Ihre Schwester meldet sich einmal im Monat. Der Anstand scheint ihr diese regelmäßige Kontaktaufnahme zu diktieren, Gesprächsbedarf gibt es jedenfalls keinen.

Früher waren Marie und Michelle ein eingespieltes Team, die zehn Jahre, die sie trennen, stellten nie ein wirkliches Problem dar. Marie profitierte von der Erfahrung ihrer großen Schwester, viele Fehler musste sie nicht selbst begehen, weil Michelle sie vorwegnahm: Drogen, ausufernde Partys inklusive One-Night-Stands, ein Verfahren wegen Hausfriedensbruch (sie war mit Freunden in eine vermeintlich leer stehende Villa eingebrochen).

Ihren Eltern konnten sie im Verbund gehörig auf die Nerven fallen, auf alten Fotos von Familienfeiern sieht man die beiden fast nur lachen.

Dann erlitt Michelle diese tragische Fehlgeburt.

Sie verließ ihren Mann, den Marie immer sympathisch gefunden hatte, um mit einem Menschen zusammenzuziehen, der sich selbst als Aussteiger bezeichnet. Uwe hat vier Kinder von drei verschiedenen Frauen, lebt hauptsächlich in einem Liegestuhl in seinem Garten und wettert sehr ausdauernd gegen das System, gegen Ausländer und etwas, das er gemeinhin nur als die Weltverschwörung bezeichnet. In einer früheren Existenz scheint er als Maler gearbeitet zu haben, doch das ist lange her. Ein kaputtes Hüftgelenk hindert ihn zuverlässig daran, sich nach einem neuen Job umzusehen. Er gibt sich mit den Leistungen eines wohlmeinenden Sozialstaats zufrieden – ein Verhalten also, das er den Migranten jeden Tag vorwirft.

Marie hofft aufrichtig, dass Uwe irgendwann über seine Pfandflaschensammlung stolpert und sich das Genick bricht.

»Hallo, Marie.«

So sehr sie sich freut, die Stimme ihrer Schwester zu hören, so schmerzhaft spürt sie den durch nichts zu überbrückenden Abgrund zwischen ihnen. Wie können sich zwei Menschen nur so fremd werden?

»Hallo, Michelle.«

»Wie geht es dir?«

Das Skript ihres Dialogs ist noch strikter vorgegeben als der Ablauf der Abende mit Jakub. Hier warten keine Überraschungen, keine Gefühlsausbrüche oder späten Geständnisse. Und ganz bestimmt keine Entschuldigungen – dafür sind sie beide zu stolz.

»Mir geht es gut«, sagt Marie und stellt ihr Smartphone auf Lautsprecher, damit sie es aus der Hand legen und in einer von Astrids liegen gelassenen Zeitschriften blättern kann.

»Wie läuft die Arbeit mit deinem neuen Buch?«

Da Marie immer an irgendeinem Text sitzt, ist die Frage nie verkehrt, obwohl Michelle höchstwahrscheinlich keinen Überblick über die Veröffentlichungen ihrer Schwester hat.

»Ich komme voran. Du weißt ja: Mühsam ernährt sich das Eichhörnchen.«

Sie hasst Phrasen, aber sie weiß nicht, was sie sonst sagen soll. Früher hätten sie sich stundenlang über ehemalige Nachbarn oder Mitschüler auslassen können, doch diese Vergangenheit bringt niemand zurück. Ihre Biografien haben sich in verschiedene Richtungen bewegt.

In Astrids Zeitschrift entdeckt sie ein Rezept für eine Ingwer-Karotten-Kokos-Suppe, das sie gerne einmal mit Jakub ausprobieren möchte.

»Ich wollte dich etwas fragen.«

Marie horcht auf. Das ist eine Abweichung von dem gewohnten Ablauf ihrer Telefonate.

»Im August«, fährt Michelle fort, »würde ich dich gerne einmal besuchen kommen.«

Ein paar Sekunden herrscht Stille in der Leitung. Die moderne Technik bringt es mit sich, dass nicht einmal halblautes Hintergrundrauschen das Schweigen füllt.

»Nur du«, konkretisiert Marie schließlich den Vorschlag.

»Nur ich.«

»Kein Uwe und auch nicht diese ... seine Kinder.«

»Ich hab's doch schon gesagt, Marie. Nur ich allein. Du müsstest mir nur noch mal genau beschreiben, wie ich zu deiner Festung der Einsamkeit gelange. Muss ich über irgendwelche klapprigen Hängebrücken fahren, vorbei an einem alten Indianerfriedhof?«

Für eine Sekunde blitzt der Humor auf, den Marie früher an ihrer Schwester bewundert hat, doch dann sinkt Michelle zurück in ihren Nebel aus Jammer.

»Es geht mir nicht gut«, sagt sie dramatisch, und Marie ist unsensibel genug, um zu fragen: »Weshalb diesmal?« Sie bereut den Zynismus in ihrer Stimme sofort.

Michelle atmet tief ein und aus und entfacht damit eine Miniaturwindböe im Lautsprecher.

»Es ist so furchtbar ... Wie konnte er mir das nur antun?«

»Wer? Uwe?«

In Maries Mund hört sich der Name wie ein exotisches Schimpfwort an.

»Ja, Uwe. Manchmal glaube ich, mit einem Fremden zusammenzuwohnen. So lange sind wir nun schon ein Paar. Sicher ist nicht alles perfekt, aber nie hätte ich gedacht, dass er mich mit irgend so einer Dahergelaufenen ... Was hat er sich nur dabei gedacht?«

Marie füllt die Lücke in Gedanken und ist plötzlich selbst fassungslos. Michelle ist definitiv das Beste, was diesem Asozialen in seinem Leben je passiert ist, und ihm fällt nichts anderes ein, als seinen mutmaßlich syphilitischen Schwanz in eine beliebige Schlampe zu stecken.

»Wir wollten eigentlich das Haus auf Vordermann bringen, die Kinder sollen es später doch schön haben, und wenn wir alt sind, dann ...«

Michelle weint oder tut zumindest sehr überzeugend so, und Marie wird den Gedanken nicht los, dass ihre Schwester das Unglück anzieht. Handelt es sich um einen Fluch? Schlechtes Karma? Oder schlicht und ergreifend um eine zufällige Häufung negativer Ereignisse?

Was es auch ist, Marie empfindet Mitleid. Auch wenn es ihr sehr gelegen käme, wenn Michelle diesen Versager und seine Patchwork-Brut endlich in die Wüste schicken würde, ist sie dennoch von der Traurigkeit ihrer Schwester gerührt. Nie hat sie Michelle verzweifelter erlebt als nach der Fehlgeburt. Seit Jahren hat sich Marie nicht mehr so sehr gewünscht, ihre Schwester zu umarmen.

»Du kannst jederzeit zu mir kommen, Michelle ... von mir aus auch mit den Kindern.«

»Das ist sehr freundlich. Aber wenn, komme ich allein.«

Marie verspürt den Drang, noch länger mit ihrer Schwester zu sprechen, doch Michelle erkundigt sich nur noch nach dem genauen Weg zu ihrem Haus, dann beendet sie das Telefonat auffallend sachlich. Marie braucht ein paar Minuten, um zu verstehen, wie viel Überwindung es ihre Schwester gekostet haben mag, sich ihr derart anzuvertrauen. Es könnte der Versuch einer Renaissance sein, die Wiedergeburt einer Intimität, die sie längst verloren glaubte. Als wäre es eine überraschende Erkenntnis, wird Marie plötzlich bewusst, dass sie Michelle trotz allem bis an ihr Lebensende lieben wird.

Sie hat ein eigenes Zimmer in meiner Wohnung, obwohl sie nichts davon weiß. Es gibt ein Bett, einen kleinen Schreibtisch mit passendem Stuhl, sogar eine winzige Leseecke. Ihren Literaturgeschmack kenne ich sehr genau, nach und nach habe ich mir alle Bücher ihrer Lieblingsautoren geholt. Sie könnte jederzeit bei mir einziehen und ein glückliches Leben mit mir führen.

Ja, glücklich.

Vielleicht würde sie bescheidener wohnen als in diesem einsamen Haus am See, doch was bedeutet schon materieller Wohlstand, wenn die Seele verkümmert? Ich weiß, wie unvollständig mein Leben ohne sie ist, und auch sie muss ahnen, dass ihr etwas fehlt.

So allein. Es ist zum Heulen, und nichts anderes mache ich in den schwachen Stunden, in denen es mir an Kraft mangelt, hinauszufahren und von meinem versteckten Posten aus über sie zu wachen. Wie ein Voyeur komme ich mir vor, dabei bin ich eine selbstlose Leibwache, stets darauf bedacht, Ungemach von ihr fernzuhalten.

Und die Angelschnur, könnten primitive Außenstehende fragen, was sollte das? War das nicht auch Ungemach? Nein, ganz bestimmt nicht. Manchmal müssen wir die Leute, die wir lieben, zu ihrem Glück zwingen. Ihr Sturz war eine Erziehungsmaß-

nahme, und wenn sie nicht die richtigen Konsequenzen daraus zieht, werden weitere folgen.

Seit einer Stunde halte ich ihre Schuhe in der Hand. Ich betrachte sie konzentriert, als würden sie ihr geheimes Wissen offenbaren. Ich stelle mir vor, wie ihre Füße darin stecken. Ihre Zehen mit den stets rot lackierten Nägeln. Ist Kleidung nicht eine Fortsetzung des Körpers? Ist es nicht fast, als hätte ich ein kleines Stück von ihr zwischen meinen Fingern? Nie wieder möchte ich diese kostbare Gabe hergeben, aber ich weiß, dass es Unrecht ist. Ein Zufallsfund war es, ich ging ihr nach und sah das Paar im Gras liegen. Wie ein Dieb schlich ich mit meiner Beute davon … Ist es das, was sie von mir denken soll? Dass ich kriminell bin? Nein, ganz bestimmt nicht. Nur noch ein paar Tage mag ich mich daran weiden, dann werde ich ihr die Schuhe zurückgeben.

Wie oft stelle ich mir vor, sie würde bei mir sein. Würde ich ihr das Taschentuch mit ihrem Blut darauf zeigen? Sicher. Ich würde sagen: Ich habe es über all die Jahre bei mir getragen, eine Reliquie meiner Liebe zu dir. Erinnerst du dich noch an den stechenden Schmerz? Als damals dein Fuß in meinem Schoß lag, war es endgültig um mich geschehen.

Und natürlich die Bilder. Gott, die Bilder sind doch eigentlich das Herzstück unserer einzigartigen Beziehung. Seite um Seite des Fotoalbums würde ich umblättern, ihr jede einzelne Aufnahme erklären, auch die schwierigen Bedingungen, unter denen sie entstanden. Vermutlich würden wir lachen. Sieh nur mal da, würde sie zu mir sagen, das Bild musst du im vergangenen Winter gemacht haben, der Schnee liegt einen halben Meter hoch. Ja, erinnere ich mich, damals hätte ich fast meinen kleinen Zeh verloren, weil ich stundenlang in der Kälte ausharrte.

O ja, wir würden lachen …

5

DI FRANCESCO IST WIEDER DA.

Obwohl sie keinen Termin haben, steht er nachmittags vor dem Haus. Astrid erschrickt, als er plötzlich gegen die Scheibe neben ihrem Schreibtisch klopft. Sie öffnet ihm mit dem festen Entschluss, ihn abzuwimmeln, doch seine Stimme wird immer lauter, so laut, bis Marie aus der oberen Etage herunterkommt und das Wort an ihn richtet.

Sein erstes Ziel hat er damit erreicht.

»Frau Kardisch, wie schön, Sie wiederzusehen.«

»Das Gleiche kann ich leider nicht behaupten, Herr ...«

»Di Francesco. Doch nennen Sie mich ruhig ...«

»Weshalb sind Sie hier?«

Marie schaltet in ihren professionellen Modus. Sie will diesem Menschen nicht zeigen, wie sehr sie sein unangekündigtes Auftauchen irritiert. Auch Verwunderung ist ein Gefühl, und so viel emotionale Aufmerksamkeit steht di Francesco nicht zu.

»Ich würde das lieber unter vier Augen besprechen«, sagt er und wirft Astrid einen Blick zu, als wäre sie der Eindringling, nicht er.

»Gehen wir in den Garten.«

Es ist schwierig, ihm gegenüber die Durchsetzungskraft zu wahren. Zu spät bemerkt sie, dass die beinahe servile Freundlichkeit seines ersten Besuchs nur eine Probebohrung war. Nun lernt sie den echten di Francesco kennen, oder zumindest eine weitere Version von ihm.

Marie fügt sich in die Rolle, ihm hinterher in das grelle Sonnenlicht zu treten.

»Manchmal muss man seine Komfortzone verlassen, finden Sie nicht auch?«

Sie erwidert nichts, betrachtet nur konsequent den See, der ihr nie gleichgültiger erschien. Wenn sie irgendwann tot ist, ihr neuronales Netzwerk, ihre abgespeicherten Erinnerungen bloß noch eine äußerst eiweißhaltige Speise für irgendwelche Bakterien und Insekten sind, wird dieser See noch immer da sein. Er wird Päpste und Präsidenten überleben, ausharren, wenn Kriege ausbrechen und Frieden geschlossen wird. Selbst im Falle einer nuklearen Katastrophe bliebe er höchstwahrscheinlich als verstrahlte Lache erhalten.

»Ich habe mich gefragt, wer diese Marie Kardisch eigentlich ist.«

»Wirklich«, gibt sie mit einem Höchstmaß an Langeweile zurück. »Dann fragen Sie doch Wikipedia.«

»Es lässt mir einfach keine Ruhe. Über Ihre Vergangenheit ist nur wenig bekannt, das meiste davon basiert auf spärlichen Äußerungen Dritter. Wie etwa ist das Verhältnis zu Ihrer Schwester wirklich? Ist es nur ein Gerücht, dass Sie eine Abtreibung hatten? Was ist dran an der Affäre mit dem zwanzig Jahre älteren Literaturprofessor?«

Marie entgegnet nichts, obwohl die Fragen unsanft an einen Teil ihrer Erinnerungen klopfen, den sie unbedingt vor Außenstehenden verschlossen halten möchte. Sie betrachtet weiterhin die Wasseroberfläche, stellt sich ein gewaltiges Ungeheuer vor, das plötzlich aus der Mitte des Sees auffährt und alle zwischenmenschlichen Angelegenheiten zu dem werden lässt, was sie in Wirklichkeit sind: Lappalien.

»Ich habe übrigens gute Neuigkeiten.«

Di Francesco lächelt triumphierend, sodass Marie doch zu einer Wortmeldung gezwungen ist.

»Ach ja? Dass Sie gleich mein Grundstück verlassen werden und sich nie wieder hier blicken lassen? Oder haben Sie einen Weg gefunden, sich und Ihren überteuerten Anzug spontan selbst zu entzünden?«

»Nein, das nicht«, antwortet der Journalist gelassen. »Ich meine vielmehr, dass ich nicht über die Urheberrechtsverletzung berichten werde, die Sie am geistigen Eigentum von Herrn Hendrik Werth begangen haben.«

Eine Sekunde sagt sie gar nichts, sie muss erst den Zusammenhang herstellen zwischen di Francesco, ihrem ehemaligen Partner Hendrik und einer angeblichen Urheberrechtsverletzung.

»Ich weiß nicht, wovon Sie reden«, erwidert sie, als sie schließlich weiß, wovon er redet.

»Nun, lassen Sie mich den Sachverhalt kurz umreißen. In Ihrem Debütroman *Leerzeichen*, den Sie mit dreiundzwanzig veröffentlichten, beschreiben Sie ein Beziehungsende im digitalen Zeitalter. Die junge Germanistikstudentin Mia trennt sich von dem angehenden Dramaturgen Hannes. Die Handlung wird komplett durch die Wiedergabe von E-Mails, SMS und Blogbeiträgen erzählt, was damals sehr unkonventionell war und von der Literaturkritik positiv ...«

»Die Hintergründe zu meinem ersten Roman sind mir durchaus bewusst.«

»Dann wissen Sie natürlich auch, dass viele Textabschnitte von Hendrik Werth stammen.«

Sie schweigt. Doch dieses Mal dient die Stille nicht dazu, die Geduld ihres Gegenübers auszutesten. Es ist keine Machtprobe – zumindest keine, die sie gewinnen könnte.

»Insgesamt siebzehn Seiten des Buches sind nahezu wortidentisch seinem früheren Blog *wort.wahl.kampf* entnommen.«

Sie hat di Francesco unterschätzt, wie sie zugeben muss. Die Fragen bei ihrer ersten Begegnung waren ein Test, er wollte sehen, wie sie reagiert, und mögliche Schwachstellen ausmachen. Im Hintergrund betrieb er seine Nachforschungen; ein Schachspieler, der einen Bauern in den Tod schickt, um die Dame in Stellung zu bringen.

Da Marie sich nicht dazu äußert, fährt der Journalist betont sachlich fort: »Herr Werth ist ein sehr umgänglicher Zeitgenosse. Als ich ihm von unserem Interview erzählte, war er gerne bereit, mir noch zusätzliche Informationen über Sie zu geben. Lassen Sie mich versichern: Er hegt ganz bestimmt keinen Groll gegen Sie, obwohl Ihre Trennung ja alles andere als einvernehmlich war – aber wann ist eine Trennung das schon, oder? Er wird auch weiterhin von rechtlichen Konsequenzen absehen, obwohl Sie mehrere Textpassagen von ihm übernommen haben, ohne sie als Zitat kenntlich zu machen. Vor Gericht sieht man das gar nicht gern.«

Di Francescos Gegenwart kostet sie Kraft. Mit anderen Menschen zu interagieren ist immer eine Herausforderung, doch die Worte des Journalisten verursachen ein Schwindelgefühl bei ihr. So hässlich die Sache zwischen Hendrik und ihr auch endete – Hendrik hat nicht verdient, dass ein Fremder in dieser Wunde herumstochert.

Etwas umständlich nimmt sie auf einem großen Stein Platz, der vor Jahren aus dekorativen Gründen hier abgelegt wurde und nun Assoziationen an ein Wikingergrab weckt.

»Sie haben also mit Hendrik gesprochen.«

»Ja, natürlich. Eine ausführliche Recherche bringt es mit sich, dass ich frühere Weggefährten aufsuche und sie um ein kurzes Statement bitte.«

»Frühere Weggefährten?«

»Ich weiß, es gab da emotionale Verwerfungen, um es mal so auszudrücken. Herr Werth brauchte eine Weile, um sich mit der neuen Situation zurechtzufinden.«

»Er stellte mir nach. Er lauerte mir …«

»Auch das ist mir bekannt.«

»Ach ja? Dann ist Ihnen wohl auch bekannt, wie sehr er litt. Ein zerbrochener Mensch – als würden sich seine Teile nie mehr richtig zusammensetzen lassen.«

»Wie poetisch.«

Da sich Maries Versuch, an die Menschlichkeit des Journalisten zu appellieren, als vergebens herausstellt, entgegnet sie nun sehr kühl: »Herr di Francesco, lassen Sie uns diese Farce abkürzen: Was wollen Sie?«

»Ihre Frage vermittelt mir das Gefühl, ich würde Sie erpressen.«

»Tun Sie das denn nicht?«

»Nein. Ich habe Ihnen lediglich Tatsachen vor Augen geführt und zugleich versichert, dass ich von einer Berichterstattung darüber absehen werde.«

»Und nur um mir das zu sagen, kamen Sie her?«

Di Francesco lächelt auf eine Weise, die schwer zu deuten ist. Fühlt er sich ertappt? Oder ist es die Freude über einen Plan, der perfekt aufgegangen ist?

»Nun, ganz ohne Hintergedanken kam ich selbstverständlich nicht her. Ich würde nach wie vor gerne mehr über Sie erfahren. Einen Blick in die Werkstatt Ihres Schreibens werfen, hinter die Kulisse Ihrer Stirn schauen.«

»Wie poetisch«, gibt Marie nun zurück, im gleichen Tonfall wie zuvor di Francesco.

»Fangen wir doch mit *Leerzeichen* an. Ganz offenkundig behandelt es unter seiner fiktionalen Oberfläche die reale Trennung von Ihnen und Hendrik. Warum sonst sollten Sie originale Wortbeiträge von ihm verwenden?«

»Es war meine Art, mit dieser Geschichte abzuschließen. Hendriks Texte ... sie drückten sehr genau aus, was er empfand. Sie waren klug und gefühlvoll, so voller Schmerz, so aufrichtig. Ich hätte den männlichen Blickwinkel auf die Situation unmöglich treffender darstellen können. Seine Vorlage zu verwenden bedeutete, dem Buch zu seiner notwendigen Qualität zu verhelfen.«

»Sind Sie stolz darauf?«

»Auf das Buch? Ja.«

»Und darauf, Hendrik bestohlen zu haben?«

»Di Francesco, hören Sie, ich habe ihn nicht bestohlen. Als wir noch zusammen waren, gab es zwischen uns die Vereinbarung, einander bei der kreativen Arbeit zu unterstützen. Auch Hendrik wollte damals ... Er versuchte sich als Schriftsteller, doch der nötige Erfolg blieb aus. Er war zu sprunghaft, um die notwendige Vorarbeit zu leisten, er umriss einzelne Szenen und verlor dann schnell das Interesse an der Gesamthandlung. Nie führte er etwas zu Ende. Wo immer ich konnte, half ich ihm – und ich ging davon aus, dass er es genauso sah.«

Der Journalist weiß, wann er einen Sieg errungen hat.

Seine unnatürlich hellen Zähne blitzen kurz auf, eine mimische Eigenheit, die man leicht als Lächeln fehlinterpretieren könnte.

»Als Sie *Leerzeichen* herausbrachten, waren Sie und Herr Werth nicht mehr zusammen. Mussten Sie nicht davon ausgehen, dass Ihre Übereinkunft damit beendet war?«

Marie erwidert nichts. Sie weiß, dass di Francesco nur darauf lauert, dass sie über ihre eigenen Widersprüche stolpert, doch sie will es ihm nicht zu leicht machen.

»Ich denke, Sie haben kein Problem damit, über Leichen zu gehen, Frau Kardisch. Sie sind sehr ehrgeizig, nichts bedeutet Ihnen mehr als Ihre Texte. Ich werde jetzt eine Frage stellen, die ich Ihnen bereits bei unserer ersten Begegnung gestellt habe, und ich möchte Sie bitten, dieses Mal eine ausführliche Antwort darauf zu geben. Wie sind Sie zur Literatur gekommen?«

Für eine Sekunde denkt Marie darüber nach, ihm irgendeine ebenso sensationelle wie erlogene Geschichte zu präsentieren. Wie wäre es mit einem unheimlichen Onkel, der immer mehr wollte, als sie einfach nur auf seinem Schoß sitzen zu haben? Während sie seine abgearbeiteten Finger auf ihrem kindlichen Körper spürte und sich nicht traute, seine Begehrlichkeiten abzuwenden, war ihre einzige Rettung, in die imaginäre Welt selbst erdachter Geschichten zu fliehen.

Doch di Francesco würde das früher oder später überprüfen, damit wäre nichts gewonnen. Marie hat nicht einmal einen Onkel.

Sie probiert es mit der Wahrheit.

»Das ist ... Ich war vierzehn, als meine beste Freundin versuchte, sich ...«

Es fällt ihr schwer, darüber zu reden, schwerer, als sie

nach all den Jahren vermutet hätte. Sie holt tief Luft und spult ihre Worte dann ab wie ein Kind, das an Weihnachten ein Gedicht aufsagen muss. »Anna spritzte sich eine Überdosis Insulin, das sie bei einem Besuch ihrer Großmutter im Altersheim hatte mitgehen lassen. Wirklich raffiniert. Sie hatte es genau geplant, sich vorher über verschiedene Methoden informiert und ihr Vorhaben dann konsequent durchgezogen. Ich war in dem Alter kaum in der Lage, eine größere Tablette zu schlucken. Manchmal stelle ich mir vor, wie Anna auf dem Badewannenrand sitzt, ein letztes Mal auf Geräusche im Haus lauert, bis sie ganz sicher ist, allein zu sein. Wie sie ihr T-Shirt ein Stück hochzieht und die Spritze ansetzt. Wenn der Blutzucker so rasch abfällt, kann eine Vielzahl unterschiedlicher Symptome auftreten: Übelkeit, Schweißausbruch, Herzrasen, Bewusstseinsstörungen, Krampfanfälle, halbseitige Lähmungen.«

Di Francesco hört mit der Beiläufigkeit eines Menschen zu, dem schon viele furchtbare Dinge erzählt wurden. Das ist sein Job, geht es Marie durch den Kopf, und trotzdem verstört sie dieser protokollarische Gleichmut.

»Ihre Eltern waren auf einem Konzert. Als sie zurückkehrten, lag Anna leblos auf dem Badezimmerboden. Sie kam sofort ins Krankenhaus, aber ihr Gehirn hatte durch die Unterzuckerung bereits einen schweren Schaden davongetragen. Die Ärzte sprachen sehr nüchtern von apallischem Syndrom. Wachkoma.«

Als Übersprunghandlung greift Marie nach einem Grashalm, den sie zwischen ihren Fingern bearbeiten kann. Sie zittern leicht.

»Ich hatte nie viele Freunde, doch Anna ersetzte sie alle. Sie konnte fleißig, durchgeknallt, melancholisch, naiv und abgebrüht sein, alles kurz nacheinander. Erst später begriff ich, dass es Masken waren und dass sich dahinter ein ganz anderer Mensch verbarg. Anna war eine ausgezeichnete Schauspielerin. Bis sie sich das Insulin spritzte, wusste niemand etwas von ihrem Wunsch zu sterben. Es gab auch keine hobbypsychologischen Erklärungen dafür; da waren kein Liebeskummer, kein Mobbing, keine katastrophalen Schulnoten, keine Drogen. Ihr war der Weg eines behüteten Akademikerkindes vorgezeichnet, sie würde ihr Abitur machen, in einer größeren Stadt ein paar Jahre vor sich hin studieren und schließlich Lehrerin oder Mitarbeiterin einer NGO werden. Nur – diesen Weg wollte sie nicht gehen.«

Sie lässt den dutzendfach geknickten Grashalm fallen, als wäre er mit einem Mal Hunderte Kilo schwer.

»Nachdem man Anna aus der Intensivstation entlassen hatte, besuchte ich sie täglich. Stundenlang saß ich an ihrem Bett, wartete auf eine Regung, darauf, dass sie zu sich kommen würde. Es sah nicht wie schlafen aus. Die Augen hielt sie geöffnet, doch ihr Blick konnte nichts fassen. Ich wusste, dass es ernst war.

In dieser Zeit begann ich damit, kurze Texte zu schreiben, die ich Anna vorlas. Ich bildete mir ein, sie würde mich hören. Irgendwie wollte ich glauben, sie wäre bei vollem Bewusstsein, nur gefangen in ihrem Körper. Ich nahm an, sie müsste unter furchtbarer Langeweile leiden, deshalb wollte ich sie unterhalten. Ein Laut sein in der Stille. Ein Wort. Ein Satz.«

Auch jetzt sieht Marie sich genötigt, gegen das Schweigen anzusprechen, obwohl es diesmal nicht durch ein Koma verursacht wird, sondern von einem aufdringlichen Journalisten.

»Es gibt eine Theorie des Traums, die besagt, dass unser

Gehirn während des Schlafs aus neuronalen Zufallsprozessen Geschichten bastelt. Scheinbar verlangt schon unser Unterbewusstsein nach einer guten Erzählung.«

Marie blinzelt angestrengt. Es liegt am Sonnenlicht, dass ihre Augen nun tränen, so viel steht fest. Sie hätte ihre selbsttönende Brille mitnehmen sollen.

»Meine Geschichten wuchsen mit der Zeit. Die Plots wurden komplexer, die Figuren realistischer. Während Annas Familie allmählich die Hoffnung verlor und ihre Besuche verringerte, stachelte mich die Reglosigkeit meiner Freundin nur an, noch mehr Zeit bei ihr zu verbringen. Jemand musste sie ablenken, ihr Stoff zum Nachdenken geben, die unzähligen Stunden in kleine Portionen zerteilen und erträglich machen.«

Nun frag schon, denkt Marie. Frag mich, ob Anna jemals wieder aus dem Koma erwachte. Frag mich, ob man schließlich die Hoffnung aufgab und ihr ein annähernd würdevolles Sterben ermöglichte. Frag mich, ob sie heute, Jahrzehnte später, noch immer dort liegt, zu einer erwachsenen Frau geworden ist, deren Anteil am gesellschaftlichen Leben sich darauf reduziert hat, gefüttert und gewaschen zu werden.

Di Francesco schweigt.

»Sind Sie zufrieden?«, fragt Marie in seine anmaßende Reglosigkeit hinein, ihre Stimme rau vor Wut. »Wollen Sie noch mehr? Nur zu. Bedienen Sie sich an meiner Vergangenheit, greifen Sie zu. Die beschissensten Seiten meiner Biografie gibt es gerade günstig, alles muss raus.«

Marie denkt an ihren Roman *Begleiterscheinung*, der von einer jungen Edelprostituierten namens Jenny handelt. In einer sehr intensiven Szene wird sie von einem Freier vergewaltigt. Um das Geschehen ertragen zu können, feuert die

Frau ihren Peiniger schließlich an: »Nun komm schon. Fick mich ordentlich durch. Nimm mich hart ran, los jetzt!« Sie braucht die Illusion, in der mächtigeren Position zu sein, die Kontrolle über die Situation zu haben, weil sie sonst daran zerbrechen würde.

»Was auch immer Sie vorhaben, di Francesco – ich bitte Sie nur um eine Sache, lassen Sie Hendrik in Ruhe.«

»Ich glaube, das reicht für heute«, erklärt der Journalist sehr gefasst und wendet sich ab.

Als er den Garten verlässt, bildet Marie sich ein, dass er ein Lied vor sich hin pfeift.

Heute kam es endlich an.

Tagelang habe ich darauf gewartet, dem Moment entgegengefiebert, an dem ich es zum ersten Mal einsetzen würde. Es wird meine Beobachtungen revolutionieren. Mir wird nichts mehr von ihrem Leben entgehen, nie mehr.

Wie ein ungeduldiges Kind reiße ich die Verpackung auf.

Teuer war es, zweifellos, aber manchmal muss man etwas investieren, wenn man vorankommen will. In den einschlägigen Foren haben sie von diesem Modell geschwärmt, es würde durch seine soliden Flugeigenschaften, seine scharfen Bilder und die hohe Reichweite Anfänger wie Profis gleichermaßen überzeugen. Gut war auch der Hinweis, bei längeren Einsätzen gleich mehrere Akkus zu kaufen und sie vorher zu laden, um noch flexibler in der Anwendung zu sein. Und ich will schließlich sehr flexibel darin sein …

Ein Testflug über freiem Gelände wäre sinnvoll, schließlich soll die Drohne ja nicht nach dem ersten Start direkt in den See fallen, oder? Aber die Grundlagen der Steuerung werde ich schnell lernen, außerdem verfügt sie über eine Reihe auto-

matischer Manöver, die ich ganz leicht mit der beiliegenden Fernsteuerung oder meinem Smartphone aktivieren kann.

Schluss mit den Begrenzungen und Unzulänglichkeiten, wenn ich um ihr Haus schleiche oder auf dem Hochsitz Stellung beziehe. Ich werde über die Luft gebieten, die Gesetze der Schwerkraft aufheben und mit meinem künstlichen Adlerauge nach allem spähen, was mich interessiert. Vorbei ist die Zeit der Geheimnisse, Transparenz ist die Losung der Zukunft. Unsere Leben werden mehr und mehr miteinander verschmelzen, sich zu einer großen, unzerstörbaren Einheit entwickeln.

Mein Herzschlag beschleunigt sich, wenn ich nur an die Möglichkeiten denke. Doch nun sollte ich mich hinlegen. Morgen wird ein langer Tag, ich muss früh raus.

Ich schalte das Licht aus und lege mich schlafen. Ihr Bild, das neben meinem Bett steht, wird nur erhellt von den grünen Dioden der Akkus, die den Ladefortschritt anzeigen.

Schöne neue Welt.

Es ist kurz nach sieben, als Jakub bei ihr klingelt.

»Du bist spät«, begrüßt sie ihn und will nicht zugeben, dass sie seine Nähe heute dringender braucht als gewöhnlich. Das Treffen mit di Francesco liegt bereits ein paar Tage zurück, doch seine Kaltblütigkeit hat sie noch immer nicht losgelassen. Letzte Nacht träumte sie von Anna, sah sie wieder in ihrem Krankenhausbett liegen, als wären nicht ganze vierundzwanzig Jahre vergangen. Erst saß sie nur neben ihr und hielt ihre Hand, dann tauschten sie die Plätze. Plötzlich war Marie an ihrer Stelle, zu ewigem Schweigen, absoluter Reglosigkeit verdammt, während Anna ihr gut zuredete und belanglose Geschichten erzählte.

Und dann war da noch der Sturz; inzwischen kann Marie

das Knie wieder voll belasten, der Bewegungsablauf geht nahezu reibungslos vonstatten. Doch das ändert nichts an dem Umstand, dass auf dem Weg, den sie immer zum Joggen benutzte, eine Angelschnur gespannt war. Außerhalb dieses Hauses lauern Bedrohungen, die sie nur ungern zur Kenntnis nehmen will, doch ihre Existenz lässt sich nicht länger abstreiten.

Sie braucht Ablenkung, möglichst sofort; reden, Wein, eine gemeinsam zubereitete Speise, Sex – in dieser Reihenfolge.

Als sie in die Küche gehen, bemerkt Jakub ihre veränderte Stimmung.

»Was ist los, Marie?«

Sie hätte nicht gedacht, dass er einen Sinn für derartig feine emotionale Abweichungen besitzt.

»Nichts, nur eine unerfreuliche Begegnung«, sagt sie und denkt kurz daran, ihm diese Geschichte zu erzählen. Statt einer wortreichen Offenbarung beschränkt sie sich auf die Zubereitung des Essens.

»Ist Saltimbocca für dich in Ordnung?«

Die Frage scheint Jakub zu überfordern, sein Verstand hat das vorherige Thema noch nicht fallen gelassen.

»Natürlich ... natürlich ist das in Ordnung. Magst du darüber reden?«

»Reden? Über Saltimbocca?«

»Ich meine über diese unerfreuliche Begegnung.«

»Nein, schon in Ordnung. Es gibt keinen Grund, dass ich dich mit mir runterziehe. Lass uns stattdessen einen schönen Abend haben, einverstanden?«

Sie schlägt einen Tonfall an, als würde sie für Rollatoren Werbung machen. Jakub zu beunruhigen bringt überhaupt nichts, es reicht, wenn sie sich sorgt. Trotz ihrer Intimitäten wehrt sich etwas in ihr dagegen, ihn als Vertrauten zu betrachten. Er soll auch nicht ihr Beschützer sein, sie wird sich selbst beschützen, wenn es darauf ankommt. Ein bisschen Angelschnur und ein widerlicher Journalist werden nicht dazu führen, dass sie ein Jahrhundert mühsamer Emanzipation in die Tonne tritt.

Die Versuchung ist trotzdem groß. Was, fragt eine vorlaute Stimme in Maries Kopf, wenn er später die Wahrheit erfährt? Wird er sich nicht betrogen fühlen, wenn ich ihm so bedeutsame Fakten vorenthalte? Schulde ich ihm nicht eine aufrichtige Antwort?

Doch da hat Jakub bereits eine Entscheidung für sie beide getroffen, indem er zu einer längeren Geschichte ansetzt als unaufdringliche Begleitmusik zu dem Rhythmus, den das Klopfen der Kalbsschnitzel vorgibt.

»Habe ich dir je erzählt, wie ich Dolmetscher wurde?«

Nein, natürlich hat er das nicht, überhaupt ist seine Vergangenheit ein unerschlossenes Gebiet mit großformatigen weißen Flecken.

»Ich verdanke es dem Militär. Kaum hatte ich die Schule beendet, wurde ich eingezogen. Mir kam es ganz recht, denn die Stimmung zu Hause ertrug ich nicht mehr. Ich hoffte, mich beweisen zu können und als gestandener Mann zurückzukehren. Das sind die Illusionen, denen sich die meisten jungen Rekruten hingeben. Und dann stehst du im Nieselregen auf einem matschigen Exerzierplatz, blickst auf verfallene Baracken und machst dir klar, dass die Falle zugeschnappt ist. Die nächsten Monate kommst du hier nicht raus, es sei denn, du schlägst deinen Vorgesetzten, aber Gefängnis ist auch keine Verbesserung.«

Sie wusste bisher nicht, dass Jakub gedient hatte, auch über den Zustand des polnischen Militärs vor mehr als zwei Jahrzehnten besitzt sie keine konkreten Informationen. Schnell drängen sich Stereotype und Gemeinplätze auf, um ein in sich stimmiges, doch höchstwahrscheinlich falsches Bild zu zeichnen.

»Unser Gruppenführer war ein Arschloch, aber nicht unbedingt sadistischer, als die meisten anderen Menschen es sind, wenn man ihnen ein bisschen Befehlsgewalt gibt. Er liebte es, uns scheitern zu sehen. Wenn wir fünfzig Liegestütze geschafft hatten, gab er uns weitere fünfzig auf, nur damit wir besinnungslos nach Atem rangen, am Gewicht unseres eigenen Körpers verzweifelten. Bei Orientierungsmärschen ließ er uns acht, zehn, zwölf Kilometer mit vollem Gepäck laufen, das alles in Stiefeln, die entweder zu groß oder zu klein waren.

Einmal brach ein Rekrut dabei zusammen. Er fiel einfach in das Gebüsch am Wegesrand. Zunächst dachte ich, jemand hätte einen Kartoffelsack hineingeworfen. Ich blieb stehen und wollte ihm aufhelfen, da fuhr mich der Gruppenführer an: Was ich mir denn einbildete, diesen Schwächling auch noch zu belohnen! Er beschimpfte mich, dann verfiel er auf die Idee, mich das Gepäck des Kameraden zusätzlich tragen zu lassen. Wir hatten noch zwei Drittel der Strecke vor uns, die Aussicht, vierundzwanzig Kilo schultern zu müssen, ließ mich in Angstschweiß ausbrechen. Irgendwie habe ich es jedoch geschafft, mit letzter Kraft stolperte ich auf das Kasernengelände.

Aber am Abend spürte ich diese unfassbare Wut in mir – nicht etwa auf unseren Gruppenführer, sondern auf den Rekruten, der gestürzt war. Hätte dieser Idiot nicht einfach die Zähne zusammenbeißen und die restlichen Kilometer hinter sich bringen können? Wir teilten uns eine Stube, was es einfacher machte, ihn nach dem letzten Rundgang des Gruppenführers mit meinem Stiefel zu verprügeln. Ich zielte auf den Bauch, wieder und immer wieder, weil es dort am meisten schmerzte und man die Spuren nicht gleich entdecken würde. Und weißt du was? Es hat mir Vergnügen bereitet. Heute schäme ich mich dafür, aber ich kann nicht abstreiten, dass ich es gern tat.«

Marie hat den Ausgangspunkt der Geschichte längst vergessen, außerdem muss sie gerade den richtigen Zeitpunkt abpassen, um die Schnitzel mit Wein abzulöschen.

Vielleicht geht es Jakub gar nicht darum, etwas zu erzählen. Vielleicht muss er diesen Ausschnitt seiner Vergangenheit einfach jemandem anvertrauen, um nicht allein damit zu bleiben.

»Der Zorn ließ mich die Grundausbildung überleben, und er verschaffte mir Anerkennung. Nicht nur unter den Kameraden, auch bei Vorgesetzten. Einer von ihnen sorgte schließlich dafür, dass ich auf Staatskosten Deutsch studieren durfte, um bei gemeinsamen Manövern mit der Bundeswehr zu vermitteln. So wurde ich Dolmetscher.«

Marie isst schnell und schweigend. Obwohl das Fleisch perfekt gebraten ist, kann sie sich nicht an seinem Geschmack erfreuen; auch die Salbeinote, die sie sonst schätzt, erscheint ihr heute nur aufdringlich. Den Wein trinkt sie in großen Schlucken, als wäre er nicht mehr als ein Gleitmittel, um das Essen hinunterzubekommen.

Sie wartet ungeduldig, bis Jakub den letzten Bissen zu sich genommen hat, dann steht sie auf und umfasst seinen breiten Oberkörper von hinten mit ihren Armen. Er legt den massiven Schädel in den Nacken, woraufhin sie sich kopfüber küssen. Ihre Finger bewegen sich in Serpentinen auf seiner Brust, dann auf dem Bauch, bis sie schließlich auf seiner Jeans landen. Sie spürt, wie sich Jakubs Schwanz unter dem Stoff aufrichtet. Schon immer gefiel ihr an der männlichen Lust, mit welch mechanischer Zuverlässigkeit sie sich erregen lässt.

Fünf Minuten später ist Jakub auf ihr.

Sie will, dass er ausrastet. Seine Erzählung hat sie neugierig gemacht, gerne würde sie den Zorn, von dem er ungewohnt wortreich sprach, erleben. Er soll ihr wehtun, zumindest ein bisschen. Sie möchte seine Finger an ihrem Hals spüren, er könnte ruhig ein wenig zudrücken, ihr das Gefühl geben, der Überlegene zu sein und sie zu bestrafen. Es widerstrebt ihr, diese Gedanken auszusprechen, außerdem würde es das Vorhaben sofort der Lächerlichkeit preisgeben. Aber vielleicht kann sie ihn provozieren.

»Komm nicht wieder so früh«, sagt sie, woraufhin Jakub zwischen den Stößen nach Atem ringt und erwidert: »Was – heißt – hier – so früh?«

»Das letzte Mal habe ich dir meinen Höhepunkt vorgespielt. Gib dir diesmal etwas mehr Mühe.«

Ihre Stimme hat genau die arrogante Note, die sie ihren Worten geben wollte. Jakub sagt nichts mehr, aber sie bemerkt eine dezente Veränderung in seinem Rhythmus. Muss sie deutlicher werden, um ihn wütend zu machen? Soll sie vielleicht seine Eifersucht wecken?

»Ich habe jemanden kennengelernt – er ist Tierarzt und lebt ganz in der Nähe. Etwas in seinem Blick sagt mir, dass er mich will. Vielleicht trage ich bei seinem nächsten Besuch nur einen Bikini – mal sehen, wie er darauf regiert. Es ist herrlich, begehrt zu werden.«

Statt Jakubs Leidenschaft anzuheizen, kommt es zu einem gegenteiligen Effekt. Seine Erektion fällt hilflos in sich zusammen. Er zieht sich zurück und setzt sich auf die Bettkante, den Kopf zur Decke gerichtet.

»Warum sagst du mir so etwas, während wir gerade miteinander schlafen?«

»Ich dachte ... Vielleicht wollte ich dich ein wenig aus der Reserve locken.«

»Aus der Reserve locken?«

Inzwischen kommt ihr diese Idee lächerlich vor. Sie ärgert sich darüber, ihr Liebesspiel durch ein paar idiotische Sätze ruiniert zu haben.

Als Geste der Versöhnung kniet sich Marie vor Jakub auf den Boden, zwischen ihren Lippen richtet sich sein Schwanz schnell wieder auf. Sie hat ein Talent für Oralsex, seit ihrem ersten Mal konnte sie den Ablauf immer weiter optimieren. Es wird nicht lange dauern, doch Maries Gedanken schweifen trotzdem ab. Während sie mit ihrer Zunge Jakubs Eichel stimuliert, muss sie wieder an di Francescos Befragung denken.

Was für ein Arschloch. Er tarnt seinen Zynismus hinter Kultiviertheit, wahrscheinlich konnte ihn schon in seinem Studium niemand ausstehen. Doch Psychopathen kommen weiter, denn nur wenige trauen sich, ihnen in den Weg zu treten. Sie reißen die wichtigen Ämter und Positionen an sich, und ehe man sichs versieht, schreiben sie Leitartikel, führen Automobilunternehmen oder bringen Gesetzesentwürfe ein. Di Francesco ist nur ein Kind seiner Zeit, genau wie seine absolute Gleichgültigkeit gegenüber den Gefühlen anderer Menschen. Irgendwie zollt sie ihm sogar einen gewissen Respekt dafür – zumindest ist er konsequent in dem, was er tut. Hoffentlich hat er bei Hendrik keine alten Wunden aufgerissen. Als sie ihn das letzte Mal sah, stand er weinend neben dem Auto, in dem ihr Professor sie nach Hause fuhr.

Jakub stöhnt auf und ejakuliert heftig in ihren Mund. Der Geschmack des Spermas vermischt sich mit dem Nachklang des Salbeis. Marie würde es gerne ausspucken, doch sie hat kein Taschentuch griffbereit, und es ist ihr zu schade um den Teppich, also schluckt sie seinen Samen.

Jakub grinst zufrieden.

In diesem Moment würde sie ihn gerne hassen, doch der Drang ist zu groß, ihren Kopf einfach auf seine behaarte Brust zu legen und dem Rhythmus seiner Atmung zu folgen. Das Leben könnte sehr einfach sein, geht es Marie durch den Kopf, wäre nur sie nicht so kompliziert.

Bevor ihr Bewusstsein wie ein Theatervorhang zur Seite gezogen wird, bündelt ein Geräusch die Reste ihrer Aufmerksamkeit.

»Hörst du das auch? Dieses Summen?«, fragt sie in das Dunkel hinein, unsicher, ob Jakub noch wach ist. Schließlich murmelt er:

»Vielleicht eine Stechmücke.«

Aufgrund der Lage des Hauses direkt neben einem stehenden Gewässer wäre das nicht weiter überraschend, doch Marie hat vor dem einzigen Fenster, das sie in diesem Raum zum Lüften verwendet, Fliegengitter befestigt.

»Es kommt von draußen. Müsste ein verdammt großes Insekt sein.«

»Dann weiß ich es auch nicht.«

»Aber du hörst es doch auch, oder?«

»Ich höre vor allem deine Stimme, die mir davon erzählt.«

»Sei ruhig ... Es wird lauter.«

Nun nimmt auch Jakub es wahr.

»Vielleicht ein Elektrorasenmäher?«

»Wer sollte denn mitten in der Nacht und noch dazu in dieser Abgeschiedenheit mit einem Rasenmäher arbeiten?«

Ein paar Minuten, in denen die Quelle des Geräuschs abwechselnd nah und fern erscheint, hält es Marie noch im Bett. Dann steht sie auf, schaltet die ohnehin spärliche Beleuchtung aus und sieht durch die Glasfront nach draußen. Ihre Augen brauchen eine Weile, um sich an die Dunkelheit zu gewöhnen. Die Finsternis ist fundamental, so beherrschend, wie man es sich in der Stadt nicht vorstellen kann. Von Schmutzlicht keine Spur.

Ein fragmentarischer Mond hängt quer über dem See, doch ihm fehlt die Kraft, die Szenerie genügend auszuleuchten. Ein Dichter der Romantik hätte aus diesen spärlichen Einzelheiten vermutlich eine herzergreifende Ballade entwickelt, doch im postpostmodernen Zeitalter ist das nicht mehr möglich.

Manchmal beneidet Marie die Schriftsteller, die vor zweihundert Jahren lebten. Klar, sie waren ständig arm und starben wie die Fliegen an unnötigen Krankheiten. Aber in dieser Zeit durfte man Dinge ernst meinen. Das Damoklesschwert von Kitsch und Plattitüde hing noch nicht über allen Kunstschaffenden, und marktwirtschaftliche Bedenken allein waren es nicht, die jene schmale Grenze von Erfolg oder Misserfolg definierten.

Marie hat den Literaturbetrieb des frühen 21. Jahrhunderts als Kletterpark kennengelernt, in dem man nur mit der richtigen Mischung aus Geschick und Ehrgeiz an Höhe gewinnt. Unachtsame Zeitgenossen treten leicht fehl und stürzen – fast wie über eine Angelschnur, die über den Weg gespannt ist.

Kurz scheint es Marie, als hätte ein großer Vogel den Weg des Mondlichts gekreuzt, doch so lange sie auch hinausstarrt, es passiert kein zweites Mal. Schließlich verschwindet das Geräusch, und alles, was sie noch hört, ist Jakubs halblautes Schnarchen.

Für den heimlichen Einsatz in der Nacht ist die Drohne nur bedingt geeignet. Ich habe die verräterischen Lichtpunkte überklebt, gegen das Geräusch der Rotoren kann ich jedoch nichts ausrichten. Das Gerät ist kaum lauter als ein Mixer im Leerlauf, doch in den stillen Nächten hier draußen ist selbst das zu viel, um keine Aufmerksamkeit zu erregen.

Zunächst bin ich in hohem Bogen über das Haus geflogen, doch um überhaupt verwertbare Bilder zu erhalten, musste ich nah heran. Im Schlafzimmer hatten sie nur eine kleine Nachttischlampe an, die Lichtverhältnisse waren denkbar schwierig, sogar für eine gute Kamera.

Brechreiz überkam mich, als ich erkannte, dass ihr Kopf nicht etwa auf einem Kissen lag, sondern auf seiner absurd behaarten Brust. Es ist nicht zu begreifen. Manchmal glaube ich, sie möchte mich zum Narren halten. Mir nur vorspielen, dass sie mit diesem Mann eine Affäre hat, um mich aus der Reserve zu locken. Ist es eine Aufforderung, mich stärker ins Zeug zu legen? Oh, ich kann mich noch steigern, so viel steht fest.

Schließlich muss sie das Summen der Rotoren bemerkt haben, denn sie stand auf und trat an das riesige Fenster. Entdeckte sie trotz der Finsternis meine Drohne? Nein, das ist schwer vorstellbar. Was sie gesehen haben wird, war lediglich die scharfkantige Sichel des Mondes. Wenn sie nur wüsste, wie nah ich ihr bin …

Die Drohne kehrt auf meinen Befehl zurück. Heute Nacht werde ich die zusätzlichen Akkus, die im Kofferraum meines

Autos liegen, nicht mehr benötigen. Doch mir bleibt noch genügend Zeit, eine Überraschung vorzubereiten. Wenn er sich morgen wieder aus ihrem entweihten Bett schleicht und in sein Auto steigt, wird er sie sehen. Oh, es wird ihm nicht gefallen.

Ich lächle, als ich die Rotoren der Drohne zurück in die Transporthalterung stecke.

6

JAKUB IST EIN FRÜHAUFSTEHER, auch wenn er sich selbst nicht als solchen bezeichnen würde.

Besonders in jungen Jahren neigte er zu regelrechten Schlafexzessen. Bis zu zwölf Stunden konnte er ununterbrochen im Bett liegen und sich seinen diffusen Träumen hingeben. Doch seit einiger Zeit lässt ihn sein schmerzender Rücken frühzeitig erwachen, zuverlässiger, als jeder Wecker es könnte.

Er will Marie nicht stören, deren Schlaf ohnehin fragil ist, also verzichtet er auf einen letzten Kuss auf ihre Stirn. Er nimmt seine Sachen vom Stuhl und geht ins Badezimmer. Das Licht dort schaltet er erst ein, nachdem er die Tür leise hinter sich zugezogen hat.

Ohne Frühstück verlässt er nach dem Waschen und Anziehen das Haus.

In der Dämmerung seiner Gedanken steigt er in seinen Wagen, der nass ist vom Tau. Er hat den Zündschlüssel schon eingesteckt, als er aufsieht und kurz erschrickt.

Ein Plüschtier liegt außen auf der Windschutzscheibe.

Was für ein dämlicher Scherz, geht es ihm durch den Kopf, während er den Fuß wieder von der Kupplung nimmt. Doch wer sollte sich die Mühe machen, hier rauszuschleichen, nur um einen Teddybären auf seinen Wagen zu legen?

Marie war die ganze Nacht bei ihm. Außerdem traut er ihr eine Menge zu, aber das ist definitiv nicht ihr Stil. Und sonst war niemand hier.

Er steigt aus und nimmt das Plüschtier herunter. Es fühlt sich kalt und feucht an, ein modriger Geruch geht von ihm aus, als hätte es Jahrzehnte in einem feuchten Kellerabteil gelegen.

Was ihm wirklich zu denken gibt, ist das Gesicht. Jemand hat die Augen entfernt und an ihrer Stelle mit einem scharfen Gegenstand die Hülle durchbohrt, sodass ihr dunkelgraues Innenleben sichtbar ist. Instinktiv möchte Jakub das Ding zu Boden fallen lassen, doch dann läge es nur in Maries Einfahrt. Sie würde es finden und sich ebenfalls darüber wundern.

Mit dem Plüschtier in der Hand läuft er die paar Meter zum See hinunter. Erst jetzt bemerkt er, dass in einer Augenhöhle ein Zettel steckt. Er rollt ihn auf und liest die wenigen Worte. *Lass die Finger von ihr.*

Was für ein Schwachsinn!

In seiner Schulzeit brachte er es im Weitwurf zu beachtlichen Resultaten. Einmal schleuderte er den Lederball sogar so weit, dass er den Rekord in seinem Jahrgang aufstellte. Der Teddybär besitzt nicht die nötige Dichte und Form für eine optimale Flugbahn, doch hier geht es nicht um die Bestwerte eines polnischen Gymnasiums. Es sollte reichen, das Plüschtier samt Zettel im Dickicht des Schilfs verschwinden zu lassen. Mit einem satten Platschen schlägt es an einer Stelle des Gewässers auf, die Jakub nicht einsehen kann.

Gut so, den Rest wird die Natur übernehmen. Wenn man sich auf etwas verlassen kann, dann auf den Verfall.

Am späten Nachmittag speichert Marie das Resultat ihrer heutigen Arbeit ab – sieben Seiten immerhin, auch wenn sie mindestens die Hälfte davon noch ändern oder löschen wird. Sie nimmt die wenigen Stufen nach unten mit einer Leichtigkeit, die dem Umstand geschuldet ist, sich endlich wieder beschwerdefrei fortbewegen zu können.

Eine kleine Irritation überkommt sie beim Anziehen ihrer Schuhe, es erinnert sie abermals an das verschollene Paar und somit auch an die unbequeme Frage, wer es entwendet haben könnte.

Den Mann vor ihrem Haus bemerkt sie erst, als sie die Tür öffnet.

»Herr Hochstett?«

»Frau Kardisch, ich wollte gerade zu Ihnen.«

Marie hegt Vorbehalte gegenüber Menschen, die Selbstverständliches in Worte fassen. Natürlich wollte der Tierarzt zu ihr, warum wäre er sonst hier?

»Möchten Sie ein Glas garantiert nachhaltig hergestellter Blaubeermarmelade? Ich bekam gestern von meinem Nachbarn eine ganze Palette davon, nachdem ich ihm bei der Kolik seines Pferdes geholfen hatte. Und wie geht es Ihnen?«

»Ich habe keine Kolik.«

»Ich meinte Ihr Knie.«

»Was mich nicht umbringt, macht mich stärker.«

»Sie können so viel Oscar Wilde zitieren, wie Sie wollen. Ihr Bein braucht Ruhe, um zu heilen.«

Marie überlegt, Hochstett darauf hinzuweisen, dass ihr Zitat von Nietzsche stammt, doch was würde das ändern?

»Ich laufe nur ein paar Meter zu meinem Boot, um damit auf den See hinauszufahren.«

Seine Augen vergrößern sich, ganz wie bei Echo, wenn er das Futter sieht. Etwas in ihrem Satz muss ein Schlüsselreiz für ihn sein. Ich. Boot. See.

»Darf ich Ihnen Gesellschaft leisten?«

Ihr Zögern dauert den Bruchteil einer Sekunde zu lang. Ihm eine Absage zu erteilen würde nur seinen Widerstand wecken, sie ahnt, dass er hartnäckig ist. Sie wägt ab, was mehr Energie kostet, und kommt zu dem Ergebnis, dass sie ihn für eine halbe Stunde vermutlich ertragen kann.

»Wenn Sie unbedingt wollen.«

Hochstett versucht sich als Gentleman, er hält ohne jeden Grund das Boot, während Marie nun schon mit einiger Übung hineinsteigt. Er klettert ihr unbeholfen hinterher und macht Anstalten, die Ruder zu übernehmen, was Marie dezent abwehrt. Es ist ihr Boot, es ist ihr Ausflug, es ist ihre Belohnung nach einem halbwegs produktiven Tag.

Schweigend geht es hinaus, ihr Ziel ist die Mitte des Sees. Sie mutmaßt, dass dort die tiefste Stelle sein muss, irgendwann wird sie einen Stein an einer Schnur befestigen und es ausmessen. Vielleicht wäre es für eine zukünftige Geschichte interessant zu wissen, ob man hier eine Leiche versenken könnte.

»Ist das nicht eine herrliche Gegend?«, sagt der Tierarzt, der es wohl nicht erträgt, seine erstbesten Gedanken unausgesprochen zu lassen.

»Ich dachte immer, dass ich tief in meinem Herzen ein Stadtmensch bin, aber wissen Sie was? Die angeblichen Vorzüge der Metropolen fehlen mir überhaupt nicht. Wozu brauche ich fußläufig ein Kino, wenn ohnehin keine guten Filme mehr laufen.«

Sie schätzt ihn auf Ende dreißig, doch er vertritt Ansichten, die ihn älter wirken lassen. Aus Langeweile überprüft sie eine Theorie.

»Sie leben allein?«

»Ja, ich lebe allein. Für mich fand sich einfach noch nicht die Richtige, mit der ich den Rest meines Lebens verbringen möchte. Hin und wieder gibt es da schon jemanden, aber häufig passt es auf der geistigen Ebene nicht. Sie kennen das sicher.«

»Die meisten Menschen sind Dummköpfe. Sie können nicht abstrahieren oder ihre vorgefertigten Meinungen kritisch hinterfragen.«

Marie zieht ihre Sandalen aus, krempelt die Hosenbeine hoch und hält die Füße ins Wasser.

»Ich habe ein bisschen nachgeforscht. Über Sie.«

»So, haben Sie das. Und was konnten Sie in Erfahrung bringen?«

Ganz frei von Selbstsucht ist auch sie nicht.

»Dass Sie eine ganz bemerkenswerte Frau sind. Ihre Texte, die besitzen diese ... diese Kraft. Ich habe mir noch an dem Tag, als wir uns das erste Mal begegnet sind, Ihren Roman *Horatio* bestellt.«

Marie rollt mit den Augen, als würde man sie mit einem Verbrechen konfrontieren, das sie als Jugendliche begangen hat.

»Der ist furchtbar. Ich war fünfundzwanzig und überglücklich, ein Jahr voller Schreibhemmungen hinter mich gebracht zu haben. Heute würde ich das Manuskript erst schreddern, dann mit Benzin übergießen, es anzünden und die Asche in einem Endlager für radioaktive Abfälle entsorgen. Es taugt nichts.«

»Ich fand es großartig. Plötzlich sieht man Shakespeares *Hamlet* mit ganz anderen Augen.«

»Hauptsächlich ist das Buch ein zu lang gezogener und dadurch schlechter literarischer Witz. Horatio, diese leicht zu übersehende Nebenfigur, bei der man nie genau weiß, ob sie gerade auf der Bühne steht oder nicht, ist heimlich in Ophelia verliebt ... wie unglaublich originell.«

Marie kann sich den Sarkasmus in ihrer Stimme nicht verkneifen. Ihre frühen Werke betrachtet sie nicht anders als Fotos aus ihrer Kindheit, mit einer Mischung aus Scham und überlegener Nachsicht.

»Aber das Buch erzählt doch auch eine große Liebesgeschichte«, versucht der Tierarzt, seinen Standpunkt zu halten. »Als Horatio die ertrinkende Ophelia retten will, sie ihn aber in ihrer Verblendung als Hamlet anredet, woraufhin er ihren Kopf unter Wasser presst ...«

»Sehen Sie, genau da liegt das Problem. Alle achten nur auf die Liebesgeschichte, obwohl es im Kern darum gehen sollte, die Mechanismen von Fiktion und vermeintlicher Realität auszuleuchten. Wem kann man vertrauen? Wie zuverlässig ist der Berichterstatter? ›Thema verfehlt‹ würde darunter stehen, wenn es ein Schulaufsatz wäre. Doch weil es ein Roman ist, hat man die dürre Story sogar noch mit einer Verfilmung belohnt.«

Hochstett lässt sich von Maries freiwilliger Selbstkritik nicht bremsen.

»Ich fand die Geschichte stark und authentisch.«

»Vor allem ist es billige Effekthascherei.«

»Sie schreiben sehr kühl, doch unter der Oberfläche spürt

man die Leidenschaft. Gerade das, was nicht erzählt wird, regt die Fantasie des Lesers an.«

Nun wird es Marie doch zu viel.

»Ich werde nicht mit Ihnen schlafen.«

Hochstett räuspert sich und starrt sie verwundert an.

»Wie bitte?«

»Sie haben mich schon verstanden. Ich werde nicht mit Ihnen schlafen.«

»Es tut mir leid, wenn ich mich da irgendwie missverständlich ausgedrückt habe. Ich wollte nur ...«

»Nett sein, ich weiß. Und ich wollte nur die Grenzen aufzeigen. Sie leben allein, trafen mich in einem schwachen Moment, bringen mir Marmelade vorbei, machen Komplimente über mein Schreiben. Ich möchte nicht, dass diese Bekanntschaft enttäuschend für Sie endet, das ist alles.«

Ihre Offenheit lässt ihn einen Augenblick sprachlos zurück. Sie kennt dieses peinliche Schweigen nur zu gut. Um es zu überwinden, wechselt sie das Gesprächsthema.

»Reden wir doch lieber über Ihre Arbeit. Veterinär auf dem Land zu sein ist sicher um einiges unterhaltsamer, als jeden Tag auf ein digitales Blatt Papier zu starren und mit Worten zu ringen.«

Allmählich fasst sich Hochstett wieder.

»Die meisten Kinder träumen davon, später einmal als Tierarzt zu arbeiten. Erstaunlicherweise war das bei mir nie der Fall. Mein Berufswunsch entwickelte sich erst spät, da machte ich schon mein Abitur. Ein Schlüsselmoment war wohl, als ich auf dem Weg nach Hause eine überfahrene Katze entdeckte. Sie war noch nicht tot, aber so schwer verletzt, dass man nichts mehr machen konnte. Ihr Fell war blutig, an einer Seite quollen die Organe heraus, ein furchtbarer

Anblick. Dabei war es gar nicht so sehr Mitgefühl mit dem Tier, sondern Empörung über diese gewaltige Ungerechtigkeit. All diese hochkomplexen Prozesse, die in einem Organismus stattfinden, um ein Bewusstsein zu ermöglichen, ein Gefühl von Schmerz, aber auch Genuss. Und dann genügt ein unachtsamer Autofahrer, um dieses wunderbare System in Sekundenbruchteilen zu vernichten.«

Hochstett wirkt sehr emotional. Um die Situation nicht entgleiten zu lassen, sagt Marie kühl: »Verfall.«

Schon als Kind hatte sie Probleme mit der Vergänglichkeit aller Dinge. Wenn ihr Lineal zerbrach, klebte sie es so oft wieder zusammen, bis es durch die vielen Bahnen Klebeband nicht mehr zu benutzen war. Sie wollte nicht akzeptieren, dass ein Bleistift mit jedem Anspitzen an Länge verlor, oft genug schrieb sie mit winzigen Stummeln, nicht bereit, sich von ihnen zu trennen.

»Nach dem Tod der Katze wurde ich Vegetarier, engagierte mich bei Veranstaltungen für die artgerechte Haltung von Nutztieren und ging wahrscheinlich jedem mit meinen endlosen Monologen auf die Nerven. Diese neue Leidenschaft bestimmte dann auch die Wahl meines Studienfachs.«

Mit einem Blick, der bei anderen Menschen visionär wirken könnte, betrachtet Hochstett die Wasseroberfläche.

»Wissen Sie, was wirklich ironisch ist?«

Nein, Marie weiß es nicht. Stattdessen überlegt sie sich, wie es wäre, allein und ungestört zu sein, bevor Hochstett fortfährt:

»Das Haus, in dem ich nun wohne ... es gehörte vorher einem Jäger. Überall hingen diese furchtbaren Trophäen. Köpfe von Wildschweinen, Hirschen, Füchsen. Es dauerte eine Weile, bis ich den Geruch des Todes rausbekam. Sie werden es nicht glauben, aber kürzlich fand ich in einer alten Truhe im Keller sogar ein Gewehr und etwas Munition. Der Vorbesitzer muss es vergessen haben.«

»Das darf nicht wahr sein ...«

»Doch, ist es. Wer weiß, was ich noch alles ...«

»Ich meine das da.«

Maries Finger zeigt auf eine Stelle im Geäst des Ufers. Aus größerer Entfernung war es nur ein heller Fleck, doch nun, da sie nah herangetrieben sind, erkennt sie ganz genau, um was es sich handelt.

»Sieht nach einem Paar Schuhe aus, das jemand in einen Baum geworfen hat«, sagt Hochstett, nicht ahnend, dass er sich seine Antwort hätte sparen können.

Marie nimmt die Ruder in die Hand und steuert das Boot zum Ufer. Sie springt heraus und hält Ausschau nach einem längeren Ast, um ihre Turnschuhe – in diesem Moment ist sie sich erschreckend sicher, dass es sich um ihr verschwundenes Paar handeln muss – von dem Baum herunterzubekommen. Sie braucht mehrere Anläufe, die Arbeit über Kopf ist ungewohnt. Schließlich geraten die verknoteten Schnürsenkel, die das Paar zusammenhalten, ins Rutschen. Hochstett, der inzwischen auch aus dem Boot gestiegen ist, fängt die Schuhe auf. Er betrachtet sie mit einer Ruhe, die Marie zuwider ist.

»Da steckt ein Zettel drin«, sagt er seelenruhig.

Sie reißt ihm das Paar aus der Hand. Ein schmaler Streifen Papier kommt zum Vorschein.

Das mit deinem Knie tut mir leid.

Kein Zweifel, es handelt sich um den gleichen Urheber, der auch für die erste Botschaft verantwortlich ist. Selbst wenn dieses Mal die obligatorische Blüte fehlt – Schriftart und -größe sind identisch.

Schnell sieht sie sich um.

Sie fühlt sich an einen mittelmäßigen Thriller erinnert, in dem durch eine hektische Kamerafahrt klargestellt wird, dass die Hauptfigur in Gefahr ist. Sie braucht Ruhe, um ihre Gedanken zu ordnen. Der Impuls, sich im Haus einzuschließen und es auf absehbare Zeit nicht mehr zu verlassen, ist überwältigend stark.

»Sie sollten jetzt gehen.«

»Ist denn alles in Ordnung?«

»Nein ... Ja ... Keine Ahnung ... Lassen Sie mich einfach allein.«

»Ich werde erst gehen, wenn Sie mir gesagt haben, was los ist. Es gibt eine Vorgeschichte dazu, oder?«

Sein durchdringender Blick ist mehr, als sie in diesem Moment ertragen kann. Sie verschränkt die Arme vor der Brust, weniger als Abwehrhaltung, sondern mehr, um sich selbst Halt zu geben.

»Da war ... da waren diese Blumen. Weiße Anemonen. Sie lagen einfach so auf dem Weg, den ich morgens zum Joggen nehme. Am gleichen Tag bekam ich einen Brief, darin stand, ich solle auf meinen nächsten Schritt achten, und eine getrocknete Anemonenblüte lag darin. Und vor Kurzem war eine Angelschnur über meinen Weg gespannt.«

»Daher kommt Ihre Verletzung.«

Hochstett lässt unklar, ob der Satz als Frage oder überflüssige Feststellung gemeint war. Sie nickt und bereut es im gleichen Moment, so redselig gewesen zu sein. Sie weiß nichts über diesen Menschen außer dem wenigen, das er ihr erzählt hat.

»Das hört sich für mich nach dem Werk eines Geistesgestörten an. Haben Sie die Polizei schon informiert?«

Langsam kehrt sie in ihren Betriebsmodus zurück.

»Das würde zu nichts führen. Meinen Sie, die schicken ein Sondereinsatzkommando, um einen Typen zu stellen, der Turnschuhe in Bäume wirft?«

»Er hat Sie verletzt.«

»Er hat die Schnur gespannt, darübergefallen bin ich von ganz allein. Hören Sie, ich hatte vor vielen Jahren schon mal eine ähnliche Geschichte. Mein Ex-Partner hat mir nachgestellt, sich aufgedrängt und meine Familie belästigt. Es ist schwierig bis unmöglich, solche Handlungen strafrechtlich zu verfolgen. Das ist die Mühe nicht wert. Außerdem würde das den Ehrgeiz von solchen Typen vielleicht noch weiter anstacheln.«

Auch Hochstett könnte hinter allem stecken, wie ihr nun mit erschreckender Deutlichkeit bewusst wird. Sie versucht, sich in Erinnerung zu rufen, ob er das Boot an diesen Teil des Ufers manövriert hat, doch dann fällt ihr ein, dass sie die ganze Zeit über steuerte.

»Kann ich irgendetwas für Sie tun?«

»Wie gesagt, gehen Sie jetzt, ich komme zurecht.«

Marie muss einfach nur in das Boot steigen, sich vom Ufer abstoßen und zum Haus zurückrudern, alles sehr simple Tätigkeiten. Nichts davon übersteigt ihr geistiges oder körperliches Leistungsvermögen. Warum ist sie nur so unschlüssig?

»Ich will Ihnen helfen«, sagt Hochstett, nun mit Nachdruck. Er greift nach ihrem Arm, eine Geste, die in seinen Augen wohl Vertraulichkeit symbolisieren soll, doch bei Marie nur Beunruhigung auslöst. Kraftvoller als es nötig ist, schüttelt sie ihn ab. Sie springt in das Boot, ihr Schwung lässt es mehrere Meter vom Ufer wegtreiben.

Sie greift nach den Rudern, ihre Bewegungen sind hektisch und ineffizient, doch das spielt jetzt keine Rolle. Auf der Mitte des Sees fällt ihr der Zettel wieder ein, der noch immer in einem ihrer unerwartet aufgetauchten Turnschuhe steckt. Sie nimmt ihn heraus und wirft ihn über Bord. Schnell saugt sich das Papier mit Wasser voll, die Schrift verschwimmt.

Das mit deinem Knie tut mir leid.

Marie denkt ernsthaft darüber nach, ihre Schwester anzurufen. Der Impuls zu einem Gespräch ging in den letzten Jahren stets von Michelle aus, es wäre also mehr als angemessen, sich durch gestiegenes Interesse am Leben ihrer Schwester zu revanchieren.

Michelle ist mit zwei Rufnummern in den Kontakten verzeichnet, Festnetz und mobil. Marie entscheidet sich dafür, auf dem Handy anzurufen, sie möchte vermeiden, einen um diese Tageszeit sicherlich schon angetrunkenen Uwe an den Hörer zu bekommen. Was nicht besagt, dass seine nüchterne Ausführung besser wäre.

Nur die Mailbox geht ran. *Hier ist Michelle* (oder eben nicht). *Wahrscheinlich bin ich gerade sehr beschäftigt, aber ihr könnt mir gerne eine Nachricht hinterlassen. Küsschen!*

Diese bemüht saloppe Ansage kann sich nur erlauben, wer keine Mitteilungen von Vorgesetzten erwartet. Soweit Marie weiß, geht ihre Schwester immer nur saisonalen Beschäftigungsverhältnissen nach. Sie nimmt sich Auszeiten von zwei bis drei Monaten, um dann durch den nächsten befristeten Job genügend Geld für alle laufenden Kosten zu verdienen. Kein Wunder, dass sie sich kaum die notwendigen Renovierungsarbeiten an ihrem Haus leisten kann. Wenn es wenigstens ein richtiges Haus wäre, denkt Marie, nicht bloß die

Hälfte eines heruntergewirtschafteten Bauernhofs, in dem vier Kinder vor dem Fernseher verrotten, während ein latent aggressiver Trottel als Erziehungsberechtigter fungiert.

Einmal gab es so etwas wie einen Streit zwischen ihnen beiden. Marie bedauert es heute, ihn nicht konsequent geführt, sondern um eines brüchigen Weihnachtsfriedens willen vorzeitig erstickt zu haben. Damals warf Michelle ihr wortwörtlich vor, eine eingebildete Künstler-Tussi geworden zu sein, die sich nur noch für die Verkaufszahlen ihrer Bücher interessiere statt für die Menschen, die ihr nahestünden. Im Rückblick erkennt Marie darin nicht nur eine Anklage, sondern auch einen versteckten Hilferuf. Vielleicht hätte sie sich stärker für ihre Schwester einsetzen müssen, um das zu verhindern, was sie als real existierenden Asozialismus bezeichnet.

Gerne würde sie Michelle Mut machen für eine endgültige Trennung von Uwe, doch das ist nichts, was man auf eine Mailbox sprechen kann. Sie belässt es daher bei ein paar Grußworten und der Versicherung, dass Michelle gerne zurückrufen könne. »Jederzeit«, setzt sie noch hinzu und legt dann auf.

Ich habe wieder meinen Posten auf dem alten Hochsitz bezogen.

Wie oft wird diese behelfsmäßige Leiter aus morschem Holz und rostigen Nägeln mich noch ungestraft hinauflassen? Wann werden die langen Stelzen der Plattform nachgeben, sich halb um die eigene Achse drehen und dann zu Boden stürzen? Ich könnte mich dabei verletzen, oder, schlimmer noch, die Kamera könnte zu Bruch gehen. In der Dunkelheit ist sie mein bedeutsamstes Werkzeug, da ich die Drohne nur noch tagsüber einsetzen möchte. Ein Blick durch den Sucher bringt mich ihr nahe, als würde ich direkt vor ihrem Haus stehen und ihr bei der Verrichtung ihres Alltags zusehen.

Manchmal kleidet sie sich nicht im Bad um, sondern im Schlafzimmer. Die Beiläufigkeit, mit der sie dann ihr Oberteil und den BH, ihren Rock und den Slip ablegt, besitzt mehr Erotik als jeder perfekt inszenierte Striptease. Gerade weil sie sich mit ihrer Schönheit nicht aufdrängt, sie nicht instrumentalisiert oder durch künstliche Effekte hervorhebt, ist sie so verführerisch. Gerne gebe ich mich der Vorstellung hin, dass sie von meiner Präsenz weiß und nur für mich die Ahnungslose spielt. Oft genug gleitet meine Hand bei diesem Anblick in meine Hose.

Heute Nacht zieht sich Marie nicht aus.

Sie hat das Licht in allen Zimmern angeschaltet. Unschlüssig geht sie von Raum zu Raum, wechselt im Minutentakt ihre Aktivität. Kaum hat sie sich mit einem Buch auf das Sofa gelegt, steht sie schon wieder auf, schenkt sich in der Küche ein Glas Wein ein, starrt dann zur Glasfront hinaus, als könnte sie dort etwas anderes als totale Finsternis entdecken, geht hinauf an ihr Notebook und versucht wohl, etwas zu schreiben, was sie schnell wieder aufgibt.

Sie scheint sich zu fürchten, doch wovor?

Ich war so gönnerhaft, ihr die Turnschuhe zurückzugeben, weil ich weiß, dass sie am liebsten mit ihnen läuft. Ich habe mich bei dieser Gelegenheit sogar für das Vorkommnis mit der Angelschnur entschuldigt, es sollte ja nicht gleich dazu führen, dass sie das Joggen aufgibt. Immerhin sehe ich ihr gerne dabei zu, wie sie Sport treibt.

Was bitte schön soll ich denn noch tun? Warum zeigt sie sich so undankbar? Es ärgert mich, dass ich sie zwar beobachten, aber niemals in ihre Gedanken und Beweggründe vordringen kann. Sie wird mir ein Rätsel bleiben, egal, wie gewissenhaft ich ihr Leben analysiere.

Als ich nach einer Stunde hinabsteige, ist der Kater da.

Er hat sich angeschlichen, wie so oft, nun bietet er seinen Rücken an, damit ich sanft mit der Hand darüberfahre. Ich tue es gern, weil ich weiß, dass sie ihn ebenfalls streichelt. Ein wenig von ihrem Zauber, ein paar Moleküle ihrer Magie haften in seinem dunklen Fell, dessen Übergang zur Schwärze der Nacht fließend ist.

Ein Stück Thunfisch-Sandwich hat ihn damals gefügig gemacht, ich warf es ihm von oben herunter, als er sich das erste Mal neugierig an meinen Posten heranwagte. Zuerst war ich nur ein Eindringling in seinem verwirrend großen Revier, doch nun vertraut er mir.

Er liebt es, unter dem Kinn gekrault zu werden. Erwartungsvoll reckt er den Kopf hoch, damit meine Finger besser an diese empfindsame Stelle gelangen.

»Wie ist es, auf ihrem Schoß zu sitzen?«, frage ich den Kater, doch er schnurrt nur leise vor sich hin. Ich stelle mir vor, er zu sein. Jeden Tag würde ich bei ihr verbringen, mich von ihr füttern und verwöhnen lassen. Ich müsste nichts sagen, jeden Wunsch würde sie mir von meinen Augen ablesen. Vergessen all die früheren Kämpfe, von denen meine Narben berichten ... Ein Krieger, der nach Walhall heimgekehrt ist.

Im Spiel schlägt der Kater nach mir, natürlich hat er seine Krallen nicht eingezogen. Mistvieh! Der Schmerz und ein bisschen Blut kommen mit Verzögerung, ebenso meine Wut. Warum weiß dieses dreckige Tier nicht, was gut für es ist? Weshalb verletzt es die Menschen, die ihm wohlgesinnt sind? Ist die Unterscheidung zwischen Gut und Böse denn so verdammt schwer?

Dann fliegt der kleine struppige Körper durch die Luft. So fest wollte ich gar nicht zutreten, aber mein Zorn hat die Kontrolle übernommen, die Vernunft kurzzeitig suspendiert.

Nach wenigen Metern wird die Bahn des Katers von einem Baum unterbrochen. Es knackt widerlich, als der Rücken gegen den massiven Stamm prallt. Dann fällt das Tier ohne jeden Laut in einen Blaubeerstrauch.

Mir bricht der Schweiß aus, während ich mich der Stelle nähere. Obwohl ich weiß, was passiert ist, hoffe ich noch. Es sind nur wenige Sekunden, bis ich nachsehe und Gewissheit bekomme. Der Kater hat die Augen geöffnet, aber sie erfassen nichts mehr, starren nur besinnungslos in die Ferne. Rilkes Panther fällt mir ein: »Sein Blick ist vom Vorübergeh'n der Stäbe/so müd geworden, daß er nichts mehr hält.« Erst jetzt bemerke ich die seltsame Körperhaltung, die verdrehten Halswirbel. Tja, kaputt, kann man nichts machen. Ich fahre herum, will diese zynische Stimme zum Schweigen bringen, bis ich begreife, dass es meine eigenen Gedanken sind.

Soll ich das Tier begraben? Es einfach hier liegen lassen? Vermutlich ist das der natürliche Weg. Andere Lebewesen werden sich um die Überreste kümmern, die Organe verflüssigen, die poröse Hülle als Brutstätte verwenden und so der inhärenten Sinnlosigkeit jeder Existenz zumindest noch ein paar Nährstoffe abgewinnen. In ein paar Monaten wird nichts mehr von dem Kater übrig sein.

»Echo« steht auf seinem Halsband.

Nun denn, Echo, du weißt ja: Wie man in den Wald hineinruft …

7

AM MORGEN HAT MARIE EINEN TERMIN IN BERLIN.

Schüler fragen Schriftsteller heißt die Veranstaltung, und Marie findet sie noch idiotischer, als der Titel bereits vermuten lässt. Sie hätte sie gern – wie fast alle Durchbrechungen ihrer Routine – abgesagt, aber sie fühlt sich verpflichtet, daran teilzunehmen.

Organisiert wird die Veranstaltung von Sophia, Deutschlehrerin an einem Gymnasium in Charlottenburg und eine ehemalige Kommilitonin von Marie. Vor langer Zeit waren beide Frauen so etwas wie Freundinnen. Sie besuchten fast alle Kurse gemeinsam, bildeten eine Lerngruppe und halfen einander. Um Sophia nicht zu enttäuschen, hat Marie die Weckfunktion ihres Smartphones auf fünf Uhr gestellt, was für sich genommen schon ein großes Opfer ist. Sie wird sich in ihren Wagen setzen und eine Stunde lang in den immer dichter werdenden Verkehr nach Berlin eintauchen, eine Stadt, deren obszöne Größe Marie zuwider ist. Und das alles, um ein Pausenfüller vor den Sommerferien zu sein. Es ist bereits das zweite Mal, dass Marie an *Schüler fragen Schriftsteller* teilnimmt. Möglich, dass Sophia einfach nicht besonders viele Autoren kennt.

Sie erinnert sich noch gut an das vergangene Jahr. Im Unterricht hatten sie ihr Stück *Toter Winkel* durchgenommen, einige Szenen sogar im Rahmen der Theater-AG nachgespielt. Vermutlich war Sophias Entscheidung ausgerechnet auf diesen Text gefallen, weil er vergleichsweise einfach zu verstehen ist. Und überdies kurz.

Eine junge Frau ist mit dem Fahrrad unterwegs, an einer Kreuzung wird sie von einem Lkw überrollt und stirbt. Ihr Partner verzweifelt an dem Unglück, er gibt seine Arbeit auf und zieht sich in Gespräche mit einem imaginären Freund zurück – wobei Freund vielleicht nicht unbedingt die richtige Bezeichnung ist. Der Hauptteil des Stücks wird von Dialogen bestimmt, in denen der Mann sich immer weiter in einen Wahn hineinredet, dem er nur durch Gewalt entfliehen kann. Am Ende tötet er den Fahrer des Lkw. Er lässt sich verhaften und wartet in der Gefängniszelle vergebens darauf, dass sein imaginärer Freund ihn besucht. Vorhang.

Die Schüler hatten offenkundig mehr Interesse an den bevorstehenden Ferien als daran, einer Schriftstellerin Fragen zu stellen. Eine der wenigen nennenswerten Wortmeldungen kam von einem Mädchen in der letzten Reihe.

»Ihr Stück ist sehr pessimistisch. Warum gibt es darin nicht wenigstens einen kleinen Hoffnungsschimmer? Sie wollen doch wohl nicht, dass die Theaterbesucher völlig verzweifelt nach Hause gehen, oder?«

»Wie die Theaterbesucher nach Hause gehen, spielt für mich vorrangig keine Rolle. Ich erzähle eine Geschichte – und wenn es zu ihren Eigenschaften gehört, dass sie pessimistisch ist, kann ich nichts daran ändern. Ich bin wie eine Forscherin, die unvoreingenommen an ihren Untersuchungsgegenstand herangeht. Ich kann das Ergebnis nicht beeinflussen, ohne meine Glaubwürdigkeit zu verlieren.«

»Aber sind Sie als Schriftstellerin nicht auch eine Art Reiseführerin? Sie bestimmen schließlich für den Leser, wohin der Weg gehen soll.«

Das Mädchen erinnerte Marie an ihre eigene Vergangenheit. Nicht allein ihre Position im Raum, auch die Art, wie sie ihre Sätze mit einer seltsamen Mischung aus Stolz und Scham vortrug, die Augen streng auf einen unbestimmten Punkt gerichtet.

»Das ist ein hübscher Vergleich. Aber auch als Reiseführerin kann ich nicht verhindern, dass der Leser mit mir Zeuge eines Unglücks wird. Und aus literarischer Sicht ist ein Unglück wesentlich ergiebiger als die Beschreibung einer Strandidylle.«

»Haben Sie vielleicht einen Rat für jemanden, der auch schreiben möchte?«

Ein paar Schüler lächelten dümmlich, Marie konnte nur ungefähr ermessen, wie viel Mut diese indirekte Selbstoffenbarung gekostet haben musste. Sie verdiente eine gute, also schonungslose Antwort.

»Schreiben Sie viel – und löschen Sie alles. Sie werden nie gut genug sein. Möglicherweise reicht es irgendwann für Bekannte, für Wettbewerbe oder sogar für einen Verlag. Doch Sie selbst werden nie zufrieden sein. Gewöhnen Sie sich an ein Leben mit Provisorien.«

Das war es. Moderierend griff Sophia ein, wollte auch andere Schüler zu Fragen ermutigen, doch die brachten nur die gewohnten Wortmeldungen, kein überbezahlter Feuilletonist hätte es besser machen können.

»Was wollen Sie mit Ihrem Text sagen?«

»Sind Sie für Selbstjustiz?«

»Halten Sie den Mord an dem Lkw-Fahrer für gerechtfertigt?«

Maries Aufmerksamkeit fuhr selbstständig herunter. Mit der Zeit hatte sie sich einen Bewusstseinszustand antrainiert, der es ihr ermöglichte, halbwegs vernünftige Antworten zu liefern und mit den Gedanken trotzdem bei einem ganz anderen Thema zu sein. Man musste sie gut kennen, um diese Maske vorgetäuschter Konzentration zu durchschauen, doch wer kannte Marie schon wirklich gut? Diese nervigen Elftklässler bestimmt nicht.

Hinterher bedankte sich Sophia sogar noch für Maries Ausdauer, so ausführlich auf alle Fragen – selbst auf banale – eingegangen zu sein. Sie standen, einen mittelmäßigen Automaten-Cappuccino in den Händen, auf dem Schulhof und verabschiedeten sich voneinander wie Menschen, die einmal befreundet gewesen waren.

Die Sonne hat nur wenig Kraft, als Marie an diesem Morgen das Haus verlässt.

Sie steigt in ihren Wagen, der organisch mit seiner Umwelt verschmolzen ist. Seit Monaten hat sie ihn nicht mehr verwendet, die Reifen haben sich tief in den Untergrund gedrückt, das Gras reicht den Felgen bis zum Bauchnabel. Vogelkot und abgestorbene Blätter tun ihr Übriges, um für eine stimmige Naturatmosphäre zu sorgen – *retour à la nature.*

Als sie den Zündschlüssel herumdreht, passiert nichts. Sie versucht es mehrfach, doch der Wagen gibt nicht mal sein beleidigtes Stottern von sich, das ihr aus den Wintermonaten vertraut ist.

Sie entriegelt die Motorhaube, steigt aus und betrachtet angestrengt die Ansammlung von Ventilen, Kabeln und Behältern. Wie ein Höhlenmensch vor einem Spaceshuttle, denkt sie und ärgert sich darüber, so wenig von einer Technik zu verstehen, deren Funktionstüchtigkeit sie immer ganz selbstverständlich vorausgesetzt hat. Ist es der Anlasser? Sind es die Zündkerzen? Wo genau befindet sich was?

Fuck. Fuck. Fuck.

Das darf alles nicht wahr sein.

Wenn sie den Pannendienst ruft, dauert es mindestens eine Stunde, bis er hier ist. Und wer weiß, ob er den Wagen spontan wieder fahrtüchtig bekommt. Um noch rechtzeitig in Berlin anzukommen, muss sie spätestens in einer halben Stunde aufbrechen.

Marie verdammt sich dafür, so wenig Zeit eingeplant zu haben. Soll sie anrufen und sagen, dass es nichts mehr wird? Die Schüler sind ihr egal, dann gucken sie eben eine Fünfzigerjahre-Verfilmung der *Buddenbrooks*. Doch um Sophia tut es ihr leid, der sie ein Versprechen gegeben hat.

Hochstett fällt ihr ein.

Erst kürzlich hielt sie seine Karte in der Hand und wollte sie eigentlich wegwerfen, entschied sich dann aber dagegen. Ob es sehr unhöflich wäre, ihn so früh anzurufen? Marie beschließt, dass ihr herzlich egal sein kann, wie Hochstett das findet. Entweder er hilft ihr oder eben nicht. Einen Versuch ist es jedenfalls wert.

Sie geht zurück in das Haus, entdeckt die Karte unter mehreren Schichten Altpapier und wählt die Nummer.

»Hochstett.«

Er stellt seinen Namen wie eine Frage in den Raum, als wäre er sich seiner eigenen Identität nicht sicher.

»Hier ist Marie. Marie Kardisch.«

In seiner Stimmung vollzieht sich ein spontaner Klimawandel.

»Marie? Was kann ich für Sie tun?«

»Ich hoffe, ich habe Sie nicht geweckt. Es gibt ein Problem mit meinem Wagen, und ich muss in zwei Stunden in Berlin sein.«

»Verstehe.«

Er fragt nicht nach Einzelheiten, will nicht wissen, ob sie sein Auto haben möchte, Starthilfe erwartet oder einen Chauffeur, er sagt nur: »Ich komme vorbei« und legt dann auf.

Marie wird das Gefühl nicht los, dass er schon die ganze Zeit auf eine Gelegenheit wie diese gewartet hat. Vermutlich geht er völlig auf in seiner Rolle des barmherzigen Samariters.

Sie setzt sich in den Wagen, der weiterhin jede Zusammenarbeit verweigert. Unwillkürlich muss sie an den verrosteten Traktor denken, der auf dem Hof ihres Großvaters stand und sich keinen Zentimeter bewegen wollte. Wahrscheinlich hatte er schon vor den Zwangskollektivierungen der Sechzigerjahre seinen Dienst aufgegeben, sodass mehrere Generationen von Kindern ihn als Abenteuerspielplatz benutzen konnten. Während sie noch überlegt, was wohl aus seinen metallischen Überresten geworden sein mag, fährt der Tierarzt bei ihr vor. Seit dem Anruf sind kaum drei Minuten vergangen.

»Danke, dass Sie so schnell ...«

»Da nicht für. Brauchen Sie Starthilfe?«, fragt Hochstett und hält direkt auf ihren Wagen zu, dessen Motorhaube noch offen steht. Unter seiner Oberfläche aus Hilfsbereitschaft wirkt er seltsam gestresst und in Eile. So hat sie ihn noch nicht erlebt.

»Wenn ich versuche, ihn anzulassen, gibt er keinen Laut von sich«, erklärt Marie und hofft inständig, keine weiteren technischen Auskünfte geben zu müssen. Der Tierarzt scheint tatsächlich schnell die Ursache für den Defekt entdeckt zu haben.

»Es sind die Kabel an der Batterie. Sie sind beschädigt.«

»Wahrscheinlich so ein Scheißmarder«, erwidert Marie und nimmt sich fest vor, eines dieser Tiere bei nächster Gelegenheit genussvoll mit ihrem Wagen zu überrollen.

»Wenn das ein Marder war, muss er sehr gründlich gewesen sein. Sehen Sie, beide Kabel sind defekt. Auf mich wirkt das eher so, als hätte sich ein Mensch daran zu schaffen gemacht.«

»Ein Mensch?«

Diese neue Erkenntnis lässt Marie kurz zusammenzucken.

»Ich bin kein Mechaniker, aber die Spuren sind eindeutig. Am besten, Sie rufen den Pannendienst und lassen das von einem Profi reparieren.«

»Meinen Termin kann ich nun wohl vergessen.«

Hochstett denkt nach, was man seinem Gesicht noch aus einem halben Kilometer Entfernung ansehen könnte.

»Ich würde Ihnen gern mein Auto leihen, aber ich muss gleich noch zu einem Eselzüchter fahren, dessen Stute gerade fohlt. Tut mir leid, dass ich Ihnen nicht helfen kann.«

»Vielleicht können Sie das doch …«

Eine kurze Pause entsteht, die Maries nächstem Satz mehr Gewicht verleiht als beabsichtigt.

»Sie haben mir einmal von einem Gewehr erzählt, das Sie

in Ihrem Keller fanden – von dem Vorbesitzer Ihres Hauses, diesem Jäger.«

»Ja.«

»Haben Sie das noch?«

»Ich kam noch nicht dazu, es abzugeben.«

»Gut. Kann ich es mir ausleihen?«

Der Mann ist verwirrt. Sein Verstand stellt nicht schnell genug die Verbindung her zwischen dem Umstand, dass Maries Auto manipuliert wurde, und ihrem neu erwachten Bedürfnis nach einer effizienten Verteidigungsmöglichkeit.

»Können Sie denn mit einer Schusswaffe umgehen?«

»So schwer ist das sicher nicht. Wenn selbst diese bescheuerten Amokläufer und Terroristen das hinkriegen, werde ich es wohl auch schaffen.«

Er betrachtet sie kritisch, weshalb sie hinzusetzt: »Bitte, Herr Hochstett. Sie würden mir damit einen riesigen Gefallen tun – ich wäre Ihnen unendlich dankbar dafür.«

Marie ist etwas aus der Übung, das einzusetzen, was man in vergangenen Jahrzehnten als Waffen einer Frau bezeichnete. Sie verabscheut es, sich auf die Position eines vermeintlich hilflosen Weibchens zurückzuziehen, das vom guten Willen des Mannes abhängig ist.

In jedem Fall zeigt ihre Bitte Wirkung bei Hochstett.

»Na gut. Ich bringe es Ihnen bei Gelegenheit vorbei.«

Sie verabschieden sich mit Handschlag, was unpassend wirkt. Der Tierarzt steigt in seinen beneidenswert gut funktionierenden Wagen und fährt davon.

Nun, da sie wieder allein ist – Astrid wird erst in eineinhalb Stunden hier auftauchen –, kommt die Angst in einem massiven Schub.

Jemand war an ihrem Wagen.

Es ist kein technischer Defekt, kein Marder, nichts Zufälliges. Das, was sie daran hindert, nach Berlin zu fahren oder überhaupt irgendwohin, wurde willentlich von einem anderen Menschen herbeigeführt. Einem Menschen, von dem sie nichts weiß – der aber skrupellos genug ist, sich Zugang zu dem Motor ihres Autos zu verschaffen und dort Kabel abzuklemmen. Bei dieser Gelegenheit hätte er ebenso die Bremsen manipulieren oder einen Plastiksprengsatz anbringen können. Zivilisation bedeutet immer auch, sich auf die Harmlosigkeit der anderen zu verlassen – doch was, wenn nur ein einziger Teilnehmer die Spielregeln nicht mehr anerkennt?

Es fügt sich in ein Bild.

Die Angelschnur. Die Schuhe. Die seltsamen Zettel. Und jetzt der Wagen. Hinter alldem steht ein Mensch, der ihr feindlich gesinnt ist. Sie weiß nicht, wie weit er zu gehen bereit ist, doch es widerstrebt ihr, das Schlimmste anzunehmen.

Marie kommt es dabei ganz gelegen, dass sich der Alltag mit seinen Verpflichtungen bemerkbar macht. Sie muss Sophia anrufen und den Termin absagen, ebenso eine Routineuntersuchung bei ihrem Zahnarzt, zu dem sie im Anschluss gefahren wäre. Außerdem verlangt ihr Wagen nach einer Reparatur, also wird sie im Internet nach regionalen Werkstätten suchen, die das leblose Fahrzeug abschleppen und zu einem akzeptablen Preis reanimieren.

Nie hätte sie gedacht, einmal dankbar für notwendige Erledigungen zu sein.

Marie will sich auf das Schreiben konzentrieren, doch es gelingt ihr nicht. Das Blinken des Cursors kommt ihr vor wie eine digitale Variante der chinesischen Wasserfolter. Fiel es ihr je so schwer, an einem Text zu arbeiten?

Ja, erinnert sie sich. Nach dem ersten Buch.

Sie war beflügelt von dem Umstand, ihren Debütroman in den Regalen ausgewählter Buchhandlungen zu sehen, durchlebte den sympathischen Größenwahn einer Autorin, die jung und mit knapp eintausendneunhundert verkauften Exemplaren im ersten Quartal durchaus erfolgreich war. Doch als sie sich an das nächste Werk setzte, wusste sie, dass sie nichts zu erzählen hatte. *Leerzeichen* war ihr zugefallen, ein Glückstreffer, bei dem sie in Worte fasste, was Tausende Leser ebenfalls erlebt hatten. Doch dann? Wo war die nächste Geschichte? Wo waren Figuren wie Mia und Hannes, deren Wortwechsel ineinandergriffen wie die Zahnräder einer kostbaren Uhr? Wo waren Anspielungen und Metaphern, die tiefere Bedeutungen erahnen ließen, ohne sich aufzudrängen?

Nichts davon.

Nur sie, kalt gewordener Kaffee und ihr Notebook. Und ab und an ihre Mitbewohnerin, die sich um sie sorgte und ungefragt an ihre Zimmertür klopfte. In diesen Momenten hätte Marie die junge Frau erwürgen können, strangulieren mit ihrem schmalen Nietengürtel oder mit dem Kabel ihrer schwedischen Designlampe.

Dann half ihr Simon. Auf seine väterliche Art erklärte er Marie, dass Schreibhemmungen kein Grund zur Panik seien. Vielmehr würden sie aufzeigen, dass die Schriftstellerei eben Kunst und keine Fließbandarbeit sei, keine kontinuierliche Wortsetzerei, sondern ein starken Schwankungen unterworfener kreativer Prozess.

Simons Ausführungen brachten Marie regelrecht dazu,

stolz auf ihre Schreibhemmung zu sein. Er war es auch, der sie zum Joggen animierte, obwohl er selbst (und das sah man ihm an) kein Anhänger körperlicher Ertüchtigung war. Fortan lief Marie, um ihre Gedanken auf Trab zu bringen, *mens sana in corpore sano,* wie ein leicht aufdringlicher Bildungsbürger vielleicht sagen würde. In jedem Fall funktionierte es.

Nun fehlt ihr der Sport.

Wochen sind seit dem Unfall vergangen, nichts spricht dagegen, wieder joggen zu gehen – zumindest aus medizinischer Sicht. Bei dem Gedanken an die Strecke beschleicht sie jedoch ein ungutes Gefühl, das leicht mit Angst zu verwechseln ist.

Doch ist Sicherheit nicht ohnehin eine Illusion? Ist sie im Haus etwa geschützter als draußen? Sie muss an die Turnschuhe denken. Sie wurden ihr entwendet, als sie im Garten lagen, ganz in der Nähe. Wer auch immer dahintersteckt, er treibt sein Unwesen genauso hier wie im Wald. Es macht keinen Unterschied.

Ihre Überlegungen beruhigen sie nicht, doch die Angst ist so weit zurückgedrängt, dass sie ihre Turnschuhe anzieht und sich auf den Weg macht. Als sie vor die Tür tritt, ziehen dunkle Wolken auf. Sie kann die Runde schaffen, bevor es zu regnen beginnt, da ist sie sich sicher. Ein kleiner Wettlauf mit den Naturgewalten.

Mit Leichtigkeit erinnert sich ihr Körper an den genauen Ablauf; es scheint, als hätte sie nie mit dem Laufen aufgehört, jeder Muskel ist bereit und in Höchstform. Eine wohldisziplinierte Armee, die auf ihren Wink hin in Aktion tritt.

Doch sie ist wachsamer. Sie scannt den vor ihr befindlichen Weg, achtet auf ungewohnte Reflexionen, potenzielle

Hindernisse. Nach den ersten Kilometern ist sie beinahe enttäuscht, keine Auffälligkeiten entdeckt zu haben. Was hat sie erwartet? Schaufensterpuppen, die im Gebüsch stehen? Unverständliche Runen, in die Rinde der Kiefern geritzt?

Sie hat zwei Drittel der Strecke geschafft, als der Regen einsetzt.

Zuerst ignoriert sie ihn noch, leugnet seine Intensität, doch als sie schließlich gegen einen Vorhang aus Wasser anrennt, stellt sie sich unter. Neben der Strecke entdeckt sie den alten Hochsitz, dessen Plattform zum Unterstellen mehr Schutz vor der Nässe verspricht als die Kiefern.

Es könnte eine Szene in ihren Büchern sein: Die Protagonistin am Scheideweg, sie will sich nicht unterkriegen lassen, hält an ihren Gewohnheiten fest und wird dann doch von einer Naturgewalt ausgebremst.

Das Wort Waldeinsamkeit fällt ihr wieder ein, di Francesco hat es während seines ersten Besuchs verwendet, als sie ihn noch für einen ganz normalen, durchschnittlich lästigen Journalisten hielt. Wie sehr man sich täuschen kann.

Als Kind ist sie einmal – wirklich nur ein Mal – von zu Hause weggerannt. Ihr Weg führte sie eher zufällig in den Wald, der nur wenige Hundert Meter hinter ihrem Elternhaus begann. Auslöser ihrer überstürzten Flucht war ein banaler Streit über ihre schulischen Leistungen gewesen; worum es dabei genau gegangen war, weiß sie nicht mehr. Damals muss es ihr sehr wichtig vorgekommen sein, so wichtig, dass sie ihre Eltern anschrie und schließlich hinausstürmte in der festen Überzeugung, nie wieder zurückzukehren.

Sie verbrachte vier Stunden im Wald.

Es wurde dunkel und kühl, sie hatte keine Jacke dabei und fror so sehr, dass ihr Zähneklappern zu einem schmerzenden

Kiefer führte. Ihr war schlecht vor Angst und Kälte, mehrfach erbrach sie sich. Dann kam die Scham, so schwach und hilflos zu sein. Nie hatte sie klarer erkannt, wie sehr sie auf ihre Eltern und deren Wohlwollen angewiesen war. Andererseits ahnte sie, wie drastisch ihre Flucht den beiden zusetzen musste. Vielleicht hatten sie schon die Polizei informiert oder mit den Nachbarn eine unkoordinierte Suchaktion gestartet. Ihr Verhältnis zueinander beruhte auf verschiedenen Abhängigkeiten, doch es dauerte Jahre, bis Marie den Mechanismus ganz durchschaut hatte: Die Mutter empfand längst keine Liebe mehr für den Vater, war jedoch wirtschaftlich an ihn gebunden. Der Vater hatte seine Freundschaften für einen dürftigen beruflichen Aufstieg fahren lassen. Und die Schwester wollte ihre Privilegien nicht gefährden, weshalb ihre jugendliche Rebellion stets kalkuliert blieb.

Lange vor Mitternacht kam das Kind Marie damals zurück. Sie ließ die hysterischen Belehrungen ihrer Eltern über sich ergehen und torkelte dann in ihr Zimmer, wo sie auf das Bett fiel und sofort einschlief. Vielleicht bedeutete Familie im Kern nichts anderes als Tyrannei, aber sie sorgte auch für eine Federkernmatratze, für ein Dach über dem Kopf und regelmäßige Mahlzeiten.

Marie weiß nicht, was genau plötzlich ihre Aufmerksamkeit erregt hat. Ist es der Geruch? Die Fliegen, die trotz des Regens an ihrer Aktivität festhalten? Das dunkle Schimmern hinter den Blättern des Blaubeerstrauchs? Oder das, was gläubige Menschen als Eingebung bezeichnen würden? Jedenfalls führt es dazu, dass sie ihren Unterstand kurz aufgibt, um ein paar Schritte tiefer in den Wald hineinzugehen.

Der Anblick des toten Katers lässt sie sofort zurückweichen. Obwohl der fortschreitende Verwesungsprozess ganze Arbeit geleistet hat, beweist das Halsband zweifelsfrei seine Identität.

Echo.

Sie würde sich gerne einreden, dass er nur ein Kater war, der ab und an Nahrung und Zärtlichkeiten bei ihr schmarotzte, doch Marie weiß es besser. Das Tier war ihr ans Herz gewachsen, ein Verbündeter im Kampf gegen die kosmische Kälte. Wenn ihre Finger durch sein ungepflegtes Fell fuhren, spürte sie eine Verbundenheit, die über jede Sprache hinausging.

Für einen Augenblick verwischt ihr Blick. Marie weint wie ein Kind und muss sich an den nächsten Baumstamm lehnen, um nicht zu Boden zu sinken.

Die Trauer um das Tier wird schließlich von Angst überlagert. Das Wetter ist Marie auf einmal egal, sie möchte nur weg von diesem furchtbaren Ort. Doch dann zwingt sie sich, noch einmal genau hinzusehen. Was sie entdeckt, bestätigt ihren Verdacht: Die Wirbelsäule des Katers ist völlig verdreht. Sein Tod war gewaltsam, kein friedliches Einschlafen. Vielleicht hat er sich dieses Mal einen zu großen Gegner ausgesucht, einen Dachs, ein Wildschwein womöglich. Oder einen Menschen, der ...

Marie blickt zurück zum Hochstand.

Ihr wird schlecht, was nur teilweise an dem süßlichen Verwesungsgeruch liegt, der trotz des Regens in der Luft hängt. Das Wort Täter blitzt in ihrem Bewusstsein auf, nicht mehr nur Arschloch oder Freak. Ist es vorstellbar, dass der gleiche Mensch hinter der Angelschnur, den entwendeten Turnschuhen und dem toten Kater steckt? Kam Echo ihm bei seinen Beobachtungen in den Weg? Ist es ein weiteres Zeichen, das nur darauf wartete, von ihr entdeckt zu werden? Liegt der Kadaver deshalb so nah an ihrer Strecke?

Täter, leuchtet es erneut auf, dann Leiche und schließlich Gefahr.

Bevor sie den Ort verlässt, sieht sie sich nach weiteren Zettelbotschaften um, doch da ist nichts.

Der Regen hat kaum nachgelassen, ohne den Schutz der Bäume ist sie bereits nach wenigen Metern völlig durchnässt.

Sie wird die Polizei anrufen, überlegt sie. Sie wird die Vorfälle melden, nicht weil sie sich fürchtet, sondern weil sie die gesellschaftliche Verantwortung erkennt, den Täter zur Rechenschaft zu ziehen. Der Staat muss seine Bürger schützen, und sie muss den Staat beziehungsweise seine ausführenden Organe darüber informieren, was hier vorgefallen ist.

Nein, sie fürchtet sich nicht.

Dass sie das letzte Drittel der Strecke schneller rennt, als es vernünftig ist, liegt am Regen. Der Weg hat sich in eine Bahn aus Schlamm verwandelt, ihre Schuhe nehmen mehr und mehr die Farbe und Gestalt des Erdreichs an.

Als sie an ihrem Haus ankommt, spürt sie einen Krampf in der Wade. Sie hat es übertrieben, nach den vielen Wochen Pause gleich so einen Sprint, das konnte nicht gut gehen. Außer Atem schließt sie auf, fällt regelrecht hinein und schlägt dann die Tür hinter sich zu.

Sie tropft den Boden voll, während sie noch überlegt, was sie zuerst tun soll. Die Polizei anrufen? Sich trockene Sachen anziehen? Sie beschließt, dass Letzteres dringender ist.

In ihrem Bademantel, ein Handtuch um die nassen Haare geschlungen, als käme sie frisch aus der Dusche, nimmt sie das Telefon und wählt die 110. Wie seltsam sich das anfühlt, geht es ihr durch den Kopf. Jeder kennt diese Nummer, aber wann benutzt man sie schon einmal?

Für eine Frau, die ihren Lebensunterhalt mit dem Erzählen von Geschichten verdient, fällt es ihr überraschend schwer, das Ereignis in wenigen Sätzen zu umreißen. Sie wiederholt sich, lässt wichtige Punkte aus und verzettelt sich im zeitlichen Ablauf.

»Danke für Ihre ausführlichen Informationen«, sagt die andere Stimme schließlich, doch der Tonfall meint: eine weitere überspannte Großstädterin, die unbedingt aufs Land ziehen musste und jetzt mit der Einsamkeit nicht zurechtkommt. Der Waldeinsamkeit.

»Wir schicken morgen früh zwei Kollegen bei Ihnen vorbei.«

»Morgen erst?«

»Ich nehme an, das wird genügen. Oder fühlen Sie sich in konkreter Gefahr?«

»Nein, das nicht, nur ...«

»Bei Tageslicht können sich die Kollegen auch die Stelle mit der toten Katze ansehen, das bringt in der Dunkelheit ja nichts.«

Grußlos beendet Marie das Gespräch.

Morgen früh soll sich als zwölf Uhr mittags herausstellen. Astrid verzehrt gerade ihren fettarmen Joghurt mit Waldfrüchten und scrollt durch die Profilbilder eines Datingportals, als plötzlich zwei Polizisten, eine junge Frau und ein älterer Mann, vor der Tür stehen. Die Assistentin betrachtet ihre Uniformen und versucht in Gedanken, diesen Anblick mit Maries Terminkalender abzugleichen, findet allerdings keine Übereinstimmung.

»Hallo, Frau Kardisch«, spricht der ältere Polizist sie an, woraufhin sie erwidert: »Nein, Frau Kardisch ist oben, ich bin nur ...«

In dem Moment kommt Marie auch schon die Treppe herunter, nun doch eher peinlich berührt von ihrem gestrigen Anruf. Hat sie denn nicht überreagiert? Ist es wirklich notwendig, die Polizei einzuschalten? Die müssen sicher wichtigere Fälle erledigen, brutale Ehemänner in Gewahrsam nehmen, Tankstellenüberfälle aufklären, Drogendealer überführen. Was sollen sie sich nun um einen toten Kater kümmern, der ihr ja nicht einmal gehörte?

»Marie Kardisch?«

»Die bin ich.«

»Hartmann und Bosch unsere Namen. Sie hatten gestern in der Dienststelle angerufen wegen ein paar merkwürdiger Vorfälle, korrekt?«

Es bleibt unklar, wer von beiden nun Hartmann und wer Bosch ist. Das Gespräch scheint jedenfalls über den älteren Mann zu laufen, seine Kollegin betrachtet dafür schweigend die Inneneinrichtung des Hauses. Mit dem Tabellenentgelt nach Tarifvertrag kann man sich vermutlich keinen originalen Barcelona-Sessel leisten.

»Nun erzählen Sie uns bitte, was eigentlich vorgefallen ist.«

Die interne Kommunikation der Polizisten funktioniert offenkundig nur eingeschränkt. Marie darf alles, was sie gestern bereits am Telefon mitteilte, noch einmal erzählen. Die erneute Wiedergabe taucht die Vorkommnisse selbst für sie in ein zweifelhaftes Licht, als würde sie wieder und wieder hilflos eine Lügengeschichte vortragen.

»Würden Sie uns jetzt bitte die Stelle zeigen, an der die Katze liegt?«

»Natürlich. Es ist aber ein gutes Stück Fußweg.«

Der Polizist zuckt mit den Schultern. Ihm scheint egal zu sein, wie er seine tägliche Regelarbeitszeit hinter sich bringt. Dann wird er eben dafür bezahlt, an einem gottverlassenen See herumzustiefeln, um nach einem toten Tier zu sehen.

Marie würde gern ein Gespräch mit der Polizistin beginnen, doch ihr Kollege sorgt den ganzen Weg über für verbale Luftverschmutzung, indem er lautstark Weisheiten aus seinem Berufsalltag von sich gibt. Sie wird nie verstehen, weshalb sich die meisten Männer (Tendenz mit zunehmendem Alter steigend) im Besitz einer unumstößlichen Wahrheit glauben, die sie auch noch jedem Menschen in Hörweite aufdrängen müssen.

»Wenn ich da nur an unsere neue Chefin denke ... Statistik, Statistik, Statistik. Kommt frisch von der Uni und meint, ein Hochschulabschluss sei alles, was man für diese Arbeit braucht. Dabei kommt es auf praktische Erfahrungen an. Und auf Bauchgefühl. Bauchgefühl ist alles ... Ein leerer Magen ermittelt nicht gern, wissen Sie?«

Sie kann es kaum abwarten, endlich in den Wald abzubiegen. Wenn sie Hartmann oder Bosch schon nicht seinen Dienstausweis in den Mund stopfen kann, um ihn zum Verstummen zu bringen, will sie wenigstens, dass er sich nützlich macht.

Als sie den Hochstand erreichen, scannt sie das Gelände und zweifelt zunächst an ihrem Orientierungsvermögen. Sie betrachtet alle Sträucher im Umfeld, obwohl sie ganz genau weiß, wo der Kater gestern lag.

»Echo ... er war hier«, sagt sie schließlich, eine diskrete Fassungslosigkeit in ihrer Stimme.

»Wer ist Echo?«

»Der Kater. Genau hier habe ich ihn gefunden.«

»Verstehe. Und gestern war er noch ...«

»Da. An dieser Stelle. Sehen Sie hier, in diesem Strauch.«

»Es riecht auch ein bisschen faulig«, erklärt die Polizistin gebückt, ihre ersten Worte, die sie in Maries Gegenwart sagt.

»Also jetzt liegt da jedenfalls kein Tier mehr.«

Der ältere Mann verliert unaufhaltsam die Geduld, das ist klar. Marie fühlt sich zu einer reichlich gewagten Hypothese hingerissen.

»Vielleicht ... vielleicht hat der Mensch, der Echo umbrachte, nun den Kadaver entsorgt.«

Nun gibt sich der Polizist keine Mühe mehr, seine Gleichgültigkeit zu überspielen.

»Ich hätte eher auf einen Aasfresser getippt, aber wenn Sie meinen. Woher nehmen Sie eigentlich die Gewissheit, dass der Kater getötet wurde?«

»Sein Kopf, der war ... der ganze Hals, alles war so seltsam verdreht. Genickbruch, würde ich sagen.«

»Sie kennen sich ja aus. Sind Sie Tierärztin oder so?«

»Nein, ich bin ... Hören Sie, ich finde es einfach auffällig, dass nach den Zwischenfällen mit der Angelschnur und den Zetteln und meinen Turnschuhen auch noch ein Kater getötet wird, der regelmäßig zu mir kam. Sie nicht auch?«

»Doch, schon. Wenn man es so sehen will. Haben Sie denn jemanden im Verdacht, der dahinterstecken könnte? Sollen wir Ihren Nachbarn vielleicht mal einen Besuch abstatten?«

»Ich lebe hier sehr zurückgezogen. Und nein, mir fällt spontan niemand ein, den ich beschuldigen würde, das alles verursacht zu haben.«

Sie möchte di Francesco nennen, Hendrik und Hochstett,

doch bevor sie sich dazu überwinden kann, fährt der Polizist fort.

»Dann reden wir vielleicht doch lieber von einer Verknüpfung unglücklicher Zufälle, oder?«

Nun wird Marie wütend. Sie hasst es, bevormundet zu werden.

»Nein, Sie können doch nicht einfach ...«

»Frau Kardisch, es geht ja nichts verloren. Wir setzen zu dem, was Sie uns mitgeteilt haben, ein Protokoll auf. Sollten Sie weitere derartige Vorkommnisse beobachten, geben Sie uns bitte Bescheid. Bis dahin sind wir hier fertig.«

Sie gehen schweigend zurück zum Haus, der Mann mit großen Schritten vorneweg, während Marie und die stille Polizistin etwas zurückfallen. Ob sie es wohl leid ist, das Anhängsel dieses alten Sacks zu sein? Was ist ihre Meinung zu dem Ganzen? Erkennt sie womöglich den Zusammenhang, den ihr Kollege so hartnäckig leugnet? Oder reagiert Marie wirklich über? Muss man das, was passiert ist, als Außenstehender ganz anders werten? Wie gerne wäre sie jetzt dieser Außenstehende, der die Situation aus einer gesunden Distanz betrachtet.

Als sie in der Einfahrt stehen, bemerkt Marie etwas abseits ein weiteres Auto. Sie hat es nun schon ein paarmal hier gesehen, ebenso wie seinen Besitzer. Di Francesco hätte keinen ungünstigeren Zeitpunkt für eine erneute Heimsuchung auswählen können.

»Ein Freund?«, fragt der Polizist, dem das Fahrzeug ebenfalls nicht entgangen ist.

»Kein Freund, nein«, erwidert Marie.

In diesem Moment setzt das Auto zurück, wendet und fährt davon, als hätte sich der Fahrer in der Anschrift geirrt.

Marie beschließt, später über diese Szene nachzudenken, jetzt konzentriert sie sich wieder auf den Mann.

»Haben Sie vielleicht eine Karte?«

»Was für eine Karte?«

»Eine Visitenkarte. Oder schreiben Sie mir Ihre Durchwahl auf, damit ich Sie direkt …«

»Rufen Sie einfach die 110 an. Die verbinden Sie dann schon.«

Sie weiß noch immer nicht, wer von beiden Hartmann und wer Bosch ist. Die beiden Polizisten steigen in ihren Wagen, der Mann setzt sich ans Steuer. Etwas anderes hat Marie auch nicht erwartet.

Es wird höchste Zeit, dass diese Generation rechthaberischer alter Säcke endlich ausstirbt.

Nun zieht sie also die Polizei mit ins Spiel.

Es macht mich wütend. Wie Verrat fühlt es sich an, ein schmerzhafter Treuebruch, und alles nur wegen dieses blöden Mistviehs, das seine Krallen nicht unter Kontrolle hatte. Zum Glück habe ich den Kadaver gestern noch entsorgt, nachdem sie so darüber erschrocken war. Nur für sie bin ich dorthin zurückgekehrt und habe die stinkenden, von Insekten belagerten Überreste angefasst. Mit einem Klappspaten habe ich sie tief im Wald vergraben, wo niemand sie finden wird. Ich wollte ihr ersparen, bei jeder Joggingrunde den Geruch der Verwesung in der Nase zu haben. Doch was ist der Dank? Sie ruft die Polizei.

Fremde, die Nachforschungen anstellen. Die sich in Dinge einmischen, die sie nichts angehen. Es ist unsere Geschichte, nicht die irgendwelcher Uniformträger. Warum nur begreift sie das nicht? Muss ich ihr erst wieder ein Zeichen zukommen lassen? Dieses Mal wird es vermutlich nicht mit einem bisschen Angelschnur getan sein, o nein. Sie stellt sich stur, doch ich bin hartnäckig. Gott, ich liebe sie ja nicht erst seit gestern. Ich habe gelernt, mit ihren Eigenheiten umzugehen, auch wenn ich nicht mehr bereit bin, sie folgenlos hinzunehmen. Die Zeit der Passivität ist vorbei. Es genügt mir nicht mehr, unbemerkt an ihrem Leben teilzunehmen. Ich möchte mehr sein als ein Parasit, der im Verborgenen sein Dasein fristet.

Wie bestraft man eine Schriftstellerin? Lange überlege ich, wie eine angemessene Sanktionierung aussehen könnte. Schließlich kommt mir eine Idee. Sie ist einfach, sie ist gut, ihre Umsetzung erfordert lediglich ein grundlegendes Maß an Organisation.

Oh, ich werde mir hoffentlich nicht die Finger an dieser Geschichte verbrennen …

8

ABENDS IST DER JOURNALIST WIEDER DA.

Mit keinem einzigen Wort erklärt er, weshalb er vor wenigen Stunden beim Anblick der Polizisten abdrehte, als hätte ihn eine übelmeinende Windböe erfasst. Inzwischen schiebt Marie den Vorfall auf seinen Egoismus und seine Unfähigkeit, mit weniger als der vollen Aufmerksamkeit zufrieden zu sein. Andere Erklärungen weist sie als Auswüchse einer überbordenden Fantasie von sich.

»Herr di Francesco, wie viele Informationen benötigen Sie eigentlich noch für Ihren Artikel?«

»Oh, es handelt sich längst nicht mehr um einen Artikel. In den Gesprächen mit Ihnen ist mir klar geworden, dass ich Ihre Persönlichkeit unmöglich auf einer halben Seite wiedergeben kann – denn natürlich, wie soll man einer Schriftstellerin anders habhaft werden als mit einem Buch über sie?«

Marie sollte gerührt sein von dieser Vorstellung, als wäre der Journalist ein Kind, das unbeholfen den Beruf der Eltern nachspielt.

»Sie schreiben ein Buch? Über mich?«

Mit einer dezenten Geste seiner rechten Hand beschwichtigt di Francesco sie.

»Im Moment befindet sich das Projekt noch in seiner Anfangsphase. Ich suche Material, ich recherchiere. Es ist ein Kaleidoskop Ihrer Vergangenheit. Wer weiß? Vielleicht verrenne ich mich, gebe nach wenigen Kapiteln auf. Dieses Gefühl dürfte Ihnen ja nur allzu gut vertraut sein, oder?«

Marie denkt an *Inkubation* und ihre Probleme mit dem Text. Sie möchte fast nicken, doch dann wehrt sie di Francescos oberflächlichen Versuch einer Verbrüderung ab.

»Als Journalist verstehen Sie sich wohl eher auf Kurzprosa, aber ein Autor benötigt neben vielen anderen Talenten vor allem Durchhaltewillen.«

Nun lacht er, als wäre ihr eine besonders gute Pointe gelungen.

»Glauben Sie mir, an Durchhaltewillen fehlt es nicht. Ich kann über Monate hinweg auf der Lauer liegen, bis sich eine Chance ergibt.«

Marie denkt nur kurz darüber nach, wie mehrdeutig di Francescos letzter Satz ist, wenn man sich ihre aktuelle Situation vor Augen führt.

»Es gibt diese Gerüchte über Ihre Studienzeit. Nach der Trennung von Hendrik, hatten Sie da eine Affäre mit Ihrem Professor, Simon Hernbard?«

»Das wäre ein bisschen viel Klischee, oder?«, versucht Marie ironisch zu entgegnen, um den Journalisten von diesem Thema abzubringen. Sie sollte es inzwischen besser wissen.

»Klischee hin oder her, stimmt es?«

»Das ist kompliziert.«

Di Francesco lacht.

»Kennen Sie diese Momente, in denen man schon vorher weiß, was die andere Person gleich sagen wird? Es ist kompliziert – natürlich, Frau Kardisch. Aber deswegen bin ich ja hier. Erzählen Sie mir, was vorgefallen ist, und ich werde eine nachvollziehbare Geschichte daraus formen.«

Ihr wird übel bei dem Gedanken, di Francesco all diese privaten Details anzuvertrauen, zumal sein erklärtes Ziel darin besteht, sie früher oder später zu veröffentlichen. Trotzdem verspürt sie eine gewisse Anerkennung für seine Skrupellosigkeit.

»Simon war damals sechsundvierzig Jahre alt, ich vierundzwanzig. Er unglücklich verheiratet, ich gerade wieder Single. Nicht die günstigste Ausgangslage für ein Verhältnis, doch wann folgt Zuneigung schon logischen Einwänden? Simon fuhr mich manchmal nach Hause. Ich hätte laufen können, doch es war noch die Zeit, in der Hendrik mir nach den Vorlesungen auflauerte. Irgendwie genoss ich es, dass er mich mit einem anderen Mann sah. Einem Mann, der älter war, der seriös wirkte und einen verdammten Jaguar besaß. Wenn ich heute daran zurückdenke, würde ich sagen, dass ich die Initiative ergriff. Simon gab sich sehr vernünftig, er zog klare Grenzen, zum Abschied küssten wir uns nicht. Vielleicht wollte er unsere Verbindung auf einer rein geistigen Ebene halten, doch ich war zu jung, um das zu begreifen.«

Sie versucht, sich an Simons Gesicht zu erinnern, doch es will ihr nicht gelingen. Tatsächlich besitzt sie kein Foto von ihm, was weniger daran liegt, dass sie die gemeinsame Zeit mit ihm verdrängen möchte. Vielmehr ist sie diesem Abschnitt ihres Lebens gegenüber extrem gleichgültig.

»In dieser Zeit trudelten auch die ersten Honorarzahlungen für *Leerzeichen* bei mir ein. Nicht viel natürlich, das ist es ja bei einem Debütroman in den seltensten Fällen, aber es gab mir einen finanziellen Freiraum. Ich kaufte mir Kleider, die ich früher als sinnlosen Kostenpunkt abgetan hätte. Ich schminkte mich, ließ mir die Haare statt von meiner Mitbewohnerin von einem Friseur machen. Simon tat, als würde er die Veränderungen nicht bemerken, doch ich sah, dass seine Blicke länger an mir hafteten als früher. In der Mensa setzte er sich nie mit mir an einen Tisch, doch über die großen Spiegelflächen an der Wand konnte ich beobachten, wie er immer wieder zu mir herüberstarrte. Ich lachte lauter als nötig, wenn ein attraktiver Student mir eine halb gare Geschichte von seinem Wochenende erzählte, ich stellte beiläufig Körperkontakt her und wusste, Simon entging das nicht.«

»Waren Sie in ihn verliebt?«, fragt di Francesco, und zum ersten Mal verspürt Marie nicht nur Abscheu für ihn. Die Naivität dieser Frage lässt ihn für eine Sekunde wieder zu dem schüchternen, leicht verhaltensgestörten Jungen werden, der er zweifellos war.

»Ich war nie in Simon verliebt, aber sehr wohl in das Spiel. Es gefiel mir, Regeln aufzustellen und sie wieder umzuwerfen. Ich wusste selbst nicht, was ich wollte. Sollte ich seine langjährige, aber bedrückende Ehe gefährden? Ihm ein paar schöne Stunden in einem Hotelzimmer bereiten? Seinen Intellekt in den Schmutz ziehen, indem ich ihn zu einem notgeilen alten Bock degradierte? Seinen Ruf gefährden? Verurteilen Sie mich ruhig, aber ich wollte ein bisschen von allem.«

Der Journalist verurteilt niemanden. Erst vor Kurzem las Marie seine Reportage über den Terroristen Al-Salamadi, für die di Francesco den angesehenen Nannen Preis bekommen hatte. Sie wollte wissen, was für ein Mensch er ist, doch nach diesen Seiten fiel es ihr noch schwerer, eine Meinung zu haben. So unaufgeregt, so nüchtern schrieb er über die Jugend eines Mannes, der später mit einem Sprengstoffgürtel sich und einundzwanzig Besucher eines Konzerts in den Tod reißen würde. *Es fällt leicht, Al-Salamadi als ein Monster zu betrachten. Schwerer ist es, ihn sich als Menschen vorzustellen. Als Menschen, der nachts kaum schlafen kann. Der mit seiner Mutter in Tunesien skypt. Der ein iPad klaut, um es seiner Schwester nach Hause zu schicken: Sieh nur, wie gut dein Bruder in Deutschland verdient.*

»Und weiter?«, fragt di Francesco. Nein, dieser Mann verurteilt tatsächlich niemanden.

»Unter dem Vorwand, ihm meine neuesten Texte zu zeigen, ging ich zu Simon. Der Zeitpunkt war günstig, seine Frau hatte sich in ihr gemeinsames Ferienhaus in Kanada zurückgezogen, was seine Stimmung verbesserte. Er schien offen für ein Abenteuer, und so passierte es dann auch. Ich glaube, ich hatte kaum die ersten Sätze vorgelesen, als er näher kam und wir uns küssten. Man spürte, dass er einer anderen Generation entstammte, schon der Einsatz meiner Zunge überforderte ihn. Bevor wir das erste Mal miteinander schliefen, trafen wir uns noch dreimal an unverfänglichen Orten. Es waren Versuche, das Unabänderliche hinauszuzögern.«

Marie lächelt und fragt sich zugleich, warum sie es tut.

»Der Sex war nicht überwältigend. Seine Weltgewandtheit, sein Wissen, seine Souveränität – im Bett war davon nicht viel zu spüren. Nach wenigen Minuten war alles vorbei, zurück blieb nur ein Mann, der sich für seinen Fehltritt schämte. Ich hatte gedacht, etwas wie Triumph zu empfinden, doch in diesem Moment fühlte ich nur ... Traurigkeit.«

Der Journalist wendet sich einer imaginären Verunreinigung seiner Schuhspitze zu, obwohl seine dunkelbraunen Derbys in tadellosem Zustand sind. Nebenher sagt er: »Und wann haben Sie seinen Alkoholismus bemerkt?«

Das Wort, so beiläufig durch den Journalisten in ihre Unterhaltung eingebracht, versetzt ihr einen Stich.

»Woher wissen Sie, dass Simon …«

»Oh, ich wusste es nicht. Es war nur eine Ahnung, die Sie aber gerade bestätigt haben. Diese zwei Monate, als er nirgendwo aufzufinden war, seine Arbeit aufgab.«

»Er versuchte einen Entzug, das stimmt.«

»Versuchte?«

»Er hielt drei Wochen durch, bevor ich wieder diese Überdosis Aftershave an ihm bemerkte. So kaschierte er üblicherweise seine Fahne.«

»Eine furchtbare Krankheit«, gibt di Francesco ungewohnt gedankenverloren von sich.

»Sparen Sie sich Ihr geheucheltes Mitgefühl. Simon wehrte sich nicht, er hatte sich in seine Opferrolle ergeben. Aber auch mir fehlte die Kraft, einen Schlussstrich zu ziehen. Viel zu lang und viel zu oft ließ ich mich von ihm hinhalten und vertrösten, obwohl ich wusste, dass er es nicht schaffen würde.«

Aus der Innentasche seines Sakkos holt der Journalist sein Smartphone hervor, das untrügliche Zeichen, dass er alle notwendigen Informationen erhalten hat und in Kürze gehen wird.

»Möchten Sie erfahren, was aus Simon geworden ist?«

Di Francesco schüttelt den Kopf. Vielleicht weiß er es längst, doch Marie sagt es trotzdem. Manche Geschichten müssen bis ganz zum Ende erzählt werden.

»Seine Leber ist völlig hinüber. Alkoholhepatitis. Man hat ihn in ein Heim gebracht, weil er nicht mehr in der Lage ist, allein zu leben.«

»Allein?«

Nun zeigt der Journalist doch ein gewisses Interesse.

»Seine Frau hat ihn vor Jahren verlassen. Nicht meinetwegen, falls Sie das denken. Sie hat die Sucht ihres Mannes nicht länger ertragen, konnte die Lügen nicht mehr hören. Angehörige haben oft die Vorstellung, dass sie ihrem Partner zur Seite stehen und diesen Tiefpunkt überwinden können, doch im Alkoholismus ist jeder allein.«

Sie wehrt sich nur kurz gegen den Anflug von Melancholie, obwohl Simon längst kein Bestandteil ihres Lebens mehr ist. Er war eine Erfahrung, und sie dankt ihm dafür, doch das ist noch lange kein Grund, sich mit seinem Schicksal zu belasten.

»Wollen Sie Simon nicht auch heimsuchen und ihn nach meiner Vergangenheit befragen?«

»Nein, das wird nicht nötig sein.«

»Wie schade. Mit ein bisschen Fantasie könnten Sie es so darstellen, als wäre diese gebrochene Existenz ein Opfer auf meinem Weg zum Ruhm. Der wohlwollende Mentor, der – verraten und ausgenutzt – an einer unglücklichen Liebesgeschichte zugrunde geht und vollends der Sucht verfällt.«

»Möchten Sie das so sehen?«

»Was denken Sie denn?«, fragt Marie und lächelt beinahe.

Vielleicht ist es das.

Ein düsteres Element, das immer schon im Schatten der Hauptfigur darauf lauerte, endlich hervorbrechen zu können. Ein Erreger, den sich die Protagonistin vor langer Zeit einfing, der unbemerkt in ihrem Organismus schlummerte und nun durch einen banalen Trigger aktiviert wird.

Jede gute Geschichte braucht mindestens einen Toten, hat Simon immer gesagt. Heute wird Marie jemanden umbringen, und wenn es auch nur in der Vergangenheit einer imaginären Person stattfindet. Sie wird Annabelle leiden, fast zerbrechen lassen an diesem tragischen Todesfall. Soll es der Bruder sein? Der erste Freund? Nein, es muss tiefer gehen, es muss Annabelle ins Fleisch schneiden, sie aufschreien lassen vor Schmerz. Den geliebten Vater? Nein, jetzt weiß sie es: die Mutter. Annabelles Fixpunkt, das Gestirn, um das ihr junges Leben kreist, ihr Vorbild und ihre Vertrauensperson. Ja, die Mutter soll qualvoll an einer Lungenentzündung sterben.

Marie ruft den Wikipedia-Artikel über Lungenentzündung auf und versucht herauszufinden, ob man in einem wohlhabenden westlichen Land qualvoll daran zugrunde gehen kann. *Die typische Pneumonie verläuft mit plötzlichem Beginn, Husten, Atemnot, eitrigem Auswurf, Fieber, Schüttelfrost* ... Na, das klingt doch schon mal ganz gut. Jetzt muss sie noch herausfinden, wie hoch die Sterblichkeitsrate liegt. Leider nur verflucht niedrige 1,5 Prozent, aber die Chancen steigen, wenn man zu einer Risikogruppe gehört. Annabelles Mutter braucht also eine entsprechende Krankengeschichte, sie war schon immer etwas schwach auf der Brust, die Erziehung ihrer einzigen Tochter verlangte ihr schließlich mehr ab, als sie leisten konnte, irgendwann musste es sich rächen in Form einer alles verzehrenden Krankheit, die ...

Dann hört Marie es.

Fremde Schritte vor dem Haus. Glas geht zu Bruch.

Sie zuckt zusammen. Sie sieht sich nach einem Gegenstand um, mit dem sie sich verteidigen kann. Am tauglichsten erscheint ihr noch der Briefbeschwerer, doch würde ein sonderbar geformter Stein, den sie einmal an der Ostsee gefunden hat, einen entschlossenen Psychopathen aufhalten?

Es wird höchste Zeit, dass dieser unzuverlässige Hochstett endlich das Gewehr vorbeibringt. Mit hoch konzentrierten, vorsichtigen Schritten geht sie die Stufen hinunter in den Flur. Atem und Herzfrequenz beschleunigen sich, sie macht sich dafür bereit, einen Gegner anzugreifen – oder einen Angriff abzuwehren.

Ein Gesicht drängt sich von außen an die Glasfläche, sie erkennt es sofort und öffnet halb aus Versehen die Tür.

»Michelle?«

»Marie! Ich freu mich so, dich zu sehen.«

Es ist nur ein wenig Schauspiel dabei, als Michelle ihre passive Schwester umarmt.

»Gott, ich bin so eine dumme Kuh. Ich habe dir extra Blumen mitgebracht, sogar mit passender Vase, und dann stolpere ich über den Fußabtreter. Alles hin ... *C'est la vie*, wie der Franzose sagt.«

Da Marie noch ein paar Sekunden benötigt, um von Angst auf herzlichen Empfang umzuschalten, füllt Michelle die Stille.

»Du hast unsere Verabredung doch nicht etwa vergessen, oder?«

»Nein, natürlich nicht, ich bin nur ...«

»Du hast sie vergessen.«

»Es tut mir so leid. Gerade kam ich das erste Mal seit Wochen mit einem Text voran, und dabei ...«

»Klar, ein Text. Da kann man die eigene Schwester schon vergessen.«

»Michelle.«

»Alles gut, ich komme damit klar. Immerhin hast du sogar mal versucht, mich anzurufen, das ist ein echter Fortschritt für uns.«

Ihre Schwester besteht darauf, am Ufer des Sees Platz zu nehmen. Sie zieht ihre Schuhe aus und hängt die Füße in das Wasser. Eine bemerkenswert friedliche Szene, jedenfalls für Marie, die ihre Schwester in den vergangenen Jahren hauptsächlich als Anlass für Ärgernisse wahrgenommen hat.

Sie sprechen über die Schönheit der Landschaft, typisch für ehemalige Stadtbewohner, für die intakte Wälder und fehlender Straßenlärm noch keine Selbstverständlichkeit sind.

Das konfliktbeladene Thema Uwe lässt Marie bis auf ein paar Anspielungen außen vor. Sie möchte das stillschweigende Einvernehmen zwischen ihnen nicht gleich wieder beschädigen.

»Bist du glücklich, so wie es jetzt ist?«, fragt sie lediglich. Eine ungefähre Standortbestimmung, weil sie wissen möchte, wie es um Michelle steht.

»Nein, vielleicht nicht. Aber jeder Mensch hat doch ein Recht darauf, selbstbestimmt unglücklich zu sein, oder?«

Wieder ein kurzes Aufleuchten ihres früheren Scharfsinns, die Dialektik der älteren Schwester, die jede verbale Schlacht gewinnen kann. Michelles Blick stellt sich scharf, als stieße sie nun zu dem eigentlichen Grund ihres Besuchs vor.

»Ich mache mir Sorgen um dich, Marie.«

»Um mich?«

Sie hält es zunächst für einen Scherz, doch dann merkt sie, wie ernst es ihrer Schwester mit diesem Anliegen ist.

»Du lebst ganz allein hier draußen, völlig zurückgezogen.«

»Das fällt dir jetzt auf? Ich wohne seit vier Jahren hier.«

»Es ist nur ... Ich habe das letzte Buch von dir gelesen. Das mit dem Diktator.«

»*Tyrannenmord.*«

»Genau. Du schreibst darin so eindringlich von einem Menschen, der niemanden mehr hat, dem er vertrauen kann. Er zieht sich immer weiter zurück und wird darüber wahnsinnig. Siehst du da nicht gewisse Parallelen zu dir?«

»Fragst du mich gerade ernsthaft, ob ich Gemeinsamkeiten entdecke zwischen mir und einem geisteskranken Machthaber, der seinen engsten Freund im Flakfeuer hinrichten lässt, weil er ihn verdächtigt, einen Putsch geplant zu haben?«

»Komm schon. Du bist hier die Schriftstellerin, du weißt, dass man nicht alles wortwörtlich nehmen muss.«

»Stimmt genau. Es ist eine Geschichte, Michelle. Ich lebe davon, Geschichten zu erzählen. Aber es freut mich natürlich, wenn dich der Text zum Nachdenken angeregt hat.«

»Jetzt rede nicht mit mir wie mit dem Moderator einer verfickten Buchsendung, kleine Schwester.«

Marie kann sich nicht erinnern, wann Michelle sie das letzte Mal »kleine Schwester« genannt hat. Es muss vor der Fehlgeburt gewesen sein, also vor einer Ewigkeit.

»Ich will dir nur sagen, dass ich für dich da bin.«

Michelle zieht ihre Füße aus dem Wasser, um sie noch kurz auf dem Rasen trocknen zu lassen.

»Was ist das eigentlich für ein merkwürdiges Summen?«

Marie schüttelt den Kopf, sie nimmt das immer wiederkehrende Geräusch kaum noch wahr, eine Tinnitus-Patientin, die jede Gegenwehr aufgegeben hat.

»Ein Elektrorasenmäher«, zitiert sie schließlich Jakub, und damit ist das Thema beendet.

9

UNTER DEN WENIGEN POSTSENDUNGEN, die Astrid nicht allein bearbeiten kann und deswegen an Marie weiterreicht, befindet sich heute ein Brief von Sophia. Es ist ein Umschlag im A4-Format, sonderbar gut gefüllt im Vergleich zu den üblichen Lebenszeichen, die zwischen den beiden Frauen etwa halbjährlich ausgetauscht werden.

Marie überkommt ein schlechtes Gewissen, wahrscheinlich wird sie Sophia mit ihrer kurzfristigen Absage einige Schwierigkeiten bereitet haben. Doch sie erwähnt die entfallene Veranstaltung nur beiläufig; im Hauptteil ihres Schreibens geht es um einen Text, den eine Schülerin von ihr verfasst hat. Ob sie ihn einmal lesen und ein kurzes Feedback an die Schülerin geben könne, gerne auch positiv, wie Sophia mit einem Smiley anmerkt.

Es handelt sich um immerhin zweiundfünfzig eng bedruckte Seiten – die Schülerin meint es also ernst. »Dorothea König« steht links oben auf jedem Blatt. Obwohl ihr der Name nichts sagt, muss Marie sofort an das Mädchen in der letzten Reihe denken, das bei der Veranstaltung im vergangenen Jahr die einzigen vernünftigen Fragen stellte. Und das wissen wollte, welche Hinweise Marie für angehende Schriftsteller habe.

In die Rolle als Literaturkritikerin zu schlüpfen bereitet ihr eine unvermutete Freude, zumal der Text durchaus Talent erkennen lässt. Betitelt ist er mit *Die Einsamkeit des Pluto*, ein ganz ansprechendes, wenn auch nicht sonderlich subtiles Bild. Schon klar, Dorothea, diese Eiswelt am Rande unseres Sonnensystems kommt dir gerade recht, um deiner Traurigkeit des Erwachsenwerdens Ausdruck zu verleihen. Der erste Absatz liefert dann entscheidende Informationen über das Setting und die Hauptfigur – eine weibliche, versteht sich, die sich unter ihren Mitschülern als unerwünschtes Alien empfindet. Um der Tristesse des jugendlichen Alltags zu entkommen, flieht sie in die fantastischen Welten von Science-Fiction-Geschichten. Schließlich verrennt sie sich in einem Geflecht aus Imagination und Wirklichkeit, sieht sich als Abgesandte einer außerirdischen Macht und bezeichnet ihre Mitschüler als zurückgebliebene Erdlinge.

Marie empfindet etwas, das entfernt an Neid erinnert.

Die Schülerin steht noch ganz am Anfang dessen, was einmal eine literarische Karriere werden könnte. Ihr junges Leben ist ein Gebäude mit unzähligen Türen, für die sie sich nur entscheiden muss. Manche Räume werden sich als graue, fensterlose Kammern herausstellen, andere als lichtdurchflutete Ateliers mit traumhafter Aussicht. Wer weiß? Vielleicht blickt Marie gerade auf die ersten Gehversuche einer bedeutenden Künstlerin? Oder Dorothea entscheidet sich für ein geregeltes, aber auch immer dezent langweiliges Leben – man könnte es ihr nicht verübeln. Der Buchmarkt ist ein elitärer Klub, der Außenseiter und Quereinsteiger nur in begrenztem Maße duldet. Vergleichbar höchstens mit einem Kreis Schwerindustrieller, dabei aber nicht halb so lukrativ.

Auf der letzten Seite hat jemand die E-Mail-Adresse der

Schülerin handschriftlich ergänzt; Marie vermutet, dass Sophia es war. Also gut, sie wird ein Feedback geben.

Gerne auch positiv.

Gestern hat Hochstett endlich das Gewehr vorbeigebracht.

Er schien nicht begeistert davon, Marie die Schusswaffe auszuhändigen, zumal sie weder über die entsprechende Erlaubnis noch über Erfahrung im Umgang damit verfügt.

»Ich kann verstehen, dass Sie sich nach einem gewissen Schutz sehnen«, sagte er und holte das Gewehr in Zeitlupe aus dem Kofferraum seines Wagens. »Trotzdem frage ich mich, ob das die richtige Maßnahme ist. Sie könnten sich selbst verletzen, haben Sie das bedacht? Menschen sind schon gestorben, weil sie ihre Waffe nicht richtig gesichert hatten.«

Seine bemühte Fürsorglichkeit hatte fast etwas Verführerisches, obwohl das eine Eigenschaft ist, die sie bei Männern sonst abstößt.

»Ich weiß, was ich tue«, entgegnete Marie. Sie verabschiedete ihn sehr kühl, was ihr im Anschluss leicht unangenehm war. Immerhin hatte er ihr einen beachtlichen Gefallen getan.

Für heute hat sie das Schreiben aufgegeben, zuletzt formulierte sie Sätze, die nicht einmal einer oberflächlichen Überprüfung standhalten würden. *Augenblicke gab es, da schien Annabelle so verloren wie ein einzelner Stern im luftleeren Raum* – wirklich? Für so etwas müsste man ihr den verdammten Kleist-Preis wieder aberkennen. Da kann sie genauso gut erotische Schundromane verfassen.

In Ermangelung von Dosen plündert Marie den Korb mit den Pfandflaschen. Astrid wird sich freuen, demnächst Plastikbehältnisse mit Einschusslöchern zum Automaten bringen zu dürfen, aber eine gewisse Übung tut not.

Marie ist sich klar darüber, dass sie es wohl nicht über sich bringen würde, mit dem Gewehr auf einen Menschen zu schießen; knapp vier Jahrzehnte streng pazifistischer Erziehung sind nicht einfach so abzustreifen. Trotzdem erhofft sie sich einen psychologischen Effekt. Sie ist es leid, sich wehrlos zu fühlen. Die Waffe ist ein machtvolles Symbol, sie wird ihre Widerstandskräfte stärken und sie in eine Kämpferin verwandeln. Und wer weiß? Vielleicht könnte sie im Ernstfall diesem Freak ja doch in sein pickliges Gesicht schießen. Dass es picklig ist, hat Marie für sich beschlossen – Teil jeder mentalen Kriegsführung ist es, den Gegner herabzusetzen.

Der erste Schuss ist lauter, als sie vermutet hat.

Das Geräusch fährt als Schmerz in ihr Ohr, verwandelt sich erst mit Verzögerung in etwas schneidend Hörbares und schwingt im Anschluss noch ein paar Sekunden in ihren Knochen nach.

Filme und Serien haben ihr einen unzulänglichen Eindruck vom Umgang mit Schusswaffen vermittelt. Oft genug können die Helden noch im intensivsten Kugelhagel ihre Vorgehensweise besprechen oder sich dramatische Abschiedsworte zuwerfen – in der Realität würden die Schüsse jeden Satz übertönen.

Schnell wird sie besser.

Sie hatte schon befürchtet, den größten Teil der Munition in Baumstämmen zu versenken, doch das gewünschte Ziel trifft sie bald mit einer beeindruckenden Genauigkeit. Wer hätte gedacht, dass sie neben der Literatur auch ein Talent für Schusswaffen besitzt?

Leider fällt ihr kein albernes Jägerlied ein, als sie mit dem

Gewehr über der Schulter zu ihrem Haus zurückkehrt. Sie fühlt sich gestärkt, als hätte sie einen Bären erlegt.

Was will sie denn mit einem Gewehr? Ich schüttle den Kopf über ihre Naivität. Gerade sie, die intellektuell sonst jedem anderen das Wasser reichen kann, wird Opfer einer krassen Fehleinschätzung. Was meint sie denn, vor wem sie sich mit diesem Ding schützen wird? Will sie es am Ende auf mich richten? Auf den einzigen Menschen, der sie so liebt, wie es ihr zusteht? Ich muss lachen bei dieser Vorstellung.

Was ist das auch für ein hässliches Bild – ein Engel mit einer Feuerwaffe. Geschützt durch den ohrenbetäubenden Lärm der Schüsse habe ich mich ihrem improvisierten Trainingsgelände genähert und sie beobachtet, wie sie Kunststoffflaschen durchlöcherte. Sie soll sich nur nichts darauf einbilden. Es ist eine Sache, reglosen Plastikmüll ins Visier zu nehmen – eine andere ist es, auf einen atmenden, sich bewegenden, um Vergebung winselnden, kurzum: lebenden Menschen zu schießen.

Sie ist nicht kalt genug, um es zu tun. Vielleicht redet sie sich etwas anderes ein, doch ich weiß es besser. Ich erinnere mich, wie wir einmal nach einem Treffen im Park nach Hause gingen – Marie, ich und die anderen. Wir wurden Zeugen, wie ein paar Jugendliche einen Frosch quälten. Sie mussten ihn im Umfeld des nahen Teiches gefunden haben, nun richteten sie zwischen ihm und der Sonne eine Lupe aus, die das Licht lebensgefährlich bündelte. Das Tier musste wahnsinnig sein vor Angst und Schmerz, doch ich traute mich nicht einzuschreiten. Sie hätten sich über mich lustig gemacht, Witze über mein Gewicht gerissen, weshalb ich – ähnlich wie der Frosch – in eine unentschlossene Starre verfiel. Den anderen aus unserer Clique schien es ebenso zu ergehen.

Ganz anders Marie, die auf die Jugendlichen zutrat, ein paar Worte mit ihnen wechselte und dem vermeintlichen Anführer schließlich die Lupe aus der Hand nahm. Ich war erstaunt, dass kein lautstarker Protest folgte, keine Handgreiflichkeiten, die mein Eingreifen zwangsweise erfordert hätten. Stattdessen löste sich die kleine Gruppe friedlich auf, der Frosch hüpfte auf geradem Weg in Richtung Teich davon, und wir konnten weitergehen. Ich wollte wissen, was sie den Jugendlichen gesagt hatte, doch sie lächelte mich nur an und erwiderte, dass jeder Mensch Schwachstellen habe, die man bloß erkennen und ausnutzen müsse. Die Lupe warf sie in den nächsten Mülleimer.

Es wird Zeit, dass ich ihr eine machtvolle Botschaft zukommen lasse. Sie muss begreifen, dass ihre Waffe ein nutzloses Spielzeug ist, nicht in der Lage, meine Liebe abzuwehren. Wieso überhaupt, frage ich mich, sollte sie das wollen?

10

ZUNÄCHST IST DA NUR EIN orangeroter Schein auf Maries Lidern.

Die Farbe hat etwas Warmes, Beruhigendes. Assoziationen stellen sich ein, Erinnerungen an einen Abend vor dem Kamin, an Marshmallows und Lagerfeuer. Als Kind liebte sie es, wenn ihr die Flammen den Schweiß auf die Stirn treten ließen, während ihr Rücken nächtlich kühl blieb. Es war der Widerspruch, den es auszuhalten galt, wenn man unbedingte Freiheit spüren wollte.

Langsam entgleitet ihr der Schlaf, verwandelt sich in einen Zustand, der schon fast als wach zu bezeichnen ist. Marie macht Anstalten, sich herumzudrehen, doch auch das löscht den warmen Schein nicht aus.

Soll sie die Augen aufschlagen, um herauszufinden, was die Ursache für dieses Phänomen ist? Doch bedeutet dies nicht eine Anstrengung, die ihrem heilsamen Dämmern zuwiderläuft?

Schließlich siegt die Neugier.

Sie blinzelt träge, hebt den Kopf ein Stück weit von ihrem Kissen und reißt dann, noch bevor sie die Lage völlig erfasst hat, die Augen weit auf.

Vor ihrem Fenster brennt es.

Marie springt aus dem Bett und sieht nach draußen, versucht, den Ursprung des Feuers auszumachen, während ihre Gedanken sich bereits damit befassen, wie sie es im Ernstfall löschen könnte.

Entgegen ihren ängstlichen Erwartungen ist es nicht das irgendwann an der Hauswand aufgeschichtete und schließlich vergessene Brennholz, das in Flammen steht. Der Herd des Feuers befindet sich genau da, wo eigentlich nichts sein sollte. Nur der ausbesserungsbedürftige Teer ihrer Einfahrt. Nun steht dort die Miniaturversion eines Scheiterhaufens, statt eines Menschen befindet sich in seinem Zentrum ein Stapel Bücher.

Bevor sie die Treppe hinunterrennt, nimmt Marie genau zwei Dinge mit sich: ihren Bademantel und das Gewehr. Als ihre Finger sich um Holz und Metall schließen, gewinnt sie eine fragile Selbstsicherheit zurück. Das ist ihr Haus, und sie ist – in einem Anflug von Fatalismus – bereit, es zu verteidigen. Dennoch zögert sie eine Sekunde, bevor sie den Schlüssel herumdreht und die Tür öffnet.

Marie blickt sich um.

Der Scheiterhaufen könnte ein Köder sein, zu nichts anderem bestimmt, als sie nachts aus den schützenden Mauern ihres Heims zu locken. Hinter jedem Baum könnte der Urheber dieses Spektakels hervorspringen, sie betäuben, vergewaltigen und ihr die Kehle aufschlitzen. Sie steht noch keine Minute draußen, doch sie spürt die Kälte bereits in jeder Pore. Von der Hitze, die das Feuer ausstrahlen müsste, bemerkt sie nichts.

Die Flammen lodern nun höher.

Bisher haben sie sich ganz auf die fein säuberlich aufgeschichteten Scheite konzentriert, doch jetzt kosten sie von den darüber befindlichen Büchern, die ein kurzes, aber intensives Vergnügen versprechen.

Marie erkennt die Titel oder vielmehr die Einbände, diese minimalistischen Cover, oft grau oder schwarz mit nüchternen Schrifttypen: Es sind ihre Werke.

Dutzendfach liegen sie dort, *Tyrannenmord* ebenso wie *Leerzeichen, Neue Ordnung* neben mehreren Exemplaren *Horatio.* Mal Hardcover, mal Taschenbuch. Mal im Schutzumschlag, mal stockfleckig oder mit geknickten Seiten.

Ihre Hand will schon zugreifen, will zumindest ein paar Bände den Flammen entreißen – sie kann nicht einfach dastehen und ihrer feierlichen Vernichtung beiwohnen. Doch das Feuer teilt mit niemandem. Was sich einmal in seinem Herrschaftsbereich befindet, kehrt nicht zurück. Das Wort Feuerbestattung kommt ihr in den Sinn, die ganze Szene besitzt Eigenschaften einer archaischen Totenfeier.

Sie muss an Mia denken, die traurige Protagonistin in *Leerzeichen.* Verbrannt. Nicht anders Lokim, die Hauptfigur aus *Tyrannenmord.* Oder Eschner, der alt gewordene Künstler in *Zwischen den Zeilen,* der sich in Anflügen dementer Verwirrung von Mördern umgeben glaubt.

Obwohl die Nacht windstill ist und der Rauch friedlich nach oben zieht, müssen ein paar Rußpartikel in ihre Richtung geflogen sein. Wie sonst ist es zu erklären, dass ihre Augen tränen?

Sie wendet sich von den Flammen ab.

Es sind nur wenige Meter, die sie von der Tür trennen, doch Marie erscheinen sie endlos.

Nachdem sie im Haus alle Lichter angeschaltet hat, stellt sich etwas wie Normalität ein. Was sie gesehen hat, könnte ebenso einem Film entstammen, bloße Fiktion sein, dazu erdacht, den Zuschauer in kalkulierten Grusel zu versetzen.

Feuer besitzt eine reinigende Wirkung.

Schon seit Urzeiten waren die Menschen von ihm fasziniert, was sich ungefähr die Waage hielt mit ihrer Angst vor dem Phänomen. Flammen ließen ihr Essen genießbar werden, Flammen schafften Platz für neue Siedlungen und Felder. Flammen sorgten aber auch dafür, dass ihre Hütten zerstört wurden und ihre Kinder jämmerlich im Schlaf erstickten. Es gibt weniges, das Fortschritt und Geistesgeschichte so prägte wie das Feuer. Ob Revolutionen oder Dampfmaschinen, Schmieden oder Bilderstürme; ob mittelalterlicher Folterkeller mit Glühzangen oder Leuchttürme an der Küste – immer stand es den Menschen zur Seite. Nicht als Diener oder Handlanger, sondern als mindestens ebenbürtiger Partner, der sich seinen Teil der Beute sichert, egal wie. Nicht von ungefähr sind in der abendländischen Metaphorik Hölle und Teufel dicht verwoben mit Hitze, Rauch und Schwefelgeruch.

Zuletzt überkamen mich Zweifel. Sollte ich es wirklich tun? Ist die Bestrafung nicht zu hart? Setze ich ihr nicht zu stark zu mit diesem Streich? Aber nein, es ist ja kein Streich. Ich mache das nicht, um mir einen Spaß zu erlauben. Hier geht es um Erziehung. Sie will nicht einsichtig sein, sie lässt Menschen in ihre Nähe, die dieser gar nicht würdig sind. Wie sehr ich litt, als ich sie mit diesen Polizisten am See entlangspazieren sah. Der See gehört uns beiden, nur uns – ist es denn so schwer zu begreifen? Gerade weil sie klug und gebildet ist, bereitet mir diese Naivität so viel Kummer.

Ich will das alles nicht, doch sie zwingt mich dazu. Ich würde so viel lieber friedlich neben ihr auf dem Sofa sitzen und mit ihr in diesen Büchern blättern, als sie dem Feuer zu überantworten.

Über Tage hinweg habe ich in verschiedenen Läden und Antiquariaten ihre Romane gekauft, gerade immer so viel, dass es nicht aufgefallen ist und kein übermotivierter Kriminalist eine Spur aufnehmen könnte.

Ich frage mich, was aus den Ideen und Figuren wird, während ihre irdische Existenz in Auflösung übergeht. Gibt es ein Jenseits für fiktive Charaktere? Wohl kaum. Ich habe sie dem Nichts ausgeliefert, die Geschöpfe meiner Angebeteten. Asche zu Asche. Ihr Herz wird bluten bei diesem Anblick ... Doch das ist nichts im Vergleich zu meinem Schmerz.

Für eine Sekunde glaubt Marie, die verbrannten Bücher könnten aus ihrem Besitz stammen, doch ein Blick zum Bücherregal genügt, um diese Vermutung zu widerlegen. Alle Belegexemplare ihrer Werke sind noch vorhanden, zuverlässig sortiert nach Erscheinungsdatum und Auflage.

Was nun? Gegen alle Regeln Jakub anrufen? Mitten in der Nacht Astrid einbestellen? Noch einmal den Kontakt mit der Polizei suchen?

Marie entscheidet sich für Letzteres. Innerhalb weniger Sekunden ist sie verbunden mit einer mittelalten Frauenstimme, die sehr protokollarisch eine Reihe W-Fragen mit Marie abarbeitet und erst dann wissen will, was genau vorgefallen ist.

»Ich werde bedroht«, sagt Marie dieses Mal. Die drei Worte kommen einer Befreiung gleich, aber auch dem Eingeständnis einer zuvor nur undeutlich empfundenen Schutzlosigkeit. Sie offenbart einer völlig Fremden, dass sie sich in ihrem eigenen Haus nicht sicher fühlt, dass sie nach der Unterstützung einer machtvollen Instanz verlangt, und zwar sofort.

»Was ist passiert?«

»Ein Feuer ... in meiner Einfahrt.«

»Droht das Feuer überzugreifen? Soll ich die Leitstelle der Feuerwehr informieren?«

»Nein, Sie verstehen das nicht. Irgendjemand hat in meiner Einfahrt eine Art Scheiterhaufen aufgebaut.«

»Ist gut. Wir schicken jemanden vorbei.«

»Wann?«

»Jetzt natürlich. In fünfzehn Minuten sind die Kollegen bei Ihnen.«

Die Frau am anderen Ende klingt durchschnittlich schlecht gelaunt, doch wer wäre das nicht um zwei Uhr nachts? Maries Problem ist nicht ihr Problem, nur eine dienstliche Angelegenheit, irgendetwas, das zwischen zwei Tassen Automatenkaffee passiert.

Als Marie auflegt, fühlt sie sich besser.

Sie hat die zuständige Einrichtung informiert, diese entsendet Mitarbeiter, die ihr helfen und sie beschützen werden. Sie lebt in einer Zeit und Gesellschaft, in der auch vermeintliche Abweichungen von der Norm durch eine Norm erfasst werden können. Es gibt niemanden, der außerhalb des Gesetzes steht, nur Individuen, die dagegen verstoßen – und diese werden zur Rechenschaft gezogen. Wenn der Rechtsstaat eine Person wäre, würde sie ihn in diesem Moment nicht nur umarmen, sondern leidenschaftlich küssen.

Aus den fünfzehn Minuten werden am Ende dreißig, bis der Wagen in ihrer Einfahrt hält, nur wenige Meter neben der Brandstelle. Marie beschließt, diese Verzögerung nicht weiter zur Kenntnis zu nehmen, zu erleichtert ist sie, zwei Menschen in Uniform aussteigen zu sehen.

Den älteren Polizisten erkennt sie sofort. Es ist Hartmann

oder Bosch, jedenfalls der dezent unfreundliche Beamte, der schon das letzte Mal hier war. Ihm zur Seite steht ein Mann in den Dreißigern, ebenso schweigsam wie seine Vorgängerin. Vermutlich hält man es mit Hartmann/Bosch nur aus, wenn man sich in ein intellektuelles Gnadenkoma flüchtet und das eigene Bewusstsein auf Stand-by stellt.

Die Begrüßung gerät sehr kurz und etwas unbeholfen, ein Name wird dieses Mal überhaupt nicht genannt. Aus einem Gähnen heraus sagt Hartmann/Bosch: »Kaffee gibt es hier wohl keinen.«

Marie behält sich vor, diese kaum verhüllte Aufforderung zu ignorieren. Es ist sein verdammter Job, im Ernstfall (und dass es einer ist, steht für sie außer Frage) mitten in der Nacht hier rauszufahren und im Rahmen seiner begrenzten Möglichkeiten tätig zu werden. Die Sache ist klar geregelt: Marie zahlt artig ihre Steuern, von denen unter anderem Hartmann/Bosch seine gesetzlich festgelegte Besoldung erhält.

Die Polizisten beleuchten mit Taschenlampen die Überreste des Scheiterhaufens. Wo vorher Flammen waren, ist nur noch in Auflösung begriffene Glut zu sehen. Unpassenderweise muss Marie an Sex denken: Das Begehren ist gestillt, der Orgasmus vorbei, man liegt antriebslos und etwas erschöpft da und begreift nicht mehr, was einem zuvor so dringend erschien.

»Was werden Sie jetzt tun?«, fragt Marie. Es soll nicht ungeduldig klingen, tut es aber trotzdem. Daraufhin entgegnet Hartmann/Bosch: »Hm. Uns ein wenig umsehen, den Tatbestand dokumentieren, denke ich.«

»Und konkret?«

»Hören Sie, Frau Kardisch.«

Auch so eine unerträgliche und trotzdem nicht totzukriegende Floskel: Hören Sie. Also. Im Grunde genommen. Die Sache ist die.

»Erwarten Sie kein Wunder von uns. Jeden Tag erhalten wir die erstaunlichsten Meldungen, wir fahren raus, gehen der Sache auf den Grund und müssen dann oft genug feststellen, dass eigentlich alles halb so wild war.«

»Halb so wild? Da war ein Scheißfeuer in meiner Einfahrt!«

»Ein Brand.«

»Was?«

Kurzzeitig scheint Marie der Kontakt zur Realität zu entgleiten. Sie würde Hartmann/Bosch gerne ohrfeigen, doch der redet einfach weiter.

»Wenn ein Feuer ungewollt entsteht beziehungsweise zu Sach- oder Personenschäden führt, spricht man allgemein von einem Brand.«

Marie schüttelt den Satz des Polizisten wie ein lästiges Insekt von sich.

»Es waren meine Bücher, die hier brannten.«

»Ihre Bücher?«

»Bücher, die ich geschrieben habe.«

»Aus Ihrem Besitz?«

»Das nicht, nein. Ich bin eine bekannte Schriftstellerin, meine Bücher kann man überall kaufen.«

»Sie oder Ihr Eigentum kamen also nicht zu Schaden?«

Obwohl sie eine Gestalt wie Hartmann/Bosch unmöglich ernst nehmen kann, besitzen seine Worte doch die Kraft, sie zu einem ängstlichen Weibchen zu degradieren. So ungefähr muss sich eine Frau Ende des 19. Jahrhunderts vorgekommen sein, wenn bei ihr Hysterie diagnostiziert wurde.

Das Schlimmste daran ist vielleicht, dass er in gewisser Hinsicht recht hat: Aus dem Blickwinkel einer ordnenden, kategorisierenden Bürokratie kann – ja muss – dieser Mann den Scheiterhaufen in Maries Einfahrt auf eine Stufe stellen mit Campern oder bierseligen Jugendlichen, die ihr kleines Lagerfeuer an der falschen Stelle entzündet haben. Warum sollte man Absicht oder gar eine akute Bedrohung dahinter vermuten?

»Sie denken also nicht, dass es etwas zu bedeuten hat, wenn die Bücher einer bekannten Schriftstellerin direkt vor ihrem Haus verbrannt werden?«

Obwohl sie es nicht wollte, sieht sie sich nun gezwungen, die Prominenten-Karte auszuspielen. Vielleicht könnte man Hartmann/Bosch damit aus der Lethargie des öffentlichen Dienstes reißen.

»Denken ist nicht meine vorrangige Aufgabe. Ich bin Polizist«, erwidert der Mann und meint es vermutlich amüsant. In einer kurz aufflackernden Fantasie reißt ihm Marie seine Waffe aus dem Holster und jagt ihm eine Kugel in sein Knie. Warum musste sie ausgerechnet dieses unfähige Exemplar erwischen, das längst auf dem Abstellgleis seiner Beamtenlaufbahn angekommen ist?

»Da liegt was.«

Es ist der erste Satz des jüngeren Polizisten, und Marie könnte ihn umarmen dafür, dass er sich endlich in die Handlung einschaltet. Er hebt einen Zettel vom Boden auf, faltet ihn auseinander und liest die wenigen Worte laut vor.

»*Kein Feuer, keine Kohle kann brennen so heiß* ... Was bedeutet das?«

Hartmann/Bosch nutzt die Gelegenheit, seinen jüngeren

Kollegen als Kulturbanausen zu titulieren und die komplette Strophe aufzusagen.

»*Kein Feuer, keine Kohle kann brennen so heiß als heimliche Liebe, von der niemand nichts weiß*. Das ist ein altes deutsches Volkslied, Mensch. Beschäftige dich mal mit etwas anderem wie Facebook.«

Marie gehen die Verse des Liedes seltsam nah. Sie ignoriert sogar den kapitalen Fehlgebrauch des Wortes *wie*, wo eigentlich ein *als* stehen müsste – eine Anomalie, die in jedem anderen Fall zur sofortigen Disqualifikation des Sprechers führen würde.

»Okay, was haben wir? Einen Brand …«

»Einen Scheiterhaufen«, korrigiert ihn Marie unverzüglich.

»Gut, einen Scheiterhaufen. Verbrannte Bücher. Einen Zettel mit einer kryptischen Botschaft, der vermutlich in Verbindung …«

»Nicht nur vermutlich. Diese Art von Zettel habe ich schon öfter bekommen.«

»Auch bei der toten Katze, die dann nicht mehr aufzufinden war?«

»Nein. Aber die war vielleicht ein Versehen.«

»Ein Versehen?«

So also sieht es aus, wenn man endgültig von jemandem für verrückt erklärt wird, der bereits vorher an der geistigen Gesundheit zweifelte.

»Deswegen hat er sie weggeräumt.«

»Er?«

»Mein Verfolger!«

Marie ist nicht bereit, seine unnötigen Zwischenfragen länger hinzunehmen. Sie weiß, dass er weiß, was sie meint, und sie weiß auch, dass er weiß, dass sie weiß, dass er weiß, was sie meint. Das ist schließlich kein beschissener Dialog des absurden Theaters.

Hartmann/Bosch geht zu seinem Wagen und holt eine mittelmäßige Digitalkamera hervor, um mit ihr Einfahrt und Asche zu fotografieren. Diese Tätigkeit bezeichnet er als Spurensicherung, auch wenn sie aus Maries Sicht eher die Aufnahme unbrauchbarer Bilder ist. Teilweise funktioniert nicht einmal das Blitzlicht, mehr als verschiedene Abstufungen von Dunkelheit werden deshalb kaum zu sehen sein.

Die Polizisten bleiben fast eine Stunde da.

Mit einer Kanne frisch gebrühten Kaffees hätte sich die Verweildauer wahrscheinlich erhöhen lassen, doch darauf legt Marie keinen Wert mehr. Als Hartmann/Bosch den Befehl zum Aufbruch erteilt, ist sie beinahe erleichtert. Sie will nachdenken, und im Gegensatz zu den Ermittlungen der Polizisten ist das keine Tätigkeit, bei der sie laut reden muss. Stattdessen braucht sie Ruhe und die Gewissheit, niemanden in ihrer Nähe zu haben.

Hartmann/Bosch und sein jüngerer Kollege fahren mit Blaulicht vom Hof, obwohl es dafür keinen Grund gibt. Vermutlich wollen sie einfach ein paar Straßenverkehrsregeln missachten, um schneller nach Hause zu kommen.

Marie kontrolliert dreimal, ob ihre Tür abgeschlossen ist.

11

DIE SELBSTVERSTÄNDLICHKEIT, mit der di Francesco sich in ihr Leben drängt, ekelt sie an. Gerade wollte sie mit einer Tasse Tee bewaffnet die Trümmer von Annabelles Leben neu sortieren, als es plötzlich Sturm klingelt.

Es ist später Nachmittag, Astrid hat ihren Dienst vor einer Stunde beendet, was der Journalist einkalkuliert haben muss. Er weiß, wann Marie allein ist.

»Warum mieten Sie nicht direkt einen Wohnwagen und schlagen Ihr Lager auf meinem Grundstück auf? Oder soll ich Ihnen vielleicht das Gästezimmer anbieten?«, begrüßt sie den Mann und würde ihm gerne den noch immer heißen Tee ins Gesicht schütten. Natürlich durchschaut di Francesco die Ironie, doch er treibt das Spiel weiter.

»Oh, ich möchte Ihnen keine Umstände bereiten, Frau Kardisch.«

Sie will ihn nicht in ihrem Haus haben, weshalb sie schnell nach dem Schlüssel vom Bord greift und mit ihm nach draußen geht. Sie trägt Jogginghose und ein Top mit Spaghettiträgern, was ihr im Moment egal ist.

Sie schlägt den Weg in den Garten ein. Vielleicht sollte sie darüber nachdenken, die Korbmöbel rauszustellen und eine angemessene Besucherecke einzurichten – das käme allerdings einer bedingungslosen Kapitulation gleich. Möchte sie sich wirklich darauf einstellen, Menschen wie di Francesco regelmäßig zu empfangen?

»Lassen Sie uns doch über Ihre Zeit als Escort-Dame reden«, sagt der Journalist unvermittelt.

»Wie bitte?«

»Es gibt Hinweise, dass man Sie früher für kurzweilige Liebesdienste buchen konnte.«

Marie überlegt kurz, woher der Journalist diese absurde Theorie haben könnte, dann fällt ihr ein, dass sie bei Weitem nicht so absurd ist, wie es zunächst den Anschein hat. Auch wenn sie nie Geld für Sex nahm, war sie für ein paar Wochen bei einer der exklusiveren Agenturen gemeldet.

Ihr Zögern fasst di Francesco sofort als Bestätigung auf.

»Es stimmt also? Sie sind immer für eine Überraschung gut, Frau Kardisch. Da bohrt man an einer beliebigen Stelle etwas in die Tiefe, und siehe da, ein wahrer Schatz kommt zum Vorschein.«

Marie bemüht sich um Schadensbegrenzung. Als das kleinere Übel erscheint es ihr, dem Journalisten die nicht sonderlich spektakuläre Wahrheit zu erzählen, als ihn mit seinen Mutmaßungen allein zu lassen.

»Ich möchte eine Sache klarstellen: Ich war nie als Prostituierte tätig.«

»Es gibt Menschen, die das anders sehen. Zeigt dieses Foto etwa nicht Sie?«

In diesem Moment hasst Marie das Internet. Es ist wie dieser bösartige Lehrer, der keinen Fehler je vergisst und sich in der Rolle des Überlegenen so sehr gefällt, dass er seine Schutzbefohlenen immer wieder bloßstellt.

Auf dem Bild, das di Francesco aus der Innentasche seines Sportsakkos holt, sieht man eine jüngere Version von Marie – zwischen der Aufnahme und der Gegenwart mögen etwa zehn Jahre liegen, vielleicht auch etwas mehr, so genau kann man das bei ihr nicht sagen, zumal sie ihr Gesicht von der Kamera abkehrt. Dem Foto haftet nichts explizit Sexuelles an, sie rekelt sich nicht in Nylonstrümpfen auf einem zerwühlten Bett oder kriecht halb nackt auf allen vieren. Stattdessen trägt sie ein gut sitzendes Abendkleid, den Hintergrund bildet eine austauschbare deutsche Großstadt. Marie meint sich zu erinnern, dass es Hamburg sein muss. Die abgebildete Frau könnte auf dem Weg ins Theater oder in ein gehobenes Restaurant sein. Vielleicht trifft sie sich gleich mit einem sehr glücklichen Mann, der gar nicht anders kann, als ihr Komplimente über ihr Äußeres zu machen, obwohl ihr Intellekt nicht minder beeindruckend ist.

»Irgendwie bin ich enttäuscht, dass Sie den Zusammenhang nicht selbst erkannt haben.«

»Wovon reden Sie?«

»Sie wissen doch sicher, wann das Foto entstand, oder?«

Er versteht es wirklich nicht, wie Marie nun klar wird. So geblendet muss er von der Strahlkraft dieser Entdeckung gewesen sein, dass ihm dieser so naheliegende Umstand gar nicht in den Sinn kam.

»Herr di Francesco ...«

Sie erlaubt sich die förmliche Anrede, so überlegen fühlt sie sich.

»Auf dem Bild bin ich siebenundzwanzig Jahre alt. Ich hatte zu diesem Zeitpunkt bereits zwei Bücher veröffentlicht, die mir ein Leben in wirtschaftlicher Unabhängigkeit ermöglichten. Kostspieligen Hobbys wie Weltreisen hing ich nie an, ebenso wenig habe ich Drogen konsumiert, weshalb ich mir also nicht durch Prostitution etwas hinzuverdienen musste. Nun raten Sie einmal, weshalb ich mich bei einer Begleitagentur anmeldete.«

»Sie haben recherchiert«, entfährt es ihm halblaut.

»Genau das hätten Sie besser auch tun sollen. Ist das nicht eine Ihrer Hauptaufgaben als Journalist?«

Der Schlag sitzt. Di Francesco geht zwar nicht in die Knie, er wankt auch nicht, aber für einen Moment weiß er nicht, was er entgegnen soll.

»Ein Jahr später veröffentlichte ich *Begleiterscheinung*, einen Roman über Prostitution in gehobenen Kreisen und über das, was der Verkauf des eigenen Körpers bei den Betroffenen auslöst. Die Figur der Jenny ist angelehnt an eine junge Frau, die ich im Rahmen der Vorarbeiten kennengelernt habe. Dass die Kritik dieses Buch später auch für seine Glaubwürdigkeit lobte, ist vor allem Jennys Verdienst.«

So ganz will di Francesco noch nicht fassen, wie leichtgläubig er einer Spur nachging, ohne den Hintergrund zu erkennen.

»Aber weshalb der ganze Aufwand? Sie haben sich bei einer Agentur angemeldet, ein Online-Profil samt Bildern erstellen lassen. Wäre das nicht einfacher gegangen?«

»Wie denn? Ich habe sonst keine Prostituierten in meinem Bekanntenkreis – Sie etwa?«

»Verstehe«, gibt der Journalist verhalten zurück.

»Damit meine Eindrücke möglichst realistisch wurden, habe ich das volle Programm absolviert. Zumindest fast.«

»Haben Sie sich auch mit Kunden getroffen?«

»Das gehört dazu. Aber bevor Sie nachfragen, geschlafen habe ich nicht mit ihnen.«

»Die Männer waren sicher begeistert …«

»Tatsächlich reagierten die meisten recht verständnisvoll. Viele erzählten mir sogar bereitwillig von ihrem Leben, von ihrer Familie, den kostspieligen Alltagsfluchten. Wir befanden uns ja in einer Parallelwelt aus Pseudonymen und absoluter Fremdheit, so offen reden Menschen sonst selten miteinander. Ihr Geld habe ich ihnen zurückgegeben, den Anteil für die Agentur beglich ich aus eigener Tasche.«

Der Journalist wirkt eigentümlich geistesabwesend. Marie gewinnt mehr und mehr das Gefühl, er würde überhaupt nicht zuhören, doch das ist vermutlich ein Irrtum. In seinem Inneren muss eine kleine Version seiner selbst (Marie stellt sie sich als zierliches Männchen mit Nadelstreifenanzug und Bowler vor) darauf lauern, wichtige Informationen zu erfassen.

»Nun fragen Sie schon. Sie möchten doch wohl ganz genau wissen, was ich dabei empfunden habe.«

Di Francesco befreit sich nur langsam aus seiner Erstarrung. Ein vorsichtiges Nicken ist alles, was er von sich geben kann, bevor Marie fortfährt.

»Angst. Nervosität. Aber auch Respekt vor den Frauen, die diesen Job machen – ich könnte es nicht. Wer immer behauptet, das sei leicht verdientes Geld, hat es nicht verstanden. Man schläft nicht einfach mit einem Mann und erhält dafür eine drei- bis vierstellige Summe. Man schläft mit einem Mann, eben weil man diese Summe erhält. Das Intensivste, was zwei Menschen miteinander erleben können, wird zu einer bloßen Dienstleistung – zumindest glaubt man das anfangs. Aber es verändert einen. Bei jeder Frau hinterlässt es Spuren.«

Sie korrigiert ihren linken Träger, der über die Schulter

hinabgerutscht ist. Trotz ihres knappen Oberteils spürt sie einen Schweißfilm auf ihren Armen. Wie hält di Francesco den Sommer nur in seinem Sakko aus?

»Diese Episode wird sich vermutlich gut in Ihrem Buch machen«, sagt Marie in eine Leere hinein, die ihr selbst unangenehm wird. Vielleicht hat sich der Journalist an ihrem Geständnis überfressen; reglos betrachtet er den See und wendet sich dann ab. Nach ein paar Schritten fällt ihm ein, dass ein Mindestmaß an menschlichem Anstand so etwas wie eine Verabschiedung erforderlich macht, weshalb er sich noch einmal zu Marie herumdreht.

»Ich habe Sie unterschätzt, Frau Kardisch ... Ich habe Sie wirklich unterschätzt.«

Es ist der heißeste Tag des Jahres, zumindest haben sie das im Radio behauptet, bevor sie es abstellte.

Sie mag den Sommer, doch die Wärme verringert ihre Produktivität. Statt an ihrem Notebook zu sitzen, möchte sie lieber in der Sonne liegen, Hautkrebsrisiko hin oder her. Annabelle mit ihrer verkopften Selbstisolation empfindet sie ohnehin als unerträglich. Soll sie sich doch die Hände blutig schrubben, weil sie meint, sich mit tödlichen Viren infiziert zu haben. Soll sie doch die Eingangstür mit einem Sofa verstellen, weil ihr Mieter versucht, sich Zutritt zu der Wohnung zu verschaffen. Scheiß drauf.

Im Anschluss an eine Lesung sagte Marie einmal, dass Schreiben der schönste Beruf der Welt sei. Aber an Tagen wie diesem bedeutet Schreiben vor allem lebenslängliches Nachsitzen. Man ist der Gnade eines sadistischen Lehrers unterworfen, der darüber bestimmt, ob man endlich nach draußen und mit den anderen Kindern spielen darf.

Kurz nach drei zeigt Marie ihrem imaginären Lehrmeister den Mittelfinger.

Sie zieht ihren blau-weißen Bikini an, begutachtet sich kurz in der lebensgroßen Spiegelfläche des Schlafzimmers und ist zufrieden mit dem, was sie sieht. Es gibt Bilder von Maries Mutter, die sie mit neununddreißig Jahren zeigen. Als sie so alt war wie jetzt ihre Tochter, erkannte man deutliche Spuren des Verfalls. Das Haar brüchig und grau durchmischt, ein Schneidezahn abgebrochen und die Wangen seltsam eingefallen. Marie dagegen scheint – zumindest wenn man nicht zu genau hinsieht – den Beweis dafür antreten zu wollen, dass man den Alterungsprozess nach Belieben verlangsamen oder komplett einfrieren kann. Auch sie ist ein Kind ihrer Zeit und Gesellschaft, nicht frei von der Anbetung des Körpers und der Jugend, das Tabu langsamen physischen Niedergangs unangetastet lassend. Sie ist dankbar für ihren glatten Bauch, auch wenn er nicht mehr so flach ist wie mit Anfang zwanzig, dankbar für die langen, sichtbar trainierten Beine, dankbar für ihre reine Haut.

Eine selbstgefällige Freude überkommt sie, als sie nach draußen tritt. Alles scheint so vertraut: der unerträglich blaue Himmel, die aufgeheizte Luft, die verhaltenen Laute der Vögel (auch sie scheinen in der Wärme zu träge, um ihre Existenz lauthals hinauszuschreien). Sogar das Summen ist wieder da, kaum zu hören, hart an der Grenze des Wahrnehmbaren, doch vorhanden. Hin und wieder ändert sich seine Intensität, die Tonhöhe wechselt, manchmal auch die Richtung, aus der es zu kommen scheint. Marie hat es aufgegeben, nach der Quelle des Geräuschs Ausschau zu halten.

Sie spürt das begehrliche Tasten der Sonne. Ihre Strahlen akzeptieren kein Nein, erkunden jeden Quadratzentimeter Haut und geben nicht einmal dann nach, wenn ihr der Schweiß aus den Poren bricht. Sie befühlen den Rand ihres Oberteils, wagen sich in ihren Schoß, wo sie nur unzulänglich von dem knappen Höschen zurückgehalten werden.

Es ist das Paradies, mein ganz persönliches Himmelreich.

Bin ich vielleicht längst tot? Ist dies die göttliche Belohnung, die mir zuteilwird, weil ich so lange ausgeharrt, meinen Optimismus nicht verloren habe? Eine gütige Macht bietet mir eine Kostprobe dessen an, wonach ich mich verzehre.

Nur mit einem Bikini bekleidet liegt sie im Boot. Das rechte Bein hat sie leicht abgespreizt, es ragt über den Rand hinaus in das Wasser, wo ihr Fuß leichte Wellen hervorruft. Sie ist schön auf eine schwer zu ertragende Weise.

Als Kind habe ich einmal versucht, so lange wie möglich in die Sonne zu blicken. Es war eine dumme Idee, natürlich, mein Vater hätte mir dafür eine Ohrfeige geben müssen. Doch ich trat an einem Frühlingstag in unseren kleinen Garten und sah nach oben. Wie eine Ewigkeit kam es mir vor, als ich, den Kopf in den Nacken gelegt, diesen qualvoll grellen Kreis anstarrte. Wahrscheinlich waren es nur ein paar Sekunden, bis Tränen und Schmerz mich zwangen, mein Gesicht abzuwenden. Noch Tage später hatte ich diese violetten Punkte vor Augen, die langsam dunkler wurden und schließlich verschwanden.

Kaum zu fassen, welch großartige Bilder die Drohne aus dieser Höhe liefert. Trotzdem würde ich gerne näher heranfliegen, ein Stück nur, um ihren Anblick noch besser einzufangen. Kein Profifotograf könnte sie so ablichten. Nein, das ist keine Pose, in die sie für einen anderen Menschen schlüpft. Sie fühlt sich unbeobachtet, und genau deshalb erscheint sie so natürlich. Das ist sie, SIE, und keine Wahnvorstellung.

Ein Insekt möchte ich sein, eine Fliege. Ich würde mich – angezogen von ihren süßen Ausdünstungen – auf ihrer Haut niederlassen, verbotenerweise naschen von dem Schweißfilm, der sie gleichmäßig überzieht. Nur zu gerne wäre ich bereit, mich danach von ihrer Hand erschlagen zu lassen. Etwas anderes als den Tod hätte ich nicht mehr verdient, und wofür würde sich ein Weiterleben schon lohnen, wenn man in den Genuss des Höchsten gekommen ist?

Mein Herz rast, meine Kleidung ist an den unmöglichsten Stellen durchnässt. Kurz überlege ich, mich auszuziehen und mir mit der Hand etwas Erleichterung zu verschaffen, doch wäre das nicht Blasphemie? Da gönnt mir das Schicksal einen solch erhabenen Anblick, und ich denke an nichts anderes als Selbstbefriedigung? Schande über mich. Außerdem erfordert die Steuerung des Fluggeräts, ohne das ich diese wundervollen Ansichten gar nicht bekäme, meine ständige Konzentration. Alle zwanzig Minuten will der Akku gewechselt werden, Flughöhe und Entfernung müssen wohlüberlegt sein, um einerseits verwertbare Aufnahmen zu erhalten, andererseits keine Aufmerksamkeit auf die Drohne zu ziehen. Vor dem strahlend blauen Himmel ist sie kaum auszumachen, wenn man ein paar Grundregeln beachtet: Keine zu schnellen Bewegungen. Die richtige Distanz. Nicht direkt über das Zielobjekt fliegen.

Das Zielobjekt.

Ich will lachen, verkneife es mir aber. Nicht aus Angst, dass mich jemand hören könnte, sondern weil allein zu lachen der erste Schritt in den Wahnsinn ist. Und ich bin nicht verrückt. Nein, vielleicht bin ich einer der letzten Menschen, die sich noch ihrer geistigen Gesundheit erfreuen. Während da draußen (und mit dieser Formulierung decke ich alles ab, was nicht sie, nicht ihr Haus, nicht der See und nicht der Wald ist) die gesellschaftlichen Zellen mehr und mehr in Auflösung übergehen, Fronten und Bruchstellen sichtbar werden, ist mein Handeln klar, logisch und auf einen konkreten Punkt ausgerichtet: Marie.

Sie hat die Augen geschlossen und gibt sich oberflächlichen Träumereien hin; das Boot liegt vollkommen ruhig im Wasser. Sind es Minuten? Ist es eine Stunde? Schnell entgleitet ihr das Gefühl für Zeit und Raum. Vermutlich wird sich am Abend alles in Form eines Sonnenbrands rächen, doch von ihrem Standpunkt aus erscheint das Hunderte Jahre entfernt.

Plötzlich findet eine Veränderung statt.

Marie kann nicht erklären, was genau sie ausmacht. Vielleicht kommt Wind auf, oder eine Wolke zieht vor die Sonne, vielleicht haben auch die Vögel ihre Laute variiert. Schließlich wird es ihr klar: Das Summen hat aufgehört.

Dann fällt etwas neben dem Boot ins Wasser.

Sie öffnet die Augen, setzt sich auf und betrachtet die Stelle, von der nun handgroße Wellen ausgehen. Eine Maschine treibt dort, ein Gerät, das definitiv nicht für den Einsatz im Wasser konzipiert ist. Unter der Plastikabdeckung steigen Luftblasen auf, hilflos hängt es noch einen Moment an der Oberfläche, wehrt sich verzweifelt dagegen unterzugehen. Nein, schwimmen gehört ganz sicher nicht zu seiner Zweckbestimmung.

Mit den Rudern manövriert sich Marie nah heran, bis sie den Arm ausstrecken und die Maschine fassen kann. Sie ist schwerer als zunächst gedacht, was wohl am eingedrungenen Wasser liegt. Als sie das Gerät über den Bootsrand hebt, läuft die Flüssigkeit an allen Seiten heraus, wie bei einem Schiffswrack, das nach Jahrzehnten auf dem Meeresgrund endlich geborgen wird. Es fehlen nur noch die Seepocken an der Außenhülle.

Marie betrachtet das Gerät auf ihrem Küchentisch wie ein magisches Relikt. So erstaunt hätten die Menschen vor fünfhundert Jahren nicht sein können, wenn ihnen etwas Vergleichbares vor die Füße gefallen wäre.

Woher kommst du, formuliert sie wieder und immer wieder ihre Frage, auch deshalb, weil sie Angst hat vor der Antwort.

Eine kurze Recherche im Internet ergibt, dass diese Drohne zu den besten gehört, die man derzeit für Geld kaufen kann. Beschrieben als einsteigerfreundlich und trotzdem auch für hohe Ansprüche geeignet. Es gibt Beiträge von Mountainbikern, die sich von dieser Maschine verfolgen lassen, um ihre waghalsigen Abfahrten in Full HD festzuhalten. Von Historikern, die mit ihr über Ruinen fliegen, um bisher unentdeckte Gebäudereste aufzuspüren. Von unabhängigen Filmemachern, die einen großen Teil der Außenszenen mit der integrierten Hochleistungskamera einfangen.

Dank der Produktbeschreibung eines großen Online-Versandhändlers weiß Marie nun auch, dass die Drohne ihre Bilder an das Smartphone oder Tablet sendet, über das man sie steuert, die Aufnahmen aber gleichzeitig in optimaler Qualität auf einer integrierten Speicherkarte ablegt.

Kaum zu fassen, wie klein diese ist. Zweihundert Gigabyte Daten passen auf einen Chip, der so groß ist wie Maries Fingernagel.

Das sind vierhundertachtzig Alben.

Dreitausendsechshundert Fotos.

Oder neunhundertsechzig Minuten hochauflösende Videos.

Mit einem Taschentuch hat Marie die Speicherkarte abgetupft, sie dann eine Weile zum Trocknen liegen lassen, in der vorsichtigen Hoffnung, sie möge im Gegensatz zu dem Fluggerät noch funktionieren.

Sie muss wissen, was die Drohne aufzeichnete, bevor sie in den See stürzte. Waren es belanglose Landschaftsaufnahmen? Luftbilder des Sees? Oder doch …? Wieder verbietet sich Marie die Konsequenz ihrer Überlegungen, das Letzte, was sie nun braucht, ist Panik.

Sie holt tief Luft und verbindet die Speicherkarte mit ihrem Notebook. Ein paar Sekunden geschieht gar nichts, dann öffnet sich ein Fenster mit mehreren Dateien, deren Zeitstempel belegen, dass sie alle im Laufe des heutigen Nachmittags angelegt wurden.

In dem winzigen Vorschaubild erkennt Marie etwas, das ihr sehr vertraut ist, wenn auch aus einer anderen Perspektive: ihr Boot.

Sie startet das erste Video. Zunächst ist da nur Unterholz, ein umgeknickter Baumstamm, der von Pilzen besiedelt ist, dann steigt die Kamera auf, verlässt den Wald und fängt eine große glitzernde Fläche ein. Der Aufstieg dauert kaum eine Minute, dann hat das Gerät die vorgesehene Höhe erreicht. Behutsam nähert es sich, in weitläufigen Spiralen rückt es zum Boot vor, bis das Objektiv direkt über ihm sein muss. Es folgt ein Zoom, der die vielen positiven Online-Bewertungen drastisch bestätigt. Marie meint, jedes noch so kleine Detail erkennen zu können. Da sind die Metallmanschetten, auf denen die Ruder aufliegen, die schadhafte Lackierung am Bug, die Maserung der Sitzbank. Und darauf eine Frau, die lediglich mit einem blau-weißen Bikini bekleidet ist.

Die Frau hat die Augen geschlossen. Sie genießt die Wärme auf ihrer Haut und macht den Eindruck, abseits der gewohnten zivilisatorischen Zwänge und Nöte zu stehen. Bei ihr gibt es keinen Terrorismus, keinen demografischen Wandel – selbst die globale Erwärmung erscheint bei der Aussicht auf einen kühlen Drink gar nicht mehr so dramatisch.

Es fällt Marie schwer zu glauben, dass sie diese Frau ist. Oder war.

Noch vor wenigen Stunden lag sie dort, in der Mitte des Sees, selbstsicher und zugleich selbstvergessen. Diese Videos machen sie jedoch zu einer bloßen Figur oder – schlimmer noch – zu einem reinen Objekt. Es ist die Geschichte einer Schriftstellerin, die in einem abgelegenen Haus am See wohnt und von einem Menschen, der nie zu sehen ist, verfolgt wird. Das könnte die Ausgangslage für einen klassischen Thriller sein.

Die letzte Datei ist unvollständig, sie muss direkt vor dem Absturz entstanden sein. Fehler im Bild deuten auf einen technischen Defekt hin; war er auch dafür verantwortlich, dass die Drohne einfach so in den See fiel? Ein fehlerhafter Akku? Ein Hitzeschaden? Was auch immer es war, es ließ die Maschine erst trudeln und dann wie einen Stein in den See stürzen.

Ende.

Der Bildschirm wird dunkel, auf der glatten Fläche sieht Marie sich selbst entgegen. Schnell klappt sie ihr Notebook zu, als wäre ihr der Anblick unerträglich.

Sie ist weg.

Ich könnte mit dem Kopf gegen die Wand schlagen, mir mit einem Messer den Arm aufritzen, die Handrücken gegen meine Augen pressen, bis ich nur noch schmerzende rote Schlieren sehe. Ich möchte mir wehtun, um mich von den Qualen abzulenken, die mir dieser Verlust bereitet. Wie sehr habe ich mich schon daran gewöhnt, den maßlosen Luxus als Selbstverständlichkeit empfunden.

So unerwartet ist es passiert. Es gab nur eine kurze Warnmeldung, den Hinweis auf einen kritischen Fehler in der Energieversorgung, und schon stürzte die Drohne in den See.

Als Kind habe ich mich neben vielem anderen auch für Raumfahrt interessiert. Besonders begeisterten mich die bemannten Mondlandungen der Amerikaner, obwohl sie Jahre vor meiner Geburt stattfanden. Es waren technische Meisterleistungen, die keinen Ausrutscher duldeten. Der Weltraum ist ein gnaden- und gefühlloser Mörder, der schweigend auf seine Chance lauert.

Die Aufstiegsstufe der Landefähren besaß nur ein einziges Triebwerk. Hätte dieses im entscheidenden Moment versagt, wären die zwei Astronauten auf der Mondoberfläche zum sicheren Tod verurteilt gewesen. Man hätte sie nicht retten können.

Nun hat auch mich ein kleiner Defekt geradewegs in die Katastrophe geführt.

Jeder Flug stellte eine Expedition in eine unbekannte Welt dar. Die Drohne war dort draußen ganz allein, ein Satellit in feindlicher Umgebung. Sie musste die Rückkehr aus eigener Kraft bewältigen, oder sie war verloren.

Doch es ist nicht nur der Verlust, der mir zu schaffen macht. Die Drohne, so viel habe ich gesehen, stürzte nur wenige Meter neben ihrem Boot in den See. Sie ruderte hin und zog das Gerät aus dem Wasser. Wenn sie klug ist – und das ist sie, wer wüsste das besser als ich –, wird sie die Speicherkarte entdecken und herausfinden wollen, was darauf zu sehen ist. Haben die paar Sekunden im Wasser genügt, um das digitale Gedächtnis zu tilgen? Ist aus den unzähligen Variationen von null und eins durch den Feuchtigkeitseinbruch ein nicht mehr zu rekonstruierendes Kauderwelsch geworden?

Das Internet hat dazu verschiedene Meinungen. Einen Bericht gibt es, in dem eine Kamera von einer Brücke in den Fluss stürzte. Drei Jahre später fand man sie. Das Gerät war völlig verrostet, doch die Bilder waren alle erhalten.

Krampfhaft versuche ich mich zu erinnern, ob ich auf den Aufnahmen zu sehen bin. Vor jedem Einsatz habe ich die Karte komplett gelöscht, doch was, wenn in den Sekunden des Starts mein Gesicht in den Fokus geriet? Zeigte die Kamera zu mir, als sich die Drohne erhob und auf den Weg zur Mitte des Sees machte? Fing sie mich während des Akkuwechsels ein?

Ich schwitze stark. Direkt nach meiner Rückkehr war ich duschen, doch die erfrischende Wirkung hielt nicht lange vor. Unter meinen Achseln zeichnen sich dunkle Verfärbungen ab, meine Kopfhaut juckt entzündlich, das nervöse Zucken meiner Augenlider ist wieder schlimmer geworden. Ich ekle mich vor mir selbst, auch wenn ich weiß, dass all das nur Nebenwirkungen meiner Angst sind.

Sieht sie sich gerade in diesem Moment die Videos an? Entdeckt sie nicht nur sich selbst, wie sie in einem Bikini im Boot liegt, sondern auch, wer die Drohne steuert? Es würde alles zerstören, wirklich alles, und dieser Gedanke raubt mir fast das Bewusstsein.

»Was ist das?«

Jakub ist heute früh dran, sie hat ihn erst in einer Stunde erwartet. Er spricht von freien Autobahnen und zieht sie noch im Türrahmen an sich, um sie zu küssen. Seine Leidenschaft weicht einer kindlichen Neugier, als er die Drohne auf dem Küchentisch entdeckt. Marie wollte sie vor seinem Eintreffen in den Müll werfen, doch dazu kam es nun nicht mehr.

»Das ist nichts.«

»Das ist eine Drohne – und was für eine. Muss ganz schön teuer gewesen sein, oder? Ich hätte nicht gedacht, dass du dich für so was interessierst.«

An diesem Punkt der Unterhaltung gäbe es genau drei Optionen.

Marie könnte übergangslos das Thema wechseln, was Jakub sofort als Verschleierungstaktik entlarven würde. Sie könnte behaupten, sich das Gerät selbst gekauft zu haben, doch dann würde Jakub auf einem kurzen Testflug im Garten bestehen, was aus verschiedenen technischen Gründen nicht möglich ist. Und sie könnte es mit der Wahrheit versuchen: dass ein Psychopath hinter ihr her ist. Dass sie mit dieser Drohne gefilmt wurde, bis sie neben ihr ins Wasser stürzte. Dass es eine Speicherkarte voll mit Aufnahmen von ihr gibt.

Um noch ein paar Sekunden zu gewinnen, holt Marie den Wein und reicht ihn an Jakub weiter, damit er die Flasche öffnet.

»Hast du sie schon ausprobiert?«, fragt er, die Augen unverändert auf die Maschine gerichtet.

»Ich muss dir etwas sagen«, versucht Marie den Einstieg in ein Geständnis, denn nichts anderes ist es, wenn sie Jakub nun mit einer nicht zu verzeihenden Verspätung erzählt, was passiert ist und wie alles zusammenhängt. Er hat die Flasche inzwischen entkorkt und gießt ihnen beiden ein. Marie greift sofort nach ihrem Glas. Auf Umständlichkeiten, wie den Wein atmen zu lassen oder gemeinsam anzustoßen, nimmt sie heute keine Rücksicht.

Die Worte kommen sehr leicht über ihre Lippen, der Redefluss scheint eine physikalische Konstante zu sein. Ungefähr so muss es sich anfühlen, wenn ein Staudamm gesprengt wird und das Wasser wieder ungehindert seinen Weg nehmen kann.

Dieses Mal gibt es kein gemeinsames Essen, niemand von ihnen verspürt Hunger. Zwei Stunden sitzen sie in der Küche. Marie sagt, was sie zu sagen hat, Jakub hört aufmerksam zu. Immer wenn sie denkt, dass seine Gedanken abschweifen würden, stellt er durch eine gezielte Zwischenfrage klar, wie konzentriert er ihren Worten folgt. Was er bei seinen kurzen Entgegnungen nicht erwähnt, ist das Plüschtier, das eines Morgens auf der Frontscheibe seines Wagens lag, versehen mit der seltsamen Botschaft: *Lass die Finger von ihr.* Handelt es sich um Vergesslichkeit? Ist Jakub zu naiv, den Zusammenhang zu erkennen? Oder will er am Ende Marie durch diese Auslassung davor beschützen, dass sie sich auch um ihn Sorgen macht?

Als sie auch die zweite Flasche Wein geleert haben und die Stühle zu unbequem werden, gehen sie nach oben in das Schlafzimmer.

Sie reden die ganze Nacht.

Noch nie hat Marie neben Jakub gelegen, ohne dass ihre Nähe durch vorangegangenen Sex einen gewissen Sinn erfahren hätte. Das Bett auf diese Weise miteinander zu teilen fühlt sich für sie erschreckend nach einer Partnerschaft an. Trotzdem genießt sie es, zu sprechen und im Anschluss seinen Worten zu lauschen, die mal sinnvoll und durchdacht, mal lächerlich und unausführbar klingen.

Als hinter den Bäumen der neue Tag heraufdämmert und verschwommene Schatten sichtbar werden, fasst er seine Ausführungen noch einmal in wenigen Sätzen zusammen.

»Warum ziehst du nicht wieder nach Berlin? Such dir doch was in Spandau – da gibt es auch viel Grün. Dennoch hättest du dort Nachbarn, die dir im Notfall helfen könnten. Die mitkriegen, wenn ein Spinner in deiner Einfahrt einen beschissenen Scheiterhaufen auftürmt.«

Jakub flucht selten, man spürt, dass ihm Maries Enthüllungen nahegehen, noch nach Stunden.

»Aus deinem Mund klingt das alles so einfach ...«

»Es ist einfach.«

»Nein. Es bedeutet, dass ich alles, was ich hier habe, aufgeben muss.«

»Und was hast du hier? Totale Einsamkeit?«

Sie will ihm schon zustimmen, doch dann fällt ihr ein, dass Einsamkeit für Jakub nichts Erstrebenswertes ist, vielmehr eine Unannehmlichkeit, die es unter allen Umständen zu vermeiden gilt.

»Ich spreche ganz offen, Marie, ich habe dich gern in meinem Leben, und ich möchte mit dir zusammenleben.«

Ihre Erwiderung erschöpft sich in tiefem Einatmen. Jakub hätte ein zaghaftes Nicken erwartet, nicht etwa als Zeichen der Zustimmung, sondern als bloße Rückkopplung, dass seine Worte bei ihr angekommen sind.

»Kannst du es dir zumindest vorstellen?«, setzt er schließlich nach, weil er das Schweigen nicht länger erträgt.

Sie möchte ihn nicht verletzen, und doch birgt ihre Antwort unweigerlich eine gewisse Grausamkeit.

»Ich kann mir viel vorstellen, Jakub, das gehört zu meiner Arbeit als Schriftstellerin. Trotzdem brauche ich Bedenkzeit.«

»Natürlich. Nimm dir die Zeit, die du brauchst. Aber irgendwann musst du eine Entscheidung treffen.«

12

DIE DURCHWACHTE NACHT ZERSTÖRT Maries gewohnten Biorhythmus. Sie schläft etwa zwei Stunden, die geprägt sind von schwer einzuordnenden Träumen, dann schreckt sie hoch, als sie an der Tür Geräusche vernimmt. Es ist Astrid, die ihren Dienst beginnt.

Die Stelle des Bettes, an der Jakub gelegen hat, ist längst ausgekühlt. Nur mit Mühe erkennt Marie die Abdrücke des Körpers, der ihr in zahlreichen Nächten fast so vertraut geworden ist wie ihr eigener. Würde sie ihn vermissen, wenn er plötzlich kein Bestandteil ihres Lebens mehr wäre? Natürlich. Aber wiegt dieses Vermissen schwerer als alle Nachteile, die ein Umzug, ein Zusammenziehen mit sich bringen würde? Marie nimmt sich vor, in den nächsten Tagen darüber nachzudenken.

Noch im Schlafanzug geht sie nach unten, ihre Assistentin betrachtet sie verunsichert. Nie zuvor hat sie ihre Arbeitgeberin in einem Pyjama gesehen.

»Morgen«, sagt Marie benommen. Die zwei Flaschen Wein, auch wenn sie sie fair mit Jakub geteilt hat, lasten noch auf ihr. Die Gedanken haben diesen eigentümlichen Nachhall, als wäre ihr Schädel eine Kathedrale.

Das Frühstück reduziert sie auf ein Glas Wasser und eine Kopfschmerztablette. Länger als nötig sitzt sie in der Küche, Astrids Telefongespräch (regionaler Kulturverein oder eine größere Buchhandlung?) dringt nur verhalten zu ihr vor. Sie fragt sich, warum sie kein schlechtes Gewissen dabei hat, einen anderen Menschen für sich arbeiten zu lassen, während sie hinaus auf die Einfahrt blickt, in der absolut nichts passiert.

Nachdem auch wechselwarmes Duschen keine bemerkenswerte Verbesserung erbracht hat, erklärt Marie den Tag für gescheitert und zieht sich mit ihrem Notebook und einer Decke auf das Sofa zurück. Einmal mehr zeigt sie sich beeindruckt von den Errungenschaften menschlichen Fortschritts. Genau hier, an dieser Stelle, an der ihr Haus steht und noch vor einem Jahrzehnt nichts war außer Bäumen, Rotwild und dem See, liegt sie nun in einem perfekt klimatisierten Raum, auf ihrem Schoß das gebündelte Wissen der Welt. Nachfolgende Generationen werden diesen Luxus (sofern es zwischenzeitlich nicht zu größeren zivilisatorischen Verwerfungen kommt) als etwas Selbstverständliches betrachten. Marie hingegen ist aufrichtig erstaunt. In ihrer Kindheit galten noch Walkman und Faxgerät als Insignien einer besseren Zukunft, das Internet war nicht mehr als eine kryptische Spielwiese für Informatikstudenten.

Plötzlich spürt sie den Impuls, »Anemonen« in das Fenster der Suchmaschine einzugeben. In 0,43 Sekunden erhält sie 1.210.000 Ergebnisse. Zumindest das Internet misst einer kleinen Pflanze also mehr Bedeutung bei als der gefeierten Schriftstellerin Marie Kardisch.

Die in der Vorschau angezeigten Bilder sind von der Realität ihres Gartens etwa so weit entfernt wie ein Serviervorschlag von einer Tiefkühlpizza, die man in der Mikrowelle auftaut. Perfekte Blumen erheben sich über perfekt getrimmtem Rasen, eine Aufnahme zeigt frisch lackierte Sitzbänke neben einem Teich voller Kois, alles kunstvoll flankiert von schwachroten Blüten.

Marie muss gar nicht in die Tiefen der Blumensprache vordringen, um zu verstehen, wie beliebig sie ist. Nahezu alles kann alles bedeuten, auch wenn manche Themen einer gewissen Kanonisierung unterliegen. Allein die Nelke schwankt in ihrer Interpretation zwischen Liebe und Ehe (für Marie ein großer Unterschied), ist ein internationales Symbol des Sozialismus, wurde aber auch von französischen Adligen auf dem Weg zur Guillotine getragen. Oder die Lilie; sie steht für Liebe genauso wie für Vergänglichkeit, für Reinheit wie für Fruchtbarkeit. Vermutlich ist die Interpretation, falls man einen Strauß geschenkt bekommt, sehr kontextabhängig, sagt die Literaturwissenschaftlerin in ihr.

Doch zurück zu den Anemonen. Sie wundert sich selbst darüber, nicht früher auf den Gedanken gekommen zu sein, ihre Symbolik zu recherchieren. Immerhin wurden die rätselhaften Ereignisse der letzten Wochen zweimal von genau dieser Pflanze flankiert.

Die Semantik der Anemone ist glücklicherweise recht eindeutig. Sie steht für die Hoffnung auf Liebe, für romantische Erwartungen und Beständigkeit. Ich kann warten, bedeutet sie.

In den folgenden Tagen empfindet Marie eine kaum zu definierende Schwere.

Es ist nicht so, dass ihr Entschluss von Anfang an feststehen würde. Sie weiß, dass Jakubs Argumentation logisch ist, zumindest in großen Teilen, und immer wieder neigt sie dazu, seinen Vorschlag anzunehmen. Doch als sie ihn schließlich verwirft, scheint ihr diese Wahl die einzig denkbare zu sein. Nicht etwa, weil Jakub im Unrecht wäre, sondern allein deshalb, weil die Idee von ihm stammt. Würde sie zurück in die Stadt oder mit Jakub zusammenziehen, bliebe er immer die maßgebliche Kraft hinter dieser Entscheidung. Wenn sie sich auf eine Veränderung einlassen soll, muss diese von ihr ausgehen, nicht von einem Externen (und das ist Jakub trotz allem für sie). Bis sie diese Kraft, diesen Impuls zum Wandel nicht in sich spürt, wird sie ihr Leben hier draußen fortsetzen.

Als Hochstett an ihrer Tür klingelt, möchte sie ihn beinahe umarmen. Er besitzt genau jenes Maß an Ahnungslosigkeit, das sie in diesem Moment braucht. Sie möchte sich einem Unbeteiligten anvertrauen, ihm von ihren Überlegungen erzählen und seine Meinung hören, gerade weil er nur ein Zaungast ihres Lebens ist.

»Kommen Sie doch rein.«

In der Küche bietet sie ihm Matcha an, wofür er sich mit einiger Zerstreutheit bedankt. Wahrscheinlich weiß er gar nicht, worum es sich dabei handelt. Er führt die Tasse langsam an den Mund, riecht an der schaumig-grünen Flüssigkeit, nimmt einen Schluck und preist das Getränk als ausgesprochen köstlich. Gut lügen kann er also.

Hochstett ist schweigsamer als gewöhnlich, was Marie nicht entgeht. Etwas belastet ihn, seine Augen wirken müde, die Falten auf seiner Stirn verstärken diesen Eindruck.

»Möchten Sie über etwas reden?«, fragt sie den Tierarzt, doch der wehrt zunächst ab.

»Ein Missgeschick, nichts weiter ...«

Dieses Mal ist sie es, die sich verpflichtet fühlt, gegen die Stille anzukämpfen, weshalb sie sagt:

»Ich bin an einer Weggabelung angekommen.«

»Wie bitte?«

Der Themenwechsel vollzog sich zu abrupt, Hochstett kann unmöglich wissen, worauf sie hinauswill. Vermutlich denkt er an eine ganz konkrete, räumlich zu verstehende Abzweigung.

»Mir wird eine Entscheidung abverlangt, und ich ... Erinnern Sie sich noch an unsere Unterhaltung über Entropie? Sie erzählten mir von der sterbenden Katze, die Sie dazu brachte, Tierarzt zu werden.«

»Selbstverständlich erinnere ich mich daran.«

»Manchmal braucht man einfach einen Impuls von außen, um das eigene Leben zu überdenken und zu ändern.«

»Und dieser Impuls kam bisher nicht?«

»Zumindest war er nicht stark genug.«

Sie möchte Hochstett gegenüber nicht konkret werden. Mit ihm über Jakub zu sprechen käme ihr vor wie eine Form geistigen Betrugs. Sie möchte die Worte, die sie in ihrem Schlafzimmer wechselten, nicht einem nur oberflächlich bekannten Dritten weitergeben.

»Grundsätzlich geht es um die Frage, ob ich hierbleiben oder wieder in die Stadt ziehen soll.«

»Und was möchten Sie?«

Hochstetts Frage ist simpel, aber genial. Was möchte sie? Wonach verlangt es sie wirklich? Was sind ihre Ziele? Vielleicht hat sie bisher zu viel Zeit damit verbracht, über das nachzudenken, was sie nicht will.

Eine Weile schweigen sie bedeutungsschwer vor sich hin, dann füllt der Tierarzt die Stille.

»Wenn ich mir eine kleine Anmerkung erlauben darf. Ich fände es natürlich sehr schön, wenn Sie hierbleiben würden.«

Wenn sie nicht wüsste, was er von Beruf ist, könnte sie sich ihn auch als Texter für kindgerechte Serien oder als Telefonseelsorger vorstellen.

Als Jakub sie das nächste Mal besucht, weiß sie nicht, wie sie ihm ihre Entscheidung beibringen soll. Sie beschließt, die Aussprache zu vertagen, und erfüllt ihren Redebeitrag mit Belanglosigkeiten. Um keine Pausen entstehen zu lassen, spricht sie von der Arbeit an *Inkubation,* auch wenn es nicht gerade ihr Lieblingsthema ist.

»Ich komme nicht voran.«

Jakub ist gedanklich noch nicht so weit, er fragt sich vermutlich, ob die Aussage seinem Vorschlag gilt und sie damit ausdrücken möchte, dass sie noch keine Entscheidung getroffen hat.

»*Inkubation.* Ich weiß nicht, wohin die Geschichte führen soll. Wenn ich das Geschriebene noch einmal lese, kommen mir die Sätze so hohl vor. Völlig bedeutungslos.«

»Und wenn du sie umformulierst?«

Das ist eine Frage, die nur jemand stellen kann, der von literarischer Tätigkeit keine Ahnung hat. Sie nimmt es Jakub nicht übel, nein, das ist eben nicht sein Fachgebiet, so wie sie sich nicht darauf versteht, simultan deutsche Vorträge ins Polnische zu übertragen.

»Es fühlt sich falsch an. Ich kann das nicht beschreiben ... Stell es dir wie diese Art von Albträumen vor, bei der man nicht von der Stelle kommt. So geht es mir gerade mit dem Schreiben.«

Jakub besitzt die Gutmütigkeit, Marie in mehreren Teilschritten von ihrem Dilemma ablenken zu wollen.

»Wie wäre es mit einer neuen Geschichte? In deinem Kopf warten doch sicherlich Hunderte Ideen darauf, endlich verwirklicht zu werden.«

»Wahrscheinlich sind es Tausende, aber die wenigsten von ihnen taugen zu einem kompletten Roman. Viele sind falsche Freunde, die sich verstellen und so tun, als wären sie immer an deiner Seite. Und kaum brauchst du ihre Unterstützung, verlassen sie dich ohne Abschied.«

Es dauert länger als sonst, bis sie hinauf in das Schlafzimmer wechseln.

Sie wissen beide, dass die Hauptsache heute Abend unausgesprochen bleiben wird, und doch kann sich niemand von ihnen dazu durchringen, die Unterhaltung zu beenden. Schließlich ist es Jakub, der aufsteht, das Geschirr abräumt und Marie zärtlich an die Hand nimmt. In Momenten wie diesem könnte sie sich in ihn verlieben oder hätte es zumindest früher getan, als sie noch um einige Erfahrungen ärmer war. Romantik erfordert Ahnungslosigkeit; wer einmal von der verbotenen Frucht der Erkenntnis probiert hat, wird sein Herz nie wieder an einen anderen Menschen verschenken können.

Die Aggression, die Jakub ihr vorenthielt, lässt sie nun gnadenlos an ihm aus. Während er sie mit gleichmäßigen Stößen nimmt, ziehen ihre Fingernägel tiefrote Bahnen auf seinem Rücken. Ihr ist es egal, ob sie seine Haut aufreißt und er blutet. Sie genießt es, seine Lust mit Schmerz zu vermischen.

Jakub verändert den Rhythmus, seine Gesichtszüge werden härter.

In dieser Nacht ist Marie nicht bereit, auf ihren Höhepunkt zu verzichten. Unsanft drängt sie Jakub von sich herunter, nur um sogleich auf ihn zu kommen. Es geschieht selten, dass sie ihn reitet; beim Sex geht es ihr um Kontrollverlust, während diese Position ihr gerade abverlangt, die Kontrolle zu übernehmen. Doch heute fühlt es sich richtig an, oben zu sein und die Schenkel in seine Seite zu pressen. Jede Bewegung scheint perfekt und zwangsläufig. Sie nimmt sich Zeit, niemand drängt sie. Wenn sie es richtig anstellt, kann sie die Balance auf dieser Stufe des Begehrens für eine Stunde halten, vielleicht länger.

Zunächst ist es ein Spiel, das Nachahmen einer Szene, die sie irgendwann einmal in einem Porno gesehen hat, als sie die Hand an seine Kehle legt und zudrückt. Ganz sanft fängt das an, vor lauter Konzentration auf das Heben und Senken ihres Beckens bemerkt Jakub es kaum, doch dann entwickeln ihre Finger ein ungewohntes Eigenleben. Unter ihrem Daumen spürt sie, wie sein Adamsapfel zurückweicht, als er zu schlucken versucht. Nun öffnet er die Augen. Sein fragender Blick spornt sie weiter an, sodass sie ihren Oberkörper zu ihm herabbeugt, um statt mit der Hand mit ihrem Unterarm Druck auf seinen Hals auszuüben.

Die Macht erregt sie.

Sie könnte ihn jetzt erwürgen, die Kraft dazu hätte sie. Die Knorpel seines Kehlkopfs würden nachgeben, innerhalb weniger Minuten würde er das Bewusstsein verlieren und sterben. Sie schämt sich für diesen Gedanken, dennoch genießt sie Jakubs Wehrlosigkeit. Er ist ihr ausgeliefert, nur zu ihrem Vergnügen kann sie ihn um Atem winseln lassen.

Als er anfängt zu röcheln, schütteln mehrere Wellen ihren Körper. Ihr Schoß ist das Epizentrum, von dort aus nehmen die Beben ihren Weg über alle verfügbaren Nervenbahnen und setzen sich als nervöses Kribbeln bis in die Fingerspitzen fort.

Selten hat Marie eine so tiefe Befriedigung erfahren.

13

Eine furchtbare Nacht liegt hinter mir.

Seit dem Zwischenfall mit der Drohne zieht sie nun immer die Vorhänge in ihrem Schlafzimmer zu, auch gestern war alles verhangen. Er hat sie erneut besucht … oh, ich kenne diese Art der Besuche. Ihr gemeinsames Essen und dann der Gang hinauf, wo sie sich wieder und wieder von ihm beschmutzen lässt.

Spät ging das Licht in der oberen Etage an, sehr gedämpft drang es durch den Stoff nach draußen. Nicht einmal Schemen oder grobe Umrisse waren zu erkennen, was es für mich noch schlimmer machte. Bisher dachte ich immer, es mit ansehen zu müssen sei die höchste Form der Qual, doch tatsächlich setzt die Ungewissheit mir stärker zu.

Nein, es muss enden. Länger ertrage ich das nicht mehr.

Gab es bis zu diesem Moment noch Zweifel in mir, habe ich nun die Bestätigung für die Notwendigkeit meines Vorhabens.

Heute ist ein großer Tag.

Ich muss über mich hinauswachsen, wenn ich es wirklich vollbringen will. So oft bin ich in Gedanken die einzelnen Schritte durchgegangen, dass es fast schon ein Automatismus ist, als ich tatsächlich die große Plane über die Straße lege.

Dann verberge ich mich hinter den nahen Bäumen, wo ich

auch die Tasche mit den Einweghandschuhen, den Reinigungsmitteln und den Sachen zum Wechseln abstelle. Ich weiß, dass er ihr Haus immer sehr früh verlässt, jede Minute muss er hier auftauchen. Niemand sonst ist um diese Zeit auf der Straße unterwegs.

Meine Hände zittern. Als Frühstück hatte ich nur Kaffee aus der Thermoskanne, schon bei dem Gedanken an ein Brötchen will sich mir der Magen umdrehen. So angespannt war ich schon lange nicht mehr, nicht einmal in ihrer Nähe. Dort gelingt es mir überraschend gut, mich zu verstellen – ein Spiel, das umso kostbarer ist, da niemand etwas davon weiß.

Als ich das unverkennbare Brummen seines alten Volvo höre, stelle ich mich mitten auf die Straße. Er hält an, mit den Vorderrädern fast auf der Plane, betrachtet mich einen Moment unschlüssig durch die Windschutzscheibe und steigt dann aus, ohne den Motor abzustellen.

»Was ist los?«, fragt er verschlafen, gefangen in seiner Blase der Ahnungslosigkeit. Beinahe zynisch, dass er nicht einmal in diesem entscheidenden Moment zu einem höheren Grad der Wahrnehmung findet. Sind die Zeichen denn so schwer zu verstehen? Habe ich ihm mit dem Plüschtier nicht einen deutlichen Warnschuss gegeben, bevor ich Ernst mache?

»Sie werden Marie nicht wiedersehen«, sage ich, was er mit einem halben Lächeln quittiert.

»Was haben Sie für ein Problem?«

»Sie haben mich schon verstanden. Sie werden sie nicht wiedersehen.«

Es berauscht mich, in der mächtigeren Position zu sein. Ich bin Rechtsprechung und vollziehende Gewalt in einem, ich verkünde das Urteil und werde es sogleich vollstrecken. Im Namen des Volkes, das nur aus mir besteht.

»Was soll diese Plane?«

»Die ist für Sie.«

Es ist ein Rätsel, das er mit seinem begrenzten Verstand nicht lösen kann. Ich kann es gar nicht erwarten, ihm die Lösung zu verraten.

»Sie sind verrückt ... Gehen Sie bitte von der Straße, damit ich weiterfahren kann.«

Er will in seinen Wagen steigen, doch ich bin schneller. Den Stein in meiner Hand sieht er nicht kommen. Ich treffe ihn an der Schläfe, er gerät ins Wanken und fällt mit dem Gesicht auf die Plane.

Ist er tot? Ein kurzer Griff an das Handgelenk meines Opfers belehrt mich eines Besseren. Der Puls ist schwach, aber zweifellos vorhanden. Ich drehe den beschädigten Körper auf den Rücken. Das Gesicht ist blutig und verdreckt; ein Augenlid zuckt unkontrolliert. Zum Glück muss sie ihn so nicht sehen, es würde ihr das Herz brechen. Ich hingegen habe nie verstehen können, was sie an diesem Menschen findet. Nun, da er hilflos auf dem Boden liegt und seine Ausscheidungen nicht mehr halten kann, erscheint mir diese Zuneigung rätselhafter als je zuvor.

Noch habe ich ihn nicht getötet, noch ist der Vorgang umkehrbar. Ich könnte den Rettungsdienst rufen, Erste Hilfe leisten, bis ich die Sirenen herannahen höre. Er könnte überleben, vielleicht schwer behindert, komatös, aber immerhin ... Doch ich weiß, dass es nur einen Weg gibt. Töte ihn. Töte ihn. Töte ihn.

Plötzlich fühlt sich der Stein in meiner Hand sehr schwer an. Ich nehme all meine Kraft zusammen und hole aus. Wieder und wieder schlägt das Gewicht auf seinen Schädel ein, bis dieser nachgibt. Ein alter Witz fällt mir ein ... Ein Astronaut und ein Neurochirurg unterhalten sich. Der Astronaut sagt: Ich bin schon so oft im Weltraum gewesen, aber ich habe nirgendwo Gott gesehen.

Daraufhin sagt der Neurochirurg: Ich habe schon so viele Gehirne geöffnet, aber ich habe nirgendwo einen Gedanken gefunden.

Nein, nach Gedanken sucht man auch in dieser schwer zu definierenden Masse vergebens. Es ist ein furchtbarer Anblick, aber irgendjemand musste es tun. Ich habe mich geopfert für eine größere Sache, auch wenn niemand etwas von meiner Heldentat erfahren darf.

Eilig sehe ich mich um. Alles ist ruhig bis auf das Brummen des Volvo im Leerlauf. Wenn alles gut läuft, habe ich mindestens eine Stunde, bevor potenzielle Zeugen auftauchen.

Ich packe seine Beine und lege den schlaffen Körper vollständig auf die Plane. Wie es aussieht, ist nur wenig Blut danebengespritzt, das wird mir die Arbeit erleichtern. Behutsam schlage ich das Ende der Kunststofffläche ein, rolle sie mit ihm zusammen wie einen alten Teppich, der in die Mülldeponie gehört. Etwas anderes als Abfall ist er nicht mehr, wenn ich ehrlich bin – aber war er je etwas anderes?

Ich kann ihn zusammen mit seinem Auto im See versenken. Es gibt eine Stelle, die stark abschüssig zum Wasser hinführt, dort wird die Schwerkraft bei gelöster Handbremse alles Weitere übernehmen. Wenn ich die Spuren gründlich beseitige, werden sie ihn niemals finden. Ein Mann, der so oft auf Reisen ist, fast nur in Hotelzimmern lebt, völlig frei und ungebunden – wer weiß, vielleicht ist er ja einer jüngeren Frau nach Polen gefolgt?

Ich muss sein Handy nehmen.

Nachdem ich den Wagen versenkt habe, werde ich in seinem Namen noch eine SMS an sie verschicken: »Ich kann so nicht mehr weitermachen. Es ist vorbei.« Sie wird klug genug sein, keine großen Nachforschungen anzustellen. Gut möglich, dass sie ein paar Tage um ihn weint, aber schließlich wird sie sich mit den vermeintlichen Tatsachen arrangieren.

Das Handy entsorge ich später in Berlin. Falls die Polizei doch aufmerksam werden sollte, was nicht auszuschließen ist, werden sie die Bewegungsdaten analysieren, nachverfolgen, an welchen Sendemasten sich das Gerät zuletzt einwählte. Ich habe genügend Krimis gesehen, um das zu wissen. Sie werden ihre Suche in einer Metropole mit 3,5 Millionen Menschen beginnen, und genau dort wird sie auch erfolglos enden.

Fast möchte ich lächeln, die Zukunft sah nie rosiger aus. Doch nun muss ich mich an die Arbeit machen.

Hat Annabelle eigentlich Sex?

Diese Frage beschäftigt Marie schon den ganzen Vormittag. In jedem mittelmäßigen Ratgeber für angehende Schriftsteller heißt es, man müsse seine Figuren bis in das letzte Detail kennen, bevor man nur den ersten Satz ihrer Geschichte formuliert, doch Annabelles Sexualität war bisher unerforschtes Gelände.

Vermutlich ist sie frigide. Ein Vibrator, dessen Batterien sie höchstens einmal pro Halbjahr wechseln muss, genügt ihr als Partner. Vielleicht lassen sich in *Inkubation* ein paar Rückblenden einbauen, die Annabelles Intimleben näher beleuchten. Ein verpfuschtes erstes Mal. Ein Date-Rape, dem sie nur knapp entkam.

Nur mäßig motiviert klickt sich Marie durch Seiten über sexuelle Funktionsstörungen und formuliert im Anschluss eine Szene, die mehr an ein medizinisches Nachschlagewerk als an den nächsten Roman der »großen Hoffnungsträgerin der deutschsprachigen Literatur« erinnert. Je mehr sie sich in ihrem Text verzettelt, umso zynischer erscheinen ihr die Lobpreisungen der Medien. Es ist eine Besonderheit des Schriftstellerberufs, permanent an sich selbst zu zweifeln.

Am späten Abend trifft eine Nachricht von Jakub ein: »Ich kann so nicht mehr weitermachen. Es ist vorbei.«

Sie braucht ein paar Sekunden, um die wenigen Worte zu verstehen. Ihre Finger haben bereits eine voreilige Reaktion getippt, doch bevor sie den Text abschickt, hält sie inne.

Er will also Schluss machen.

Welche Konsequenzen hat das, nüchtern betrachtet, für sie und ihr weiteres Leben? Es wird keine Streitereien mehr geben, aber auch keinen anschließenden Sex, der meistens gut war. Sie wird fortan keinen Abend in der Woche haben, an dem sie mit einem anderen Menschen das Essen zubereitet. Es wird definitiv weniger unerwünschte Einmischungen geben. Aber auch keine Kinderlieder in einer Sprache, die sie nicht versteht – immer dann, wenn sie nicht einschlafen kann.

Sie hätte Jakub nie für einen Menschen gehalten, der per Textnachricht Schluss macht. Das zeigt einen Grad der Unreife, den sie eher bei einem wankelmütigen Teenager erwarten würde, nicht bei einem gestandenen Mann wie ihm. Sie fragt sich, was schwerer wiegt: Form oder Inhalt?

Vielleicht ist es ihm mit seiner Entscheidung gar nicht so ernst, wie sie zuerst angenommen hat. Es gab am Abend zuvor zwar eine Auseinandersetzung, aber das ist nichts Ungewöhnliches. Unbewusst war sie immer davon ausgegangen, dass ihr Verhältnis (und als solches sieht sie ihre Verbindung mit Jakub nun doch an) mindestens mit einem großen Knall enden würde. Es hätten sogar Teller zu Bruch gehen dürfen, sie wären schreiend von einem Zimmer in das nächste gestürmt, nur um mit den Türen zu knallen, der Soundtrack eines herzlichen Streits.

Wenn es möglich wäre, seine Entscheidung noch umzustimmen – würde sie das wollen? Will sie weiterhin von einem Mann besucht und gevögelt werden, dem sie nur eine herzlose SMS wert ist?

Sie kennt die spontanen Umbrüche in der Gefühlswelt anderer Menschen, oft genug hat sie in ihren Geschichten genau solche Schlüsselerlebnisse geschildert, die trotz ihrer vermeintlichen Beiläufigkeit die Kraft besitzen, ein Leben zu verändern.

Wer weiß schon, was Jakub auf seiner morgendlichen Fahrt passiert ist? Nicht auszuschließen, dass er am Straßenrand ein altes Paar auf einer Bank erblickte und sich fragte, ob er und sie in einigen Jahrzehnten auch so dasitzen würden. Oder ob er doch nur ein kurzzeitiger Pausenfüller ist, der für den nötigen Ausgleich an Nähe und Sexualität sorgt. Was, wenn sein Wunsch nach Ehe und Kindern doch größer ist als angenommen, er aber – völlig zu Recht – annahm, sie mit einem solchen Begehren zu überfordern? Oder doch die große Unbekannte? Eine Frau mit größerer Herzlichkeit, einem niedlichen Muttermal auf der linken Arschbacke und gelegentlichen depressiven Verstimmungen, die seinen Helferinstinkt geweckt haben? Alles ist denkbar. Oft genug hat Marie sich gefragt, welchen Körper Jakub herbeifantasierte, wenn er kurz vor dem Orgasmus seine Augen schloss. Schlafen Männer in Gedanken nicht ohnehin immer mit einer Frau, die sie gerade nicht haben?

Und doch wird ihr einiges fehlen, diese Sentimentalität gesteht sie sich ein. Sein Geruch etwa, diese leicht malzige Note, die auch sein Deo kaum verdecken konnte. Das Spiel seiner Muskeln, wenn er auf ihr lag und sie mit kraftvollen Stößen nahm. Sein Lächeln, immer leicht kindisch, als wäre er wieder ein siebenjähriger Junge, der in den Straßen von Wrocław Fußball spielt.

Für zwei Stunden rührt sich Marie nicht von ihrem Sofa. Die Außenwelt blendet sie vollkommen aus, gibt sich nur noch dem Staffellauf ihrer Gedanken hin, die nirgendwo ankommen. Sie listet die eigenen Verfehlungen auf, Versäumnisse, Momente, in denen sie ihm ihre Zuneigung hätte beweisen müssen.

Andererseits: Sie ist nicht seine Mutter. Sie hatten eine Verbindung auf Augenhöhe, lebenslängliches Glück oder gar Abhängigkeiten waren nie Teil ihres ungeschriebenen Vertrags. In der Nacht gipfeln ihre Überlegungen schließlich in zwei simplen Worten, die sie ihm per SMS schickt:

Fick dich!

Es war dann doch schwieriger als gedacht, den Wagen in den See zu befördern. Die Stelle, die ich zuerst ausgesucht hatte, war morastig – nicht auszudenken, wenn der Volvo dort stecken geblieben wäre, die Motorhaube schon halb unter Wasser. In dem Fall hätte ich die Polizei gleich selbst informieren können.

Ein Stück weiter war die Bodenbeschaffenheit besser, doch dort standen auch die Bäume sehr dicht. Ich musste den Wagen genau ausrichten und die Lenkung mit einem Ast fixieren. Die Leiche hatte ich im Kofferraum verstaut. Innerhalb weniger Tage würden sich Verwesungsgase bilden und ihr Auftrieb verleihen; so ist sichergestellt, dass sie nicht an die Oberfläche steigen kann. In einem kurzen Anflug von Panik habe ich noch einmal alles abgewischt, Lenkrad, Gangschaltung, Türgriff. Sind Fingerabdrücke und DNA-Spuren auch nach längerer Zeit im Wasser noch nachweisbar?

Auf der kurzen Fahrt den Hang hinunter ereignete sich dann doch ein Missgeschick: Der Wagen schrammte mit der linken Seite an einem Kiefernstamm entlang, was ein hässliches Geräusch verursachte. Doch das konnte ihn nicht mehr aufhalten, er war schnell genug, um ein ordentliches Stück in den See hineinzugleiten. Kurzzeitig hielt ihn noch die Luft im Inneren oben (falls ich mal wieder ein Auto versenken will, muss ich daran denken, alle Fenster zu öffnen), doch dann ging er unter. Nach einer Viertelstunde stiegen kaum noch Luftblasen auf, das Wasser war so ruhig, als wäre nie etwas gewesen.

Am Abend dann die SMS in seinem Namen: Ich kann so nicht mehr weitermachen. Es ist vorbei. *Viele Stunden und Kilometer habe ich zwischen Tat und Textnachricht gebracht, potenzielle Ermittlungen werden schon an diesem Detail scheitern. Ich stand in einer Seitengasse in Wilmersdorf, diesem von aller Welt vergessenen Teil des Berliner Westens. Sehr zuverlässig hat mich dort keine Überwachungskamera erwischt, aber spielt das überhaupt eine Rolle? Ein erwachsener Mann, der ständig unterwegs war und dann spurlos verschwindet – welcher Kriminalbeamte wird sich schon lange damit abgeben? Ein fruchtloser Fall unter vielen, schlecht für die Wochenstatistik, mehr aber auch nicht.*

Die Ironie der ganzen Angelegenheit wird mir erst langsam bewusst: Ich kann so nicht mehr weitermachen. Es ist vorbei. Ich habe mit ihr Schluss gemacht. Ich. Mit ihr. Vielleicht weint sie gerade aufgrund meiner endgültigen Worte. Wie gerne würde ich sie trösten. Wein doch nicht, mein Engel. Ich bin ganz in deiner Nähe.

Nun, da ich zu Hause bin und jeden Schritt noch einmal rekapituliere, hat es fast Spaß gemacht. Vielleicht gehen andere Leute um dieses Gefühls willen Bergsteigen oder Fallschirmspringen. Es ist das Adrenalin, wie mir nun klar wird. Den ganzen Tag habe ich unter höchster Anspannung gestanden, die sich jetzt in Zufriedenheit auflöst.

In regelmäßigen Abständen einen unnützen Menschen besei-

tigen – warum eigentlich nicht? Die Herausforderung reizt mich, es könnte ein sportlicher Wettkampf sein. Ich reinige die Welt von Schmutz, Amoral und Mittelmaß. Ich erschlage sie, verbrenne sie, ersticke sie, schneide ihnen die Kehlen durch, stoße sie von hohen Klippen, wieder und immer wieder – so lange, bis nur noch wir beide übrig sind.

Sie und ich. Ich und sie.

Vielleicht würde sie dann endlich anfangen, mich zu lieben.

14

SEIT EINER HALBEN STUNDE SITZEN sie nun schon in Maries verwildertem Garten.

Es ist einer der letzten wirklich heißen Tage. Der Sommer hat seinen Zenit überschritten, von nun an geht es nur noch rückwärts, weniger Licht, weniger Wärme, bis die Welt zu einem vermeintlichen Stillstand kommt, von dem aus alles neu beginnt. Die ewige Wiederkunft des Gleichen. Als Jugendliche hat sie mit Begeisterung Nietzsche gelesen, weniger um seines philosophischen Konzeptes willen, sondern seiner Sprache wegen. Er hätte genauso gut über Gartenbau, Kochrezepte oder Innenarchitektur schreiben können, der Inhalt war völlig austauschbar. Es ging immer nur um die Macht der Worte, das imponierte ihr.

Sie ist seltsam dankbar für Hochstetts Gegenwart.

Da sie sich nicht erinnern konnte, wo die Korbstühle abgeblieben sind, haben sie kurzerhand auf einer alten Decke Platz genommen. Für einen Außenstehenden muss es wie das Picknick eines Pärchens aussehen, das sich noch nicht ganz den gesellschaftlichen Zwängen ergeben wollte.

Eigentlich sollte dieses Treffen nur eine Gefälligkeit sein, da ihr der Tierarzt so bereitwillig das Gewehr samt Munition übergeben hatte, was sicherlich ein Verstoß gegen mehrere Paragrafen des Waffengesetzes war, doch da ihr Joggen und Bootfahren nach den jüngsten Ereignissen gleichermaßen verleidet sind, freut sie sich über die Abwechslung.

Statt eines zu weiten T-Shirts und einer ausgewaschenen Jeans trägt Marie heute ein kurzes Kleid, das ihr hervorragend steht. Einem Richter fiele es in einem Prozess wegen sexueller Belästigung schwer zu entscheiden, ob sie sich grob fahrlässig oder vorsätzlich so angezogen hat. Hochstetts Blick, der verlegen zwischen ihrem Gesicht, ihrem Dekolleté und ihren Beinen hin und her pendelt, ist ihr jedenfalls nicht unangenehm. Nach Jakubs Abfuhr genießt sie es, von einem Mann begehrlich angesehen zu werden. Obwohl sie eigentlich zu klug dafür ist, braucht sie diese Form der Selbstbestätigung.

Natürlich will sie ihn nicht verführen, auch wenn sie kurzzeitig darüber nachgedacht hat. Doch die Nachteile überwiegen. Der Tierarzt wohnt nur eine Viertelstunde Fußweg von ihr entfernt, viel zu nahe, um später einen sauberen Schnitt zu vollziehen – und eine langfristige Angelegenheit (das Wort Beziehung kommt ihr in den Sinn) schließt sie kategorisch aus.

Um ihr Treffen ein wenig interessanter zu gestalten, beginnt Marie ein Gedankenexperiment. Sie malt sich aus, dass morgen die Welt unterginge und somit alle moralischen Begrenzungen spontan aufgehoben wären. Nichts hätte mehr Konsequenzen.

Was Hochstett wohl in diesem Fall mit ihr anstellen würde? Sie kann sich nicht vorstellen, dass er wie ein Tier über sie herfiele. Viel zu passiv ist er, fast schon schüchtern. Vermutlich war er ein dicker Junge, bevor ihm das Wachstum zu Hilfe kam und aus Fett Muskeln wurden. Er wird in seiner Schulzeit wenig Erfolg bei den Mädchen gehabt haben, vielleicht traute er sich erst im Studium, Frauen anzusprechen.

Eine Weile amüsiert sie sich noch daran, bei ihrem Gegenüber sexuelle Störungen zu diagnostizieren. Vielleicht kann er seiner Partnerin beim Liebesspiel nicht in die Augen sehen, weshalb er sie immer von hinten nimmt. Oder er kommt nur bei der Masturbation zum Orgasmus. Ekelt sich davor, mit Zunge zu küssen.

»Das Kleid steht Ihnen übrigens ausgezeichnet«, sagt Hochstett und lächelt etwas unbeholfen. Sie würde sich gerne für das Kompliment erkenntlich zeigen, weiß jedoch nicht, wie. Außerdem befürchtet sie, damit die falschen Signale zu senden.

»Ich kann gar nicht glauben, dass Ihr erstes Buch vor sechzehn Jahren erschien. Sie müssen es ja mit dreizehn veröffentlicht haben.«

Erst jetzt fällt ihr auf, wie unpassend das *Sie* in dieser Situation wirkt. Sie sind Nachbarn, die an einem Sommertag auf einer Decke sitzen – keine Vorstandsmitglieder eines multinationalen Unternehmens.

»Das ist ewig her. Damals war ich wirklich noch ein Kind – zumindest fühlt es sich jetzt so an. Wie naiv ich an die ganze Sache heranging ... Aber irgendwann muss man wohl anfangen. Den Sprung wagen.«

Marie denkt an die Träume, in denen sie ertrinkt. In letzter Zeit hat der Ablauf eine Variation erfahren, das Untergehen besitzt nun nichts Friedfertig-Fatalistisches mehr, sie versucht, gegen die Schwere des eigenen Körpers anzukämpfen, will sich verzweifelt an der Oberfläche halten. Sie erwacht immer dann, wenn sie ihre panischen Rettungsversuche einstellt.

Hochstetts herzhaftes Gähnen reißt sie aus ihren Gedanken.

»Entschuldigen Sie, ich habe letzte Nacht kaum geschlafen.«

»Mussten Sie etwa einer Kuh die Weisheitszähne entfernen?«

»Kühe haben keine Weisheitszähne. Nein, eine Frau aus dem Dorf klingelte um zwei Uhr morgens an meiner Tür, ihr Mops bekam keine Luft mehr.«

Unpassenderweise belustigt Marie das Bild. Wie bitte schön soll man auch ernst bleiben bei der Vorstellung eines kleinen unförmigen Hundes, der nach Atem ringt?

»Ein Mops also.«

»Die Rasse ist brachycephal, das heißt, die Tiere haben einen rundlichen Kopf und eine kurze Schnauze. Schwerwiegende Probleme mit der Atmung sind da gewissermaßen vorprogrammiert.«

»Und was haben Sie in dem Fall gemacht?«

»Ich habe dem Hund Kortison verabreicht, damit die Schwellung im Kehlkopf zurückgeht und er mir nicht gleich im Hausflur erstickt. Auf Dauer wird es ohne Operation nicht gehen. Da ist man schnell bei einem mittleren vierstelligen Eurobetrag, aber das ist es den Besitzern fast immer wert. Selbst wenn die OP das Leben manchmal nur für ein paar Monate verlängert.«

»Warum tut man das?«

»Was?«

»So viel Geld in ein Tier zu investieren, das sowieso bald sterben wird.«

»Nun ja, jedes Leben ist wertvoll, denke ich. Das kann man doch nicht davon abhängig machen, wie viel Zeit ihm vielleicht noch bleiben wird. So etwas geht weit über eine Kosten-Nutzen-Rechnung hinaus.«

»Ich hatte eine Abtreibung«, sagt Marie plötzlich. Sie weiß selbst nicht, warum sie es erzählt – noch dazu einem Halbfremden wie Hochstett.

»Das ist ... das war sicher nicht leicht für Sie.«

Oft genug hat Marie versucht, diesen Teil ihres Lebens zu verdrängen, ihn als bloße Fiktion, als Szene in einem ihrer Romane zu begreifen, aber es funktioniert nicht.

»Ich war vierunddreißig. Rückblickend betrachtet wohl meine letzte realistische Chance, Mutter zu werden, doch ich wollte es nicht.«

Hochstetts Staunen wirkt überzeichnet wie in einem Comic.

»Und Ihr Partner, wie ...«

»Mein damaliger Partner ... In anderen Branchen würde man wohl von einem Kollegen sprechen, denn Jonas ist ebenfalls Schriftsteller, wenn auch ein verkannter. Seine Texte sind besser als meine, das gebe ich ganz offen zu, doch irgendwie nimmt der Literaturbetrieb immer nur am Rand Kenntnis von ihm. Unser Verhältnis bestand ein paar Wochen. Es hätte vermutlich mehr daraus werden können, aber dann ... Es war bei der Verleihung des Thomas-Mann-Preises. Wir hatten beide zu viel getrunken, und als wir später übereinander herfielen, waren wir unachtsam. Ein paar Wochen danach erkannte ich, was passiert war, und ging zu einem Spezialisten. Jonas habe ich nie etwas davon erzählt. Er wäre daran zerbrochen, denke ich. Es hätte sein Bild von mir zerstört.«

Eine Wespe hat sich auf Hochstetts Handrücken niedergelassen, er bemerkt sie nicht.

»Wie geht es Ihnen damit? Fühlen Sie sich deswegen schlecht?«

»Das nicht, nein. Ich glaube, ich habe ihm lediglich Kummer erspart. Trotzdem ging es mit uns beiden kurz darauf zu Ende, es passte einfach nicht mehr.«

»Ich meinte, fühlen Sie sich wegen der Abtreibung schlecht?«

Marie nickt, bevor sie die Frage mit Worten verneinen kann. Für den Bruchteil einer Sekunde sieht sie ein fünfjähriges Kind durch ihren Garten tollen. Es hat ihr blondes Haar, ihren Hang zu schmerzhafter Ehrlichkeit. Es rennt und lacht, hüpft über die Sträucher und wird von einer sichtlich überforderten Astrid verfolgt.

Die Wespe auf dem Handrücken des Tierarztes holt sie zurück in die Wirklichkeit.

»Sie wären eine gute Mutter«, sagt Hochstett und blickt dabei so ernst, dass man ihm die alberne Floskel unmöglich übel nehmen kann.

»Ich hatte immer Angst, dass ich das Kind nicht lieben würde – glauben Sie das? Ich sah immer eine abstrakte Konkurrenz darin, Nachwuchs zu haben. Eine Bedrohung. Mit einem Kind beginnt unweigerlich das letzte Kapitel des Lebens; das eigene Genom ist weitergegeben, man zählt nur noch ein paar Jahre als Beschützer und Versorger, dann spielt man – evolutiv gesehen – keine Rolle mehr.«

»Entschuldigen Sie den Einwand, aber macht es Sie – evolutiv gesehen – nicht auch zu einer Sackgasse, keine Kinder zu haben?«

»Natürlich. Doch irgendwie braucht man für sein Handeln immer eine Rechtfertigung, auch wenn sie noch so absurd ist.«

Die Wespe fliegt davon.

Als sie aufstehen, gibt es einen kleinen, unbestimmten Augenblick. Durch das lange Verharren im Schneidersitz ist ihr linkes Bein eingeschlafen, sie kämpft kurz mit dem Gleichgewicht. Hochstett reicht ihr seine Hand zu Hilfe, ein Angebot, das sie instinktiv annimmt. Ihre Finger bleiben eine Sekunde zu lang verbunden, es könnte der Auftakt zu einer Zärtlichkeit sein.

Eine Parallelwelt spaltet sich ab; ein Universum, in dem sich Marie und Hochstett küssen und etwas zwischen ihnen beginnt – sie könnten eine Nacht miteinander verbringen oder ein ganzes Leben, gemeinsam alt werden oder sich in einem endlosen Kleinkrieg vernichten.

In dieser Welt jedoch zieht Marie ihre Hand schließlich zurück, ordnet ihr Kleid und erklärt, dass sie nun wieder in ihr Arbeitszimmer müsse.

»Danke, Clemens«, sagt sie noch und lässt offen, was genau sie meint.

15

DIE ZEIT IST IN EINEN SCHNELLDURCHLAUF geraten, als würde sie langweilige Szenen einfach überspringen wollen. Der vierte Herbst, den Marie hier erleben soll, kündigt sich immer deutlicher an. Die Fragmente von Spinnennetzen wehen ihr beim Spazierengehen ins Gesicht, Blätter, deren Grün sich in Gelb und Braun verwandelt hat, fallen auf den Weg.

Im Laufe des Nachmittags sammelt Marie im Wald Kiefernzapfen, die sie in ihrem Kamin verfeuern wird. Sie liebt den schweren Geruch des Harzes. Außerdem tut es ihr gut, einer praktischen Aufgabe nachzugehen. Das Aufheben der Zapfen erfüllt sie mit dem dankbaren Gefühl, etwas Nützliches zu machen.

Unterwegs überfällt sie eine Vorahnung der kommenden Jahreszeit, denn abseits des Sonnenlichts wird es schon empfindlich kalt. Kaum zu glauben, dass sie noch vor einer Woche mit Hochstett im Garten saß, auf den nackten Armen einen leichten Salzfilm.

Sie ist fest entschlossen, heute Abend den Kamin in ihrem Wohnzimmer zu nutzen. Sie darf die vielen friedlichen Erinnerungen, die sie mit Feuer verbindet, nicht von einem einzigen Scheiterhaufen überlagern lassen.

Als sie die verrußte Klappe öffnet und das Holz zu einer kleinen Pyramide aufschichtet, muss sie an Hendrik denken. Er besaß ein bemerkenswertes Gedächtnis für Zitate. Er vergaß Namen, Geburtstage, Dinge, die er erledigen sollte – aber er konnte stets einen passenden Satz aus der Weltliteratur beisteuern, um die Situation zu entschärfen.

Wahrscheinlich würde er in diesem Moment Brecht anführen. *Das kleine Haus unter Bäumen am See* ... Mit einem langstieligen Feuerzeug entzündet Marie das Holz und sorgt damit sogar für den Rauch, der vom Dach aufsteigt und ohne den laut Gedicht alles trostlos wäre.

Sie sitzt vor dem Kamin, die Knie eng an ihren Körper gezogen. Unter anderen Umständen wäre Jakub nun hier, er könnte Maries Melancholie durch den Griff seiner kräftigen Hände um ihre Taille vielleicht zerstreuen.

Sie hätte nicht gedacht, dass sie ihn so sehr vermissen würde. Natürlich ist sie nicht naiv genug, im Nachhinein etwas von Liebe zu fabulieren – eher würde sie von Gewöhnung sprechen, von Vertrauen und aufrichtiger Zuneigung. Da Maries Leben von Routinen geprägt ist, macht ihr diese unerwartete Veränderung zu schaffen.

Dann drängt sich wieder Hendrik in ihre Gedanken.

In den vergangenen Wochen hat sie häufig an ihn gedacht und sich gefragt, ob er fähig wäre, die Dinge zu tun, die sie sonst einem geheimnisvollen und daher noch bedrohlicheren Menschen anlasten müsste. Hat Hendrik die Blumen auf den Weg gelegt? War er es, der die Angelschnur spannte, damit sie darüber stürzte? Hat er ihre Schuhe gestohlen, um sie dann mit einer Botschaft versehen in einen Baum zu hängen? Kam die Drohne von ihm? Hat er Echo umgebracht? Einen Scheiterhaufen mit ihren Büchern errichtet?

Sie traut Hendrik viel zu, schließlich hat er ihr schon einmal nachgestellt. Wie war das doch gleich mit den Briefen, die immer wieder auf ihrem Platz im Institut lagen? Oder als er plötzlich vor dem Haus ihrer Eltern stand und lauthals schrie, dass sie eine gewissenlose Schlampe sei?

Die Trennung hatte ihn zerbrochen, er war nicht mehr der gleiche Mensch wie zuvor. Vielleicht brachte sie auch nur eine finstere Seite in ihm zum Vorschein, die immer schon da gewesen war. So oder so – schleicht er gerade um den See? Versteckt er sich im Wald?

Es ist denkbar, dass di Francesco mit seinen indiskreten Fragen eine Wunde aufgerissen hat, die nur oberflächlich verheilt schien. Das Timing passt einfach zu gut.

Auch wenn es bekanntermaßen ein ernsthaftes Warnsignal ist, Alkohol allein zu konsumieren, hält es Marie nicht länger aus, nüchtern zu bleiben. Sie greift sich die nächstbeste Weinflasche aus der Küche und füllt den Inhalt in immer kürzeren Intervallen in ihr Glas.

Es ist weit nach Mitternacht, als Marie etwas völlig Absurdes unternimmt: Sie wählt Hendriks alte Telefonnummer.

Wahrscheinlich hat er längst eine neue, niemand behält doch heutzutage über fünfzehn Jahre hinweg die gleichen Kontaktdaten. Menschen verändern sich, Staaten zerfallen, bewaffnete Konflikte, Krankheiten und Hungersnöte brechen aus, wie könnte man da erwarten, unter der alten Nummer noch die gleiche Person zu erreichen?

Sie erschrickt ein wenig, als der Anrufbeantworter anspringt.

»Hier ist Hendrik Werth. Leider bin ich zurzeit nicht erreichbar. Sie können mir aber gerne eine Nachricht hinterlassen.«

Unverkennbar handelt es sich um seine Stimme, mit der er sie damals beleidigt und angefleht, um Verzeihung gebettelt und sie verflucht hat. Es ist noch die gleiche Stimme, mit der er bei ihrer ersten offiziellen Verabredung erklärte, dass er eines Tages die Theaterlandschaft umkrempeln werde. Und die, mit der er sehr abwechslungsreiche Liebesschwüre in ihr Ohr flüsterte, besonders dann, wenn sie miteinander schliefen und sie kurz vor dem Orgasmus stand. Es ist auch die Stimme, mit der er bei einer ihrer letzten Begegnungen fragte: »Was, wenn man nicht aufhören kann zu lieben?«

Ja – was dann?

Für einen Moment glaubt sie, eine Verbindung in die Vergangenheit zu haben, ein Ferngespräch in die Zeit vor ihrer Trennung. Vielleicht kann sie Hendrik vor all dem Schmerz warnen. Ihm mitteilen, dass er seine Gefühle verschließen muss, weil sie ihn niemals so lieben wird wie er sie. Doch was würde sich dadurch ändern? Marie hat längst den Glauben an einen freien Willen verloren. Jeder Mensch ist ein Sklave seiner Umwelt, auch Hendrik. Die Zukunft steht längst fest, Überraschungen gibt es höchstens noch in der Welt der Quanten und Elementarteilchen.

»Sie können mir aber gerne eine Nachricht hinterlassen.«

Ohne etwas zu sagen, legt sie auf.

Am nächsten Tag greift sie nach ihrem Handy in der festen Erwartung, Hendrik hätte sich gemeldet. Ihm muss die unbekannte Rufnummer aufgefallen sein, und nach di Francescos Besuch wird er sich denken können, wer mitten in der Nacht bei ihm anklingelt. Doch das Display zeigt keine entgangenen Anrufe an, auch keine neuen Textnachrichten.

Sie kann ein ironisches Lächeln nicht unterdrücken: Ist

sie ernsthaft enttäuscht, dass der Mensch, der früher auf bedrohliche Weise an ihr hing, nicht zurückruft?

Wider Erwarten fühlt sie sich gut.

Sie möchte ihre Stimmung in Kreativität überführen, doch so ganz will es nicht funktionieren. *Inkubation* bleibt ihr Sorgenkind, wenn es nicht sogar eine Totgeburt ist. Wie lange quält sie sich nun schon mit dieser Geschichte ab? Die ganze Vorarbeit der Recherche, die Zeit, die sie in die knapp hundertsechzig Seiten investiert hat – soll das alles umsonst gewesen sein?

Sie mag sich gar nicht den potenziellen Stundenlohn ausrechnen, sonst könnte sie gleich kellnern oder öffentliche Gebäude reinigen.

»Frau Kardisch?«

Der Mann, der mittags vor ihrer Tür steht, trägt keine Uniform, weshalb sie seine Funktion erst begreift, als er eine ovale Messingmarke vorzeigt und erklärt: »Semper mein Name, Kriminalpolizei.«

Marie blickt über seine Schulter, sie sieht weder seinen Wagen noch Kollegen – dennoch hat sie das unbestimmte Gefühl, dass Semper nicht allein ist.

»Sind Sie wegen der Bücher hier?«

»Welche Bücher?«

Die Irritation des Kriminalpolizisten ist aufrichtig, trotzdem fühlt sich Marie zu einem erklärenden Nachsatz verpflichtet: »Die verbrannt wurden, in meiner Einfahrt.«

Semper räuspert sich höflich.

»Nein, das ist es nicht. Darf ich vielleicht kurz reinkommen?«

Er nimmt staatsmännisch auf dem Sofa Platz, zieht seine

Hosenbeine in die korrekte Position und betrachtet Marie konzentriert. Sie vermutet, dass er immer schon Polizist ist, sein ganzes Leben lang; bereits als Ungeborenes im Bauch seiner Mutter muss diese genetische Disposition vorhanden gewesen sein – absolutes Gerechtigkeitsempfinden gepaart mit absolutem Misstrauen. Als Kind spielte er vermutlich immer den Gendarmen, der die Räuber jagte, und bereits in seiner Studienzeit wird er erste Delikte um leichten Drogenbesitz und entwendete Fahrräder aufgeklärt haben.

Sein Blick lässt aus Marie sekundenweise eine Schuldige werden. In einer Vernehmung würde sie ihm alles gestehen: den Spickzettel in ihrer Abiturprüfung, den illegalen Download von einem halben Dutzend Alben, den Notfalljoint in einer Kiste unter ihrem Bett. Doch der Grund, weshalb er in ihrem Wohnzimmer sitzt, reicht tiefer. Sie weiß, dass es ernst ist, und schweigt.

»Frau Kardisch, sagt Ihnen der Name Jakub Baranek etwas?«

Sie nickt. Zugleich versucht ihr Verstand, diese Frage in einen Zusammenhang zu bringen, doch es will ihr nicht gelingen. Sie muss an das Computerspiel *Tetris* denken, an diese dämliche Art von Steinen, die nirgendwo richtig passen.

»In welchem Verhältnis standen Sie zueinander?«

Das Wort Verhältnis bündelt Maries Aufmerksamkeit so sehr, dass sie nicht auf die Zeitform des Satzes achtet.

»Wir hatten eine ... Partnerschaft.«

»Partnerschaft im Sinne von ...«

»Im Sinne von Sex. Jakub besuchte mich ungefähr alle zwei Wochen, manchmal öfter, manchmal seltener. Er blieb über Nacht, wir schliefen miteinander, und am nächsten Tag ging jeder wieder seiner Wege.«

Der Kriminalpolizist zeigt Verständnis. Marie wäre es lieber, er würde sie mit Verachtung für ihren Lebenswandel strafen, doch es sind schließlich nicht mehr die Fünfzigerjahre.

»Wann hatten Sie mit Herrn Baranek das letzte Mal Kontakt?«

Obwohl Marie die Umstände ihres letzten Austauschs nur zu bewusst sind, zögert sie. Soll sie Semper tatsächlich anvertrauen, wie Jakub per SMS mit ihr Schluss machte? Wie sie nach Stunden fruchtlosen Nachdenkens schließlich ein knappes »Fick dich« an ihn sendete?

»Er fuhr an einem Morgen – es muss der 31. August gewesen sein – hier weg. Am Abend erhielt ich dann eine Textnachricht von ihm, in der er mir mitteilte, dass unser Verhältnis beendet sei.«

Semper wäre ein guter Pokerspieler, man merkt seiner Mimik kaum an, wie sehr ihn diese neue Information beschäftigt.

»Das muss Sie sehr verletzt haben«, sagt er schließlich ohne jede Emotion. Nur seine Augen lassen erkennen, dass er angespannt ist und auf eine winzige Offenbarung in Maries Verhalten lauert.

»Natürlich hat es das. Aber wir sind beide keine Kinder mehr. Ich habe mich nicht tagelang in meinem Zimmer eingeschlossen und geheult, sondern mich wieder meiner Arbeit zugewandt.«

»Sie sind Schriftstellerin, richtig?«

»Ja.«

»Sie haben den Roman mit diesem verrückten Diktator geschrieben.«

»Sie meinen *Tyrannenmord.*«

»Genau den.«

Die neue Zutraulichkeit des Polizisten verunsichert Marie. Wird er gleich noch ein Autogramm einfordern?

»Kein einfaches Thema, oder? Man muss sich in Abgründe eines Menschen hineindenken, quasi zu dieser grausamen Figur werden und ...«

»Herr Semper, verzeihen Sie meine Ungeduld, aber ich würde doch gerne wissen, weshalb Sie hier sind. Was ist mit Jakub?«

Der Kriminalpolizist zieht die Luft zwischen seinen leicht gelblichen Schneidezähnen ein.

»Ganz ehrlich, wir wissen es nicht.«

Meint er mit »wir« sich selbst, oder bezieht er es auf eine nicht näher zu bestimmende Anzahl von Kollegen, mit denen er den Fall bearbeitet? Marie ist sich da durchaus nicht sicher.

»Seit dem 31. August fehlt von Herrn Baranek jede Spur. Sein Bruder in Wrocław meldete ihn als vermisst, nachdem er über Tage hinweg erfolglos versucht hatte, ihn zu erreichen. Die polnischen Kollegen wandten sich nun an uns.«

Sie funktioniert scheinbar doch, die vielfach verschriene europäische Zusammenarbeit, denkt Marie und fragt sich zugleich, warum sie in einer derartigen Situation solch abseitigen Gedanken nachgeht.

»Sein Apartment in Berlin steht leer, die Post quillt aus dem Briefkasten. Kontobewegungen sind keine festzustellen, ebenso wenig Abbuchungen von seiner Kreditkarte. Sein Handy wurde am Tag seines Verschwindens abgeschaltet und seitdem nicht mehr aktiviert. Sie verstehen sicher, dass wir deshalb auch ein Gewaltverbrechen nicht ausschließen können.«

Die detailreiche Schilderung des Kriminalpolizisten wertet Marie als Zeichen, dass er sie nicht oder nicht mehr als mögliche Täterin betrachtet. Diese Beruhigung hält jedoch nur kurz an, dann gewinnt die Sorge um Jakub die Oberhand. Natürlich, er ist ein kräftiger Mann, sicher weiß er sich zu verteidigen, trotzdem will die Beunruhigung nicht wieder verschwinden.

»Haben Sie bei Herrn Baranek jemals suizidale Absichten bemerkt?«

Marie würde lächeln, wenn ihre Stimmung nicht eine ganz andere wäre. Sie kann Jakub schlicht und ergreifend nicht mit einem Selbstmord in Verbindung bringen. Nein, er würde eher als Drogenboss in Kolumbien enden oder sich zu einer Frau umoperieren lassen, als seinem Leben freiwillig ein Ende zu setzen. In seiner praktischen und einfachen Welt gibt es keine Fahnenflucht. Er könnte schon aus Prinzip nicht aufgeben. Noch unheilbar krank würde er den Segelschein machen oder versuchen, mit einem Heißluftballon die Welt zu umrunden.

»Das halte ich für ausgeschlossen«, erklärt Marie sehr gefasst. Andererseits: Wer ist sie schon? Wie viel weiß sie wirklich über Jakubs Innenleben? Über seine Gedanken und Ängste? Der Umstand, dass sie ab und an gemeinsam zu Abend gegessen haben und sich später ihrer Lust hingaben, macht sie wohl kaum zu Seelenverwandten. Sie kannte immer nur eine Seite von ihm, und selbst die könnte eine Maske gewesen sein.

Es drängt sich ihr mehr und mehr der Verdacht auf, dass es Semper gar nicht so sehr um die Klärung wichtiger Fragen geht, sondern um ihr Verhalten. Er schreibt sich nichts auf, schenkt dafür aber noch ihren kleinsten Gesten seine Aufmerksamkeit, wechselt in unberechenbaren Sprüngen das

Thema und konfrontiert sie mit absurden Details, die er im Rahmen seiner bisherigen Ermittlungen herausgefunden hat.

Als er nach einer Stunde ihr Anwesen verlässt, atmet sie erleichtert auf. Sie braucht einen Moment, um zu begreifen, dass sie gar kein Verbrechen begangen hat.

16

MANCHMAL IST DIE REALITÄT unwahrscheinlicher als jede Fiktion, denkt Marie, während sie aus dem Fenster sieht und abwechselnd den Regen und Hendrik betrachtet.

Er steht etwa zwanzig Meter von ihrem Haus entfernt, eine Kapuze über den Kopf gezogen, den vertrauten Victor-Emanuel-Bart eingetauscht gegen ein glattes Kinn, doch zweifellos handelt es sich um Hendrik. Sein unerwarteter Auftritt überfordert Marie. Alle Empfindungen der letzten Wochen konzentrieren sich in einem unendlich dichten Punkt, aus dem sogleich mit einem Urknall ein Universum hervorgehen muss. Sie würde sich das Bild gerne für später notieren, traut sich aber nicht, den Blick abzuwenden. Sie fragt sich, was Hendrik dort draußen macht, nur um dann zu dem Ergebnis zu kommen, dass er völlig regungslos dasteht.

In ihren Geschichten würde sie sich eine solche Wendung niemals durchgehen lassen. Sie würde eine so starke Figur früher ins Spiel bringen oder ihr Erscheinen zumindest durch viele kleine Zeichen ankündigen. Ein Brief von ihm, ein Zeitungsartikel über seine neueste Inszenierung würde den Auftritt prophezeien, und dann stünde er auch nicht einfach da draußen – natürlich im Regen – wie eine verhängnisvolle Mischung aus Boyband-Mitglied und Psychopath.

Schneller als sie es beabsichtigt, nimmt sie die wenigen Stufen nach unten und öffnet die Tür.

»Du hast mich angerufen«, sagt er, und Marie wägt für einen Moment die Chancen ab, ihm erfolgreich zu widersprechen. Zählt ein einzelner nächtlicher Anruf, den er nicht einmal entgegennahm, schon als Aufforderung, sich vor ihrem Haus zu positionieren? Sie könnte sich auch verwählt haben. Und überhaupt: Woher wusste er, dass die Nummer zu ihr gehört? Eine Nachricht hat sie nicht hinterlassen.

»Ja«, gibt sie nach einer langen Pause, in der nur der Regen zu hören ist, zurück. Ihr fehlen die Kraft und die Geduld, alles abzustreiten.

»Worum geht es?«

Hendrik hat seine Position nicht verändert, er macht auch keine Anstalten, das jemals zu tun.

»Willst du nicht näher kommen?«

Nun lacht er, als hätte sie ihm einen anrüchigen, aber äußerst originellen Witz erzählt.

»Wie lange habe ich gehofft, du würdest das zu mir sagen. Ich halte mich lieber fern, wenn du erlaubst. Nicht dass du dich am Ende noch bedrängt und verfolgt fühlst.«

Ihr entgeht die zielgerichtete Gemeinheit nicht. Kann es sein, dass Hendrik gerade den finstersten Teil ihrer Vergangenheit als bloße Spinnerei von ihr abgetan hat? Dass sie sich nur bedrängt und verfolgt *fühlte*? Als wäre sein Vorgehen in Wirklichkeit nur eine Wahnidee ihrerseits gewesen, nicht wahrscheinlicher als giftige Kondensstreifen oder Einhörner.

»Also, was willst du?«

Marie versucht, sich vorzustellen, wie ein psychologisch

geschulter Mensch mit dieser Situation umgehen würde. Bleib ruhig. Durchbrich den Kreis. Behalte die Kontrolle über die Lage.

Sie tritt hinaus in den Regen, auf Hendrik zu. Dass ihre Schritte alles andere als selbstbewusst wirken, ist ihr ebenso klar wie ihm. Auf der Hälfte des Weges bleibt sie stehen – sie hat ihren Anteil an normaler menschlicher Interaktion erfüllt, nun ist Hendrik an der Reihe. Da er sich weiterhin nicht rührt, erklärt sie schließlich: »In letzter Zeit sind ein paar merkwürdige Dinge passiert.«

Hendrik sieht sich um, als wartete er auf eine Bestätigung dieser Aussage.

»Passieren dir nicht immer merkwürdige Dinge, Marie?«

Da war es schon wieder, noch unverblümter als das erste Mal. Er behandelt sie wie eine Geisteskranke, obwohl von ihnen beiden definitiv er derjenige ist, der dieser Bezeichnung bisher am nächsten kam. Sie kann sich das nicht weiter gefallen lassen.

»Die merkwürdigen Dinge häufen sich, wenn du in der Nähe bist.«

Ob ihr Argument traf, ist schwer zu beurteilen. Der Regen hat zugenommen und überzieht alles, Einfahrt, Wald und Gesichter, mit einem grauen Schleier.

»Wie meinst du das?«

»Ich werde verfolgt, Hendrik.«

»Und was habe ich damit zu tun?«

»Um das herauszufinden, habe ich dich angerufen.«

In seinem Denken scheinen mehrere Überlegungen gegeneinander anzutreten. Aus ihrer gemeinsamen Zeit kennt Marie diesen Zustand noch sehr genau, den Außenstehende mit Trance oder geistiger Abwesenheit verwechseln könnten, der bei Hendrik aber ein Zeichen für völlige Konzentration ist.

»Verstehe. Erst taucht dieser nervige Journalist bei mir auf, dann meldest du dich nach eineinhalb Jahrzehnten der Funkstille plötzlich wieder bei mir. Ihr wollt da irgendwas konstruieren, um dich ins Gespräch und dein nächstes Buch auf die Bestsellerliste zu bringen, aber ohne mich«, entrüstet er sich.

Ungefähr so muss es sich für Eltern anfühlen, deren Kind vor Jahren verschwunden ist und nun in Gestalt eines kaum wiederzuerkennenden Erwachsenen vor ihnen steht. Alles bricht wieder auf, vertraut und zugleich fremd. Ein emotionales Déjà-vu.

»Ich konstruiere einen Scheißdreck, Hendrik. Vor Kurzem brannte hier in der Einfahrt ein Scheiterhaufen mit meinen Büchern – das macht mir verdammt Angst.«

Hendrik atmet tief durch. Er ist auf dem Höhepunkt seiner Macht angekommen. Wie lange hat er darauf warten müssen, sie aus einer derartigen Position heraus abzufertigen.

»Ich würde dir gerne helfen, Marie, aber ich glaube, ich bin da der falsche Ansprechpartner. Außerdem habe ich keine Zeit für Gespräche, die nirgendwo hinführen. Das war schon ein Problem, als wir noch zusammen waren.«

»Nur zur Erinnerung, du warst es, der immer alles ausdiskutieren wollte. Selbst als es schon gar kein *Wir* mehr gab, hast du mich damit bedrängt, dass *wir* reden müssten. Du hast mir nachgestellt, mich mehrmals täglich angerufen, mich ...«

»Marie, ich gebe ja zu, dass ich Fehler gemacht habe. Aber du kannst nicht ganz selbstverständlich etwas, das jetzt vielleicht passiert, mit einem längst vergangenen Ereignis in Verbindung bringen.«

Das »Vielleicht« reizt sie. Etwas, das jetzt »vielleicht« passiert ... Was denkt sich dieser Mensch eigentlich? Wenn er meint, dass er sie in die Rolle der durchgeknallten Ex zwingen kann, täuscht er sich.

»Warum hast du Echo getötet?«, wagt sie einen letzten, aussichtslosen Vorstoß. So also fühlt es sich an, wenn man in einem Krieg kämpft, der nicht mehr gewonnen werden kann – und man selbst nicht davon überzeugt ist, auf der richtigen Seite zu stehen.

In Hendriks Gesicht zeigt sich plötzlich eine Regung, doch keine, die sie erwartet hätte: Es ist Mitleid.

Sie würde gerne noch etwas erwidern, sie darf das so nicht zwischen ihnen stehen lassen, doch Hendrik rückt bereits seine Kapuze zurecht, hebt kurz die Hand zum Abschied und geht. Sie weiß nicht, ob er hinter der Kurve parkt oder in die nächste Stadt mit Busanbindung läuft, es ist ihr auch egal. Sie ist völlig durchnässt und will nichts anderes, als sich unter eine Decke zurückziehen, verborgen vor allen neugierigen Blicken.

Als Schriftstellerin verfügt Marie über die Gabe, sich die verschiedensten Situationen vorzustellen. Nicht immer sind es schöne Szenen, manchmal malt sie sich ihren eigenen Tod aus, eine Vergewaltigung, einen Unfall, bei dem sie schwer verstümmelt wird. Ihre Imagination ist sehr konkret und detailverliebt, sie kann Ausschnitte vergrößern, in Zeitlupe betrachten und dutzendfach wiederholen. Es ist diese Fähigkeit, dieser fiktionale Realismus, der von der Literaturkritik regelmäßig gelobt wird.

Marie überlegt sich eine mögliche Fortsetzung zu ihrem Debütroman *Leerzeichen*. Damals ging es um das Beziehungsende der Germanistikstudentin Mia und des angehenden Dramaturgen Hannes. Seit den Ereignissen sind Jahre vergangen, die Leben der Protagonisten haben sich in unterschiedliche Richtungen entwickelt, es gibt keine Berührungspunkte mehr zwischen ihnen, keinen Kontakt. Dann wird die Verbindung durch einen banal erscheinenden Zufall wiederhergestellt. Ein Journalist, der sich für Mias Leben und Schaffen interessiert, interviewt auch Hannes. Alte Wunden werden aufgerissen. Hannes, der meinte, dieses schmerzhafte Ereignis in seinem Leben längst überwunden zu haben, sieht ein, dass er noch immer Gefühle für Mia hat. Er findet heraus, dass sie inzwischen in einem einsam gelegenen Haus an einem Brandenburger See wohnt, und begibt sich dorthin. Statt auf eine Tasse Kaffee bei ihr vorbeizuschauen, analysiert er das Umfeld, versucht, Informationen über die älter gewordene Mia zu gewinnen.

Er findet sich in die Rolle des Beobachters ein. Es genügt ihm, Mia aus sicherer Entfernung zu sehen. Auf eine – sicherlich konfliktreiche – Interaktion mit ihr verzichtet er. Doch irgendwann genügt ihm das bloße Zusehen nicht mehr, er will mehr und legt ihr als kleinen Gruß aus der Vergangenheit ein paar Blumen auf den Weg, den sie morgens zum Joggen nimmt. Mia kann das Symbol nicht einordnen, sie ahnt nicht, dass im Gebüsch Hannes sitzt und sich einer wiedererwachten Obsession hingibt. In den nächsten Wochen häufen sich die Zeichen; Hannes weitet seine Beobachtungen aus, er wird ein Fernglas und eine Drohne benutzen, um Mia noch besser auskundschaften zu können. Doch sie will es nicht wahrhaben, verschließt ihre Gedanken vor den

Geistern der Vergangenheit. Schließlich eskaliert die Situation – Mias Kater stirbt, ihre Bücher gehen in Flammen auf. Hilflos wendet sie sich an die Polizei, die jedoch untätig bleibt.

Das ist eine mögliche Geschichte.

Sie ist nicht besonders elegant oder ausgereift, aber denkbar. Ob sie stimmt, kann Marie von ihrem Standpunkt aus nicht klären, die Handlung scheint jedenfalls keine groben logischen Fehler aufzuweisen.

»Würden Sie *Zwischen den Zeilen* als Künstlerroman bezeichnen? Immerhin steht die Figur eines Schriftstellers im Mittelpunkt der Handlung.«

Di Francesco passt sie gleich am Morgen ab, als sie von ihrer Joggingrunde zurückkehrt. Ihr Kreislauf ist noch auf Hochtouren, ihr Herz schlägt schnell, ihre Lungen bemühen sich nach Kräften, genügend Sauerstoff für alle Muskeln zu gewinnen.

Für eine Minute sagt sie überhaupt nichts, um ihre Atmung wieder unter Kontrolle zu bringen, dann dehnt sie ihre Gliedmaßen, was der Journalist mit unverhohlener Neugier betrachtet. Sie hat nicht erwartet, dass er einfach wieder gehen würde, jetzt möchte sie zumindest seine Geduld auf die Probe stellen. Nach zwei weiteren Minuten, in denen kein Wort zwischen den beiden gefallen ist, wiederholt er seine Frage noch einmal.

Marie antwortet ihm mit größer werdenden Abständen zwischen den Atempausen.

»Künstlerroman ist so ein furchtbares Etikett, mit dem Verlagshäuser manche Publikationen versehen ... nur um sie zumindest einem intellektuell aufgeschlossenen Publikum irgendwie schmackhaft zu machen. Aber wenn Sie das Buch unbedingt in eine Schublade zwängen wollen … *Zwischen den Zeilen* weist gewisse Ähnlichkeiten mit einem Kriminalroman auf. Da ist der gefeierte Autor Friedrich Eschner, der sich auf den alten Familiensitz zurückzieht. Sein siebzigster Geburtstag liegt hinter ihm, er wurde gebührend in den Feuilletons des Landes geehrt, Neuauflagen seines Debütromans sind erschienen. Er möchte in Ruhe an seinem nächsten, vermutlich letzten Werk arbeiten, doch er fühlt sich plötzlich von einer unbekannten Macht bedroht. Eschner glaubt, man wolle ihn vergiften, auch wenn die Menschen in seinem nächsten Umfeld eher von den Zeichen einer fortgeschrittenen Demenz reden.«

Aus keinem anderen Buch hat Marie so oft öffentlich vorlesen dürfen. Ihr Verlag schickte sie auf eine Reise durch halb Europa, immer wieder war sie erstaunt, in welchen Städten sich Menschen einfanden, um ihren Worten zu lauschen. Weshalb trifft man sich abends in Posen, um zu einer Lesung der deutschen Autorin Marie Kardisch zu gehen?

Jeder Satz aus *Zwischen den Zeilen* ist ihr vertraut, sie könnte ganze Passagen auswendig hersagen.

»Und am Ende erfährt der Leser, dass Eschners vermeintliche Wahnvorstellungen ganz real sind«, klinkt sich di Francesco wieder in ihre Wahrnehmung ein.

»Sie haben es also gelesen.«

»Hatten Sie daran Zweifel?«

Marie verzichtet darauf, di Francesco auf seine mangelnde Recherche bei *Begleitumstände* hinzuweisen. Zumindest scheint der Mann aus seinen Fehlern zu lernen.

»Ich war aufrichtig beeindruckt, wie authentisch Sie die Auswirkungen der Demenz schildern. Wieder und wieder ertappte ich mich dabei, einen realen Menschen vor mir zu sehen – nicht nur die bloße Figur eines Romans.«

Marie ist unentschlossen, ob sie den Satz als Kompliment begreifen soll. Sie bleibt skeptisch und reagiert mit einem mehrdeutigen Einwand.

»Das zeichnet gute Literatur aus, Herr di Francesco.«

»Diese Szene etwa, in der Eschner nachts von seltsamen Geräuschen geweckt wird – wie er in Todesangst hinunter in die Küche schleicht, bewaffnet nur mit einem Kleiderbügel, und auf einen vermeintlichen Einbrecher einprügelt, der sich schließlich als seine Schwester herausstellt. Er hatte schlicht und ergreifend vergessen, dass sie bei ihm wohnte.«

»Schön, wenn es Ihnen gefallen hat.«

»Mehr noch. Eine Offenbarung war das. Es gewährte mir einen weiteren Einblick in Ihr Leben. Man spürt regelrecht, dass Sie nicht bloß recherchiert haben. Sie wissen aus eigener Anschauung, was diese Krankheit anrichtet. Ich tippe auf ein nahes Familienmitglied.«

Obwohl der Journalist lediglich mutmaßt, beschleunigt sich Maries Atem.

»Ihr Vater vielleicht?«

Sie versucht, keine irgendwie interpretierbare Äußerung von sich zu geben, doch di Francesco macht einfach weiter.

»Ihre Mutter?«

Marie nickt, als hätte man sie eines Verbrechens überführt.

»Die Krankheit brach vor fünf Jahren bei ihr aus.«

»Mein Beileid«, sagt er und legt sich die rechte Hand auf jene Stelle der Brust, unter der bei den meisten Menschen ein Herz schlägt. In di Francescos Fall ist sich Marie nicht so sicher.

»Sparen Sie sich den Scheiß, okay? Wenn Sie schon keinen Respekt vor meiner Privatsphäre haben, dann stehen Sie wenigstens dazu. Freuen Sie sich über ein weiteres Kapitel in Ihrer großen Enthüllungsstory.«

»In welchem Stadium der Krankheit befindet sich Ihre Mutter?«

»Es geht auf das Ende zu, auch wenn sie manchmal noch erstaunlich klar ist.«

»Das Thema Demenz beschäftigt Sie aber nicht nur, weil Ihre Mutter daran leidet.«

Marie verschränkt ihre Arme, was als Zeichen der Abwehr interpretiert werden könnte. Tatsächlich möchte sie verbergen, wie sehr ihre Hände in diesem Moment zittern.

»Gen APP. Chromosom 21.«

»Wie bitte?«

Die Wissenschaft gibt ihr Halt. Wissenschaft ist kalt, klar und gefühllos, das hat Marie immer beeindruckt, obwohl sie selbst nicht den Durchhaltewillen besäße, um als Forscherin zu arbeiten. Sie mag es, wenn die abstrakten Begriffe ineinandergreifen und aus ihrer Mitte heraus neue Erkenntnisse gebären. In dieser ganz eigenen, gnadenlos genauen Sprache klingt alles gleich etwas unpersönlicher.

»Es ist das Gen APP, das auf Chromosom 21 liegt. Zwei Enzyme, die Beta-Sekretase und die Gamma-Sekretase, lösen ein neurotoxisches Fragment aus dem Amyloid-Precursor-Protein heraus. Eine kleine, zunächst unscheinbare Mutation, die letztlich in die Katastrophe führt.«

»Mir ist nicht ganz klar, was ...«

»Ich habe mich testen lassen. Ich weiß, dass in meinem Körper – genau genommen in jeder einzelnen verdammten Zelle meines Körpers – eine Zeitbombe tickt, die ganz nach

Lust und Laune detonieren kann. Vielleicht werde ich es am Anfang gar nicht bemerken, so wie meine Mutter. Ich werde mich wundern, wer immer meine Bücher verstellt, warum die Kühlschranktür offen steht oder das Licht im Wohnzimmer auch tagsüber brennt. Irgendwann fahre ich das Auto in eine Fußgängerzone oder fackle beim Versuch, mir einen Toast zu machen, das Haus ab. Und schließlich werde ich kaum noch sprechen können und meine Pflegekraft mit Windelwechseln auf Trab halten.«

Di Francescos Augen scheinen eine andere Farbe angenommen zu haben.

»Das tut mir sehr leid.«

»Ich habe Ihnen bereits gesagt, dass mir Ihr geheucheltes Mitgefühl vollkommen egal ist.«

»Ich heuchle nicht. Es tut mir wirklich leid um Sie. Und um Ihre Mutter.«

»Manchmal tröste ich mich mit dem Gedanken, dass sie auch Glück erlebt. Ihre Welt wird vielleicht jeden Tag kleiner, aber trotzdem spürt sie den Sonnenschein auf ihrer Haut, wenn man sie nach draußen begleitet, den Wind, der ihr weißes Haar fliegen lässt. Sie lächelt wie ein Kind und freut sich maßlos über ein Stück Schokolade. In den guten Momenten fragt sie mich nach meinem nächsten Buch, an anderen Tagen erkennt sie mich nicht mehr.«

Der Journalist wirkt betroffen, doch das kann Teil eines Spiels sein, dessen Ziel Marie nicht kennt.

»Wir nähern uns der Gegenwart«, sagt er schließlich. Etwas wie Melancholie liegt in seiner Stimme.

»Bedauern Sie das etwa? Immerhin bedeutet es auch, dass Ihre Materialsammlung demnächst beendet ist. Dann können Sie mit der Plünderung meines Lebens viel Geld machen.«

Der Journalist überhört Maries Kritik problemlos.

»Sagen wir es einmal so: Ich werde die Stunden hier draußen vermissen. Natürlich bin ich durch meine Arbeit mit vielen faszinierenden Menschen zusammengetroffen, aber faszinierend bedeutet nicht immer auch sympathisch. Bei Ihnen hingegen …«

»Versuchen Sie gerade, mit mir zu flirten?«

Noch bevor der Journalist antwortet, stellt sich ein rötlicher Schimmer auf seinen Gesichtszügen ein.

»Und wenn es so wäre?«

»Wenn es so wäre, Herr di Francesco, könnte das für uns beide nur in einer etwas peinlichen Szene enden.«

Er nickt, die Botschaft war eindeutig, nichts kann daran missverstanden werden.

Marie denkt sich, dass menschliches Zusammenleben vielleicht um einiges leichter wäre, würden einfach alle Individuen aussprechen, was sie empfinden. Man könnte Enttäuschungen, Betrug und fehlgeleitete Leidenschaften vermeiden. Allerdings wäre es wohl auch das Ende jeder friedlichen Koexistenz.

Später wird Marie nicht sagen können, was sie dazu brachte, gerade an diesem Morgen wieder mit dem Boot auf den See hinauszufahren. Sie hat es nicht mehr benutzt, seit die Drohne neben ihr ins Wasser stürzte, und auch jetzt wird sie das hässliche Gefühl nicht los, unter Beobachtung zu stehen. Ungefähr so muss es der Hauptfigur in Kafkas *Prozess* ergangen sein; eine unsichtbare, aber übermächtige Instanz lauert im Hintergrund, bereit, für den kleinsten Fehltritt drakonische Strafen zu verhängen.

Sie lauscht konzentriert auf das eventuelle Summen eines

weiteren Fluggeräts, hört aber nichts. Vielleicht beschränkt sich ihr Verfolger auf die klassische Variante mit Fernglas und Teleobjektiv, vielleicht hat er aber auch das Interesse an ihr verloren. An Letzteres würde sie gerne glauben, doch dafür fehlt ihr der Optimismus.

In der Mitte des Sees angekommen, entspannt sie sich. Hier draußen ist sie unantastbar. Sie würde jede Bedrohung früh genug erkennen, könnte sich darauf einstellen und entsprechend reagieren. Die Stärke des Menschen ist es, auch für komplexe Probleme eine Lösung zu finden.

Marie war schon immer sehr talentiert darin, ihre Umwelt auszublenden und sich in einen Zustand schwereloser Trance zu versetzen. Als Kind liebte sie es, sich mit einer Plane zu beschäftigen, auf der Straßen und Kreuzungen aufgemalt waren. Die edlere Teppich-Variante hielt ihre Mutter für Geldverschwendung. Ausgestattet mit einer Kiste voller Plastikautos in verschiedenen Größen spielte Marie Stau; Millimeter um Millimeter rückte sie jeden einzelnen Wagen vor, penibel darauf bedacht, es nicht zu einem Zusammenstoß kommen zu lassen. Sie konnte das über Tage hinweg fortführen. Manchmal schlief sie auf der Plane ein und hatte nach dem Erwachen Abdrücke der Fahrbahn auf ihrer Wange, einen Zebrastreifen, den Teil einer Kreuzung. Einmal war ihre Mutter so herzlos, mit dem Staubsauger anzurücken und ihre wundervolle Ordnung zu zerstören. Nie zuvor hatte Marie so geschrien.

Heute will es ihr nicht mehr gelingen, sich in die Lage dieses Mädchens zu versetzen. Denkt sie an ihre frühe Kindheit, kommt sie sich vor wie eine Zuschauerin. Sie betrachtet ein altes Video, unfähig, mit der gezeigten Figur zu interagieren. Jedes Abspielen lässt das Gezeigte etwas unschärfer werden, Bildfehler treten auf, die Tonspur leiert.

Ein Geräusch dringt zu ihr durch.

Es stammt von einer Seilwinde, was sie zu diesem Zeitpunkt allerdings noch nicht wissen kann. Unschlüssig hört sie für eine Minute zu, dann greift sie nach den Rudern und steuert den Teil des Sees an, von dem das Geräusch zu kommen scheint. Es fällt ihr schwer, sich düstere Mutmaßungen zu verbieten.

Sie muss eine kleine Landzunge umschiffen, Bäume versperren ihr die Sicht. Als schließlich keine Kiefern mehr zwischen ihr und der Szene stehen, braucht sie noch einen Moment, um zu erfassen, was sie sieht.

Sieben Menschen stehen am Ufer des Sees. Zwei sind anhand ihrer Uniform als Schutzpolizisten zu erkennen, vier weitere scheinen zur regionalen Feuerwehr zu gehören.

Den siebten Mann schließlich kennt Marie. Es ist Semper, er zieht uninspiriert an einer Zigarette und sieht nicht sehr glücklich aus, als er ihr Boot bemerkt. Mit einiger Verzögerung gibt er ihr ein Handzeichen, das sie als Aufforderung versteht, näher zu kommen.

Ein Stück abseits von der Gruppe geht sie an Land. Das Ufer fällt hier steil ab, schnell wird das Wasser tiefer. Es ist nicht so leicht, aus dem Boot zu klettern und es nicht durch den Rückstoß auf den See hinaustreiben zu lassen, doch Marie gelingt es. Sie tritt an Semper heran, auf eine Begrüßung verzichten sie.

»Was passiert hier?«

»Das werden wir gleich erfahren.«

Gemeinsam mit dem Kriminalpolizisten blickt sie auf die Wasseroberfläche, die nicht mehr so ruhig ist wie zuvor. Marie drängt sich das Bild auf, eine riesige Angel zu betrachten, die gleich einen ebenfalls riesigen Fisch an Land ziehen wird. Doch was dann sichtbar wird, stellt sich schnell als leblose Konstruktion aus Stahl, Glas und Plastik heraus.

Da das Kennzeichen vor lauter Algen nicht zu entziffern ist, bleiben Marie noch ein paar Sekunden, bevor sich ihr Verdacht bestätigt. Es muss nicht Jakubs alter Volvo sein, der hier geborgen wird. Zwar passt die Farbe, ebenso wie die Delle im Heck, aber das hat nichts zu bedeuten. Und selbst wenn es sein Wagen wäre (Marie denkt ganz bewusst in der Möglichkeitsform), müsste das noch nicht bedeuten, dass Jakub etwas Furchtbares, Unumkehrbares zugestoßen wäre.

Einer der Polizisten hat sich Einweghandschuhe übergezogen. Als die Seilwinde stoppt und der Wagen stehen bleibt, öffnet er zunächst die Fahrertür. Obwohl im Inneren nicht viel zu entdecken sein kann, hält der Polizist sich lange dort auf. Dann begreift Marie, dass er nach verwertbaren Dokumenten sucht. Führerschein, Inspektionsheft, Zulassungsbescheinigung.

Wie lange lag der Wagen wohl auf dem Grund des Sees? Wie reagieren Stahl, Kunstleder, Plastik und Papier auf die nasse Umgebung? In welchen Stadien vollzieht sich der Verfall? Wenn sie wieder zu Hause ist, wird sie das sofort im Internet recherchieren.

Der Polizist muss etwas gefunden haben, denn er nickt Semper zu, der näher herantritt. Halblaut tauschen sie ein paar Worte miteinander, die Marie nicht verstehen kann, dann kehrt der Kriminalist an Maries Seite zurück. Für eine Außenstehende muss es wie eine einstudierte Choreografie wirken, dieser professionelle Tanz um eine kaum zu fassende Tatsache.

Die Öffnung des Kofferraums scheint schwierig. Eine Weile arbeitet sich der Polizist allein an dem Mechanismus ab, ohne einen Fortschritt zu erzielen. Schließlich rücken zwei Feuerwehrleute mit geeignetem Werkzeug an und helfen dem Mann bei seiner trostlosen Pflicht.

Marie fragt sich, wann Semper sie endlich wegschicken wird. Sein Verhalten ist schwer zu deuten, es könnte Stagnation, Überforderung oder einfach Wahnsinn ausdrücken. In einem Comic würde man ihn mit wenigen verwischten Strichen auf das Blatt schraffieren, mehr Schatten als Körper.

Die Vernunft sagt ihr, dass sie hier nichts verloren hat, dass sie das alles nicht sehen sollte. Doch Semper unternimmt keine Anstalten, sie zu vertreiben – und sie selbst hat nicht die Kraft, sich abzuwenden. Ihre Augen haften auf dem geborgenen Fahrzeug, das – sie akzeptiert es langsam – Jakub gehört haben muss.

Was in den nächsten Sekunden passiert, wird ihr Leben verändern. Sie hat genügend Filme gesehen, um zu wissen, wo in einem versenkten Fahrzeug ein menschlicher Körper liegen könnte. Der Kofferraum ist die Kiste, in der Schrödingers Katze zugleich tot und lebendig ist – öffnet man die Klappe und sieht nach, legt man sich unweigerlich auf eine der beiden Möglichkeiten fest. Will sie das? Will sie wissen, wie dieses Experiment ausgeht? Die Entscheidung wird ihr abgenommen, denn die Feuerwehrmänner haben unter Ausnutzung der Hebelwirkung den Verschluss geöffnet und die Tür aufgestemmt.

Statt einer toten oder lebendigen Katze sieht sie eine dunkle Folie, in die etwas Großes eingewickelt sein muss. Der Polizist schlägt die Folie zurück. Zum Vorschein kommt etwas, das Marie bisher nur aus dem Fernsehen kannte – ein Gesicht, entstellt von Gewalt und Verwesung, doch in seinen Grundzügen noch identifizierbar. Es ist kein Make-up und keine Maske, sondern das Gesicht eines Menschen. Das Gesicht eines Menschen, der lachte, der weinte, der manchmal dümmliche Grimassen schnitt. Und der nie wieder zurückkommen wird.

Jakubs Gesicht.

Vielleicht macht gerade diese Mischung aus Verfall und Vertrautem den Schrecken aus.

Der Schmerz kommt in Wellen. Sie möchte in die Knie gehen, zusammenbrechen, sich ganz einer betäubenden Ohnmacht hingeben, doch sie bleibt bei Bewusstsein. Bevor sich ihr Blick gänzlich in Tränen auflöst, bemerkt Marie noch, dass Semper sie aufmerksam ansieht.

ZWEI

17

Ich liege auf dem Boden, zusammengekrümmt und wehrlos.

Wieder und wieder kommen die Tränen, obwohl ich so wenig trinke, dass meine Augen längst ausgetrocknet sein müssten. Immer dann, wenn ich glaube, der absolute Tiefpunkt wäre erreicht, geht es noch ein Stück weiter hinab. Durch einen winzigen Spalt zwischen Fensterbrett und Jalousien dringt ein Sonnenstrahl herein, er fällt auf mein verquollenes Gesicht – ein zynischer Scheinwerfer, der mein Leid perfekt ausleuchten möchte.

Was habe ich nur getan? Wie konnte ich nur? Habe ich es ernsthaft für eine gute Idee gehalten, ihn zu töten? Nun ist genau das passiert, was ich vermeiden wollte. Hätten mir die antiken Tragödien nicht Mahnung genug sein müssen? Eine unheilvolle Prophezeiung erfüllt sich erst dann, wenn man versucht, sich gegen sie zu wehren. Den Mann zu töten, das Hindernis zu beseitigen, führte letztlich zu Maries Umzug nach Berlin.

Nun lebt sie bei ihrem Vater, in einem schönen Altbau im Nordwesten der Hauptstadt, umgeben von den Segnungen der Zivilisation. Menschen sorgen sich um sie, achten auf Auffälligkeiten in der Nachbarschaft und stehen bereit, im Ernstfall einzugreifen.

Ich wollte sie von allen isolieren, doch stattdessen trieb ich sie in die Arme ihrer Familie zurück. Aus großzügiger Entfernung konnte ich beobachten, wie mehrfach der Wagen ihrer Schwester vorfuhr, auch die Polizei sah hin und wieder vorbei. Zunächst hatte ich die Befürchtung, sie würden Marie für den Mord verantwortlich machen, über ein Alibi verfügt sie schließlich nicht. Doch es muss Hinweise geben, die ihre Unschuld nahelegen, Indizien, die mir nicht bekannt sind.

Man hätte die Leiche niemals finden dürfen.

Als ich davon erfuhr, brach mein perfektes kleines Fantasiegebilde in sich zusammen. Ich habe die Polizei und ihre Hartnäckigkeit unterschätzt, mir zu viel auf meinen Plan eingebildet. Natürlich, irgendwann musste man ihn suchen, und von da an war es nur ein kleiner Schritt bis zu ihrem Haus am See, und vielleicht lag irgendwo am Ufer noch der abgebrochene Außenspiegel des Volvo herum, oder verräterische Schlieren von Benzin oder Öl tanzten auf der Wasseroberfläche. Ein erfahrener Kriminalist geht solchen Spuren nach, und siehe da – plötzlich wird ein Wagen aus dem See gezogen und die Leiche eines Menschen entdeckt, der nie wieder auftauchen sollte.

Habe ich Angst, dass sie mich erwischen? Vielleicht ein wenig, wenn ich ehrlich bin. Ich muss ihnen immer einen Schritt voraus sein, ich darf nicht in einem Gefängnis enden, den Rest meines jämmerlichen Lebens getrennt von ihr. Nein, besuchen würde sie mich wohl nicht. Ich könnte unzählige Briefe schreiben und ihr mein Vorgehen bis ins kleinste Detail darlegen – sie würde es nicht verstehen, weil sie es nicht verstehen will.

Sie hat meine Liebe nie begriffen.

Ich richte mich auf, straffe meine Schultern und hole tief Luft. Meine Kehle ist rau, das Atmen bereitet mir Schmerzen. Auf dem Tisch steht eine Flasche, ein Rest Wasser ist noch darin. Ich greife danach und setze an, davon zu trinken, doch meine Lippen sind spröde und schwerfällig, ein Teil der Flüssigkeit tropft auf den Boden. Einem plötzlichen Impuls folgend, schleudere ich die Flasche so weit wie möglich von mir.

Alles, alles würde ich für sie tun – sie müsste es nur sagen, und ich würde mich vom Dach eines Hochhauses stürzen, mich bei lebendigem Leib verbrennen oder mir die Augen auskratzen. Keine Qual wäre zu groß, als dass ich sie nicht für sie erleiden würde. Doch in ihrer Arroganz erkennt sie meine Hingabe nicht an. Muss ich noch deutlicher werden? Ich habe mich einem beträchtlichen Risiko ausgesetzt, um sie von diesem nichtswürdigen Typen zu befreien, der sich immer wieder in ihr Bett schlich. Und wie dankt sie es mir? Indem sie sich mir entzieht. Indem sie sich vor mir verbirgt und mich in der Distanz dürsten lässt.

Natürlich kann ich aufgeben. Einsehen, dass die Schlacht verloren ist und ich nichts mehr ausrichten kann. Doch bin ich diesen weiten und anstrengenden Weg gegangen, nur um nun zu kapitulieren? Ganz so, als wäre nie etwas gewesen?

Ich muss meine Strategie ändern. Bisher war es mein Ziel, sie für mich zu gewinnen. Doch was, wenn ich sie nicht haben kann? Wenn es gar nicht möglich ist, ihr Herz zu erobern? Wäre es dann nicht besser, wenn niemand sie hätte? Noch schrecke ich zurück vor diesem Gedanken, es erscheint mir wie Gotteslästerung, mehr noch – es ist, als würde man planen, Gott zu töten.

Ich war nie gläubig. Höhere Mächte, Schicksal, das hat mir nie etwas bedeutet. Doch sie – mit ihr war es anders, als würde alles einen Sinn ergeben. Sollte ich mich so getäuscht haben?

Wenn es endet, dann nur gemeinsam. Es gibt keinen Liebestod für Alleinstehende. Tristan und Isolde, Romeo und Julia – sie starben vereint, so wie wir vereint sterben werden. Seite an Seite wird das Leben aus uns weichen, und bevor uns die endlose Nacht empfängt, wird sie mein letzter Gedanke sein und ich ihrer.

Vielleicht ist dieser Zeitpunkt noch weit entfernt, vielleicht passiert es schon morgen. Wichtig ist nur, den geeigneten Moment zu erkennen, ihn zu ergreifen, das Finale einzuleiten, bevor uns jemand dazwischenkommt. Denn am Ende werden wir zusammen sein. Was zählen schon die Jahre des einsamen Leidens, wenn wir uns die Ewigkeit teilen können?

Und nun werde ich aufstehen und kämpfen.

18

SEIT DREI MONATEN LEBT MARIE BEI IHREM VATER.

Sofort hat er ihr ehemaliges Kinderzimmer für sie hergerichtet und einen Zweitschlüssel auf die Kommode im Flur gelegt. Mit seiner schmalen Nickelbrille und den weißen Haaren könnte er eine lebende Metapher für Fürsorge sein.

»Bleib, solange du möchtest«, sagte er, als sie vor seiner Tür stand, und es war nichts anderes als die banale Wahrheit. Es gibt regelmäßige Mahlzeiten, gemeinsame Unternehmungen und lange Gespräche in Küche und Wohnzimmer, wobei Jakubs Schicksal konsequent ausgeblendet wird. Wenn überhaupt, erwähnt Maries Vater nur das Unglück, keine konkreten Einzelheiten. Ein vermodernder Leichnam macht sich nicht gut am Esstisch.

Er folgt einem einfachen moralischen Kompass, der sich an Kants kategorischem Imperativ orientiert, auch wenn er davon wohl noch nie etwas gehört hat. Er tut Gutes, weil er denkt, dass auch andere Menschen Gutes tun; er erwartet nicht, mehr zu bekommen, als er zu geben bereit ist. Wenn er in den Nachrichten mit Ereignissen wie Vergewaltigungen, Terroranschlägen und kaltblütigem Mord konfrontiert wird, fährt in ihm für gewöhnlich ein Schutzschild hoch, der weitergehende Überlegungen blockiert.

Manchmal beneidet Marie ihren Vater um diese Ahnungslosigkeit.

An einem Sonntagmorgen erwacht Marie vom blassen Schein der Wintersonne, die schräg in ihr Zimmer fällt. Der Geruch leicht angebrannter Eierkuchen – eine Spezialität ihres Vaters – liegt in der Luft, gedämpft dringen die immer gleichen Oldies seines Lieblingsradiosenders zu ihr durch. Die Hits der Achtziger und Neunziger. Und das Beste von heute.

Im Schlafanzug und auf rutschfesten Wollsocken betritt Marie die Küche. Auf dem Esstisch erwartet sie die angeschwollene Ausgabe der Regionalzeitung. Politik, Werbung für Möbelhäuser und die neuesten Promi-Trennungen wechseln einander ab. Zu ihrer eigenen Überraschung bemerkt sie, wie gut sie inzwischen über den Scheidungskrieg einer populären Schlagersängerin informiert ist. Ihr Vater verteilt das Essen auf drei Teller; Michelle schaut mit der obligatorischen Verspätung bei ihnen vorbei.

Untermalt vom Klirren des Bestecks erzählt ihr Vater von einem Igel, der im Laub hinter dem Haus sein Winterquartier aufgeschlagen hat.

»... und die Hüblers wollten unbedingt, dass ich den Haufen beseitige. Die haben kein Verständnis dafür, was ökologisches Gärtnern bedeutet. Nur Kieselbeete und auf den Millimeter getrimmte Buchsbäume lassen den Tieren keine Rückzugsräume.«

Natürlich, Marie könnte hierbleiben. Vielleicht für den Rest ihres Lebens, ganz bestimmt aber bis zum Tod ihres Vaters. Sie würde sich in ein infantiles Frühstadium zurückziehen, einfach nur Tochter sein, Erzählungen über Igel lauschen und am Sonntag dunkelbraune Eierkuchen mit Apfelmus in sich hineinschaufeln. Es gibt keine Verpflichtung, erwachsen zu werden.

Das ist es also, was andere als Familie bezeichnen, geht es ihr durch den Kopf. Wärme. Vertrauen. Liebe.

Alles scheint perfekt. Ein Leben ohne größere Höhen und Tiefen – nur dass es nicht Maries Leben ist.

In den letzten Tagen überkam sie eine leichte Nervosität, eine Art Zittern, das in Händen und Füßen begann und von dort aus ihren ganzen Körper eroberte. Zunächst hat es geholfen, die Fingernägel in die Handflächen zu rammen, doch diese Linderung war nur oberflächlich.

Während Michelle von einem gemeinsamen Ausflug mit den Kindern erzählt, wird es so schlimm, dass Marie aufstehen und auf die Terrasse fliehen muss. Erst gegenüber einer Sonne, die von Milchglas gefiltert scheint, wird es besser.

Marie weiß, dass sie gehen muss. Das Konzept Familie geht für sie nicht auf. Die Gegenwart ihrer Schwester und ihres Vaters engt sie ein, die Nähe erdrückt sie. Hätte sie nicht eine hartnäckige Abneigung gegen Phrasen, würde sie sagen, dass ihr die Luft zum Atmen fehle.

Nach dem Essen geht Marie in ihr Zimmer, zieht sich um und packt ihre Tasche.

Offiziell möchte sie nur für kurze Zeit in ihr Haus zurückkehren, um ein paar Dinge zu regeln. Sie lässt mit dieser Formulierung bewusst unklar, ob es um den Verkauf des Gebäudes geht oder um eine zaghafte Rückeroberung. Michelle meint, sie müsse sich diesem Thema stellen, um irgendwann damit abschließen zu können.

»Es ist, als wärst du vom Pferd gestürzt. Du wirst nie wieder reiten können, wenn du dich jetzt nicht überwindest aufzusteigen. Geh dorthin. Sei wütend, sei traurig, sei verzweifelt, ganz egal. Aber lass diese Gefühle zu. Akzeptiere sie. Das ist schmerzhaft, aber notwendig.«

Es bleibt unklar, aus welchem Selbsthilfe-Ratgeber Michelle diese Empfehlungen hat, doch offenkundig ist sie mit dem Thema vertraut. Vielleicht genießt sie die Rolle, einmal nicht das Sorgenkind der Familie zu sein.

Marie erwidert nichts darauf. Ihre Schwester ist sicherlich nicht das beste Vorbild, wenn es um die Überwindung einer persönlichen Tragödie geht.

Sie steigt in ihren Wagen und fährt – unter den eifrigsten Versprechungen, regelmäßig anzurufen – zurück zu Haus, Bäumen und See. Als sie von der Hauptstraße auf den einspurigen Weg abbiegt, überkommt sie eine Ahnung von Heimat oder zumindest von Zugehörigkeit. Dieser eng umrissene Teil der Erde ist mit ihr verbunden, und diese Verbindung konnte auch nicht durch das zerstört werden, was in den Monaten vor ihrer Abreise geschah.

Der Impuls, auf der Stelle umzudrehen, ist schwächer, als sie zunächst angenommen hat. Keine Panik überkommt sie, kein heftiger Schwindel. Sie ist einfach wieder da, die drei Monate bei ihrem Vater scheinen kaum mehr als ein verlängerter Familienurlaub gewesen zu sein.

Als sie durch die kahl gewordenen Bäume die Wasseroberfläche sieht, bremst sie ab und steigt aus. Hier ist Jakub gestorben, hier fand man seine Leiche.

Sie hat die Szene noch genau vor Augen, viel zu genau, auch das ist ein Fluch der Literaten – sie prägen sich alles ein für eine spätere Reproduktion. Dort stand Semper, da verlief das Seil, mit dem der Wagen aus dem Wasser gezogen wurde. Wenn es stimmt, was Marie über das Ergebnis der rechtsmedizinischen Untersuchungen erfuhr, war Jakub bereits tot, als er mit seinem Auto im See versenkt wurde.

In gewisser Hinsicht ist das ein Trost. Er bekam nicht mehr mit, wie das Wasser langsam ins Fahrzeuginnere eindrang, er hämmerte sich nicht die Hände blutig an der Tür des Kofferraums, die trotz aller Anstrengung verschlossen geblieben wäre, er rang nicht verzweifelt nach Luft, in vollem Bewusstsein, in den nächsten Sekunden qualvoll zu ersticken.

Schläge gegen den Schädel haben sein Leben beendet. Ein sehr direktes und brutales Vorgehen, das von großer Aggression, aber auch Leidenschaft zeugt – so hat Marie es zumindest im Internet gelesen. Eine sehr männliche Art, einen Rivalen aus dem Weg zu räumen.

Warum ist sie hier? Sie hätte genügend Geld, um in einem anderen Teil der Welt ganz neu anzufangen. Island soll sehr schön sein, mit seinen letzten Gletschern und einer Sprache, die sie niemals richtig lernen würde. Oder vielleicht Kanada, gegen das Brandenburg wie ein überbevölkerter Stadtstaat erscheint? Endlose Wälder, unzählige Seen, Joggingstrecken, an denen garantiert keine Angelschnur gespannt wird.

Weshalb kehrt sie an einen Ort zurück, der unweigerlich mit einem kaltblütigen Mord verbunden ist?

Sie stellt sich die Frage mehrfach, lässt sie sogar, nur für sie hörbar, über ihre Lippen schlüpfen; das Gebet einer Atheistin, die auf einen himmlischen Wink wartet, auf eine göttliche Legitimation für das, was schon länger durch ihren Kopf geistert.

In den letzten Monaten hat Marie immer wieder versucht, sich über ihre Gefühle zu Jakub klar zu werden. War es am Ende doch Liebe? Sie würde sich gern einreden, dass es nur die Art seines Todes war, die sie aus der gewohnten Bahn ihres Lebens warf. Doch das ist nicht die ganze Wahrheit. Wäre Jakub jetzt hier, würde sie ihm die Worte sagen, nach denen er sich so sehr gesehnt hat. Sie könnten sich eine gemeinsame Existenz aufbauen und lernen, ihre Eigenheiten zu akzeptieren.

Doch dafür ist es zu spät.

Alles, was Marie noch tun kann, ist Jakub Gerechtigkeit widerfahren zu lassen. Sein Mörder darf nicht ungestraft davonkommen.

Mit niemandem kann sie darüber reden, man würde sie für wahnsinnig halten und ihr dringend psychologische Betreuung anraten. Die Mehrheitsgesellschaft akzeptiert keine Selbstjustiz. Dabei funktionieren die Menschen nach ganz ähnlichen, evolutiv herausgebildeten Prinzipien. Kratzt man nur ein wenig unter der Oberfläche aus Aufklärung und Rechtsstaat, greifen die gleichen uralten Regeln von Rache und blutiger Vergeltung.

Ja, sie wird sich diesem Thema stellen – wenn auch ganz anders, als es Michelle vielleicht vorschwebt. Für Marie gibt es keine Traumatherapie und keine behutsame Aufarbeitung des Geschehens. Nur eine Sache wird sie befreien: Sie muss Jakubs Mörder finden und ihn zur Rechenschaft ziehen.

In ihrem Kopf existiert eine Liste mit drei Namen:

Hendrik.

Di Francesco.

Hochstett.

Nach gründlicher Überlegung erscheinen ihr die Männer etwa gleich verdächtig. Jedem von ihnen würde sie zutrauen, einen Menschen zu töten, niemand darf ausgeschlossen werden.

Natürlich könnte der Täter auch ein komplett Fremder sein, doch das hält Marie nicht für sonderlich wahrscheinlich. Die Statistik gibt ihr recht – bei Mord und Stalking sind sich die Betroffenen fast immer bekannt. Es muss ein Mensch sein, mit dem sie Umgang hatte, wenn auch nicht regelmäßig. Zugleich muss er sich hervorragend verstellen können, was auf die meisten Psychopathen zutrifft.

Marie wird ihr altes Leben wieder aufnehmen, jedenfalls nach außen hin. Sie wird joggen gehen, den Nachmittag mit der Arbeit an einem neuen Text verbringen, ihre Assistentin wieder einstellen, nur selten Besuch empfangen und jeden Kontakt mit der Polizei auf ein unvermeidliches Mindestmaß beschränken. Wer immer für all das verantwortlich ist, er soll sich sicher fühlen. Fast schon eingeladen. Er wird der Versuchung nicht widerstehen können, sich ihr erneut zu nähern.

Bisher hat sie sich nicht viele Gedanken über das konkrete Vorgehen gemacht. Erschlagen. Erstechen. Erwürgen. Ihr Vorstellungsvermögen bietet noch eine ganze Reihe weiterer Methoden, auch wenn einige davon wohl zu umständlich wären. Wie etwa sollte sie den Kopf ihres Gegners in eine Mikrowelle kriegen?

Marie ist trainiert, sie weiß sich zu verteidigen und traut sich durchaus zu, auch einen Menschen mit größerer Körpermasse außer Gefecht zu setzen. Sie muss nur das Überraschungsmoment auf ihrer Seite haben. Zuschlagen, wenn der Gegner nicht damit rechnet. Sich auf seine Schwachstellen konzentrieren: zwischen die Beine treten, die Finger in seine Augen rammen.

Mehrfach spielt sie Szenen enthemmter Gewalt durch, wobei sie Hendrik, di Francesco und Hochstett in der Rolle des Antagonisten regelmäßig austauscht. Ihr Kopfkino hat dann den Charme einer mittelmäßigen Splatterproduktion.

Nach einer Stunde steigt sie wieder in ihren Wagen und fährt das letzte Stück zu ihrem Haus.

Verändert hat sich auf den ersten Blick wenig, nur das Laub in ihrer Einfahrt ist mehr geworden. Ob sich hier auch ein Igel darin eingenistet hat? In den kommenden Tagen wird sie hinreichend damit beschäftigt sein, gegen die Spuren ihrer Abwesenheit anzukämpfen, Ordnung in ihr kleines Universum zu bringen.

Als sie die Tür aufschließt, hält sie kurz inne. Für eine Sekunde überwältigt sie das Gefühl, sich nie wieder bewegen zu können, den Blick für immer auf dieses Stück Boden zwischen ihren Füßen richten zu müssen.

Auf dem Absatz liegt eine einzelne Anemone.

Es hat sich gelohnt, nicht aufzugeben.

Natürlich, ich hatte meine Zweifel – wer hätte sie an meiner Stelle nicht gehabt? –, doch nun ist sie wieder da, allein und unglücklich, bereit für meine Nähe. Oh, ich musste schwer mit mir kämpfen, mein Versteck nicht einfach aufzugeben und sie in meine Arme zu schließen.

So oft war ich auf ihren Spuren unterwegs. Ich hatte dem Sommer dabei zugesehen, wie er altersschwach wurde, regelrecht dement – Kälte und Wärme verwechselte er, brachte Sonnenschein und Sturm durcheinander, bis schließlich nur eine graue Masse übrig blieb, kaum als Herbst zu bezeichnen.

Trübsinn erfasste mich, als die letzten Blätter zu Boden fielen und sie noch immer nicht zurückgekehrt war. Der erste Frost, der erste Schnee, doch nach wie vor zeugten keine Abdrücke vor ihrem Haus davon, dass sie auch nur für eine Stippvisite vorbeigekommen wäre. Alles lag in einem tödlichen Schlaf.

Bei einem meiner Routinegänge rund um ihr Haus fuhr plötzlich der Wagen vor. Sie hielt kurz am See an, ich konnte nicht erkennen, was sie dort tat. Es war die Stelle, an der ich ... eine Altlast entsorgt habe, mehr nicht. Es ist sinnlos, mein Gewissen mit einer Tat zu belasten, die notwendig war. Kann man etwas als Verbrechen bezeichnen, mit dem allen gedient ist? Ein höheres Ziel steht hinter meinem Handeln, auch wenn engstirnige Mitmenschen das niemals erkennen würden.

Heute ist ein Festtag. Weihnachten und Ostern fallen zusammen, ich begehe meine ganz persönliche Wiederauferstehung. Dass ein einzelner Mensch diese Bandbreite an Gefühlen erleben kann – sie aushalten kann! Manchmal denke ich, es sprengt mir den Schädel. Doch nein, mein Kopf wird nicht aufplatzen wie die Rübe dieses Bauern. Hinter meiner Stirn liegt alles sicher verwahrt, ein Tempel ewiger Liebe.

In Ermangelung eines besseren Begrüßungsgeschenks habe ich ihr die vertrocknete Blüte aus der Innentasche meiner Jacke auf den Absatz gelegt.

Willkommen zurück.

19

DEN ABEND VERBRINGT MARIE DAMIT, den Inhalt ihres Briefkastens auszuwerten. Nach der überstürzten Abreise zu ihrem Vater dachte sie nicht gleich an einen Nachsendeantrag, weshalb sich nun auf ihrem Schreibtisch die Post von zwei Wochen stapelt, eingegangen in der zweiten Septemberhälfte.

Es waren die Tage, an die Marie nur wenige Erinnerungen besitzt. Hauptsächlich saß sie auf dem Bett in ihrem ehemaligen Kinderzimmer, starrte die vergilbte Tapete an oder weinte, ohne wirklich Trauer zu empfinden. Heute weiß sie, dass sie unter Schock stand. Wie betäubt nahm sie die Mahlzeiten ein, duschte und legte sich dann wieder ins Bett, auch wenn der Schlaf nicht kommen wollte. Das Angebot psychologischer Unterstützung schob sie dennoch immer wieder von sich, wenn auch bei Weitem nicht so entrüstet, wie sie es unter anderen Umständen getan hätte. Ihr war klar, dass von außen keine Hilfe kommen würde.

Ihr Blick fällt wieder auf die Briefe.

Die meisten Postsendungen haben sich durch Zeitablauf erledigt, den Rest wird sie ihrer Assistentin überlassen. Gleich morgen will sie Astrid anrufen, die hoffentlich zurückkommen möchte. Marie graut vor der Vorstellung, eine neue Kraft einarbeiten zu müssen. In der Eingangspost ist höchstens eine DVD der Produktionsfirma von Interesse, die eine Verfilmung von *Fließende Grenzen* realisiert hat. Grundsätzlich ist sie eine Gegnerin davon, Literatur auf ein neunzigminütiges Bild-Ton-Produkt zu reduzieren, doch für diesen Abend erscheint die Vorstellung, sich damit vor den Fernseher zu setzen, erstaunlich anziehend. Wer weiß, vielleicht entlocken ihr die unvermeidlichen Fehler sogar ein verhaltenes Lächeln.

Zunächst sieht man einen kleinen Jungen, der in den Trümmern eines Hauses nach Essbarem sucht. Ist es Syrien? Irak? Afghanistan? Wer kann das schon genau sagen? Statt Konservendosen oder eingeschweißten Süßigkeiten findet er unter der fingerdicken Sandschicht lediglich ein Fotoalbum. Er schlägt es auf und betrachtet lange das Bild einer jungen Frau.

Dann Schnitt.

In der nächsten Szene sieht Marie die Frau auf dem Foto, nun ganz real, wie sie in einer deutschen Großstadt versucht, noch die U-Bahn zu erreichen, damit sie nicht zu spät zu ihrem schlecht bezahlten Aushilfsjob in einem Restaurant gelangt. Sie heißt Ashtar, was das Namensschild an ihrer Arbeitskleidung verrät. Man erlebt sie in ihrem hektischen Alltag, der doch genügend Freiraum für kleine, stellenweise romantische Momente birgt. Da ist der freundliche und attraktive Kollege Max, der viel zu tiefgründige Sätze von sich gibt, um glaubhaft einen Kellner zu mimen. Schließlich erfährt der Zuschauer, dass Max eigentlich studiert und selbstredend noch Single ist.

Zwischen Ashtar und dem Studenten entwickelt sich –

welch Überraschung – eine zaghafte Liebesgeschichte. Sie gehen ins Kino, fliehen bei strömendem Regen unter eine Bushaltestelle und reißen sich schließlich in seinem kleinen WG-Zimmer die nasse Kleidung vom Leib, um sich zwischen medizinischen Fachbüchern zu lieben.

Wieder Schnitt.

Ashtar und Max sind schon ein paar Monate ein Paar, er bereitet sich auf die Abschlussprüfung vor, während sie versucht, ihre Fremdsprachenkenntnisse für kleinere Dolmetscheraufträge einzusetzen. Sie wohnen zusammen und albern am Frühstückstisch herum, selbstverständlich trägt sie – ganz dem Klischee entsprechend – ein altes Hemd von ihm als Schlafanzug.

Die Idylle könnte perfekt sein, wenn Ashtar nicht kurz darauf auf der Straße von einem jungen Mann angesprochen werden würde. Es ist ihr Bruder Salem, wie sich herausstellt. Auch er hat das verwüstete Heimatland verlassen – allerdings nicht, um sich in Deutschland ein neues Leben aufzubauen, sondern um die Schwester zurückzuholen.

Kurze Rückblende: Man sieht Ashtar als Braut, traurig sitzt sie inmitten einer groß angelegten arabischen Hochzeit, bei der sie mit einem wesentlich älteren Mann verheiratet wird. Eine Vernunftehe, von ihren Eltern ausgehandelt, um der Tochter ein sorgloses Leben zu bescheren. Dann kommt der Krieg. Und mit ihm Zerstörung, Giftgas, Leichen. Nach einem Fliegerangriff hält Ashtar ihren ungeliebten Mann für tot. Sie nutzt das allgemeine Chaos und macht sich auf den entbehrungsreichen Weg nach Mitteleuropa.

Zurück in der Gegenwart eskaliert die Situation zwischen Max und Salem. Es kommt zu einer gewalttätigen Auseinandersetzung vor Ashtars Wohnung, ein paar Tage darauf wird ihr Bruder ertrunken in einem See aufgefunden. War es Mord? Ein Unfall? Freitod, weil er mit seiner Mission, die Ehre der Familie wiederherzustellen, gescheitert ist?

Maries literarische Vorlage ist vor allem ein Spiel mit Identitäten. Im Kontext der Flucht beginnen Namen, Orte und Biografien an Bedeutung zu verlieren, es zählt allein, was man anderen berichtet. Schon die existenzielle Frage des Asyls hängt oft genug allein von der Glaubwürdigkeit der vorgetragenen Geschichte ab: Papiere können verloren gehen, entwendet oder von Schleppern eingezogen werden, und die Ministerien, die Ersatz ausstellen könnten, existieren nicht mehr. Das gesprochene Wort – wahr oder kunstvoll erlogen – markiert dann die Grenze zwischen einem dauerhaften Aufenthalt und der Abschiebung.

Der Film macht aus dem Roman ein bloßes Drama über Migration und Integration, aber was will man erwarten, wenn das Projekt zu großen Teilen staatlich gefördert ist? Während Marie versucht, mit ihren Texten Fragen aufzuwerfen, versucht der Film, Antworten zu geben, und scheitert selbstverständlich daran. Gott, sie hasst diese Eindimensionalität.

Sie nimmt die DVD heraus und möchte sie am liebsten in die Ecke werfen, doch dann steckt sie die Scheibe halbwegs sanft in die Verpackung zurück. Im Moment hat sie größere Probleme als eine schlechte Verfilmung.

Die Normalität ist brüchig, und dennoch neigt Marie dazu, sie zu akzeptieren. So vertraut scheint alles, dass sie morgens glaubt, aus einem Albtraum erwacht zu sein.

Der Scheiterhaufen.

Die Drohne.

Jakub.

Alles nur seltsame Einfälle ihres Unterbewusstseins, die schon im ersten Tageslicht zerfallen müssen. Real ist ihr Bett, das zu verlassen ihr schwererfällt als noch vor ein paar Monaten. Real ist das Haus, das ihr nie so still vorkam. Real ist auch ihre Kleidung, die auffallend locker sitzt. Marie hegt eine Abneigung gegen Waagen, doch sie vermutet, dass sie mindestens fünf Kilo abgenommen hat. Sie sollte mehr essen, besser auf ihre Ernährung achten.

Die Einkäufe, die sie aus der Stadt mitbrachte, dürften für zwei Wochen reichen. Es sind keine Konserven, kein Tiefkühlgemüse wie bei Annabelle, sondern Früchte, die unterschiedlichsten Gemüse, Reis und Nudeln.

Als Marie sich ihr Müsli zubereitet, bemerkt sie die Staubschicht auf dem Küchentisch. Sie zieht mit dem Daumen Bahnen hindurch, einen Moment in kindlicher Trance verfangen, dann ekeln sie die grauen Partikel auf ihrer Fingerkuppe an. Statt zu frühstücken, nimmt sie Putzmittel zur Hand und reinigt die Küche zweimal, bis sie mit dem Resultat zufrieden ist.

Sie unterbricht die Arbeit nur kurz, um etwas zu sich zu nehmen, weil sie ein ungewohntes Zittern überfiel, vermutlich Unterzuckerung. Im Anschluss wendet sie sich den restlichen Zimmern des Hauses zu. Die Aufgabe nimmt den halben Tag in Anspruch. Später wird ihre Haut von den aggressiven Stoffen rötlich verfärbt und an den Fingernägeln eingerissen sein – doch das ist es ihr wert.

Nachmittags sendet Marie Lebenszeichen an die Außenwelt, als wäre sie eine Astronautin auf einsamer Mission. Sie telefoniert kurz mit ihrer Familie, länger mit ihrem Verlag, und schließlich wählt sie noch die Nummer ihrer ehemaligen Assistentin. Dankenswerterweise ist Astrid bereit, ab kommendem Montag wieder für sie zu arbeiten. Sie will es sich nicht eingestehen, aber die Einsamkeit setzt ihr zu. Was gäbe sie in diesem Moment dafür, wenn Echo in das Zimmer gelaufen käme, um sich füttern und streicheln zu lassen … doch das Tier wird ihr nie wieder einen fordernden Blick schenken.

Eine Woche nach ihrer Rückkehr nimmt Marie das Joggen wieder auf. Fast ist es wie früher; sogar den kleinen MP3-Player trägt sie bei sich, obwohl er nicht angeschaltet ist. Sie lauscht konzentriert auf Geräusche, die eine Bedrohung ankündigen könnten, die Kopfhörer sind ein reines Täuschungsmanöver. Außer dem Rauschen des Windes und den Lauten der wenigen nicht ins winterliche Exil geflohenen Vögel ist es still.

Sie genießt den geregelten Bewegungsablauf und die monotone Reihenfolge der Schritte. Die ersten Meter kosten noch Überwindung, der Sommer ist längst einem kalten, aber sonnenreichen Vorwinter gewichen, dessen Luft wie feine Nadelstiche durch Stoff und Haut dringt. Nach wenigen Minuten hat sich ihr Körper angepasst.

Der Sauerstoff, der für die Aktivität ihrer Muskeln benötigt wird, steht dann nicht mehr für störende Denkprozesse zur Verfügung. Betäubung durch Sport heißt ihr Trainingsprogramm, und es führt so weit, dass sie ihre alten Zeiten unterbietet und die Runden mit verengtem Sichtfeld, Schwindelgefühlen und hämmerndem Puls beendet.

Nach dem Frühstück kommt Astrid vorbei. Sie ist pietätvoll genug, nicht durch unnötige Nachfragen in einer Wunde herumzustochern, die ohnehin kaum verheilen will. Stattdessen beschäftigt sie sich damit, die Rückstände der letzten

Monate aufzuarbeiten. Anfragen wollen beantwortet werden, was hauptsächlich bedeutet, freundliche Absagen zu verfassen.

Als Kind hat Marie einen Film gesehen, in dem die Hauptfigur dazu verdammt war, wieder und wieder den gleichen Tag durchleben zu müssen. Die Vorstellung faszinierte sie: stets von vorn beginnen zu können. Ein Leben ohne dauerhafte Konsequenzen zu führen. Zerbrach man eine Vase, stand sie am nächsten Morgen wieder unversehrt auf dem Tisch.

Solange sie den Gedanken an Jakub verdrängt, kommt sie sich vor wie die Hauptfigur in diesem Film. Auch ihr ist es vermeintlich gelungen, das Geschehen auf einen früheren Zeitpunkt zurückzusetzen.

Systemwiederherstellung erfolgreich.

Natürlich gibt es kleine, aber bezeichnende Unterschiede zwischen Gegenwart und Vergangenheit. Man muss genau hinsehen, um sie zu entdecken, mitunter gelingt es Marie sehr erfolgreich, sie komplett auszublenden.

Wenn sie joggt, führt sie nun immer ein Klappmesser mit sich. Es ist so flach, dass es selbst unter ihrer engen Sportbekleidung kaum auffällt – im Ernstfall wird es seinen Zweck erfüllen. Sie muss nur eine Arterie erwischen, am Hals etwa oder an den Oberschenkeln. Die Blutung wäre so stark, dass jeder Krankenwagen zu spät käme.

Und dann ist da noch das Gewehr.

Wie ironisch wäre es, wenn am Ende tatsächlich Hochstett dahintersteckte ... Keine Sekunde würde sie zögern, ihn mit seiner Waffe zu erschießen, mit der Munition, die er ihr gab. Diente dieses »Geschenk« am Ende nur dazu, sie auf eine falsche Fährte zu locken? Sollte es davon ablenken, dass er in Wirklichkeit hinter allem steckt? Die Überlegung ist unnütz, sie dreht sich permanent im Kreis und lässt sich aus den gleichen Gründen widerlegen oder bestätigen.

Auch di Francesco wäre ein leichtes Ziel. Wie gerne würde sie ihm sein selbstgefälliges Grinsen aus dem Gesicht sprengen. Sein geplantes Buch über sie hätte sich damit ebenfalls erledigt, was ihr ganz gelegen käme.

Und Hendrik? Wie sich die Verhältnisse zwischen den Menschen doch ändern können – es gab eine Zeit, da haben sie nackt nebeneinandergelegen und sich wechselseitig ihre Träume anvertraut. Nun ist sie an einem Punkt angekommen, an dem sie sich vorstellt, einen Gewehrlauf zwischen seine vor Entsetzen aufgerissenen Lippen zu schieben und abzudrücken.

Was sie antreibt, ist nicht Liebe, sondern Schuld. Immer wieder ruft sie sich den Morgen in Erinnerung, an dem Jakub das letzte Mal ihr Haus verließ. Er hatte keine Ahnung, dass ihre Entscheidung längst feststand. Sie wollte nicht in die Stadt ziehen oder mit Jakub zusammenwohnen. In gewisser Hinsicht war es eine Erleichterung für sie, als die Textnachricht eintraf, mit der alles beendet wurde. Sie nahm ihr jeden Zwang, eine Entscheidung treffen zu müssen – mehr noch: Sie ermöglichte ihr, in die Rolle des Opfers zu schlüpfen und ihren Kummer zu zelebrieren.

Nun, da sie weiß, dass Jakub diese Nachricht nicht geschrieben hat, dass er zu diesem Zeitpunkt sogar mit ziemlicher Sicherheit bereits tot war, schlägt die Schuld wie eine riesige Welle über ihr zusammen.

Sie wollte Jakub genau in dem Moment von sich stoßen, als eine tiefere Verbindung möglich schien. Er hatte immer mehr für sie empfunden als sie für ihn, was sie gerne in Kauf nahm, solange er keine Forderungen an sie stellte. Nun ist er weg, nichts wird ihn zurückbringen. Obwohl es irrational ist, spürt Marie eine gewisse Verantwortung für seinen Tod.

Sie versucht, die Schuld in Wut zu verwandeln, was teilweise funktioniert. Wenn sie sich schwört, den Mörder zu finden, ist das mehr als bloße Trauerarbeit. Dieses Vorhaben hält sie aufrecht, es hindert sie daran, weinend auf dem Boden zu liegen.

Vor ihrem Haus parkt ein Wagen.

Der Besitzer ist ausgestiegen und lehnt in einem auffallend schäbigen Mantel an seinem Fahrzeug. Als er Marie bemerkt, setzt er zu einer knappen Geste mit der Hand an, eine eigentümliche Mischung aus Begrüßung und Herbeiwinken.

»Es wäre gelogen, würde ich behaupten, dass ich Ihre Rückkehr für eine gute Idee hielte.«

Marie ist nur kurz verwundert über den umständlichen Konjunktiv, den Semper gewählt hat, um seinen Bedenken Ausdruck zu verleihen. Genießt sie als Schriftstellerin etwa eine Vorzugsbehandlung? Hätte jemand mit geringerer intellektueller Reputation nur ein saloppes »Wie bescheuert sind Sie eigentlich« zu hören bekommen?

Der Besuch des Kriminalpolizisten hat nicht lange auf sich warten lassen – Marie rechnete schon vor Tagen mit ihm. In den Monaten bei ihrem Vater hat er sich rargemacht, die Arbeit seinen Kollegen überlassen, höchstens einmal angerufen. Phasenweise dachte sie, Semper hätte das Interesse an ihr verloren. Ihre Rückkehr in das Haus am See jedoch bringt einen neuen Aspekt ins Spiel, plötzlich wird es wieder spannend. Was treibt sie zu diesem Schritt? Resignation? Zynismus? Eine noch nicht diagnostizierte psychische Erkrankung? Fragen, denen nachzugehen der Kriminalpolizist unmöglich widerstehen kann.

Sie geht nicht davon aus, dass es neue Erkenntnisse im *Fall Baranek* gibt, wie Semper den Mord an Jakub bezeichnet. Schon kurz nach der Tat stellte sich heraus, dass weder an der Leiche noch am Wagen verwertbare Spuren zu finden waren. Nicht einmal der Ast, mit dem das Lenkrad fixiert war, wies irgendwelche Fingerabdrücke auf. Aus Sicht der Ermittler wäre Marie eine geeignete Verdächtige, da sie sich in einem ambivalenten Verhältnis zu dem Opfer befand, kein belastbares Alibi vorweisen kann und Jakubs Überreste nur wenige Hundert Meter von ihrem Haus entfernt aufgefunden wurden.

»Lassen Sie uns ein Stück laufen«, schlägt der Kriminalpolizist vor. Marie folgt dem Mann in ihren noch verwahrlosteren Garten. Selbst jetzt, da die Natur eine unfreiwillige Atempause einlegt, schreitet der Verfall weiter und unaufhaltsam voran. Semper betrachtet See und Wald mit einem kritischen Blick. Für einen Moment glaubt Marie, er würde in den kahlen Ästen nach einem Scharfschützen Ausschau halten.

»Wir können hier unmöglich für Ihre Sicherheit garantieren, Frau Kardisch. Das wissen Sie.«

Marie stimmt ihm zu. Sie erwartet keine Sicherheit, zumindest nicht von der Polizei. Als sie den Plan fasste, Jakubs Mörder zur Strecke zu bringen, war ihr klar, dass sie allein sein würde. Semper muss ihr das Risiko der Situation nicht erklären. Kolumbus oder Amundsen erhielten vor ihren Reisen vermutlich auch keine Sicherheitsbelehrung.

Der Kriminalpolizist bleibt stehen, das untrügliche Erkennungszeichen für eine bedeutungsschwere Mitteilung. Passend dazu holt er tief Luft und sieht Marie lange in die Augen.

»Ich kannte mal eine Frau wie Sie. Klug. Eigenwillig. Entschlossen«, sagt er schließlich, was vermutlich der Einstieg in eine längere Anekdote sein soll.

Doch Marie erwidert: »Nein. Kannten Sie nicht. Es gibt keine Frau wie mich. Es gibt nur mich.«

»Sehen Sie, jeder Mensch glaubt, einzigartig zu sein. Wenn ich in einem Fall ermittle, gehe ich genau vom Gegenteil aus. Ich suche Parallelen zu früheren Verbrechen, ähnliche Motive und Gemeinsamkeiten im Tathergang. Und meistens funktioniert es. Der menschliche Fortschritt basiert allein auf Mustern. Wir gehen davon aus, dass es Gesetzmäßigkeiten gibt, die überall anwendbar sind.«

Marie spürt die Kälte plötzlich schneidend. Ihr vom Laufen erhitzter Körper führt die Wärme zu schnell ab, sie sollte nicht hier draußen herumstehen und Sempers langatmigen Ausführungen lauschen. Um ihr Gespräch zu beschleunigen, versucht sie einen Einwurf.

»Sind Sie verheiratet?«

Instinktiv will Semper zu einem Nicken ansetzen, dann schiebt er eine kurze Verneinung hinterher. Er ist also geschieden, vermutlich erst seit Kurzem, geht es Marie durch den Kopf. Etwas anderes hat sie auch nicht erwartet.

»Hat sie es beendet?«

Sie kann sich nicht erklären, weshalb sie dem Kriminalpolizisten mit dieser Frage zusetzt, vielleicht ist es Langeweile, vielleicht Lust an der Indiskretion – oder alles zusammen.

»Ich war krank, Frau Kardisch. Schwer krank.«

Krebs, vermutet Marie, das ist es doch immer, mal in der

Lunge, mal in der Bauchspeicheldrüse, mal im Darm. Irgendwann laufen ein paar Zellen Amok, ignorieren die Befehle des Systems und beginnen ihren tödlichen Aufstand. Wie zynisch, dass ausgerechnet enthemmtes Wachstum letztlich zum Tod des Individuums führt. Ein gesellschaftskritischer Künstler würde darin vielleicht ein Symbol des Turbokapitalismus entdecken.

»Es sah nicht gut aus.«

»Und Ihrer Frau wurde alles zu viel?«

»Nein, wo denken Sie hin ... Johanna war immer an meiner Seite. Sie hat mich durch die düstersten Phasen der Behandlung begleitet, als ich nur noch ein kahlköpfiges Elend war, das sich die Seele aus dem Leib kotzte.«

Marie versucht, sich Semper in der Onkologie vorzustellen, ein Rest Mensch, der vor lauter medizinischen Geräten und Infusionen kaum noch auszumachen ist. Schon ein kalter Windzug könnte ihn vernichten.

»Irgendwann erklärten mir die Ärzte, dass es keine Hoffnung mehr gäbe. Dass man den Prozess nicht mehr aufhalten, nur noch verlangsamen könne. Ich begann, mit allem abzuschließen. Ich nahm Abschied von Johanna. Sie ist zehn Jahre jünger als ich, müssen Sie wissen. Sie sollte nicht den Rest ihres Lebens als gebrochene Witwe verbringen.«

Wieder das tiefe Luftholen, der lange Blick, doch dieses Mal schweigt der Kriminalpolizist, sodass Marie das Ungesagte ergänzen muss.

»Aber dann starben Sie nicht.«

Semper lächelt müde. Er hat zu viel erlebt, um sich noch zu einer ironischen Emotion hinreißen zu lassen.

»Ja. Ich war einfach noch da. Ein haarloses, zerbrechliches Wesen, das langsam wieder zu Kräften kam. Es liegt mir fern, von einem Wunder zu sprechen, dafür bin ich zu atheistisch. Mehrere angehende Mediziner wollten ihre Doktorarbeit über meinen Fall schreiben, jeder hatte eine ganz eigene fantastische Hypothese zu meiner Heilung.«

»Und Johanna?«

»Johanna und ich, wir haben es versucht, wirklich versucht, aber zwischen uns war nichts mehr. Jedes Wort, jede Berührung fühlte sich falsch an, wie eine schlecht synchronisierte Fernsehsendung, bei der das Gesagte nicht zu den Lippenbewegungen passt. Erst verstanden wir es nicht, dabei war es ganz einfach ... Wir hatten uns überlebt. Wir hatten die Liebe überlebt.«

Semper räuspert sich. In Marie gewinnt das Gefühl die Oberhand, dass er diese Geschichte sonst niemandem erzählt. Sie fragt sich, woher ihr Privileg rührt. Warum vertraut der Kriminalpolizist ihr? Oder ist er ein geschickter Lügner? Ein Manipulator, der sie mit seinem herzergreifenden Geständnis zu einer unbedachten Äußerung verleiten will?

»Sie möchten wissen, weshalb Sie nicht unter Verdacht stehen«, sagt Semper plötzlich.

»Ist es denn so?«

»Frau Kardisch, das wissen Sie doch. Wir beide sind uns sicher, dass Jakub Baraneks Mörder der gleiche Mensch ist, der Ihnen seit Monaten nachstellt.«

Marie verspürt das plötzliche Bedürfnis, einen Stein mit dem Fuß wegzutreten, weil es die Figur in einem Film in einer vergleichbaren Szene auch machen würde. *Der menschliche Fortschritt basiert auf Mustern.* Das stimmt. Auch Kunst ist nichts anderes als das Aufgreifen des bereits Vorhandenen, nur dass immer eine neue Bedeutungsschicht darübergelegt wird.

»Sie wollen Gerechtigkeit, Frau Kardisch. Das kann ich

Ihnen nicht verübeln, ich will selbst nichts anderes. Aber ich werde das Gefühl nicht los, dass wir auf unterschiedlichen Pfaden unterwegs sind. Wäre es nicht besser, wir würden zusammenarbeiten?«

Marie nickt. Sie tut, was immer nötig ist, um Semper von ihrem Vorhaben abzulenken. Bisher hat sie den Mann unterschätzt (das passiert hin und wieder, wenn man eine sehr hohe Meinung von sich selbst hat), dabei wäre er ein guter Schachspieler. Er denkt mindestens zwei Züge voraus, kennt die klassischen Eröffnungen und kann sehr geduldig auf die Fehler seines Gegenübers warten.

»Menschen reden oft von Moral, aber ich frage mich: Was bedeutet das? Die Mehrheit der Bevölkerung begeht nur deshalb keine Verbrechen, weil sie sich vor der Strafe fürchtet. Ohne die einschlägigen Instanzen bräche innerhalb kürzester Zeit das Chaos über uns herein. Was hindert denn den Familienvater daran, die hübsche Nachbarstochter zu vergewaltigen? Was hält die Praktikantin davon ab, ihren sadistischen Chef zu erschlagen und sich mit seinem Sportwagen aus dem Staub zu machen? Ganz bestimmt kein abstraktes philosophisches Konzept namens Moral, nein ... vielmehr die berechtigte Angst vor den hässlichen Konsequenzen.«

»Sie haben ein düsteres Weltbild, Herr Semper.«

Der Kriminalpolizist macht Anstalten zu einem Lachen.

»Und Sie wohl nicht? Ich habe mich an meinen freien Abenden mal ein wenig mit Ihrem literarischen Werk beschäftigt. Das schäumt auch nicht gerade vor Lebensfreude über, wenn ich mir als Laie dieses Urteil erlauben darf.«

»Man kann über meine Figuren viel behaupten, aber sie folgen immer ihrem Gewissen. Sie handeln in der Annahme, etwas Gutes zu tun.«

»Wir beide wissen, dass genau aus diesem Grund die furchtbarsten Verbrechen begangen werden: ethnische Säuberungen, Kriege, Terroranschläge.«

Es könnte das Schlusswort ihrer Unterhaltung sein, zumal sie den verwilderten Garten inzwischen verlassen haben und vor Maries Haustür stehen. Doch Semper hat noch etwas zu sagen.

»Sie sind stark, Frau Kardisch – trotzdem mache ich mir Sorgen um Sie. In den antiken Geschichten brachten sich die Helden immer dann in Gefahr, wenn sie sich ihrer selbst zu sicher waren.«

Ob er sich den letzten Satz vorher zurechtgelegt hat? Auch wenn sie nicht mehr den Fehler begehen will, ihn für einen intellektuellen Zaungast zu halten, traut sie ihm diese Improvisation nicht zu.

Der Kriminalpolizist zückt einen imaginären Hut, dann wendet er sich ab und geht langsam zu seinem Wagen.

Auch so eine Erscheinung, die es wert wäre, in einem Roman verewigt zu werden, denkt Marie und schließt die Tür.

20

In den vergangenen Nächten habe ich eine obszöne Lust daraus gezogen, es mir ganz genau vorzustellen. Ich lag bereits im Bett, hatte die Augen geschlossen und ergab mich der Fantasie, wie es passieren könnte ...

Es – das große Finale.

Ich malte mir aus, wie wir beide ein starkes Gift einnahmen, das uns innerhalb weniger Minuten töten würde. Bevor ich die Kontrolle über meinen Körper verlor, gab ich ihr noch einen Kuss. Mein Bewusstsein erlosch mit einer sinnlichen Explosion, als sich unsere Lippen endlich berührten.

Meine Hände wanderten ganz automatisch unter die Bettdecke. Der Gedanke an das Ende erregte mich. Bezeichnen nicht die Franzosen den Orgasmus als petite mort, *den kleinen Tod? Müsste nicht alles verblassen im Vergleich mit diesem letzten Rausch?*

Schnell stellten sich die Fragen nach der praktischen Umsetzung ein. Woher bekomme ich Gift? Welches wäre überhaupt geeignet, zuverlässig und möglichst schmerzfrei, um das gewünschte Ergebnis zu erzielen? Ich will schließlich nicht, dass man uns später in unserem eigenen Erbrochenen findet und reanimieren kann, irreparable Organschäden und lebenslängliche Behinderungen inklusive.

Im Internet hatte ich ein paar Beiträge über Kohlenmonoxid gelesen, das machte mich neugierig. Ein User schrieb, dass es wie Betrinken sei, nur dass es keinen verkaterten Morgen danach gäbe. Das klingt verlockend, auch wenn ich es vorziehen würde, das Ende bei klarem Verstand zu erleben. Leider sind alle Quellen nur bedingt belastbar. Die Menschen, die es mit Erfolg versucht haben, können schließlich keinen Blog mehr darüber führen.

Oder doch eine blutigere Methode? Ich könnte erst sie erschießen, dann mich. Aber brächte ich es ernsthaft fertig, ihr eine Kugel in den Kopf zu jagen? Mich schreckt die Direktheit dieses Vorgehens ab, auch, dass es eine wirkliche Synchronität verhindert. Denn selbst wenn es nur Sekunden wären: Das Letzte, was ich sehen würde, wäre ihr zerstörter Schädel.

Meine Nackenhaare beginnen sich aufzurichten. Ich möchte, dass wir im Tod ein schönes Paar abgeben. Wir sollen nicht vermodern wie dieser überflüssige Mensch, den ich auf den Grund des Sees befördern musste. Nein, wir beide haben es verdient, zu einem Denkmal zu werden. Menschen werden zu unserem Grab pilgern und Tränen über diese Tragödie vergießen.

Sie hätte schon viel früher darauf kommen müssen, doch erst die Anemonenblüte vor ihrer Haustür brachte sie auf die Idee.

Dank Digitalisierung und Globalisierung erhält Marie ihre abendliche Bestellung über einen großen Online-Versandhändler gleich am nächsten Tag. Der Inhalt des handlichen Pakets ist in Südkorea gefertigt, hat bei hundertfünfundvierzig Bewertungen einen Schnitt von viereinhalb Sternen bekommen und wird mit fünfundzwanzig Bildern in der Sekunde alles erfassen, was sich vor seinem Autofokus bewegt. Viele Kunden heben vor allem die Zuverlässigkeit und die langen Stand-by-Laufzeiten hervor, durch die sich dieses Produkt von denen der konkurrierenden Hersteller abgrenzen soll.

Marie interessiert sich nicht für Details.

Das Paket liegt eine Weile auf ihrem Schreibtisch, bis sie sich entschieden hat, wo sie die Kamera mit integriertem Bewegungsmelder installieren wird. Die Sendung umfasst neben einer umfangreichen Beschreibung auch einen zweiten Akku und zusätzliche Speicherkarten, sodass Marie das Gerät nahezu ununterbrochen aufzeichnen lassen kann.

Es ist nichts weniger als der Versuch, ein Phantom mit den Mitteln der modernen Technik zu stellen. Sie will eine Aufnahme des Yeti, ein Bild des Ungeheuers von Loch Ness, und das alles am besten mit hoher Pixelzahl.

An der Nordseite des Gebäudes gibt es den perfekten Ort, um die Kamera anzubringen. Ein Vogelhäuschen steht dort, über zahlreiche Winter vergessen, nun wird es wieder zu etwas nütze sein. Das Dach lässt sich abnehmen, sodass Marie die Kamera hineinlegen kann und das Objektiv durch die kreisrunde Öffnung nach draußen zielt. Es verkleinert allerdings den Bildausschnitt, wie sie sich nach einem kurzen Testlauf überzeugt. Die Einfahrt ist nur ganz am linken Rand zu erkennen, die restliche Fläche wird von Wald dominiert. Vielleicht, rechtfertigt sie diese Unzulänglichkeit für sich, ist es auf diese Weise sogar besser. Ihr Verfolger wird sich hauptsächlich durch das Unterholz schlagen und zwischen den Bäumen Schutz suchen – eher unwahrscheinlich ist es, dass er sich auf der freien Fläche vor dem Haus präsentiert.

Marie stellt den Kragen ihrer Jacke auf und geht in den Garten.

Da das Ufer des Sees langsam vereist, zieht sie das Boot komplett aus dem Wasser und will es mit aufgerichtetem

Rumpf in das verblichene Gras stellen. Sie hat sein Eigengewicht und die Beschaffenheit des Bodens unterschätzt. Es kostet sie einige Mühe, bis ihr Vorhaben gelingt.

»Haben Sie sich eigentlich nie über Ihren Namen gewundert?«

Marie zuckt nur kurz zusammen, als sie die Stimme in ihrem Rücken vernimmt. Sie muss sich nicht umdrehen, um zu wissen, dass es sich um di Francesco handelt – trotzdem tut sie es.

»Kardisch. Beinahe wie das jüdische Totengebet.«

Die Kälte scheint ihm zuzusetzen. Eingehüllt in einen sichtbar maßgeschneiderten Mantel tritt er an ihre Seite, die Hände in den Taschen verborgen, das Zittern nur mühsam unterdrückend. Unwillkürlich muss sie an ein Tier denken, das von der Eiszeit überrascht wurde und sich nun als evolutive Fehlinvestition herausstellt. Wenn ihr die Nähe des Journalisten nicht so unangenehm wäre, würde sie beinahe Mitleid mit ihm empfinden.

»Kaddisch schreibt man anders«, lässt Marie sich entgegen ihrer ursprünglichen Absicht auf das Thema ein. »Außerdem ist es falsch, es nur mit Tod und Trauer in Verbindung zu bringen. Hauptsächlich ist es als Lobpreisung Gottes angelegt.«

Der Journalist zeigt seine makellosen Zähne. Vielleicht soll es ein Lächeln sein, doch es missglückt ihm. Auf Marie wirkt es eher wie »damit ich dich besser fressen kann«.

»Fragen Sie sich nicht auch manchmal, was sich der große Erzähler dabei gedacht hat?«

»Der große Erzähler?«

Marie fungiert nur ungern als di Francescos Stichwortgeber.

»Die Stimme, die unsere Geschichte erzählt.«

»Ich weiß nicht, was ...«

»Oh, das wissen Sie sehr genau. Sie wären keine Schriftstellerin, wenn Sie sich nicht schon vorgestellt hätten, selbst nur eine Figur in einem Buch zu sein.«

»Das ist eine müßige Überlegung. Und nicht einmal sonderlich originell. Kommen Sie in Ihrer Selbstwahrnehmung erst jetzt an einen Punkt, den ein irischer Mönch schon im 17. Jahrhundert erfasste?«

Nun zeigt sein Lächeln Spuren von Befangenheit. In den vergangenen Monaten muss etwas passiert sein, das seine Selbstsicherheit beschädigt hat. Mit einem Räuspern gibt er ihrer Unterhaltung eine neue Richtung.

»Nach den jüngsten Vorkommnissen sind Sie für mich noch interessanter geworden, Frau Kardisch.«

Im Normalfall müsste sie ihm für diese Formulierung seine Augen auskratzen. Jakubs Tod als bloßes Vorkommnis zu bezeichnen, ist keine unzulässige beschönigende Umschreibung, sondern eine Kriegserklärung. Doch sie muss ruhig bleiben. Sie hat einen Plan.

»Ich wüsste nicht, dass wir einen Termin hätten«, sagt sie sehr sachlich.

»Einen Termin? Nein, warum auch? Ich wurde durch Zufall darauf aufmerksam, dass Sie wieder hier sind – diese Gelegenheit wollte ich mir nicht entgehen lassen.«

»Durch Zufall, ja? Beobachten Sie mich etwa?«

Di Francescos Mimik ist vieldeutig.

»So, wie Sie das ausdrücken, fühle ich mich wie ein Voyeur.«

Ein paar Minuten laufen sie schweigend nebeneinanderher, zwei Passanten, die zufällig das gleiche Ziel haben. Bis Marie das Wort ergreift.

»Ich möchte, dass Sie einen Artikel schreiben.«

»So, möchten Sie das? Wie schön. Nur leider haben Sie das nicht zu entscheiden. Als Journalist wähle ich meine Themen grundsätzlich selbst aus, unabhängig von den Interessen Dritter.«

»Lassen Sie den Scheiß, di Francesco«, unterbricht ihn Marie heftig. »Seit Monaten wühlen Sie ohne Skrupel in meiner Vergangenheit, immer auf der Suche nach verwertbaren Geheimnissen – kommen Sie mir jetzt nicht mit dem hohen Gut der Pressefreiheit.«

Der Journalist räuspert sich.

»Also gut. Was schwebt Ihnen denn vor?«

»Der Artikel soll von meiner Vergangenheit mit Hendrik Werth handeln.«

»Dieses Thema hatten wir bereits.«

»Er hat mich verfolgt. Systematisch. Über Monate hinweg.«

Di Francescos Augen vergrößern sich auf eine Weise, wie Marie es bisher nur Zeichentrickfiguren zugetraut hätte.

»Interessant. Wirklich interessant. Woher rührt Ihr plötzlicher Sinneswandel?«

»Durch die – wie nannten Sie es doch gleich? – jüngsten Vorkommnisse, denke ich. Alles steht in Verbindung zueinander.«

Für di Francesco muss Verblüffung ein exotisches Gefühl sein. Als wäre er im Urwald seiner Emotionen auf eine bisher unbekannte Spezies gestoßen, deren Gefährlichkeit er nicht einschätzen kann.

»Unterstellen Sie gerade einem etablierten Dramaturgen, mit dem Sie vor vielen Jahren eine Beziehung führten, dass er Ihren Liebhaber umgebracht hat?«

»Ich unterstelle gar nichts. Es ist mir nur wichtig, meine Ansicht vorzutragen. Wer auch immer hinter mir her ist, er schreckt nicht vor kaltblütigem Mord zurück. Ich will nicht mehr schweigen. Ich habe Angst, aber ich kämpfe.«

Lüge und Wahrheit ähneln einander so sehr, dass sie selbst für Marie kaum noch zu unterscheiden sind. Ihr Vorgehen folgt einer Strategie, sie schmeißt Steine in ein ruhiges Gewässer, um die Fische aufzujagen und in ihre Falle zu locken. Trotzdem gewinnen die Worte eine eigentümliche Aufrichtigkeit. Sie ist eine Schauspielerin, die auf der Bühne sich selbst darbietet.

»Ich kann Ihnen nicht versprechen, dass dieser Artikel erscheint. Aber ich werde einen Text aufsetzen und mein Bestes versuchen, um ihn der Redaktion schmackhaft zu machen.«

»Tun Sie das. Und jetzt verlassen Sie bitte mein Grundstück.«

»Wie Sie wünschen. Aber ich komme wieder. So schnell werden Sie mich nicht los, Frau Kardisch.«

Der letzte Satz könnte eine Drohung sein, aber di Francescos sanfte Stimme verdeckt jede potenzielle Aggression. Er wendet sich bereits ab, doch ihre Finger betasten noch immer das Klappmesser unter dem Stoff ihrer Jacke.

Zwei Tage verbringt Marie damit, die Bruchstücke aus Annabelles Leben zu sichten.

Seit Monaten hat sie nicht mehr geschrieben, nicht einmal daran gedacht, als wäre die Erzählstimme in ihrem Kopf für immer verstummt. Doch sie braucht eine Aufgabe, die verwertbare Ergebnisse liefert, weil sie das bloße Warten auf den nächsten Schritt ihres Verfolgers sonst in den Wahnsinn treibt.

Ein paar Szenen gibt es, die Marie sehr gelungen findet. Wie Annabelle überstürzt die U-Bahn verlässt, als ein älterer Mann neben ihr einen Hustenanfall erleidet. Wie sie viel zu heiß duscht und während des Abtrocknens ihre oberste Hautschicht ablöst, als müsste sie sich aus einer Verpuppung befreien. Wie sie sich zwingen muss, still zu sein, als ihre Schwester vor der Tür steht und sie besuchen möchte, jeder Atemzug ein potenzieller Verräter.

In den Formulierungen steckt eine originelle Kraft, doch sie stellen mehr eine Sammlung von Bildern, keine durchgängige Erzählung dar. Die Verbindungsstücke, die Marie tippt, taugen in ihren Augen nichts, es sind bloß Heftpflaster auf tiefer gehenden Wunden.

Kurz nach Mitternacht beschließt sie, dass *Inkubation* verloren ist. Es wird auf dem Müllhaufen unvollendeter Geschichten landen. Ein weiteres Statement dafür, wie sich selbst die schönsten Ideen als Fehlschläge herausstellen können.

Sie verspürt eine gewisse Genugtuung, als sie die Datei in den Papierkorb verschiebt. Natürlich gibt es mehrere Sicherheitskopien, sowohl auf Speicherkarten als auch in der Cloud. Die Löschung ist daher eher symbolischer Natur. Trotzdem würde sich Marie jetzt gerne eine Zigarette anzünden.

In Ermangelung von betäubenden Drogen überlegt sie, was als Nächstes zu tun ist. Sie fühlt sich nicht müde genug, um schlafen zu gehen, für Lesen oder Fernsehen fehlt ihr die Geduld.

Stattdessen setzt sie sich vor ihr Schreibprogramm mit einer makellos leeren Seite.

Bevor sie zu einer bekannten Autorin wurde, genoss sie diesen Anblick: Alles war möglich, alles konnte geschehen.

Einen Text zu beginnen war das literarische Pendant dazu, frisch verliebt zu sein. Sie schrieb, ohne auf Details oder kleine Fehler zu achten, gab sich ganz dem Gefühl hin, an dem Besten zu arbeiten, das sie je zustande bringen würde. Manchmal hielt es nur ein paar Zeilen vor, manchmal über dreißig Seiten.

Einer plötzlichen Eingebung folgend, tippt sie ein Wort, das für sich genommen nur ein Sammelbecken historisch gewachsener Bedeutungen ist. In den Nachrichten kommt es ebenso vor wie in Artikeln des Feuilletons. Auch wenn es vorrangig in einem religiösen Kontext Verwendung findet, ergibt eine kurze Suche im Internet, dass es ebenso zur Beschreibung krankhafter Liebe dient.

Als sie das Wort vor sich auf dem Bildschirm sieht, wirkt es auf sie wie eine Zauberformel, die plötzlich mit flammenden Buchstaben an der Wand auftaucht.

FANATISCH.

21

HIER DRAUSSEN IST DER WINTER noch ein richtiger Winter, denkt Marie am nächsten Morgen. Sie zieht die Vorhänge in ihrem Schlafzimmer zur Seite und blickt auf eine umdekorierte Welt.

Alle Bäume sind weiß bedeckt wie die mit Tüchern verhangenen Möbel in nordamerikanischen Ferienhäusern. Was gestern noch ein Weg war, ist zu einer kaum merklichen Verwehung mutiert. Der See wehrt sich noch gegen die Machtübernahme der Kälte, aber es sind aussichtslose Gefechte, denn in den Randbereichen hat das Eis seine Herrschaft bereits übernommen.

Zwei Radiomoderatoren bestätigen während des Frühstücks, dass der Schneefall ein saisonales Höchstmaß erreicht hat. Kein Wetter, um joggen zu gehen, dennoch verspürt Marie den unbedingten Drang, den Ausnahmezustand zu erproben. Schon als Kind konnte sie sich für derartige Extreme begeistern. Sie liebte Gewitter, Frühjahrshochwasser und orkanartige Windböen; die Warnungen der Erwachsenen ignorierte sie höflich.

Marie stellt die leere Müslischale in den Geschirrspüler und begibt sich im Anschluss auf die Suche nach angemessener

Bekleidung. Bewehrt mit Mütze, Stiefeln und ihrer dicksten Jacke, tritt sie nach draußen – eine Polarforscherin, die ihre Station verlässt. Von der Kälte spürt sie wenig, dafür setzen sich die Eiskristalle mit bewundernswerter Hartnäckigkeit an ihren Lidern fest. Schon wenige Meter von ihrem Haus entfernt hat der Schnee Körper und Gedanken gleichermaßen im Griff. Das Bedrohungspotenzial durch ihren Verfolger gerinnt neben dem endlosen Weiß zu einer überschaubaren Größe, vermutlich auch ein Effekt der veränderten Akustik. Jeder Ton wirkt gedämpft, die Stille ist mehr geworden als die bloße Abwesenheit von Geräuschen. Marie drängt sich das Bild von einer Welt auf, die im Schlaf mit einem Kissen erstickt wird.

Sie schlägt den vertrauten Weg um den See herum ein, doch ihr wird schnell klar, dass eine ganze Runde kaum zu schaffen ist. Jeder Schritt kostet sie ein Vielfaches der üblichen Energie, sie fühlt sich wie eine vergreiste Version ihrer selbst. Um sich nicht der Blamage hinzugeben, schon nach einem Viertel der Strecke kraftlos umdrehen zu müssen, wendet sie sich nach rechts ab. Unter den Bäumen liegt der Schnee etwas niedriger, hier kann sie weiter ausschreiten, ihr Atem wird ruhiger.

Marie bestätigt das Klischee von Frauen, die sich nicht gut orientieren können, in keiner Weise. Obwohl es im Wald an Anhaltspunkten fehlt, ist Verlass auf ihren inneren Kompass. Sie weiß genau, in welcher Richtung ihr Haus liegt – und das nächste Dorf, von dem sie sich fernhalten möchte.

Nach einer halben Stunde kontinuierlichen Laufens erreicht sie den Fluss, der den Wendepunkt ihrer sportlichen Unternehmung markiert. Im Sommer würde sie ihre Schuhe ausziehen und ihn mit wenigen Schritten durchqueren, doch heute verbietet sich ein solches Vorhaben.

Sie dreht um und versucht, in ihre spiegelverkehrten Fußstapfen zu treten. Sie muss sich darauf konzentrieren, weshalb sie die andere Spur nicht gleich bemerkt. Sie erstreckt sich parallel zu ihrer und wahrt eine Distanz von etwa fünfzehn Metern, verschwindet allerdings unregelmäßig hinter dicken Kiefernstämmen.

Maries Körper schüttet massiv Adrenalin aus, was sich in Millionen Jahren Erdgeschichte als sinnvoll erwies. Ein evolutives Déjà-vu setzt ein, das ihre Vorfahren auf der Flucht vor Wölfen, verfeindeten Stämmen, christlichen Glaubenskriegern und alliierten Bombern zeigt.

Eine tiefere Bewusstseinsschicht in ihr muss es gewusst haben, warum sonst hat sie diesen Ausflug unternommen? War es nicht von Anfang an ein leicht widerlegbares Alibi, die Lust auf einen Schneespaziergang vorzuschieben? Man muss nicht bei den Pfadfindern gewesen sein, um frisch gefallenen Schnee als Steilvorlage für eine Spurensuche zu nutzen.

Soll sie den fremden Fußstapfen folgen? Möchte sie wirklich herausfinden, wohin die Abdrücke führen?

Sie hat das Klappmesser bei sich, auch wenn ihre Hände so kalt und ungelenk sind, dass sie es wohl kaum effizient einsetzen könnte. Der Untergrund ist schwer einzuschätzen, ein herabgefallener Ast, ein im Schnee verborgener Stein würden genügen, um sie zu Fall zu bringen.

Keine günstige Ausgangslage für einen Kampf.

Zielstrebig folgt sie ihrer eigenen Spur nach Hause. Aus den Augenwinkeln beobachtet sie die Baumstämme, als wären es Verräter, die einem feindlichen Soldaten Unterschlupf gewähren.

Der Schneefall hat an Intensität zugenommen.

Sie blinzelt gegen die Flocken an, ihre Sinne sind wach

und geschärft, um sofort auf einen Angriff reagieren zu können. Doch die Stille, der Marie in Gedanken das Beiwort trügerisch verpasst, erweist sich als tragfähig. Niemand außer ihr ist hier draußen, jedenfalls jetzt nicht mehr. Ein kurzes Stück vor ihrem Haus nimmt die gegnerische Spur eine Abzweigung, verliert sich tiefer im Wald, wohin Marie ihr nicht folgt. Sie schiebt es auf das Wetter, das sich immer mehr zu einem Schneesturm steigert, und ist erleichtert, als die Tür hinter ihr ins Schloss fällt.

Gegen Abend bleibt der Strom weg.

Wann genau es passiert ist, kann Marie nicht sagen, sie sitzt konzentriert an ihrem Notebook und schreibt. Draußen wird es dunkel, sie setzt ihre Arbeit ungerührt fort und bemerkt die fehlende Energieversorgung erst, als sie auf Toilette gehen will und das Badezimmer auch nach Betätigung des Lichtschalters eine schwarze Höhle bleibt.

Vielleicht hätte es ihr auffallen sollen, als das Notebook plötzlich auf Batteriebetrieb umstieg und die Prozentanzeige langsam von hundert herunterzählte, doch wer achtet schon auf so was? Besonders dann, wenn die Worte wie von selbst kommen. Das, was zunächst nur als Titel begann, entpuppt sich mehr und mehr als tragfähiges Konzept, auch wenn noch nicht absehbar ist, ob es eine Erzählung oder ein kompletter Roman wird. *Fanatisch* erzählt von einer Liebe, die nur als Wahnvorstellung existiert, die vielleicht gerade deshalb tiefer und anhaltender als gewöhnliche Zuneigung ist, früher oder später aber in eine Katastrophe führen muss.

Marie hat sich entschieden, Mia, die Protagonistin ihres ersten Buches, wieder aufleben zu lassen. Ihr neuer Text setzt einige Jahre nach der Handlung von *Leerzeichen* ein. Mia brachte es inzwischen als Theaterautorin zu einigem Ansehen, sie wohnt zurückgezogen in einem Haus im Wald und widmet sich ganz ihrem kreativen Schaffen. Dann erhält sie merkwürdige Botschaften, Stolperdrähte werden gespannt, und ihr geliebter Hund Narziss stirbt gewaltsam. Es bleibt unklar, wer sie verfolgt, sodass Mia fortan allen Menschen in ihrem Umfeld mit tiefem Misstrauen begegnet.

Nun ist es nach acht, der Schein des Bildschirms hüllt Maries Gesicht in eine künstlich-blaue Blase.

Sie sollte beunruhigt über den Stromausfall sein, in jedem Horrorfilm wäre er ein Fanal für den Auftritt des Bösen. Natürlich könnte es sich um eine Aktion ihres Verfolgers handeln, doch wahrscheinlicher ist ein lapidares technisches Problem – wie schon in den vergangenen Wintern.

Fortschritt ist etwas, das vor allem in Städten passiert. Während die Menschen dort mit dem Streaming der neuesten Staffel ihrer Lieblingsserie beschäftigt sind oder im Internet nach dem besten Sushi-Lieferanten suchen, hat sich hier draußen eine unzeitgemäße Unberechenbarkeit gehalten. Heizungen können den Dienst einstellen, Wasserrohre platzen, Wildschweine in der Küche randalieren.

Ein Anruf bei ihrem Energieversorger bringt endgültige Gewissheit. Es handle sich um einen größeren Ausfall in der Region, man versuche aber, ihn zu beheben. Selbstverständlich versuchen sie es. Die jungenhafte Stimme im Servicecenter kann ja schlecht sagen, dass man nicht mehr weiterwisse und aufgegeben habe.

Für Marie kommt der Blackout zu einem denkbar ungünstigen Zeitpunkt. Ihre kreative Phase duldet keinen Aufschub, sie muss die Stimmen, Bilder und Szenen, die sich immer schneller in ihrem Kopf drehen, jetzt festhalten, oder sie werden für immer verloren gehen.

Eine knappe Stunde kann sie noch schreiben, dann gibt ihr Notebook den freundlichen Hinweis, dass es sich ohne Verbindung mit der Steckdose in wenigen Minuten selbst abschalten wird. Nein, digitale Suiziddrohungen sind kein bloßer Schrei nach Aufmerksamkeit, Betriebssysteme halten ihr Wort.

Sie speichert die Datei ab, klappt den Bildschirm herunter und starrt in die Dunkelheit. Auf dem Weg in die Küche fühlt sie sich wie eine Greisin, jede Stufe nimmt sie unsicher und mit Bedacht, als könnte eine Angelschnur darübergespannt sein.

In einer der unteren Schubladen findet sie die Taschenlampe, deren nervöser Lichtkegel sofort Assoziationen an Kinderzeltlager und Gruselgeschichten weckt. Sie folgt dem Schein zur Kellertür und dann die wenigen Steinstufen hinunter. Unter die Erde, geht es Marie durch den Kopf, eine diffuse Ängstlichkeit kann sie nicht vermeiden. Um sich abzulenken, konzentriert sie sich auf die Sichtung ihres ausrangierten Eigentums, das hier unten wie in einem Untersuchungsgefängnis auf den Ausgang des Verfahrens wartet. Wird sie das Fahrrad weggeben oder behalten? Was ist mit der halb defekten Bügelstation, die wie eine Lokomotive des ausgehenden 19. Jahrhunderts dampft? Gehört der alte Mantel nicht längst in die Kleiderspende?

Bevor sie die Verpackung der Schreibmaschine entdeckt, für die sie eigentlich in den Keller gegangen ist, fällt ihr Blick auf eine bescheidene Sammlung von Fotoalben. Sie entstammen der vordigitalen Zeit, weshalb die darin konservierten Momente dem Diktat der Sparsamkeit folgten. Film war teuer, die Resultate unterlagen Schwankungen. Da sie erst mit Verzögerung entwickelt wurden, glich es bisweilen einem Glücksspiel, welche Erinnerungen tatsächlich unsterblich bleiben sollten und welche als überbelichtete Schnappschüsse im Müll landeten.

Die Bilder sind in einem besseren Zustand als die Klebestreifen, die sie an ihrem Platz halten sollen. An verschiedenen Stellen lösen sich die Ecken ab, die Fotografien verrutschen oder fallen Marie entgegen.

Eine Aufnahme, die ihr auf diese Weise direkt in den Schoß gleitet, zeigt sie als junges Mädchen mit Anna. Im Hintergrund steht eine aufwendig mit Kerzen dekorierte Geburtstagstorte. Wie viel Zeit blieb ihnen da noch?

Anna ist nie wieder aus dem Koma erwacht. Der Tod holte sie mit einer Verspätung von mehr als fünfzehn Jahren. Ihr Organismus, geschwächt von seinem langen Wartezustand zwischen Sein und Nichtsein, brach schließlich aufgrund einer banalen Virusinfektion zusammen. Mehr als eine niesende Assistenzärztin oder ein Krankenpfleger, der sich einmal zu wenig die Hände gewaschen hatte, war gar nicht nötig.

Marie hätte gerne noch einmal mit ihr gesprochen, und wäre es auch nur gewesen, um Abschied zu nehmen. Manchmal stellt sie sich vor, wie sie Anna von allem berichtet, was in der Zwischenzeit geschehen ist. Der 11. September. Der Klimawandel. Das langatmige Scheitern des europäischen Projekts.

Viel interessanter wäre jedoch, was Anna zu erzählen hätte. Was dachte, was träumte sie in den Jahren des Komas? Spielte sie wieder und wieder Abläufe aus dem Archiv ihrer Erinnerungen durch? Nahm sie in ihrem Krankenhausbett neue Sinneseindrücke auf, die sie zu vollständigen Sequenzen zusammenfügen konnte?

Marie schaltet die Taschenlampe aus.

Eine Dunkelheit umgibt sie, die totalitärer nicht sein könnte. Fernab von menschlichem Schmutzlicht sitzt sie während eines Stromausfalls in ihrem Keller, zu dem weder natürliches noch unnatürliches Licht durchdringt.

Sie erinnert sich an eine Radiosendung über atomare Abfälle. Dabei ging es um Cäsium-Isotope, die aufgrund ihrer Strahlung noch in Jahrhunderten ein schwaches blaues Glimmen von sich geben werden. Was sagt es über die Menschheit aus, dass ihre beständigste Lichtquelle ausgerechnet hoch radioaktiver Müll ist?

Hier hingegen ist nichts, nur Finsternis und ein schwacher Luftzug, ausgelöst durch winzige Temperaturunterschiede zwischen Keller und Erdgeschoss. Sekundenweise glaubt sie, dass der Tod sich so anfühlen müsse, was natürlich idiotisch ist. Der Tod kann sich nicht anfühlen. Man kann ihn weder empfinden noch erdenken, und genau dieser Umstand macht ihn für Marie so unerträglich. Sie stößt an eine Barriere, die selbst ihr Vorstellungsvermögen nicht zu überwinden vermag.

Anna.

Jakub.

Er würde sie jetzt vielleicht in den Arm nehmen, ihr tröstliche Floskeln ins Ohr flüstern, auch wenn er den Grund für ihre Traurigkeit nicht verstünde. Er wäre für sie da, eine verlässliche Quelle für Zuversicht und gute Laune, sanftmütig und geduldig.

Immer wieder fragt sich Marie, ob Jakub in den letzten Sekunden seines Lebens kämpfte. Nach allem, was sie von der Rechtsmedizin erfuhr, deutet wenig auf Gegenwehr hin. Der erste Schlag auf den Kopf kam vermutlich überraschend, zwang sein Bewusstsein in die Knie und ließ die folgenden, unweigerlich tödlichen Schädelverletzungen zu einer reinen Formalie werden.

Jakub rechnete nicht mit dem Bösen in der Welt.

Gerade als sie die Taschenlampe wieder einschalten will, setzt oberhalb der Kellertreppe ein tiefes Brummen ein. Es ist der Kühlschrank, der wieder mit Elektrizität versorgt wird und seine Arbeit fortsetzt, als wäre nie etwas gewesen.

In den schlaflosen Nächten stelle ich mir vor, wie ich in eine Zeitmaschine steige und mehr als zwanzig Jahre zurückreise. Mehr möchte ich gar nicht, als wieder und wieder diese kostbaren Wochen zu erleben, die alles veränderten.

Ich erinnere mich an die Klassenfahrt, kurz vor den Sommerferien. Es war der Höhepunkt. Alles, was danach geschah, war bloßer Abgesang, seltsam fragmentarisch und fehlerbehaftet.

Im Bus saß sie neben mir, sie war die Reihen wie im Schlaf abgegangen und nahm dann bei mir Platz, als wäre es die größte Selbstverständlichkeit.

Die Sitze waren schmal und hart, ihr Knie stieß an meines. Ich gab mir so viel Mühe, diese zufällige Berührung nicht abreißen zu lassen, beinahe hätte ich das Atmen eingestellt. Wie glücklich ich war. Wäre es nach mir gegangen, hätte diese Fahrt nie enden müssen. Es spielte keine Rolle, dass die hinter uns gelegene Toilette schadhaft war und den Geruch eines frisch gejauchten Feldes verbreitete. Auch die Blicke der anderen Schüler und ihre Tuscheleien waren mir egal. Sie würden nie verstehen, was uns verband, es überstieg ihre geistigen Möglichkeiten um ein Vielfaches.

Die folgenden Tage verbrachten wir ebenfalls Seite an Seite. Ich nahm langweilige Museumsbesuche ebenso in Kauf wie einen Einkaufsbummel durch das Zentrum einer beliebigen Großstadt. Unsere Mitschüler blendete ich aus, es gab nur Marie und mich – und nichts, was meine Stimmung trüben konnte, solange ich an ihrer Seite war. Schlimm waren nur die Stunden, in denen sie sich zurückzog, wenn sie ihre Ruhe brauchte, nachdenken oder ungestört lesen wollte. Natürlich war ich bereit, ihr diesen Freiraum zu geben, aber schwer fiel es mir trotzdem.

Weiß ich auch noch, was am letzten Abend unseres Aufenthaltes geschah?

Aber natürlich weiß ich es. Es steht mir so deutlich vor Augen, als hätte man es mit einem Messer in meinen Schädel geritzt. Die anderen Schüler organisierten im Rahmen ihrer begrenzten Möglichkeiten eine Feier. Sie dekorierten den Speisesaal unserer Unterkunft und drehten die Musikanlage auf Maximum. Junge Menschen haben noch die Gabe, aus dem Nichts heraus eine Party entstehen zu lassen. Obwohl mir grundloses Amüsieren immer fremd blieb, ging ich hin. Ich habe erwartet, sie auf der Tanzfläche zu sehen, doch sie war noch nicht da. Damit ich lockerer wurde, nahm ich etwas von den »Spezialgetränken«, die von den drei verwegensten Jungs der Klasse gegen ein gewisses Taschengeld in den Saal geschmuggelt wurden. Zunächst spürte ich gar nichts, nahm einen weiteren Schnaps, auch wenn er widerlich schmeckte. Dass es Absinth war, erfuhr ich erst später. Die Jungs hatten bei ihrer Suche nach Alkohol die umliegenden Läden abgeklappert und sich reichlich bedient. Sie machten an diesem Abend das Geschäft ihres Lebens.

Die Tanzfläche füllte sich. Ich sah in Gesichter, die mir nichts bedeuteten, sprach mit Leuten, die mir gleichgültig waren, fügte mich sogar in den Rhythmus und die unkoordinierten Bewegungen ein, auch wenn die Musik hauptsächlich aus einförmigen Boyband-Schnulzen bestand.

Dann entdeckte ich sie.

Sie kam aus dem Teil des Gebäudes, in dem auch unsere Zimmer lagen. Heute denke ich, dass es kein Zufall war, sondern dass sie ihr Erscheinen extra hinausgezögert hat. In jedem Fall gelang ihr ein perfekter Auftritt. Obwohl sie sich stets im Hintergrund hielt, vermochten ihre Augen eine magnetische Kraft auszusenden, der niemand widerstehen konnte. Doch ihr Blick buhlte nicht um die Aufmerksamkeit der anderen, sondern suchte nach mir. Als sie mich sah, kam sie zielsicher näher, die wippende, hüpfende, torkelnde Masse vermochte es nicht, sie von ihrer geraden Bahn abzubringen.

»Hier bist du«, stellte sie lächelnd fest, auch wenn dieser Umstand sie kaum überraschen konnte. Alle waren hier: die nervtötende Caro ebenso wie der abgebrühte Mike, der exaltierte Sandro wie auch die unauffällige Lisa. Doch sie – sie wollte zu mir. Und dieses Wissen machte mich zum glücklichsten Menschen auf der Welt.

Erst später erkannte ich, dass sie auch etwas getrunken haben musste. Mit schwerer Zunge bat sie mich um einen Tanz und ergriff dann meine Hand.

Für die Dauer von drei Songs war ich im Paradies.

Das sanfte Wiegen ihres Körpers, die Gelöstheit ihrer Schritte, ihre selbstvergessenen Bewegungen – jedes Detail habe ich im Kopf, obwohl das Ganze schon so lange her ist. Irgendjemand steckte uns noch zwei kleine Schnapsflaschen zu, vermutlich mussten die Restbestände vernichtet werden, bevor eine Razzia überambitionierter Pädagogen dem Treiben ein Ende setzen konnte. Wir stießen auf den Abend, auf die Feier, auf uns an, mit-

ten auf der Tanzfläche, umgeben von Menschen, für die es kein Morgen, nur einen endlosen Moment gab.

Später saßen wir draußen auf einer Bank. Im Saal ging die Feier weiter, doch die Musik erreichte uns nur noch wie ein akustisches Nachbeben. Die Nacht machte sich mit kühlem Wind bemerkbar, weshalb wir zusammenrückten, eine kleine, körperwarme Einheit, die der Kälte trotzte. Unsere Köpfe waren sich näher als je zuvor.

»Marie«, sagte ich, wobei der Alkohol mich enthemmte, »Marie, ich empfinde mehr für dich, als ich …«

Sie reagierte schnell. Plötzlich lag ihr Zeigefinger auf meinen Lippen und machte jedes weitere Wort unnötig. Die Gebärde war zärtlich, aber nicht misszuverstehen. Sie hatte uns beide vor einer großen Peinlichkeit bewahrt, sodass unausgesprochen blieb, was mir auf dem Herzen lag.

Ich hätte sie in dieser Sekunde küssen und mich dann noch vor Sonnenaufgang in den See stürzen sollen. Wie konnte mich eine einzelne Geste davon abhalten? War ich damals so erbärmlich? Doch ihr Finger hatte eine Grenze gezogen, die ich nicht zu übertreten wagte.

Irgendwann merkte sie an, müde zu sein. Ich rechnete fest damit, dass sie aufstehen und gehen würde, doch dann legte sie ihren Kopf auf meine Schulter. Als der Schlaf sie ergriff, flüsterte sie schwer verständliche Worte. Es ging um Angst, aber auch um Hoffnung, um Finsternis und Traurigkeit.

Wir haben uns nie richtig voneinander verabschiedet. Wozu auch? Ich bin schließlich noch da, ganz in ihrer Nähe.

22

VON IHREM SCHREIBTISCH AUS SIEHT Marie Hochstett in der Einfahrt stehen. Etwas sagt ihr, dass er sich schon länger dort aufhält, doch sie kann es rational nicht greifen.

Als ihre Blicke sich begegnen, zeigt das Gesicht des Tierarztes ein leichtes Erröten. Er geht die letzten Meter zur Tür und klingelt.

»Ich bin froh, dass Sie wieder hier sind.«

Hochstetts Freude über diesen simplen Sachverhalt scheint aufrichtig. Er setzt zu einer Umarmung an, bemerkt jedoch Maries Passivität und beschränkt sich auf ein linkisches Händeschütteln.

»Hallo, Clemens.«

Obwohl er es war, der zu ihr gekommen ist, überfordert ihn die Situation. Unbeholfen steht er in seinem derben Anorak auf der Türschwelle, prallt an Maries Distanz ab und ringt einen Moment mit sich, wieder umzudrehen. Doch dann bittet sie ihn mit einer knappen Handbewegung herein.

»Es gibt da etwas ...«

Umständlich pellt er sich aus seiner Winterkleidung und entnimmt der Innentasche ein kleines Päckchen.

»Ich weiß, dass Sie ... Sie mussten einiges in Kauf nehmen in der letzten Zeit.«

Einiges in Kauf nehmen? Das klingt nach einem Wasserschaden, einem leichten Autounfall oder einem Hörsturz. Für das, was tatsächlich vorgefallen ist, will die Formulierung nicht greifen. Hochstett erkennt seinen Fehler und redet schnell weiter: »Jedenfalls habe ich mich gefragt, wie ich Ihnen eine Freude bereiten könnte. Es sollte etwas sein, das von Herzen kommt.«

»Bringen Sie mir wieder selbst gemachte Marmelade?«

Marie wollte nicht zynisch klingen, doch Hochstetts Umständlichkeit reizte sie dazu.

»Nein, es ist ... hier ... sehen Sie selbst.«

In den vergangenen drei Jahrzehnten hat Marie genügend Bücher geschenkt bekommen, um zu erkennen, was sein Mitbringsel unter der Schutzhülle aus braunem Papier beinhaltet. Sie wiegt den Gegenstand in der Hand und ist für einen Moment versucht, ihn unausgepackt auf dem Küchentisch abzulegen.

»Na los, reißen Sie es auf!«

Zum Vorschein kommt eine frühe Auflage von Thomas Manns *Doktor Faustus*. Ihr Zustand ist fragwürdig, der Einband rissig, das Papier weist Flecken auf.

»Danke«, sagt Marie, doch Hochstett lässt so schnell nicht davon ab.

»Sie müssen die erste Seite aufschlagen.«

Sie kneift die Augen zusammen, um die kurze handschriftliche Eintragung zu identifizieren. Obwohl sie über *Tho- Ma- fü-* nicht hinauskommt, hat sie einen Verdacht. Der Tierarzt bestätigt ihn sofort.

»Das Buch ist signiert. Vom Autor höchstpersönlich.«

Maries Blick wechselt unschlüssig zwischen dem Buch und ihrem Gegenüber hin und her.

»Sie sind verrückt, Hochstett. Das muss Sie ein Vermögen gekostet haben. Ich kann das unmöglich annehmen.«

»Überhaupt nicht. Ein guter Freund von mir betreibt ein Antiquariat. Er war mir noch einen Gefallen schuldig, weil ich vor einigen Jahren seine Hündin nach einer Überdosis Schokolade behandelt habe. Schokolade ist hochgradig giftig für Hunde, wussten Sie das? Es liegt am Theobromin. Gelangt das erst einmal in den Blutkreislauf, muss ...«

»Danke, Clemens.«

Nun umarmt sie den Tierarzt doch; ein unbewusster Reflex, eine instinktive Dankbarkeit. Sie muss sich vor Augen führen, dass Hochstett durch dieses Geschenk nicht weniger verdächtig wirkt. Seine unbeholfene Art könnte eine Tarnung sein – einem zu allem entschlossenen Psychopathen wäre das zuzutrauen. Hätte es auf eine geistesgestörte Art und Weise nicht sogar Sinn gemacht, Jakub aus dem Weg zu räumen, um sich nun ihr mit einem aufwendigen Geschenk zu nähern? Nun, da sie allein und schwach ist, auf der Suche nach Trost?

»Darf ich Sie auf einen Kaffee einladen?«

Hochstett in ihr Haus zu bitten erfüllt zwei verschiedene Funktionen. Zum einen kann sie ihn nach diesem Präsent nicht einfach so wegschicken, zum anderen erhofft sie sich weitere Informationen, wenn sie sich auf ein Gespräch mit ihm einlässt. Kaum stehen sie in Maries Küche, versucht der Mann auch schon, ihre Unterhaltung erneut in Gang zu bringen. Schweigen ist ihm offenkundig unangenehm.

»Ich hoffe, das Buch gefällt Ihnen. Natürlich habe ich selbst einen Blick hineingeworfen, aber für meinen Geschmack passiert darin zu wenig. Die Figuren reden die meiste Zeit über Musiktheorie und warum es unmöglich ist, heute noch etwas wirklich Neues hervorzubringen. Das hätte man auch auf weniger Seiten abhandeln können.«

Marie empfindet den Drang, Hochstett zugleich zu küssen und zu schlagen. Ihre widerstreitenden Gefühle überspielt sie, indem sie eine Kanne Kaffee aufsetzt. Während sie Tassen aus dem Hängeschrank holt, malt sie sich aus, wie sich zwei kräftige Männerhände an ihren Hals legen. Hochstett könnte sie strangulieren – oder herumreißen und in seine Arme schließen. Er könnte zu einer Nackenmassage ansetzen – oder ihren Oberkörper auf die Arbeitsfläche pressen und sie von hinten ficken. Ein Kennzeichen der Realität ist, dass nur selten eintritt, was man sich vorstellt.

Der Tierarzt setzt sich an den kleinen Tisch und blickt nach draußen, wo außer der Einfahrt nicht viel zu sehen ist. Ein paar Monate ist es nun her, dass dort ein Scheiterhaufen mit ihren Büchern brannte. Denkt er gerade daran? War er es, der die Scheite aufschichtete, dann ihre Werke darauf platzierte und schließlich alles mithilfe von Ethanol, wie die Polizei später feststellte, entzündete?

Während der Kaffee durchläuft, reden sie über Schicksalsschläge. Marie vermeidet das Thema Jakub und berichtet stattdessen von ihrer Schwester, von deren Fehlgeburt und dem Unglück mit Uwe.

»Als ich ein Kind war, habe ich zu Michelle aufgesehen. Manchmal war ich wütend auf sie, manchmal hoffte ich, sie würde endlich ausziehen, damit ich ihr größeres Zimmer bekäme – doch immer habe ich sie bewundert. Sie war so gut darin, erwachsen zu sein.«

»Ist sie viel älter als Sie?«

»Zehn Jahre – für Kinder eine Ewigkeit.«

Der Geruch des Kaffees sorgt spontan für eine behagliche Atmosphäre. Wie, fragt sich Marie, führte man eigentlich vor Erfindung dieses Getränks Unterhaltungen?

»Ich habe lediglich zwei jüngere Brüder, beide sehr einfach gestrickt. Sie haben es nicht leicht im Leben, doch wer hat das schon? Manchmal treffe ich mich auf ein Bier mit ihnen, aber irgendwie sind wir uns fremd geworden. Ich könnte mich wohl genauso gut mit jemandem unterhalten, den ich zehn Minuten vorher an einer Bushaltestelle getroffen habe. Familie ist schon etwas Merkwürdiges, finden Sie nicht? Man sucht sich die Leute nicht aus, aber sie begleiten einen ein Leben lang – das kann ich von meinen übrigen Beziehungen nicht behaupten.«

Das asthmatische Röcheln der Maschine kündigt an, dass der Kaffee vollständig durchgelaufen ist. Marie hat sich nie von dem altertümlichen Gerät trennen können, das sie schon während ihres Studiums zuverlässig mit Koffein versorgte.

Mit zwei Tassen in der Hand kehrt sie zu Hochstett zurück.

»Denken Sie manchmal an den Tod?«, fragt sie ihn, wobei seine Hand kurz zuckt, als hätte er eine heiße Herdplatte berührt.

»An den Tod? Das ist ... ein schwieriges Thema. Als Arzt setzt man sich zwangsweise immer wieder damit auseinander, auch wenn die Patienten Tiere und keine Menschen sind. Ich frage mich dann, was wohl ein Schwein, ein Pferd oder eine Katze von ihrem eigenen Ende mitbekommen.«

Die Erwähnung einer Katze versetzt Marie einen Stich. Echo fällt ihr ein, an den sie sträflich lange nicht mehr gedacht hat. Man könnte argumentieren, dass andere, bedeutend wichtigere Ereignisse den Tod des Tieres überlagern, schließlich war Echo immer nur Gast, ihr Haus ein Zwischenstopp, an dem er sich streicheln und bewirten ließ. Trotzdem vermisst sie seine raue Eleganz, seine kaum hörbaren Schritte auf ihrem Boden, selbst seine Unfähigkeit, zwischen Spiel und Kampf zu unterscheiden, was ihr immer wieder Kratzer am Handgelenk einbrachte.

»Ist die Todesangst in ihren Augen nur ein Instinkt? Wie viel verstehen diese Wesen? Wenn ich einem todkranken Hund die Spritze setze, um ihn einzuschläfern – weiß er das? Oder hofft er bis zuletzt auf Heilung? Das sind dann die Fragen, über die ich auch noch lange nach Feierabend nachdenke.«

Philosophie und Metaphysik sind nicht Hochstetts intellektuelle Heimat, das wissen sie beide. Trotzdem fühlt sich Marie zu einem bedeutungsschweren Thema hingerissen.

»Glauben Sie an Gott?«

»Das ist eine schwierige Frage.«

»Nein, eigentlich ist sie ganz leicht. Entweder man glaubt daran oder nicht.«

»Ich glaube an ein bestimmtes Prinzip. Daran, dass ein Wesen mit all seinen Hoffnungen und Ängsten, mit seiner Freude und seinem Leid nicht völlig verschwinden kann. Wenn die Natur dazu imstande ist, uns einmal hervorzubringen, warum dann nicht auch ein zweites Mal – und sei es auch unter anderen Bedingungen.«

»Sie sprechen von Wiedergeburt?«

»So könnte man es nennen. Auch wenn ich nicht davon ausgehe, in meinem nächsten Leben als Hirsch oder Regenwurm zurückzukehren. Ich glaube, das ist alles etwas komplizierter.«

»Der Tod ist Ihrer Meinung nach also nicht das Ende von allem?«

»Das hoffe ich zumindest.«

Der Tierarzt leert seine Tasse und erhebt sich.

»Ich beneide Sie, Clemens«, sagt Marie zum Abschied.

»Um was?«

»Um Ihre Zuversicht.«

In meiner Wohnung gibt es ein Schubfach, das ausschließlich mit Briefen an sie gefüllt ist. Keinen einzigen von ihnen werde ich je verschicken, alle erscheinen sie mir gleichermaßen unzulänglich. Doch würde man sie chronologisch ordnen, ergäben sie eine Landkarte meiner Gefühlswelt. Diese Briefe sind meine fixierten Gedanken, mühsam habe ich Wort um Wort aus meinem Schädel befreit, schmerzhafte Kopfgeburten waren es, teilweise unter so großen Anstrengungen, dass ich dachte, den Verstand darüber zu verlieren.

Wir hegen beide eine Liebe für die Literatur, aber Texte hervorzubringen war immer ihr Metier. Ich kam nur besuchsweise vorbei, ein Tourist in dieser Kunst, ungelenk in Fragen des Stils und der Sprachmelodie. Vielleicht könnte sie schreiben, was ich empfinde, doch sie ist nicht in der Lage, meine Gefühle zu verstehen – eine Tragödie von klassischem Ausmaß, nur dass sich kein Homer findet, sie zu besingen.

So kurz vor dem Ende werde ich melancholisch.

Ich schare noch einmal meine kleinen Habseligkeiten um mich, die Briefe, die Bücher, die sie berührt hat, das Taschentuch mit ihrem Blut. Und die Bilder. Wie viel Zeit und Energie habe ich darauf verwandt, sie aufzunehmen … Niemand hat sie je so gesehen wie ich. Immer spielt sie eine Rolle, wenn andere Menschen in ihrer Nähe sind. Doch ich konnte Momente ihres Lebens fest-

halten, in denen sie sich ganz unbeobachtet fühlte. Diese eine Fotografie etwa – sie wollte gerade schlafen gehen, blickte noch ein letztes Mal nach draußen, wo sie in der Finsternis den See bloß erahnen konnte. Mit der linken Hand strich sie eine Haarsträhne hinter ihr Ohr, ganz beiläufig, wahrscheinlich sogar unbewusst. Nur ich habe dieses Wunder gesehen, nur ich habe im richtigen Augenblick auf den Auslöser gedrückt und diese unbezahlbare Sekunde konserviert.

Das Leben ging weiter, gnadenlos schritten die Tage, Wochen und Monate voran, aber meine Bilder blieben. Wahre Kleinodien sind es, Reliquien, die eine Ausstellung verdienen würden. Wäre es nicht viel zu schade, alles hier zurückzulassen? Man wird meine Wohnung räumen, meinen Besitzstand unter den nächsten Angehörigen aufteilen, die vermutlich das meiste davon wegschmeißen. Mir wird schwindlig, wenn ich mir vorstelle, wie meine Bilder von ihr in einer Mülltonne landen. Nein, sie haben etwas Besseres verdient.

Ich werde ein großes Finale inszenieren. Ich werde die Bühne bereiten für den letzten Akt. Bevor der Vorhang fällt, soll sie das alles noch einmal sehen.

23

ES IST NUN FAST ZWEI WOCHEN HER, dass Marie die Kamera installiert hat.

Früh am Morgen, lange bevor sie ihre Runde um den See beginnt, tauscht sie Speicherkarte und Akku aus. Sie geht sehr unauffällig vor, ein Taschendieb könnte sich kaum geschickter anstellen. Es sieht aus, als würde sie Futter in das Vogelhäuschen geben; niemand, der weiter als fünf Meter entfernt steht, könnte Verdacht schöpfen.

Das gewonnene Material sichtet sie jeden Abend. Mit dem Notebook auf ihrem Schoß macht sie es sich in einem Sessel bequem, ganz so, als würde sie die neueste Staffel ihrer Lieblingsserie beginnen. Der Bewegungsmelder scheint etwas sensibel eingestellt, er reagiert bereits auf kleine Lichtreflexe, auf den Ast eines Baumes, der sich im Wind biegt, oder auf Regen. Die meisten Sequenzen sind unergiebig, nichts deutet auf einen menschlichen Urheber hin, nur einmal sieht man – sie stoppt das Bild an dieser Stelle – einen unförmigen Schatten, jedoch zu weit entfernt, um zweifelsfrei identifiziert zu werden. Es könnte ein Hirsch sein, ein Fuchs vielleicht. Oder ihr Verfolger. Mit gesteigerter Konzentration betrachtet sie die folgenden Szenen, doch der Schatten bleibt ein einmaliges Ereignis.

Am Abend steht Hendrik vor ihrer Tür, in der Hand eine zerknüllte Zeitschrift, als würde er Jagd auf eine Fliege machen wollen.

»Was dachtest du dir dabei?«, fragt er, entrollt das Papierbündel und zeigt auf einen Artikel, dessen Inhalt Marie nur allzu vertraut ist. Sie ist schließlich dafür verantwortlich.

»Hallo, Hendrik. Dir auch einen schönen Tag.«

Sein Blick ist voller Hass oder Abscheu, so genau kann sie seine Mimik nicht einordnen. Wahrscheinlich ist er sich selbst nicht ganz klar darüber, was er gerade empfindet.

Gestern wurde di Francescos Text veröffentlicht, sowohl als Ausschnitt im Internet wie auch in der Komplettfassung in seinem Magazin *SeitenHiebe*. Der Name wurde selbstverständlich geändert, statt »Hendrik Werth« steht dort einfach nur »W.« – di Francesco fand sogar genügend Intellekt in sich, um den Artikel mit dem beziehungsreichen Titel *Die Leiden des jungen W.* zu versehen.

»Ich frage dich noch einmal, was dachtest du dir dabei, als du diesem Schreiberling deine ach so tragische Geschichte erzählt hast?«

»Magst du vielleicht reinkommen?«

»Nein, mag ich nicht. Sonst hängst du mir wahrscheinlich noch eine Anzeige wegen Hausfriedensbruch an.«

»Gut, dann klären wir das eben alles im Türrahmen, ganz wie du willst.«

Marie blickt beiläufig über seine Schulter, wieder sieht sie kein Auto, mit dem er hergekommen sein könnte. Von der nächsten Bushaltestelle bis hierher sind es acht Kilometer. Sollte er etwa ein Taxi genommen haben? Doch das erscheint nebensächlich.

»Es gibt nichts zu klären, Marie. Ich möchte eine Entschuldigung. Und dass du diesen Artikel richtigstellst. Oder ich werde ...«

Die Alternative bleibt unausgesprochen. Marie hätte gerne gewusst, was er ihr im Falle einer Weigerung androht. Eine Klage? Rufmord? Einen Scheiterhaufen in ihrer Einfahrt? Die Möglichkeiten scheinen endlos.

»Es gibt nicht allzu viele erfolgreiche Dramaturgen, deren Nachname mit W beginnt und die einmal ein Verhältnis mit der Schriftstellerin Marie Kardisch hatten.«

»Erfolgreich?«

Für eine Sekunde verliert sich Hendrik. Maries letzte Bemerkung war zu viel für ihn, er fühlt vermutlich den Impuls in sich, sie zu schlagen. Wäre die Zeitschrift in seiner Hand der Hals eines Menschen, hätte er ihm jetzt das Genick gebrochen.

»Hendrik, kaum jemand weiß von unserer gemeinsamen Vergangenheit. Außerdem ... ich habe lediglich berichtet, was vorgefallen ist.«

»Du hast berichtet, wie du dir einbildest, dass es vorgefallen ist. Und wozu? Es geht dir nur um die Schlagzeilen und den Absatz deiner Bücher, um nichts anderes.«

Zum Teil mischt sich wohl auch Neid in Hendriks Gefühle, Neid auf Maries Ansehen in literarischen Kreisen, auf ihr Leben als berühmte und tonangebende Schriftstellerin, deren Verkaufszahlen in einem angemessenen Verhältnis zur Qualität ihrer Texte stehen. Neben seiner Arbeit am Stiller-Theater in Charlottenburg kann Hendrik lediglich ein Stück namens *SchattenSpiel* vorweisen, das reichlich verkopft ist und ein entsprechender Flop bei Kritik wie Publikum war. Ja, Marie hat sich informiert.

»Du weißt, was vor ein paar Monaten passiert ist, oder?

Hier, in diesem See«, sie zeigt wie eine Reiseleiterin auf die graue, teilweise zugefrorene Wasseroberfläche, »fand man die Leiche meines Partners.«

Das letzte Wort fühlt sich sperrig an in ihrem Mund, doch sie will Hendrik aus der Reserve locken und sich nicht in semantischen Feinheiten verlieren.

»Marie, das tut mir leid. Aber – und das muss ich wohl kaum extra betonen – ich habe damit nicht das Geringste zu tun. Als damals unsere ... Beziehung so hässlich zu Ende ging, war ich verzweifelt. Ich wusste nicht, was ich tat. Ich stand völlig außer mir, weil ich für dich noch immer Liebe empfand.«

Partner. Beziehung. Liebe. Für Maries Geschmack ist diese Unterhaltung eindeutig zu reich an schwerlastigen Begriffen.

»Damals hätte ich Hilfe gebraucht«, sagt Hendrik schließlich, obwohl der Satz genauso gut von Marie kommen könnte.

»Mit meinen ganzen furchtbaren Gedanken war ich allein, eingesperrt in diese vermüllte Dachkammer, die wir unsere Persönlichkeit nennen.«

Ihr gefällt das Bild, auch wenn sie Hendrik nie die Genugtuung geben würde, es ihm zu sagen.

»Was ist aus deinen furchtbaren Gedanken geworden?«

Hendrik schüttelt den Kopf. In diesem Moment wirkt er wie ein Sanitäter, der die Reanimation eines Unfallopfers einstellt.

»Vielleicht solltest du dir Unterstützung suchen, Marie. Geh zu einem Psychologen. Lass dich behandeln.«

Als er sich umdreht und geht, läuft Marie ihm ein paar Schritte hinterher. Die Hand, die sie auf seine Schulter legt, um ihn zum Bleiben zu bewegen, schüttelt er von sich wie ein lästiges Insekt.

24

Es hat Stunden gedauert, alles vorzubereiten. Meine Arbeit wurde durch die Finsternis nicht gerade erleichtert. Mir stand nur eine Taschenlampe zur Verfügung, und ich hatte panische Angst, dass mich ein ungeschickter Lichtstrahl vielleicht verraten könnte.

Nun, da die Sonne aufgeht, bin ich zufrieden mit meinem Werk. Ja, es ist wirklich schön geworden. Nicht nur, dass ich meine besten Aufnahmen von ihr herausgesucht habe, die umstehenden Bäume bilden auch die perfekte Kulisse für sie. Ein Bilderwald, eine Fotoausstellung inmitten der Natur. Sie wird es sehen und gar nicht anders können, als voller Ehrfurcht auf die Knie zu fallen.

Es ist ein würdiger Ort für mein Vorhaben, die passende Bühne für das tragische Finale. Jahre später werden Menschen hierherpilgern und Tränen vergießen über unser Schicksal. »Warum nur?«, werden sie fragen, gefangen in ihrer Ignoranz und ihrem Unverständnis. »Waren sie denn nicht füreinander bestimmt?« Doch, doch, wir sind erkoren, von einer höheren Macht dazu erlesen, gemeinsam zu sterben. Als zwei Sterne werden wir auffahren, den Richtungslosen den Weg weisen und den Verzweifelten Trost spenden.

In spätestens einer Stunde wird sie hier vorbeikommen, ich muss lediglich warten. Etwas Geduld noch, nur ein bisschen. Ich habe so lange darauf gewartet, was sind da schon sechzig Minuten? Eine unbestimmte Müdigkeit überkommt mich, ich habe nicht geschlafen, irgendwann muss sich das rächen. Andererseits: Auf ein Nickerchen kann ich verzichten, schon bald erwartet mich ewige Ruhe – und nicht nur mich allein. Sie wird bei mir sein. Sie. Ich möchte ihren Namen rufen, die Bäume sollen erzittern, die Vögel auffliegen, der See Wellen schlagen von diesen wundervollen zwei Silben: Ma-rie.

Gott, soll es nun wirklich so weit sein? Mit einem kurzen Blick überzeuge ich mich noch einmal von der Vollständigkeit meiner Werkzeuge. Alles liegt an seinem Platz: der Stoffbeutel, den ich ihr über den Kopf ziehen werde, um ernsthaften Widerstand bereits im Keim zu ersticken. Das Seil, mit dem ich sie fesseln werde. Die beiden Spritzen mit Phenobarbital – eine für mich, eine für sie. Wahrscheinlich wird es bei ihr schneller wirken, sie wiegt weniger als ich.

Obwohl niemand in der Nähe ist, vermeide ich achtsam jedes Geräusch. Ich trete leise auf den überfrorenen Untergrund, bemühe mich, das Rascheln meiner Kleidung auf ein absolutes Minimum zu reduzieren. Mein Lachen kann ich jedoch nicht ganz unterdrücken. Es bricht ungefragt zwischen meinen Lippen hervor, macht sich selbstständig auf den Weg und erfüllt die Szene mit einer ganz besonderen Atmosphäre.

Heute ist der Tag, an dem alle Tage enden.

Als Marie das Haus verlässt, gibt sich die Welt schweigend.

Ihr Atem lässt kleine Wolken vor ihrem Gesicht entstehen; in den vergangenen Tagen ist die Temperatur noch einmal gefallen. Der See zeigt sich nun komplett überfroren, eine dünne Eisschicht zwar, aber durchgehend. Marie stellt sich vor, wie ein darunter eingeschlossener Fisch seine Welt wahrnimmt. Fürchtet er diese halb transparente, gnadenlos kalte Decke? Oder kommt es ihm ganz gelegen, da die Gefahr, von oben attackiert zu werden, nun beseitigt ist? Am Ende ist es das alte Dilemma zwischen Freiheit und Sicherheit.

Nach hundert Metern hat sich Maries Wärmehaushalt stabilisiert. Sie genießt den Übergang vom Frieren zum Schwitzen, die kostbaren Minuten, in denen sich alles ganz richtig anfühlt. Sie ist etwas langsamer unterwegs als sonst. Der Boden hat sich in eine Landschaft mit Kratern und scharfkantigen Klippen verwandelt, ein Sturz wäre jetzt noch verhängnisvoller als im Sommer.

Ein Viertel der Strecke hat sie geschafft, es ist nicht mehr weit bis zu der Stelle, an der sie Jakubs Wagen aus dem See gezogen haben. Die Szene spielt sich jedes Mal wieder vor ihr ab, wenn sie daran vorbeikommt. Semper. Die Statisten von Feuerwehr und Schutzpolizei. Die Seilwinde, deren einsamer Tentakel zunächst ohne jeden Grund unter der Wasseroberfläche verschwindet, um dann zu einer Angel zu werden, deren Fang fast zwei Tonnen wiegt.

Nun beschleunigt sie ihre Schritte doch, der fest gefrorene Untergrund spielt plötzlich keine Rolle mehr. Sie möchte laufen, bis der Großteil des eingeatmeten Sauerstoffs für die Funktion ihrer Muskeln verbraucht wird, sie will, dass ihre Wahrnehmung zu einem kleinen kreisförmigen Ausschnitt zusammenschrumpft, der nur die nächsten Meter kennt.

Die Bilder bemerkt sie erst, als sie bereits vollständig von ihnen umgeben ist, hineingeraten in eine Galerie, die ein Wahnsinniger angelegt haben muss.

Zwischen den Kiefern verlaufen dünne, kaum sichtbare

Fäden. Mit einer Klarheit, die Menschen für gewöhnlich nur dann besitzen, wenn sich Risse im Geflecht des Alltags zeigen, erkennt Marie, dass es sich um Angelschnur handelt. An ihr hängen Fotos, als würden sie schweben, als wären die ewigen Gesetze der Schwerkraft für ein paar Quadratmeter aufgehoben.

Ängstlich dreht sich Marie einmal um sich selbst, im Schnelldurchlauf erfasst sie Aufnahmen, die sie in ihrem Schlafzimmer, im Garten und während einer Joggingrunde zeigen. Man könnte glauben, sie wären aus nächster Nähe aufgenommen, doch wahrscheinlich ist ihre Qualität das Ergebnis eines guten Objektivs. Und einer erschreckenden Ausdauer.

An den jeweiligen Bildhintergründen bemerkt Marie, dass sie über verschiedene Jahreszeiten hinweg entstanden sind. Auf einem Foto trägt sie eine rote Jacke, die sie vor über einem Jahr in die Kleiderspende brachte – der unumstößliche Beweis, dass ihr schon wesentlich länger nachgestellt wird, als sie bisher dachte. Ihr Verfolger hatte sie die ganze Zeit im Visier; es war seine Entscheidung, sich ihr seit dem Sommer durch kryptische Zeichen mitzuteilen. Er hätte sein Werk auch weiterhin im Verborgenen verrichten können, unbemerkt und unbeachtet, doch er wollte es anders.

Maries Magen verkrampft sich, als sie erkennt, dass alles nach seinem Plan und Willen geht.

Die Bilder entfalten einen hypnotischen Sog, dem sie neben ihrer Angst nur wenig entgegenzusetzen hat. Das Wort Ereignishorizont drängt sich auf, Marie hat es einmal bei einer Reportage über Schwarze Löcher gehört. Es bezeichnet die Grenzfläche, hinter der keine Information mehr nach außen dringen kann. Hat man den Ereignishorizont überschritten, gibt es kein Zurück.

Ihr Blick fällt auf ein Blatt Papier, das in perfekter Augenhöhe an die Rinde genagelt wurde.

Es ist der Fluch einer Vielleserin, die in Hochzeiten drei bis vier Bücher pro Woche konsumiert: Marie kann einfach nicht anders, als den Text in sich aufzunehmen. Obwohl sie weiß, dass jede weitere Sekunde an diesem Ort eine unnötige Gefahr darstellt, muss sie jedes Wort erfassen.

Wie schön, dass du hergefunden hast, meine Liebe. Du fragst dich vermutlich, weshalb ich meine kleine Fotosammlung vor dir ausbreite – bisher habe ich schließlich ein Geheimnis darum gemacht und mich im Verborgenen gehalten. Woher also dieser Sinneswandel? Nun, es ist ganz einfach. Ich möchte, dass du die Welt mit meinen Augen siehst, und sei es auch nur für einen letzten kostbaren Moment. So lange begleite ich nun schon dein Leben, doch du versuchst immer wieder, meine Existenz zu leugnen. Lass dir versichern: Ich bin sehr real. Kein Schatten, der im Sonnenlicht sofort erbleichen muss, auch kein Phantom, das in den unteren Etagen der Pariser Oper herrscht.

Immer war ich dir nah. Ich sah dich lachen. Ich sah dich tage- und nächtelang an deinen Geschichten schreiben. Ich sah dich bittere Tränen vergießen um einen Mann, der deiner nie würdig war. Es war meine Aufgabe, dich von ihm zu befreien. Natürlich erlegte ich dir damit eine schwere Prüfung auf, doch war meine nicht sehr viel schwerer?

Halt mich ruhig für ein Monster, zweifle an meiner Aufrichtigkeit, zieh meine Gefühle für dich in den Schmutz – was ich tat, geschah aus edlen, ganz und gar selbstlosen Motiven.

Manchmal ist die Liebe größer als wir selbst.

Sie will sich gerade umwenden und zurück zu ihrem Haus rennen, als die Dunkelheit sie überwältigt. Noch bevor ihr bewusst wird, dass es sich um Stoff handelt, den man ihr über den Kopf gezogen hat, kämpft sie bereits. Ihr Widerstand ist unkoordiniert, zu spät denkt sie an das Klappmesser, da hat ihr Gegner bereits die physische Lufthoheit erlangt. Für den Bruchteil einer Sekunde blitzt die Erkenntnis auf, dass es ausweglos ist, doch sie weiß auch, dass sie kämpfen muss, kämpfen um jeden Preis.

Sie soll endlich stillhalten!

Ich habe ihre Gegenwehr unterschätzt. Obwohl ich ihr Sicht und Orientierung genommen habe, tritt und schlägt sie gefährlich um sich. Die Aussicht auf ein paar blaue Flecken ängstigt mich nicht, das spielt nun ohnehin keine Rolle mehr. Dennoch möchte ich die Größe dieses Augenblicks nicht durch ein hässliches Gerangel beschädigen. Muss ich ihr erst einen Schlag auf den Kopf versetzen, um sie in Ruhe knebeln zu können? Schließlich gelingt es mir, sie ohne zusätzliche Gewalt zu Boden zu zwingen. Sie landet auf dem Bauch, ihre Arme und Beine strampeln unberechenbar, während ich mich mit meinem ganzen Gewicht auf sie setze. Die Szene hat etwas von einem Rodeo, als wäre sie ein Bulle, der versucht, mich abzuwerfen. Ich bekomme ihr linkes Handgelenk zu fassen, dann das rechte.

Ich möchte ihr beruhigend zureden, doch der Kampf hat mir den Atem geraubt, sodass nur abgehackte Silben hervorkämen. Ich sollte mich auf das Seil konzentrieren, es liegt direkt hinter mir, ich müsste lediglich ...

Dann ertönt es.

Das erste Mal halte ich es für eine Einbildung, doch als es erneut hörbar wird, gibt es keinen Zweifel mehr. Es ist das Hupen eines Wagens, und es ist ganz nah.

Sie liegt auf gefrorenem Dreck, einen Sack über dem Kopf, ihre Lungen schmerzen vom panischen Luftholen, an Armen und Beinen spürt sie Verletzungen, die nicht sonderlich schwerwiegend sein mögen, aber dennoch den größten Teil ihrer Aufmerksamkeit beanspruchen. Ihre Gelenke wirken überdreht, die Muskeln verzerrt.

Aber sie lebt.

Das Hupen dringt mit Zeitverzögerung zu ihr durch. Sie braucht ein paar Sekunden, um sich zu sammeln. Zunächst entledigt sie sich der Verhüllung, ihre Augen blinzeln gegen das Tageslicht, das ihr nun unerträglich hell erscheint.

Dann übernimmt der Instinkt die Kontrolle.

Sie muss laufen, einen Schritt nach dem anderen, immer auf die Quelle des Hupens zu, immer weiter. Alles an ihrem Körper schmerzt, doch sie darf nicht stehen bleiben.

Sie erkennt ein ungepflegtes Auto und erinnert sich, dass sie den Wagen schon mehrfach gesehen hat und er vermutlich keine Bedrohung darstellt.

Weiter, immer weiter.

Ihre verminderte Wahrnehmung fängt schließlich einen Menschen ein, den sie trotzdem zweifelsfrei identifizieren kann.

»Du hast nicht angerufen, Marie.«

Wortlos geht sie an Michelle vorbei, betritt ihr Haus und schließt sich im Badezimmer ein, wo sie vor Übelkeit fast ohnmächtig wird.

Eine Viertelstunde später sitzen sie nebeneinander auf dem Sofa. Marie hat sich das Gesicht gewaschen und frische Sachen angezogen. Würde man sie nicht näher kennen, wäre nichts Auffälliges an ihr festzustellen. Aber ihre Schwester kennt sie gut.

»Was ist los? Hast du ein Gespenst gesehen?«

Ein Gespenst gesehen – Michelle benutzt die Redewendung ohne Hintergedanken, doch es genügt, in Marie erneut Brechreiz hervorzurufen. Die feinen blonden Härchen in ihrem Nacken beginnen sich aufzustellen.

»Ich werde langsam alt, denke ich. Mit leerem Magen zu joggen bekommt mir nicht mehr. Mir wurde schwindlig, ich bin hingefallen und musste mich übergeben.«

Sie versteht sich selbst nicht. Warum sagt sie ihr nicht einfach die Wahrheit? Warum zur Hölle sitzt sie überhaupt noch hier in diesem Haus? Sie sollte längst in einer Polizeidirektion sein, ihren Fall vortragen und dann mit neuer Identität ein Leben fernab von diesem verfluchten Wald beginnen.

»Als ich vorhin bei dir klingelte und mir niemand öffnete ... Ich habe mir Sorgen um dich gemacht. Dann bin ich zurück in den Wagen und habe wie blöde gehupt, in der Hoffnung, du würdest schon kommen.«

»Morgens laufe ich immer meine Runde um den See. Warum bist du überhaupt so früh hier?«

»Ich habe in zwei Stunden ein Vorstellungsgespräch in der Nähe und dachte, ich schau mal bei dir vorbei. Störe ich dich?«

»Nein ... nein, ganz und gar nicht.«

Marie verdrängt den Gedanken, dass sie ohne Michelles zufälligen Besuch jetzt höchstwahrscheinlich tot wäre.

»Dieses Vorstellungsgespräch – worum geht es dabei?«

Michelle antwortet nur stockend, spricht von einem größeren Unternehmen auf der Suche nach motivierten Mitarbeitern im Einkauf. Sie vermeidet Namen und Ortsangaben, was Maries Verdacht bestätigt, dass es nicht stimmt.

Es ist ein Vorwand, um hier aufzutauchen, vermutlich auf Geheiß ihres Vaters.

»Wir machen uns Sorgen um dich«, erklärt Michelle, als hätte sie Maries Gedanken erraten und würde nun versuchen, ihre vorherige Aussage zu relativieren.

»Das müsst ihr doch nicht, ich kann gut auf mich selbst aufpassen.«

Marie spricht über eine Person, die nur wenig mit ihr gemeinsam hat. Ihre Unterhaltung hat längst jenen Grad an Abstraktheit erreicht, bei dem es schwer ist, zwischen Lüge und Wahrheit zu unterscheiden.

Kurz darauf tritt Astrid ein. Marie ist sich nicht sicher, ob sich die beiden Frauen überhaupt schon einmal begegnet sind, also stellt sie Michelle und ihre Assistentin einander vor. Zu dritt fühlt sich das Haus ungewohnt belebt an. Eine tiefe Dankbarkeit überkommt Marie, dass sie hier sein und mit diesen Menschen reden kann. Sie hüllt sich in ihre Nähe wie in eine wärmende Decke. Wie gerne würde sie jetzt für ein paar Minuten die Augen schließen und einfach zuhören, wie sich Michelle und Astrid unterhalten.

»Möchtet ihr einen Kaffee?«, fragt die Assistentin, wofür Marie sie am liebsten umarmen würde. Sie gibt zwei Tassen in Auftrag, und Astrid verschwindet in der Küche.

Michelle bleibt noch eine Stunde. Obwohl sie lediglich Banalitäten aus ihrer Kindheit und Jugend austauschen, nichts, was den Charakter einer Neuigkeit besäße, entwickelt sich zwischen ihnen eine angeregte Unterhaltung. Als Marie zwischen zwei Anekdoten wieder bewusst wird, in welcher Gefahr sie vorhin schwebte, erscheint ihr alles wie Einbildung. Vielleicht, überlegt sie, ist das hier nur die letzte Wahnvorstellung meines kollabierenden Bewusstseins. Vielleicht bin ich in Wirklichkeit gar nicht entkommen, sondern werde stranguliert, und diese idyllische Szene speist sich aus den letzten Reserven meines Gehirns.

»Entschuldige ... was hast du gesagt?«

»Ich muss jetzt los, Marie.«

»Willst du wirklich schon gehen?«, fragt Marie. »Bleib doch noch ein wenig.«

»So anhänglich kenne ich dich ja gar nicht, Schwesterherz. Aber ich darf nicht zu spät zu meinem Termin kommen. Soll ich am Wochenende wieder bei dir vorbeischauen?«

Am Wochenende. Für Marie scheint alles, was weiter als ein paar Stunden in der Zukunft liegt, unerreichbar. Jede Entscheidung kann die falsche, jede Minute die letzte sein. Ihr drängt sich das Bild von einem Schachspiel auf, bei dem der König von einer feindlichen Übermacht bedroht wird. Ein durchdachter Zug kann die Niederlage vielleicht noch hinauszögern, doch nicht mehr abwenden. Marie schüttelt den Kopf über ihren Fatalismus.

»Na gut, dann eben nicht. Aber wenn etwas ist, meldest du dich, ja?«

»Ja.«

»Versprochen?«

»Versprochen.«

Als ihre Schwester bereits auf der Türschwelle steht, erlebt Marie einen Moment der Schwäche.

»Michelle.«

»Ja?«

Es ist eine Chance, ihr die Wahrheit zu sagen.

»Ich ... ich wollte dir nur danken. Für deinen Besuch.«

Die Tür schließt sich.

Durch die Glasfront sieht Marie ihrer Schwester hinterher

und kämpft verzweifelt gegen den Gedanken an, dass es vielleicht das letzte Mal war, dass sie einander begegneten. Die Tränen kommen schnell und heftig. Schon als Michelles Auto zurücksetzt, verwischen die Bremslichter vor ihren Augen zu roten Bahnen.

Darauf bedacht, ihr Gesicht vor Astrid zu verbergen, geht Marie in die obere Etage, wo sie auf das Bett fällt und fiebrigen Träumen nachhängt.

25

IN DER NACHT SCHLÄFT SIE NICHT.

Es ist Viertel vor zwölf, sie hat das Licht ausgeschaltet und sitzt mit dem Gewehr in ihrem Schoß auf dem Bett. Die Dunkelheit gibt ihr Mut, sie weiß, dass niemand von außen sehen kann, was im Haus geschieht. Wenn sie sich nicht bewegt und kurz den Atem anhält, gelingt es ihr sogar, die eigene Existenz auszublenden. Ihr Zustand muss dem eines buddhistischen Nirwanas sehr nahekommen, auch wenn dieses wahrscheinlich friedfertiger ist.

Was weiß sie über ihre Verdächtigen? Welche Konsequenzen lassen sich aus diesem Wissen ziehen? Hendrik, der Fremd-Vertraute: Schon einmal hatte sie den Fehler begangen zu glauben, sie kenne ihn. Doch kaum lebten sie getrennt, begegnete ihr ein ganz anderer Mann, der nur dem Namen nach Hendrik war. Selbst sein Äußeres veränderte sich, er ließ sich gehen und mutierte zu einem Schatten, der ihr auf Schritt und Tritt folgte.

Dann Hochstett, der vermeintlich einfach gestrickte Tierarzt, das Herz immer auf der Zunge tragend: Wenn es eine Tarnung ist, dann eine hervorragende. Sie ist geneigt, ihm seine Aufrichtigkeit abzunehmen, andererseits war er nie weit entfernt, als die vielen merkwürdigen Dinge geschahen. Als sie über die Angelschnur fiel, saß er nur ein paar Hundert Meter entfernt auf einer Bank, bereit, ihr mit seinen medizinischen Kenntnissen zur Seite zu stehen.

Und di Francesco? Er macht keinen Hehl aus seiner Skrupellosigkeit – um seine Ziele zu erreichen, würde er alles tun. Ihr fällt ein, was er in früheren Gesprächen zu ihr sagte: »Sie müssen sich daran gewöhnen, beobachtet zu werden«, und: »Ich kann über Monate hinweg auf der Lauer liegen, bis sich eine Chance ergibt.« Als Täter wäre di Francesco die logische Wahl, er bringt ein Höchstmaß an Zynismus und Kaltblütigkeit mit sich, man sieht ihm seine wahren Emotionen nicht an.

Ihr ist klar, dass zwischen Hendrik, Hochstett und di Francesco keine größere Verbindung besteht. Die Männer kennen sich höchstens flüchtig, sie interagieren vermutlich nicht miteinander. Könnte sie diese simple Tatsache für sich nutzen?

Es sollte möglich sein, alle drei zur gleichen Zeit in ihr Haus einzuladen, ohne Misstrauen zu erregen. Sie würde sie anrufen, sich jeweils individuelle Gründe für ein Treffen ausdenken und abwarten, was passiert. Wenn sie di Francesco richtig einschätzt, wird er sich zuverlässig einstellen. Hochstett sowieso. Hendrik ist die große Variable in ihrer Rechnung, aber wahrscheinlich könnte er ihrer eindringlichen Bitte nicht widerstehen – zu sehr genießt er es, sich in der machtvolleren Position zu sehen.

Und dann? Dann würde sie die Herrschaften auf ihrem Sofa Platz nehmen lassen und ihnen die sprichwörtliche Pistole – in ihrem Fall ein Gewehr – auf die Brust setzen. Sie würde herausfinden, wer Jakub umgebracht hat, so oder so.

Selbst wenn der Mörder ein Meister der Verstellung wäre, müsste er sich in einer solchen Situation verraten. Auch ein guter Schauspieler fällt im Angesicht des Todes aus seiner Rolle.

Seit ihrem Erlebnis vor einigen Stunden ist das weitere Vorgehen binär. Wenn sie nicht handelt, wird ihr Verfolger es tun; wenn sie ihn nicht unschädlich macht, tötet er sie früher oder später. Vermutlich früher. Null oder eins – mehr Ergebnisse sind nicht denkbar.

Eine dünne, immer leiser werdende Stimme in ihrem Kopf wendet ein, dass längst der richtige Zeitpunkt gekommen sei, die Polizei zu alarmieren. Warum eigentlich nicht? Sie wurde angegriffen. Vielleicht gibt es an der Stelle des Überfalls DNA-Spuren, ein Haar, das liegen blieb, einen abgerissenen Fingernagel. Man müsste ihr eine sichere Unterkunft, vielleicht sogar Schutz gewähren, und in der Zwischenzeit würden die Ermittlungen auf Hochtouren laufen. Semper ist ein erfahrener Kriminalist. Egal wie schwierig es wäre, früher oder später würde er den Mann finden. Vermutlich später.

Zu spät für Marie.

Die Sonne ist kaum aufgegangen, als sie nach ihrem Handy greift, um ein paar Telefonate zu führen.

»Was genau ist denn passiert?«

Hochstett trifft als Erster ein, eine Viertelstunde vor dem vereinbarten Termin. Er wirkt in seiner Ahnungslosigkeit wie ein altes Kunstwerk, das man für den Transport gesichert hat.

»Ein Einbruch, sagten Sie?«

Sollte der Tierarzt unschuldig sein, wird Marie es für den Rest ihres Lebens bedauern, seine Hilfsbereitschaft derartig ausgenutzt zu haben. Sie würde sich am liebsten im Voraus für das brutale Kammerspiel entschuldigen, dessen Aufführung in wenigen Minuten in ihrem Wohnzimmer beginnen soll. Doch Mitgefühl ist eine Schwäche, und die darf sie sich jetzt nicht erlauben.

»Folgen Sie mir«, sagt sie stattdessen und führt Hochstett in das Innere ihres Hauses. Als sie vor ihrem Sofa angekommen sind, zeigt sie auf die Kabelbinder, die auf dem Beistelltisch liegen. Der Tierarzt betrachtet sie ein paar Sekunden, als ergäbe sich daraus die Antwort auf all seine Fragen.

»Die legen Sie jetzt an. Zuerst an den Fußknöcheln, dann an den Handgelenken.«

Als sich Hochstett herumdreht, um Maries Anweisung mit der Frau abzugleichen, die er bisher zu kennen glaubte, steht plötzlich ein Gewehr zwischen ihnen. Sie hatte es griffbereit unter einem Tuch im Regal deponiert. Nur einen Augenblick spürt sie die Scham eines Menschen, der zum ersten Mal eine Bank überfällt und vor Angst am liebsten kotzen möchte. Dann stellt sich das in Serien und Filmen hundertfach reproduzierte Gefühl der Stärke ein, das mit dem Besitz einer geladenen Schusswaffe zwangsweise einhergeht.

Noch zögert der Mann, er glaubt wohl an eine Verwechslung, einen schlechten Scherz, einen sich erschreckend echt anfühlenden Albtraum – doch letztlich muss die Erkenntnis siegen, dass er mitten in der grausamsten aller denkbaren Wirklichkeiten steckt und jede Sekunde getötet werden könnte. Maries Befehl, er möge sich selbst mit Kabelbindern bewegungsunfähig machen, könnte ihm einen winzigen Grund zur Hoffnung geben. Sie will ihn nicht umbringen, jedenfalls nicht gleich.

Er fixiert seine Beine und im Anschluss die Arme, soweit

er es mit den eigenen Fingern kann. Marie, die Waffe weiterhin in der rechten Hand, zieht den Kunststoff straff und überzeugt sich vom korrekten Sitz der Fesseln. Im Anschluss schiebt sie ihn auf das Sofa.

»Bitte ... was wollen Sie? Marie, wir können reden ... Ich bin sicher, wir ...«

»Schnauze!«

Marie ist nicht wirklich wütend auf ihn, wenn man von ihrem abstrakten Verdacht einmal absieht, Hochstett könnte ein heimtückischer Mörder sein. Ihr Ausruf begründet sich hauptsächlich darin, dass sie auf Geräusche in der Einfahrt lauschen möchte; das hysterische Gestammel des Tierarztes ist da wenig hilfreich. Soll sie ihm vorerst den Mund zukleben? Einen alten Lappen zwischen seine Lippen zwängen? Nein, sie will diese Aufgabe mit einem Minimum an Grausamkeit erledigen, außerdem ist der Mann bis auf ein halb bewusstes Wimmern bereits verstummt.

Es entsteht eine Lücke von wenigen Minuten, die beiden unangenehm ist. In fiktionalen Werken würde man diese Szene herausschneiden, doch für Marie und Hochstett gibt es keine Abkürzung. Die überflüssige Zeit bringt verschiedene Gedankenspiele mit sich. Was, wenn er sich trotz der Kabelbinder um seine Knöchel erheben würde? Wenn er – sie einfach ignorierend – zur Tür spränge? Sollte sie einen Warnschuss abfeuern? Das könnte jedoch ihre anderen Gäste verschrecken, die demnächst eintreffen müssten. Vielleicht würde es genügen, mit dem Kolben auf Hochstetts Kinn zu schlagen. Sie hofft, dass es dazu nicht kommt.

Di Francesco ist pünktlich.

Um ihn zuverlässig anzulocken, versprach Marie uneingeschränkten Zugriff auf ihre Tagebücher. Ein Privileg, das bisher noch keinem anderen Menschen zuteilwurde – was wohl auch daran liegen mag, dass sie gar kein Tagebuch führt.

Als di Francescos Wagen vorfährt, klärt sie Hochstett schnell über die möglichen Konsequenzen seines eventuell geplanten Verhaltens auf.

»Sollten Sie versuchen zu fliehen oder sich durch Schreie bemerkbar machen, schieße ich Ihnen in den Bauch. Soviel ich weiß, ist das eine sehr grausame Art zu sterben. Auch wenn Sie eher mit der Anatomie von Nutztieren vertraut sind, können Sie sich bestimmt vorstellen, welche Schmerzen zerfetzte Organe auslösen.«

Marie öffnet dem Journalisten die Tür, bevor er Gelegenheit hat, die Klingel zu benutzen. Das zusätzliche Auto in der Einfahrt ist ihm nicht entgangen, weshalb er einen Moment auf der Türschwelle verharrt, bereit, sofort umzudrehen.

»Ich hoffte, wir wären allein.«

Man darf es di Francesco nicht zu leicht machen. Bei allem, was ohne Kampf zu erlangen ist, wittert er eine Falle – vermutlich eine Art Berufskrankheit.

»Wollen Sie meine Aufzeichnungen nun sehen oder nicht? Es gibt mehrere Interessenten, und Sie sind nicht gerade mein Favorit.«

Kaum betritt er das Haus, greift Marie nach der Waffe, die sie hinter der Tür abgestellt hat.

»Was zum ...?«

Di Francesco kann seine Wortmeldung nicht zu Ende bringen. Marie ist wagemutiger geworden, sie drückt ihm die Mündung des Laufs gegen den Oberkörper, wie sie es oft genug auf der Kinoleinwand gesehen hat. Bei ihm fällt es ihr leichter als bei Hochstett, sämtliche Hemmungen fallen zu lassen. Der Journalist verschluckt sich an seinem eigenen Atem.

»Gehen Sie ins Wohnzimmer. Los jetzt!«

Als Geiselnehmerin wäre sie gar nicht schlecht. Vielleicht war es eine Fehlentscheidung, Schriftstellerin zu werden. Statt sich Verbrechen nur vorzustellen, könnte Marie sie durchaus begehen. Sie ist weit davon entfernt, das zu genießen, was gerade passiert – trotzdem fühlt es sich angenehm authentisch an. Keine Spur von postmoderner Verfremdung und ironischen Brüchen, das hier ist ernst.

Die beiden Männer werfen sich einen ängstlichen Blick zu. Die Anwesenheit des jeweils anderen bestätigt die furchtbare Realität der Lage. Di Francesco erkennt die Kabelbinder an Hochstetts Gelenken. Er kann sich denken, was ihn erwartet, noch bevor Marie mit dem Lauf ihrer Waffe auf den Beistelltisch zeigt, wo Nachschub liegt.

»Greifen Sie zu, di Francesco. Sonst sind Sie doch auch nicht so zurückhaltend.«

Der Journalist stellt sich vergleichsweise ungeschickt dabei an, aber wer hat schon Erfahrung darin, sich selbst zu fesseln? Marie ist hoch konzentriert, als sie die Kunststoffringe anzieht. Dem Mann ist alles zuzutrauen, sie hat keine Zweifel, dass er auch mit gebundenen Handgelenken ihren Kopf in den Schwitzkasten nehmen und sie würgen würde – sofern es nur eine Verbesserung seiner Lage herbeiführen könnte. Vorerst scheint er jedoch Kooperation zu bevorzugen ... cleveres Kerlchen.

Kaum hat di Francesco neben dem Tierarzt Platz genommen, klopft es. Marie wiederholt für den Journalisten noch einmal ihre freundlichen Sicherheitshinweise, dann geht sie zur Tür, um einem reichlich skeptischen Hendrik zu öffnen.

»Ich freue mich, dass du gekommen bist.«

»Spar dir die aufgesetzte Freundlichkeit. Erzähl mir einfach, was los ist.«

Die Wut über die medienwirksame Aufarbeitung ihres Beziehungsendes ist noch immer spürbar in seinem Blick und den wenigen Worten, die er an sie richtet. Sie kann es ihm nicht verübeln, besonders nicht in Anbetracht dessen, was sie ihm gleich zumuten wird. Doch ihr Vorhaben wird überstrahlt von einem höheren Ziel. Es dient einer guten Sache, geht es ihr durch den Kopf, oder vielmehr dient es der einzig wirklich wichtigen Sache, indem sie Gerechtigkeit üben wird.

»Komm doch bitte rein. Das ist nichts, was man zwischen Tür und Angel bespricht.«

Auch Hendrik ist nicht entgangen, dass mehrere Autos vor dem Haus parken.

»Wer sind die anderen?«

Marie ist es leid zu lügen, also belässt sie es bei einer vieldeutigen Ansage, die lediglich ein paar Informationen ausspart.

»Heute ist ein wichtiger Tag für mich, Hendrik. Es bedeutet mir viel, dass du dabei bist.«

Sie berührt ihn leicht am Arm, eine Geste, die ihnen früher ganz selbstverständlich war. Er ist versucht, ihr nachzugeben, doch sein Misstrauen lässt sich nicht ganz zerstreuen.

»Was passiert hier? Haben etwa die Schweden bei dir angerufen und dir den dämlichen Nobelpreis in Aussicht gestellt? Den kriegen hauptsächlich überbewertete Autoren, von daher hättest du ihn dir wirklich verdient.«

Unter anderen Umständen würden Hendriks Worte sie schmerzen, doch heute spielt das alles keine Rolle.

»Es ist eine Überraschung«, gibt Marie nahezu beschwingt zurück.

»Ich mag keine Überraschungen.«

Natürlich mag er die nicht – er mochte sie noch nie, selbst in dieser unendlich weit entfernten Vergangenheit nicht, als sie ein Paar waren. Hendrik sieht sich um, als erwarte er, dass jeden Augenblick kostümierte Maskottchen eines Freizeitparks aus dem Gebüsch hervorsprängen. Wenn er wüsste, was tatsächlich auf ihn zukommt, hätte er ganz andere Bedenken.

Die Tür ist gerade ins Schloss gefallen, als Marie das Gewehr wieder zur Hand nimmt und den perplexen Hendrik in das Wohnzimmer dirigiert.

»Was – ist das?«

Die Männer betrachten einander mit Fassungslosigkeit, bleiben aber still.

»Tja, das Gesetz der Serie, würde ich sagen. Zwei Herren sind bereits fixiert, welches Schicksal wird da wohl den dritten erwarten?«

Hendrik hat keinen Nerv für Zynismus.

»Du bist irre, Marie ... völlig irre.«

»Vorsicht, mein Lieber. Beleidige niemals jemanden, der ein Gewehr auf dich richtet.«

Der Drang zum Widerstand erlischt schnell in Hendrik. Wie die meisten Menschen seiner Generation und seines Kulturkreises kennt er bewaffnete Auseinandersetzungen nur aus den Nachrichten, weshalb er Maries Befehl, sich mit Kabelbindern zu fesseln, kommentarlos Folge leistet.

Das Zwischenergebnis ihrer bisherigen Arbeit erfüllt sie mit Stolz. Nun, da alle drei Männer ihrem Zugriff wehrlos ausgeliefert sind, gesteht sie sich ein, dass sie Glück hatte. Sie weiß nicht, was bei einer geringen Abweichung, einem nicht einkalkulierten Fehlverhalten eines Beteiligten passiert wäre. Hätte sie geschossen? Unschlüssig dabei zugesehen, wie einer von ihnen um sein Leben gerannt wäre? Vielleicht möchte sie es auch gar nicht wissen.

»So ... wie schön, dass wir nun alle hier versammelt sind.«

Sie bemerkt, wie falsch ihre Worte wirken und versucht, sie durch ein Lächeln als Ironie zu tarnen. Den gefesselten Männern scheint das ziemlich egal zu sein.

»Ihr denkt, ich bin verrückt – das denkt ihr doch, oder? Vielleicht stimmt es ja zum Teil, aber ich bin nicht halb so gestört wie der Mensch, der mir seit Monaten nachstellt. Erst hat er mich nur beobachtet, mir seltsame Botschaften zukommen lassen. Dann genügte ihm das scheinbar nicht mehr. Er tötete meinen Freund Jakub, versenkte ihn mit seinem Wagen im See. Es fehlte nicht viel, und man hätte seine Leiche nie gefunden, er würde jetzt noch dort unten liegen, Nahrung für Algen und Fische ...«

Ihr Blick will sich trüben, sie darf nicht länger an Jakub denken.

»Einer von euch war es, da bin ich mir sicher. Wir werden uns jetzt ein wenig unterhalten und dabei herausfinden, was wirklich vorgefallen ist. Und für die beiden Unschuldigen unter euch: Ich garantiere für eure Sicherheit, wenn ihr kooperiert. Sagt einfach die Wahrheit, nach bestem Wissen und Gewissen, so wahr euch Gott oder sonst wer helfe – verstanden?«

Die Männer nicken, wenn auch zögerlich.

»Also ... wo fangen wir an? Vielleicht bei dir, Hendrik? Von euch dreien bist du derjenige mit einschlägiger Erfahrung in Sachen Stalking, das macht dich nicht gerade unverdächtig. Möchtest du mir verraten, was du am 31. August getan hast?«

Die Angst in seinem Blick kann viele Gründe haben, es muss noch lange kein Eingeständnis seiner Schuld sein.

»Am 31. August? Keine Ahnung. Das ist Monate her.«

»Du solltest dir mehr Mühe geben, mein Lieber. Es geht hier schließlich darum, lebend diesen Raum zu verlassen. Außerdem weiß ich, dass du ein hervorragendes Gedächtnis besitzt.«

»Lass mich ... lass mich kurz nachdenken.«

Für ein paar Sekunden starrt Hendrik die Decke an, es ist jene vertraute Pseudo-Trance, ein winziges Stück Normalität in dieser surrealen Szene.

»Da war ich ... Ja, ich war für zwei Wochen bei einem Gastspiel in China.«

»Ist das so? Kannst du es beweisen?«

Hendrik bleibt sprachlos. An die Stelle der Worte rückt ein verkrampftes Schlucken.

»Du hältst mich für bescheuert, oder? Meinst du nicht, dass ich schon ein wenig recherchiert habe? Dein Flug nach Peking ging erst zwei Tage nach Jakubs Verschwinden. Kann man im Blog deines Theaters nachlesen, da gibt es auch ganz wundervolle Aufnahmen von dir vor der verdammten Mauer.«

Wut strömt durch ihre Adern und treibt den Adrenalinspiegel hoch. Äußerst konzentriert verdichtet sich ihr Denken zu einem winzigen Punkt. Wahnsinn hat etwas ungemein Anregendes.

»Ich werde selbst verfolgt«, bringt Hendrik leise hervor.

»Was meinst du mit verfolgt?«

»Irgendjemand war vor zwei Wochen in meiner Wohnung. Es gab keine Spuren für einen Einbruch, und es fehlten auch keine Wertsachen, aber mir fiel auf, dass manche Dinge anders standen, und da lag dieser Geruch von einer fremden Person in der Luft ... Ich bin mir sicher, dass sich jemand Zugang verschafft hat.«

»Denkst du dir das gerade nur aus?«

Hendriks Atem geht ungesund schnell.

»Nein, absolut nicht. Kurz darauf bekam ich einen Brief, einen Brief ohne Absender. Nur diese knappe Botschaft: *Halt dich von ihr fern.* In dem Umschlag steckte auch ein Foto. Es zeigte uns bei unserer letzten Begegnung, als ich so wütend war wegen dieses Zeitungsartikels. Man sieht uns beide vor deiner Tür stehen, ich rede gerade auf dich ein.«

»Maschinenschrift?«

»Was?«

»Dieser Satz *Halt dich von ihr fern,* war das handschriftlich oder aus dem Drucker?«

»Aus dem Drucker. Irgend so eine Standardschriftart, Arial vielleicht, keine Ahnung.«

Marie ist versucht, ihm zu glauben. Sie kennt die kurzen Nachrichten nur zu gut: *Achte auf deinen nächsten Schritt. Das mit deinem Knie tut mir leid. Kein Feuer, keine Kohle kann brennen so heiß.*

Natürlich beweist das nicht Hendriks Unschuld. Es könnte eine wohlkomponierte Lüge sein, als Täter hätte er das nötige Wissen, um sich selbst hinter einer Opferrolle zu verbergen. Doch für den Moment genügt ihr das, sie muss sich schließlich noch um zwei weitere Verdächtige kümmern.

»Dann reden wir jetzt über Sie, Herr di Francesco.«

Der Angesprochene zuckt kurz zusammen, der plötzliche Wechsel überfordert ihn. Maries Aufmerksamkeit lässt ihn noch ein paar Zentimeter kleiner werden.

»Als Journalist sind Sie ja damit vertraut, Menschen zu

beobachten, ihnen nahe zu kommen, ohne dass diese etwas davon merken. War es bei mir nicht auch so?«

»Frau Kardisch, ich habe ...«

»Lassen Sie mich ausreden. Sie waren es, der im Hintergrund recherchierte – angeblich für ein Buch, aber das ist Schwachsinn. Bei unseren letzten Begegnungen haben Sie nicht einmal Ihr Diktiergerät mitlaufen lassen. Es ging Ihnen bloß darum, sich in mein Leben zu drängen.«

»Sie sind eine Person des öffentlichen Lebens und haben gute Aussichten, die berühmteste Schriftstellerin Ihrer Generation zu werden. Natürlich interessiere ich mich für Sie, aber das ist rein beruflich. Können Sie sich vorstellen, wie viel eine Biografie über Sie wert ist, falls Sie in den nächsten Jahren den Nobelpreis erhalten? Ich wollte mir einen Platz an der Quelle sichern, nicht mehr.«

»So ganz nehme ich Ihnen den geldfixierten Opportunisten nicht ab. Es ist besser, wenn Sie mir die ganze Wahrheit erzählen – meine Geduld ist nicht unbegrenzt.«

Der Schweiß bricht ihm aus, Dutzende kleine Perlen, die auf seine blasse Stirn treten.

»Vielleicht ... vielleicht habe ich Sie in den vergangenen Monaten wirklich schätzen gelernt, vielleicht war es unprofessionell, Ihnen so nahe zu kommen. Aber bitte – meine Absichten waren stets ...«

»Ihre Absichten interessieren mich einen Scheißdreck«, unterbricht ihn Marie unsanft. Es tut ihr gut, ausfallend zu werden. Wann, wenn nicht jetzt, wäre schließlich der geeignete Zeitpunkt, um sich aus dem starren Korsett gesellschaftlicher Konventionen zu lösen?

»Marie, ich ...«

Soll sie ihm eine Ohrfeige verpassen? In diesem Moment

ist ihr Haus ein Schurkenstaat, der keine Genfer Konvention und keinen Internationalen Strafgerichtshof kennt. Sie kann ganz nach Gutdünken einen Journalisten festnehmen und misshandeln, was spricht da schon gegen Folter? Wenn's der Wahrheitsfindung dient, wie es bei Behörden so schön heißt.

»Ich habe auch so einen dämlichen Zettel erhalten!«

Di Francescos Ausbruch kommt überraschend, aber das passiert eben, wenn man Menschen unter ungeheuren Druck setzt.

»Wann? Wie? Was stand darauf?«

Verhöre sind – wie Geiselnahmen auch – etwas völlig Neues für Marie, doch sie spürt, wie sie mit dieser Aufgabe wächst. Ihre schnellen Fragen zielen darauf ab, den Journalisten einer Lüge zu überführen. Kein Mensch könnte sich in der Kürze der Zeit so viele Details zurechtlegen, also wird er sich entweder gleich widersprechen oder tatsächlich Vorgefallenes schildern.

»Es ist schon ein paar Monate her ... Das war die Zeit, als ich Sie öfter besuchte, um zu recherchieren. Ich erhielt einen Brief ohne Absender, darin stand nur ein Satz: *Lass die Finger von ihr.* Ich wusste ja nicht einmal, dass sich das auf Sie bezog. Bitte, Sie müssen mir glauben.«

»Und daran erinnern Sie sich jetzt?«

»Ich dachte, es sei nicht wichtig. Aber jetzt, da er«, di Francesco zeigt mit dem abgespreizten Daumen auf Hendrik, »von diesem Zettel erzählt hat ... Wer immer hinter Ihnen her ist, er sah uns wohl als Konkurrenten an.«

Ein nervöses Kribbeln breitet sich von Maries Schultern über die Arme bis in ihre Fingerspitzen aus. Die Waffe in ihrer Hand fühlt sich plötzlich sehr schwer an. Sie würde sie gerne auf den Boden stellen, ein paar Minuten in Ruhe über die gewonnenen Informationen nachdenken und eine Strategie ausarbeiten, doch das geht natürlich nicht. Das Gewehr ist alles, was zwischen ihr und diesen Männern steht, und einer von ihnen hat gestern versucht, sie umzubringen.

»Na gut«, sagt sie schließlich, eine Feldherrin, die eine schwere Entscheidung getroffen hat. »Nun sind Sie an der Reihe, Hochstett.«

Auch wenn sein Gesicht schon vorher blass aussah, verwandelt sich der Tierarzt nun endgültig in ein Gespenst. Allein die Situation macht ihn rasend vor Angst, die Aussicht, nun auch noch ein Kreuzverhör über sich ergehen lassen zu müssen, raubt ihm schlichtweg den Verstand.

»Ich ... bitte ... Marie.«

Sie gibt sich große Mühe, ihm aufmunternd zuzureden, auch wenn es ihr unangenehm ist, ihn derartig zu privilegieren.

»Ganz ruhig, Hochstett. Wir haben uns schon so oft miteinander unterhalten, warum sollten wir das jetzt nicht auch können?«

»Lassen Sie mich ... bitte ... lassen Sie mich gehen.«

»Clemens.«

Sie versucht, über den Vornamen so etwas wie Vertrauen zu erzeugen, zumindest in Ansätzen will es ihr auch gelingen.

»Wir sind doch Freunde, oder?«

Nach einer unentschlossenen Sekunde nickt der Tierarzt heftig.

»Sie mögen mich, stimmt's?«

Auch dies bejaht der Mann durch eifriges Vor- und Zurückschnellen seines Kopfes.

»Erinnern Sie sich, wie wir damals in meinem Garten auf einer alten Decke saßen? Es war sehr heiß, ich trug ein Kleid, und wir sprachen über die Atembeschwerden eines Mopses. Ja, ich weiß es noch ganz genau. Immer wenn Sie dachten, dass ich es nicht bemerke, sahen Sie mich so durchdringend an. Haben Sie sich vorgestellt, wie es wäre, über mich herzufallen? Mich für sich allein zu haben? Sind Sie in mich verliebt?«

Sie ahnt, dass sie an etwas kratzt, das der Wahrheit sehr nahekommen muss. Hochstett steht kurz davor, in sich zusammenzufallen.

»Marie, lassen Sie ...«

»Nur noch eine Frage, Clemens. Aber Sie müssen mir die Wahrheit sagen – sollten Sie mich anlügen, finde ich das heraus und werde wütend, verstanden?«

Das Nicken ist schwach, aber eindeutig.

»Haben Sie auch einen rätselhaften Zettel erhalten?«

Bevor der Tierarzt antworten kann, klopft es an der Tür. Noch in Gedanken korrigiert sich Marie, stellt fest, dass es mehr ein Hämmern, ein dämonisches Poltern als ein Klopfen ist.

»Aufmachen!«

Sie erkennt Sempers Stimme, obwohl der Tonfall nicht zu ihm passen will. Nie zuvor hat sie ihn so aufgebracht, so fordernd erlebt, selbst gedämpft durch Stahl und Holz besitzen seine Worte eine totalitäre Macht.

»Aufmachen, sofort!«

Durch die Glasfront muss er gesehen haben, was sich im Wohnzimmer zuträgt. Zweifelsfrei erkennt er das, was in Krimiserien immer als Gefahr im Verzug bezeichnet wird.

Marie hat es nicht für nötig befunden abzuschließen, was sich nun rächt. Schnell gibt das Schloss den wiederholten Angriffen des Kriminalpolizisten nach. Die Tür springt auf, der Mann stürmt herein und ist innerhalb von zwei Sekunden bei Marie. Sie hält die Waffe weiterhin in der Hand, denkt nicht daran, sie herunterzunehmen. Der Lauf pendelt kurz zwischen den gefesselten Männern und Semper, dann beschließt Marie endgültig, dass der Kriminalpolizist aktuell das größte Risiko für ihr Vorhaben darstellt. Sie nimmt seinen Oberkörper ins Visier, ihre Finger krampfen sich um das Gewehr. Ihr ist vollkommen klar, dass sie nie auf ihn schießen würde, doch woher soll er das wissen?

»Lassen Sie die Männer gehen, Marie.«

»Und warum?«

Semper ist der Mann im Hintergrund, vermutlich hat er die meisten Fälle an seinem Schreibtisch gelöst, durch ausführliches Studium von Protokollen, Beweismitteln und Zeitsträngen. Verhandlungen mit Geiselnehmern gehören nicht zu seinen Stärken, weshalb ihn bereits Maries Nachfrage aus dem Konzept bringt.

»Weil ... weil es richtig ist.«

»Soll Jakubs Mörder etwa ungestraft davonkommen?«

»Wir werden ihn finden und bestrafen, das verspreche ich Ihnen. Aber auf diese Weise funktioniert es nicht.«

»Das werden wir sehen. Und jetzt gehen Sie, Semper. Bitte.«

Der Kriminalpolizist schüttelt den Kopf.

»Marie, Sie sind dabei, einen großen Fehler zu begehen. Selbst wenn einer von diesen Männern Jakubs Mörder sein sollte, bedrohen Sie gerade zwei gefesselte Unschuldige mit einer Waffe.«

»Selbst wenn? Ich weiß es.«

»Nein, wissen Sie nicht. Das, was Sie in den nächsten Sekunden tun, stellt die Weichen für Ihr restliches Leben.

Und auch für das Leben dieser Männer. Bedenken Sie die Konsequenzen.«

»Es gibt eine Zeit zu denken und eine Zeit zu handeln, Semper. Wenn ich das hier nicht tue, wird er mich töten, so wie er Jakub getötet hat.«

»Das lasse ich nicht zu.«

»Und was wollen Sie dagegen ...«

Dass es ein Trick ist, bemerkt Marie erst, als Semper nur noch eine Armlänge entfernt steht und den Lauf des Gewehrs Richtung Decke schlägt. Für ein paar Sekunden ist alles still, ein fragiles Gleichgewicht der Kräfte, dann gehen beide zu Boden, wo der Konflikt umso entschiedener ausgetragen wird. Zunächst scheint Marie überlegen, sie ist sportlich, was man von Semper nicht behaupten kann. Diesem gelingt es jedoch, seinen Mangel an Fitness durch größere Erfahrung im Nahkampf auszugleichen. Er sieht Maries Bewegungen voraus, ihre Versuche, seine Körpermasse gegen ihn zu verwenden. Der Kampf wird hoch konzentriert geführt. Vergessen sind die gefesselten Männer auf dem Sofa, vergessen das Gewehr, das Marie entglitt und durch einen unbeabsichtigten Fußtritt an das andere Ende des Raumes geschleudert wurde.

Eine weitere Person hat das Wohnzimmer betreten. Sie orientiert sich einen Augenblick, hebt dann die Waffe auf und richtet das Wort an die Ringenden.

»Aufhören!«

Noch nie hat Marie eine derartige Entschlossenheit in ihren Augen gesehen, weshalb sie kurz zögert, diesen so vertrauten Menschen zu erkennen.

»Astrid?«

Und plötzlich stehe ich im Mittelpunkt.

Alle Augen richten sich auf mich, jeder in diesem Raum wartet ängstlich auf meinen nächsten Schritt. Welch ein Aufstieg! So lange war ich nur eine Nebenfigur, eine Statistin, die ihr jämmerliches Dasein fern des Scheinwerferlichts zubringen musste. Niemand beachtete mich, niemand zog mich auch nur kurzzeitig als Täterin in Betracht. Liegt es nur an dem Gewehr, das ich abwechselnd auf den Polizisten und Marie richte? Ist es die Autorität, die ich plötzlich ausstrahle? Von der ich selbst nicht einmal wusste, dass sie existiert?

Was für ein Gefühl! Als hätte ich einen Weltkrieg ausgelöst. Alles lauscht ängstlich auf meinen nächsten Befehl, es liegt in meiner Hand, sie in den Untergang zu treiben. Ich bin das Elend und die Herrlichkeit, Gut und Böse, eine erbarmungslose Richterin, die sie durch ein Handzeichen zum Tode verurteilen kann. Doch alle möchte ich gar nicht. Die Männer sind mir egal, ich kann ihre minderwertigen Körper durchlöchern oder es lassen, das hängt ganz von meiner Laune ab. Wichtig ist nur sie, sie allein.

»Aufstehen, schön langsam.«

Astrid legt das Gewehr an, den Finger am Abzug. Ihr Blick wandert eilig zwischen den Anwesenden hin und her.

»Tut nichts Unüberlegtes.«

Noch versteht Marie nicht, was gerade passiert. Ihr Denken kann nicht Schritt halten mit der veränderten Realität.

»Astrid, was ist denn los?«

Es gelingt ihr nur zögerlich, ihre Assistentin mit der Frau, die bewaffnet vor ihr steht und sie bedroht, in Einklang zu bringen.

»Astrid, verdammt! Lass den Blödsinn und nimm das Gewehr runter.«

Dann trifft sie Astrids durchdringender Blick. Die Erkenntnis ist schmerzhaft, ein Lichtstrahl, so gleißend, dass er als Stich direkt ins Herz fährt. Für eine Sekunde setzen Atmung und Denken aus.

»Astrid ... du?«, stößt Marie in einer Mischung aus Fassungslosigkeit und Anklage hervor. Sie steht auf und spürt, wie ihre Beine den Dienst verweigern. Eine ungeahnte Schwäche erfasst sie. Ihr wird klar, dass sie die Kontrolle verloren hat. Über ihren Körper. Über ihr Leben. Ihr Schicksal liegt nun ausschließlich in den Händen einer Frau, die sie zu kennen glaubte.

Mühsam erhebt sich Marie, Semper tut es ihr gleich.

»Du warst es ... Du warst es die ganze Zeit.«

Astrids Gesicht zeigt keine Reaktion. Falls Marie mit einem Geständnis, einer Entschuldigung oder einer sonstigen menschlichen Regung gerechnet haben sollte, wird sie enttäuscht.

»Du hast Jakub getötet. Du hast ihn einfach getötet ...«

Die schier unfassbare Erkenntnis überwältigt Marie. Sie gerät ins Stocken, ihre Worte kapitulieren vor einem aggressiven Schweigen. Der Lauf der Waffe richtet sich sehr genau auf Maries Oberkörper aus.

»Lass uns vernünftig bleiben, Astrid, bitte!«

Das Lachen beginnt ganz tief unten in ihrer Bauchhöhle. Einen Moment kann sie es wohl noch unter Kontrolle halten, dann bricht es plötzlich hervor und erfüllt den gesamten Raum. Astrid lacht so laut, dass der Schall von den Wänden widerhallt. Ein böser Riese, der in seiner Höhle erwacht ist.

»So einfach ist das nicht, Marie. Oh, ich wünschte wirklich, wir könnten das hier anders klären. Noch einmal ganz von vorne anfangen. Uns noch einmal auf dem Schulhof begegnen und für ein paar Wochen glauben, alles wäre möglich.«

Semper scheint einen Plan zu haben, auch wenn es kein besonders ausgereifter ist. Während Astrid sich auf Marie konzentriert, versucht er langsam, näher zu kommen.

»Was meinst du?«

Am Rande ihres Sichtfeldes bemerkt Marie die dezente Vorwärtsbewegung des Kriminalpolizisten. Sie begreift, was ihre Aufgabe in diesem Spiel ist, auch wenn sie nicht mehr die Regeln vorgibt. Sie muss Zeit gewinnen, Zeit, bis Semper sich auf Astrid stürzen kann, um sie zu überwältigen.

»Es waren die glücklichsten Wochen meines Lebens, Marie. Zum ersten Mal fühlte ich mich nicht nutzlos und unerwünscht. In deinem Lächeln erkannte ich Wertschätzung, Sympathie, Verständnis. Wir waren nicht so wie die anderen. Wir waren etwas Einmaliges. Füreinander bestimmt. Dir scheint das alles nichts bedeutet zu haben, du erkennst mich nicht einmal jetzt wieder. Für dich war ich nur eine unter vielen. Du hast mich als deine Assistentin eingestellt, ohne zu merken, dass wir einmal Vertraute waren.«

Plötzlich setzt die passende Erinnerungssequenz ein: Astrid. Das Mädchen, das für ein paar Wochen Teil ihres Freundeskreises war. Mit dem sie über Bücher und Autoren sprechen konnte. Mit dem sie während der Klassenfahrt getanzt hat. Danach zog Marie mit ihrer Familie in eine andere Stadt, besuchte eine neue Schule. Der Kontakt brach ab.

»Astrid ... das warst du? Du warst das Mädchen aus der elften Klasse? Klein, sehr belesen ...«

»Halt die Klappe! Halt für einen Moment einfach mal die Klappe. Ich war fett, Marie. Fett und hässlich. Bücher waren mein einziger Trost. Mit den Jahren ist es besser geworden, aber ich konnte dir nie das Wasser reichen. Du warst immer perfekt. Klug, wunderschön und bei allem, was du tatest, immer so liebevoll. Du gabst jedem Menschen das Gefühl, er sei etwas ganz Besonderes. Dabei drehte sich deine Welt immer nur um dich. Dein Leben ist ein Wohltätigkeitsball, auf dem man dich vierundzwanzig Stunden am Tag für deine Großartigkeit feiert. So ganz durchschaue ich das erst jetzt, Marie. Es ist ein schmerzhafter Prozess, weil ich dich ... weil ich dich trotz allem liebe. Ich liebe dich mehr, als dich dieser dümmliche Übersetzer je geliebt hat.«

Eine Pause entsteht, in der das hektische Atmen aller Akteure deutlich zu hören ist.

»Entschuldige«, sagt Astrid schließlich und betätigt den Abzug der Waffe, ohne genau hinzusehen. Sie muss Sempers Vorhaben von Anfang an durchschaut haben. Der Rückstoß erschüttert ihren Körper; im Gegensatz zu Marie kann sie kein Schießtraining im Wald vorweisen. Doch was sind schon ein paar Pfandflaschen gegen einen echten Polizisten?

Das Geräusch betäubt jeden Gedanken und bewirkt einen merkwürdigen Stillstand der Szenerie. Wie eingefroren bleibt Semper noch einen Moment stehen, dann führt er die Hände an seinen Bauch, aus dem das Blut in Wellen tritt. Er wehrt sich noch kurz dagegen, zu Boden zu gehen. Schließlich folgt er der Schwerkraft auf den Teppich, der sich unter ihm rötlich verfärbt.

Er braucht dringend ärztliche Hilfe, geht es Marie durch den Kopf, sonst wird er sterben. Hochstett entfährt ein entsetzter Aufschrei, während di Francesco nur ein Wimmern von sich gibt und Hendrik Unverständliches murmelt.

»Seid einfach ruhig, okay? Hier unterhalten sich zwei Erwachsene. Wenn ihr nicht ruhig seid, kann ich nicht denken, und wenn ich nicht denken kann, werde ich wütend und schieße noch jemanden nieder.«

Im Theater ist es der Deus ex Machina, der plötzlich aus den Kulissen auftauchende Gott, der den unlösbar scheinenden Konflikt beseitigen soll. Doch wie nennt man sein Gegenteil? Den Luzifer, der aus einer Wolke aus Rauch und Schwefel aufsteigt?

»Komm mit!«

Die Richtung, in der Astrid das Gewehr hält, lässt keinen Zweifel daran, dass Marie gemeint ist.

Sie wägt ihre Optionen ab, viele sind es nicht. Ihr Gegenüber ist für keine Argumente mehr zugänglich, zu allem entschlossen und bewaffnet. Wenn sie ihr nicht Folge leistet, wird sie innerhalb der nächsten Sekunden in diesem Raum sterben. Alternativ kann sie kooperieren, was ihr Leben ein wenig verlängern und eventuell eine Chance bieten könnte, Astrid zu überwältigen.

Sie wirft einen letzten Blick auf Semper. Er hat versucht, sie zu retten. So also sieht ein Held aus, denkt Marie, obwohl ihr diese Überlegung sofort unangenehm ist. Die zitternden Hände presst Semper verzweifelt auf die Wunde. Mit geweiteten Augen starrt er auf sein Blut, das sich zu einer Pfütze sammelt.

Sie verlassen das Haus und laufen in Richtung des verwilderten Gartens, die vor Kälte und Angst zitternde Marie vorweg, hinter ihr Astrid mit dem Gewehr. Es ist klar, wohin ihr Weg führt.

»Dreh das Boot herum.«

Ihre Muskeln verweigern den Dienst, mehrfach rutscht sie ab und geht beinahe zu Boden, doch der Gewehrlauf in ihrem Rücken mobilisiert ungeahnte Kräfte. An ihren Fingernägeln reißt die Haut ein, kleine rote Rinnsale breiten sich aus. Jakub ist gestorben, Semper stirbt, ich werde sterben, geht es Marie wieder und wieder durch den Kopf, ein Mantra des Todes.

»Steig ein!«, befiehlt Astrid, als Marie das Wunder vollbracht und das Boot herumgedreht hat. Sie wehrt sich nur halbherzig.

»Der See ist vereist.«

»Jetzt steig gefälligst ein!«

Mehrere Sekunden betrachten sie einander, ohne dass etwas passiert. Marie versucht, eine Schwäche an Astrid zu entdecken, eine Unzulänglichkeit, an der sie ansetzen und ihren Gegenangriff starten kann. Doch die Frau ist über sich hinausgewachsen, frei von jedem Zweifel. Ein Engel, der die Geschicke der Menschen in höherem Auftrag lenkt – oder ein düsterer Fährmann, der die Sterblichen zur Unterwelt transportiert.

Marie nimmt auf der mittleren Bank Platz, Astrid setzt sich an das vordere Ende. Aus der Ferne betrachtet muss es ein seltsamer Anblick sein, die beiden Menschen in einem Boot, zwischen ihnen das Gewehr.

Die gefrorene Oberfläche des Sees gibt mit verhaltenem Krachen dem Druck des Rumpfes nach. Unpassenderweise muss Marie an Crème brûlée denken, an den Moment, in dem der Löffel die Karamellkruste durchstößt. Zugleich wird ihr bewusst, dass sie wohl nie wieder diesen köstlich ungesunden Geschmack auf ihrer Zunge erleben wird. Überhaupt stehen die Aussichten schlecht, dass ihr Dasein noch mehr für sie bereithält, als erschossen zu werden oder in diesem See zu ertrinken.

Marie versucht, die Pausen zwischen den einzelnen Ruderschlägen zu dehnen. Langsam geht es voran, ganz langsam. Sie muss Zeit gewinnen. Ihre Gegnerin in ein Gespräch verwickeln. Sie ablenken.

»Warum hast du mir nie etwas von deinen Gefühlen gesagt, Astrid?«

Wieder stellt sich das unheilvolle Lachen ein. Hier draußen, allein mit der Psychopathin, wirkt es noch abstoßender.

»Dir von meinen Gefühlen erzählen? Und was hätte das gebracht? Dass du dich peinlich berührt abwendest und mich ein paar Tage später unter einem fadenscheinigen Vorwand aus deinem Leben verbannst? Oder hättest du mich behalten, als kleines, amüsantes Unikum, von dem du weißt, dass es dir mit ganzer Seele ergeben ist und jedes Stöckchen aufsammelt, das du ihm hinwirfst? Ein Schoßhündchen, nur dass ich eben nie in deinen Schoß dürfte?«

Das Boot entfernt sich immer weiter vom Ufer. Sie könnten genauso gut in einer Kapsel den Weltraum durchqueren, so unerreichbar sind sie nun für andere Menschen. Marie spürt die Kälte des Alls auf ihrer Haut, das Vakuum raubt ihr den Atem.

Es ist einfache Mathematik, dass jede Hilfe zu spät eintreffen wird. Semper liegt am Boden, vielleicht bereits tot oder doch zumindest kurz davor. Unwahrscheinlich, dass er noch die Kraft findet, einen Notruf abzusetzen. Hochstett, di Francesco und Hendrik sind gefesselt. Bis sie sich gegenseitig mit einem Küchenmesser oder einer Schere befreit haben, werden wertvolle Minuten verstreichen – mindestens noch einmal so viele, bis Polizei und Rettungskräfte hier eintreffen. Astrid hat gute Chancen, ihr Vorhaben in die Tat umzusetzen.

»Wir hätten eine Lösung gefunden.«

»Du scheinst nicht zu verstehen, Marie. Das hier ist die Lösung.«

Zwischen zwei Ruderschlägen scheint die Zeit ins Stocken zu geraten. Astrid zeigt ein Lächeln, das irgendwo zwischen Wahnsinn und Verzweiflung liegt. Ihre Hände umklammern die Waffe stärker als je zuvor.

»Du wirst mich niemals lieben – es war schmerzhaft, das zu begreifen, aber es stimmt. Doch wenn ich dich im Leben nicht haben kann, möchte ich dich zumindest im Tod für mich.«

Ein Anflug blinder Panik befällt Marie. Die Möglichkeit des eigenen Endes schwebte immer abstrakt über ihrem Denken, doch jetzt ist sie greifbar.

Alles, was Marie jemals erlebt hat, schrumpft zu einem winzigen, kaum noch erkennbaren Punkt zusammen. Das Universum in einer Nussschale: ihre frühe Kindheit. Anna. Ihre Zeit an wechselnden Schulen. Die stürmische Beziehung mit Hendrik. Ihr erster Roman. Das Leben als Schriftstellerin. Die öffentliche Anerkennung. Das Beobachtetwerden bei jedem Schritt.

Und Astrid.

Wie kann es nur sein, dass sie es nicht bemerkt hat? Die ganze Zeit über war sie ihr so nah. Sie tötete Jakub und saß am nächsten Tag wieder an ihrem Schreibtisch, um die Eingangspost zu sortieren und Telefonate entgegenzunehmen. Marie ließ ihre Einkäufe von ihr erledigen, ihre Steuererklärung und die Terminkoordination mit dem Verlag. Sie erteilte ihr Aufträge, und Astrid erfüllte sie. Zur *vollsten* Zufriedenheit, wie es in Arbeitszeugnissen immer so lächerlich und grammatikalisch unzutreffend heißt …

Und wie hervorragend die Assistentin ihre Rolle spielte. Sie dachte sogar daran, sich immer wieder dabei erwischen zu lassen, wie sie auf den einschlägigen Internetportalen nach einem neuen Lebensgefährten suchte. Gab sich aufrichtig überrascht, als plötzlich die Polizei an der Tür klingelte. Alles Ablenkung und Maskerade, von Anfang an.

Aber natürlich. Was auch geschah, ob nun neben Marie eine Drohne ins Wasser stürzte, eine Angelschnur über ihren Weg gespannt, ein Scheiterhaufen in ihrer Einfahrt entzündet oder Jakub ermordet wurde – immer ereignete es sich außerhalb von Astrids Dienstzeiten. Im Nachhinein erkennt Marie das Muster, auch wenn es nun zu spät ist.

Nur Astrid wusste Bescheid.

Sie konnte jede E-Mail mitlesen, alle Telefonate mithören. Oft genug wurde sie Zeugin ihrer Unterhaltungen. In Nebensätzen vertraute Marie ihr Wahrheiten an, für die ein Journalist wie di Francesco gemordet hätte – zumindest im metaphorischen Sinne. Astrid hingegen meint es ernst, so ernst, dass Marie sich am liebsten übergeben möchte, doch sie muss rudern, immer weiter rudern, Meter um Meter dem eigenen Verderben entgegen.

»Ich will nicht sterben«, sagt sie leise und naiv wie ein kindliches Gebet.

Astrid schlägt einen sanften Tonfall an, als würde sie einen Hund beruhigen wollen, dem man bereits die tödliche Spritze ansetzt.

»Es wird schnell gehen, mach dir keine Sorgen ... Außerdem wird ein Mensch bei dir sein, dem du alles bedeutest. Nicht jedem Sterbenden wird dieser Luxus zuteil. Du krepierst nicht elendig am Straßenrand, nachdem dich ein Lkw überrollt hat, so wie die Protagonistin in einem deiner Theaterstücke.«

Das Eis spaltet sich auf in kleine scharfkantige Schollen. Für einen Moment wagt Marie es, ihr Gegenüber auszublenden. Hinter Astrid erkennt sie eine knapp drei Meter breite Schneise chaotischer Bruchstücke.

Sie klammert sich an jeden dünnen Faden, um das Gespräch in Gang zu halten.

»Hast du das Stück gesehen?«

»Gesehen und gelesen. Ich kenne jeden Text von dir. Dank meiner Arbeit sogar die unveröffentlichten, die Fragmente, die von dir verworfenen Ideen. Ich bin keine Schriftstellerin, aber ich habe mich immer darüber gewundert, wie leichtfertig du Geschichten aufgegeben hast. Als wären dir deine Figuren nach Hunderten Seiten plötzlich egal geworden ... Fast wie in der Wirklichkeit, nicht?«

»Astrid, bitte, ich ...«

Der Einspruch wird sofort zurückgewiesen. Astrids Kopfschütteln gerät so heftig, dass sogar die Waffe in ein bekräftigendes Schwanken kommt.

»Ich glaubte immer, dir nahe zu sein, aber ich war Lichtjahre von dir entfernt. So geht es den meisten Menschen, die dich kennenlernen, nicht wahr? Lange Zeit bist du damit gut gefahren, schon in der Schulzeit. Wie hätte man dir einen Wunsch abschlagen können? Wer hätte es übers Herz gebracht, dich zu enttäuschen? Dabei bist du eine selbstherrliche Egoistin, nichts weiter.«

Kurz sieht Astrid sich um.

Die Position des Bootes scheint für ihr Vorhaben geeignet. Sie haben die Mitte des Sees erreicht, um sie herum nur Wasser, tief, kalt und tödlich.

»Steh jetzt auf.«

Marie holt zögernd die Ruder ein.

»Jetzt steh schon auf!«

Sie bleibt sitzen.

Dieser letzte Akt zivilen Ungehorsams erfordert all ihre Kraft. Sie spannt ihre Muskeln an und fragt sich eine endlose Sekunde lang, ob sie eine Chance hätte, ihre Gegnerin zu überwinden. Das Ergebnis ihrer Überlegung kommt gleichermaßen schnell wie eindeutig: Nein, ausweglos.

»Jetzt steh verdammt noch mal auf!«, wiederholt Astrid den Befehl, ihre Stimme überschlägt sich. Sie presst den Lauf des Gewehrs gegen Maries Brust, der Finger am Abzug zuckt fiebrig.

An dieser Stelle übernimmt Maries Instinkt die Führung. Ihre Reflexe klammern sich an das Leben, sie kämpfen verzweifelt um jeden weiteren Atemzug. Ihr Körper richtet sich so langsam auf, dass das Boot nur in leichte Schwingungen versetzt wird. Wenn es kippt, sterben sie beide.

Das nächste Ufer ist mindestens dreihundert Meter entfernt, selbst für eine verhältnismäßig gute Schwimmerin wie Marie viel zu weit. Sie müsste sich Zug um Zug durch das Eis kämpfen, das nicht tragfähig genug ist, um darauf zu laufen – dafür scharfkantig und unberechenbar. Der Kälteschock würde außerdem verhindern, dass sich Atem und Bewegungen aufeinander abstimmen könnten, das Vorankommen wäre ineffizient, die Kraft nähme sehr schnell ab. Würde sie um Luft ringen, könnte sie nicht einmal mehr um Hilfe schreien.

»Bitte, Astrid, lass es nicht so enden.«

»Es gab so viele Möglichkeiten, so viele Abzweigungen, die unsere Geschichte hätte nehmen können. Ich meinte schon, über dich hinweg zu sein, dich vergessen zu haben, aber dann tauchte dein Name plötzlich in den Nachrichten auf – die junge Schriftstellerin Marie Kardisch mit ihrem klugen und gefühlvollen Debütroman *Leerzeichen*. Naiv, wie ich war, kaufte ich mir das Buch und war sofort beeindruckt. Jeder einzelne Satz berührte mich. Ja, du bist eine ausgezeichnete Autorin, Marie. Vielleicht herzlos, aber definitiv genial. Von da an begleitete ich dein Leben, zunächst nur aus der Ferne, doch dann kam ich dir immer näher. Als ich erfuhr, dass du eine Hilfskraft einstellen wolltest, sah ich meine Chance. Ich würde stundenlang bei dir sein, Tag für Tag, Woche um Woche. Eine Weile genügte es mir, mich in deinem Licht zu baden, doch das Herz … das Herz will immer mehr.«

Astrid richtet die Augen pathetisch zum Himmel. Ungefähr so muss es aussehen, wenn religiöse Menschen eine Vision cmpfangen. Nur mit Mühe kann Marie der Versuchung widerstehen, dem Blick zu folgen.

»Mit einem Fernglas beobachtete ich dich nach Dienstende, nach Hause fuhr ich nur noch zum Schlafen. Schon vor Sonnenaufgang war ich wieder hier, sah dir beim Laufen zu und nahm Fotos von dir auf, wie du dich an einem umgeknickten Baumstamm gedehnt hast. Ich gab mir wirklich Mühe, einen Fehler an dir zu finden, ich wollte diesen Zauber zerstören – doch in allem bist du so unerträglich perfekt. Nur bei der Wahl deiner Partner hast du kein glückliches Händchen. Warum musstest du dich auch mit diesem polnischen Bauern einlassen? Was sollten die Flirts mit dem Tierarzt? Die intimen Gespräche mit dem Aufschneider von der Zeitung? Warum kam dein Ex plötzlich hier vorbei?«

Die Fragen erwarten keine Antworten, trotzdem möchte Marie etwas erwidern.

»Ich kann das erklären.«

Es genügt ein scharfer Blick, um sie zum Verstummen zu bringen.

»Irgendwann erkannte ich die Absicht dahinter. Du musstest hinter mein Geheimnis gekommen sein und zogst mich nun damit auf, indem du dich vor meinen Augen mit unwürdigen Typen trafst. Was dachtest du dir nur dabei? Als wäre mein Leid nicht schon groß genug gewesen. Dass wir nun an diesem Punkt stehen, ist allein deine Schuld – nicht meine. Sei wenigstens standhaft genug, die Konsequenzen zu tragen.«

In ihrer absurden Logik mag das alles Sinn ergeben, doch Marie kann nicht anders – sie muss kämpfen, sie muss gegen den Wahnsinn antreten, wenn sie ihm irgendwie entkommen will.

»Ich wusste nichts von deiner Liebe, Astrid, wie sollte ich auch? Du kennst mich. Du weißt, wie schwer mir der Umgang mit anderen Menschen fällt. Du weißt, wie einsam und zurückgezogen ich hier draußen lebe. Ich verstehe mich oft selbst nicht. Wenn ich nur geahnt hätte ...«

Der See, das Boot, die Mörderin, alles verschwimmt plötzlich in diffusen Bahnen. Mit kurzer Verzögerung stellt Marie fest, dass sie weint. Die Tränen laufen über ihre Wangen, sie schmeckt den salzigen Film auf ihren Lippen.

»Du wirst jetzt in den See springen.«

Sie hatte erwartet, dem Tod gefasst entgegenzutreten. Aufrecht. Heroische Worte schreiend. Stattdessen entkommt ihrem Mund nur ein halblautes Flehen.

»Bitte ... Astrid ... bitte.«

»Erspar uns das. Zwing mich nicht, dich zu erschießen. Ich will nicht sehen müssen, wie das Blut aus deiner Brust rinnt. Lass uns beide im Wasser sterben, Seite an Seite.

Wie Romeo und Julia. Du wirst mein letzter Gedanke sein, Marie.«

»Warte ...«

Ihre Kraft verlässt sie, die Knie zittern. Schwindel erfasst sie. Es ist ein hässlicher Abgang zu ertrinken. Soweit sie weiß, werden ihre letzten Minuten äußerst qualvoll sein: Schon kurze Zeit nachdem der Kopf unter die Oberfläche gesunken ist, setzen krampfhafte Atemzüge ein. Wasser gelangt in den Kehlkopf und vermischt sich mit Luft und Sekret zu einem weißlichen Schaum. Der Sauerstoffmangel löst schließlich heftige Muskelkrämpfe aus, bei denen sich alle Körperteile maximal strecken und die Glieder unwillkürlich zucken. Darauf folgt der endgültige Atemstillstand und schließlich der Tod.

»Astrid, ich habe einen Wunsch«, sagt Marie mit einer Überzeugung, die sie kaum noch für möglich gehalten hätte. Mit dem Ärmel ihres Oberteils wischt sie die Tränen ab.

»So, einen Wunsch hast du. Und?«

»Ich möchte ... ich möchte dich küssen – bevor es vorbei ist.«

Wenn Astrids Denken ein Uhrwerk wäre, könnte man in dieser Sekunde einzelne Zahnräder herausspringen sehen.

»Küssen? Mich küssen?«

Die Verwunderung reißt ihr die Augenlider nach oben.

»Du hast von Romeo und Julia gesprochen – sie starben mit einem Kuss, oder?«

Astrid zittert, ihre Hände verkrampfen sich um das Gewehr.

»Und das ... das willst du?«

Für einen Moment sehen die beiden Frauen einander an, als würden sie sich das erste Mal begegnen. Dann nickt Marie.

»Ja, das will ich.«

Es ist der höchste Augenblick, der tragischste, der letzte. Alles, was bisher geschah, die Belanglosigkeiten ebenso wie die größten Momente, verdichtet sich in diesem einen Punkt. Es wird kein Danach mehr geben, nur eine endlose Gegenwart. Wir werden durch diesen Kuss versteinern, verewigt werden zu engelsgleichen Statuen, auch wenn uns das Gewicht unweigerlich auf den Grund des Sees ziehen wird. Dort sollen wir liegen, zur Ruhe kommen nach all den sinnlosen und verlustreichen Kämpfen.

Es ist ein Reflex, der bei fast allen Menschen greift: Wenn sie ihr Gesicht dem eines anderen nähern, schließen sie ihre Augen. Sie verzichten bereitwillig auf die Sehkraft, um mit ihren verbleibenden Sinnen umso intensiver wahrzunehmen. Auch Astrid ist davor nicht gefeit. Als sie nur noch wenige Zentimeter von Marie entfernt ist, überlässt sie sich in Erwartung des Kusses einer flüchtigen Blindheit.

Marie holt aus.

Sie schlägt ihre Stirn mit aller Kraft gegen Astrids Kopf. Die Schädelknochen prallen krachend aufeinander. Beide Frauen geraten ins Wanken, doch Marie kann den Impuls schneller abfangen. Astrid hingegen setzt zu einem Ausfallschritt an, verschätzt sich dabei, stolpert über die Sitzbank und stürzt ins Wasser.

Das Boot schwankt bedrohlich. Wasser spritzt hoch, läuft ins Innere. Nur durch massive Gegenbewegungen gelingt es Marie, ein Kentern zu vermeiden.

Als wäre der See von einem Ungeheuer mit einer verwirrenden Vielzahl von Tentakeln bevölkert, traut sie sich nur zögerlich, über den Rand zu blicken. Worte drängen sich auf, schließlich ein ganzer Satz, den Marie nicht zuordnen kann. Sie ist sich sicher, ihn vor Kurzem gelesen zu haben, nur wo? *Heute stürzt es, von Dämonen umschlungen, über einem Auge die Hand und mit dem andern ins Grauen starrend, hinab von Verzweiflung zu Verzweiflung.*

Astrid treibt im Wasser.

Sie rudert kaum mit den Armen, ihre Beine treten nur leicht. Um sie herum tanzen Eisfragmente auf den Wellen. Es ist ein trauriges Bild; ein Käfer, der auf dem Rücken liegt, eine Fliege, die sich im Spinnennetz verfangen hat. Marie weiß, dass sie Astrid nicht retten kann. Niemand kann das.

Ihre Blicke treffen sich.

Ist sie nicht wunderschön?

Selbst in diesem Augenblick, nach allem, was passiert ist. Ich sehe ihre aufgeschlagene Stirn, in die ungeordnet blonde Strähnen fallen, das Glänzen ihrer Augen, mit denen sie mich – mich, wirklich nur mich – betrachtet. Sie fragt sich, was als Nächstes zu tun ist. Fest steht: Es gibt nichts mehr zu tun. Das Spiel ist aus. Ich werde in diesem See ertrinken, gescheitert mit meinem großen Lebensziel. Gemeinsam hätten wir sterben sollen, vereint in Liebe und Ewigkeit, ein Mahnmal für alle tragischen Paare dieser Welt.

Als Kriminelle wird man mich in Erinnerung behalten, als Geisteskranke. Doch bin ich nicht die einzige Normale in einer Welt voller Verrückter? Wie kann es sein, dass nur ich Maries Herrlichkeit erkannt habe? Selbst jetzt, da ich sie hassen müsste, liebe ich sie noch. Ich würde sie mit offenen Armen empfangen, spränge sie mir hinterher.

Ich spüre wenig von der Kälte. Das Wasser umarmt mich wie einen alten Bekannten. Langsam saugt sich meine Kleidung voll; Luftblasen unter meiner Jacke entweichen. Ich liege ganz ruhig, versuche gar nicht erst, zu schwimmen oder zurück in das Boot zu gelangen. Sie würde es mit dem geschickten Einsatz eines Ruders zu verhindern wissen, da bin ich mir sicher. Oder reicht sie mir doch ihre Hand? Zieht sie mich im letzten Moment aus diesem Grab? Was bliebe mir anderes übrig, als sie mit mir hinabzuziehen?

Leben heißt fallen.

Es ist Zeit loszulassen. Nur einen Augenblick lang will ich sie noch ansehen. Gott, ihr wunderschönes Gesicht … diese vollendeten Züge, die ich so oft mit dem Finger auf Fotos nachzeichnete. Wenn sie mir nur ein letztes Lächeln schenken würde!

Ich werde sie immer lieben.

Marie.

Marie.

Marie.

EPILOG

SIE HAT SICH IHR LEBEN zurückerobert, Stück für Stück.

Es ist ihr Haus, ihr verwilderter Garten, ihre Runde um den See. Es ist ihr Teil der Welt, mit dem sie verbunden ist, wenn auch auf eine schmerzliche Weise. Hier schreibt sie, hier atmet sie tiefer ein, hier findet sie die nötige Ruhe für ihre Arbeit.

Ihre Schwester bezeichnete sie schlichtweg als Verrückte, ihr Vater sagt es nicht, denkt aber vermutlich das Gleiche. Wer könnte es ihm verübeln?

Auch heute, mehr als ein Jahr nach dem brutalen Höhepunkt einer Obsession, gibt es für sie noch Tabus, Orte und Gedanken, vor denen ihr Verstand automatisch zurückweicht, weil sie in ihr nichts als Wut und Trauer auslösen.

Sie erträgt Jakubs Bild nicht in ihrem Haus. Sie hat es versucht, ein großformatiges Foto von ihm an eine Wand des Wohnzimmers gehängt, doch schon eine Stunde später nahm sie es wieder ab und stellte es in den Keller. Kurz darauf errichtete sie ein kleines Denkmal aus Steinen für ihn, eine unbeholfene Pyramide, unter der eine Krawatte von ihm liegt. Er vergaß sie bei ihr, nachdem sie ihn das erste Mal zu sich eingeladen hatte. Da er nicht wusste, was sie für den Abend plante, war er im Anzug erschienen. Es dauerte nicht lange, bis sie ihn von dieser unpassend formellen Hülle befreit hatte.

Manchmal sitzt sie stundenlang hier draußen, die Beine an den Körper gezogen, den Rücken gegen einen brüchigen Kiefernstamm gelehnt. Sie betrachtet den See, der ihr rätselhafter als je zuvor erscheint. Ein schwarzer Spiegel, der alles verschluckt.

Hinausfahren kann sie nicht. Sie kann ihn betrachten, ihn mit gleichmäßig schnellen Schritten umrunden, das ja. Aber mit dem Boot will es nicht funktionieren. Geschwommen ist sie ebenfalls nicht mehr, die Tiefe bereitet ihr Angst. Das intensive Blau, das von seinem Grund heraufscheint, wirkt bedrohlich und verlockend zugleich.

Hendrik, Hochstett und di Francesco sind aus ihrem Leben verschwunden. Der geringe Kontakt mit ihnen beläuft sich auf juristische Angelegenheiten, was ihr ganz recht ist. Wie sollte ein Treffen auch aussehen? *Erinnert ihr euch noch daran, wie ich mit einem Gewehr auf euch zielte?* Kein guter Auftakt für ein Gespräch.

Um das Organisatorische kümmert sich Marie nun selbst.

Es ist zeitaufwendig, sogar sehr. Sie gesteht sich nur ungern ein, wie effizient ihre ehemalige Assistentin diese Aufgabe wahrgenommen hat, doch für sie kommt es nicht infrage, wieder jemanden einzustellen.

Wenn sie an Astrid denkt – und das tut sie, manchmal mehrfach am Tag –, will das Verstehen immer noch nicht einsetzen. Sie legt zwei Teile aneinander, sie weiß, dass sie zusammengehören, doch es passt einfach nicht. Diese unauffällige Frau, die so selbstverständlich wie ein Einrichtungsgegenstand hinter ihrem Schreibtisch saß und Unterlagen sichtete, telefonierte und störende Besucher abhielt – wie kann es sein, dass ...? Wieder und wieder gehen ihr diese Gedanken durch den Kopf. Wie kann es sein, dass ...?

Marie wird es wohl nie ganz begreifen. Aber es hilft, die richtigen Fragen zu stellen.

Gestern erkundigte sich ihr Verlag nach dem Typoskript ihres neuesten Werks. Selten hat sie einen Text in so kurzer Zeit verfasst, doch nie zuvor war das Schreiben auch gleichzeitig Psychotherapie. *Fanatisch* ist nur teilweise ein Roman, die fiktionalen Elemente sind stark zurückgenommen, Kunst und Wirklichkeit befinden sich in einem fragilen Gleichgewicht zueinander.

Die meisten Leser werden es ohnehin nicht verstehen.

Sie werden eine Geschichte lesen, in der Opfer und Täter keine festen Figuren sind, sondern wechselnde Aggregatzustände. Eine Geschichte, in der es um grenzenlosen Hass geht, aber auch um ebenso große Liebe. Keine moralische Wertung soll vorgenommen werden, sondern eine Schilderung, aus der heraus jeder seine eigenen Schlüsse ziehen kann. Gut möglich, dass ihr Verlag diese Ambivalenz mit einem holzhammerartigen Klappentext zerstört, weil man auch jene Käuferschaft ansprechen möchte, die eher auf schlicht arrangierte Thriller konditioniert ist. Doch welche Rolle spielt das schon?

Kurz nach dem »Ereignis« – Maries Chiffre für das Vorgefallene, wenn sie nicht zu sehr darüber nachdenken möchte – glaubte sie, nie wieder schreiben zu können. Doch dann war es ganz leicht. Ein Wort folgte dem anderen, die Absätze schlossen sich ganz selbstverständlich an ihre Vorgänger an. Keine Spur von einer Schreibblockade; wenn Marie überhaupt etwas hemmte, dann nur ihre begrenzte Fingerfertigkeit.

Tippen besitzt eine ungemein beruhigende Wirkung auf sie. Sie dachte schon darüber nach, das Geräusch aufzunehmen, um es sich nachts vor dem Einschlafen anzuhören, ein endloser Loop des kreativen Schaffens.

Im Herbst erhielt Marie den Georg-Büchner-Preis.

Zunächst wollte sie es nicht fassen; als sie es dann begriff, zögerte sie, den Preis entgegenzunehmen. Nach allem, was passiert war, fühlte sie sich kaum mehr als Schriftstellerin. Sie war Opfer, sie war Täterin – aber stammten jene Texte, von denen die Jury schrieb, dass sie wie keine anderen spielerische Sprachfreude und intellektuelle Prägnanz verbanden, wirklich von ihr? Bei der Verleihung kam sie sich vor wie eine Hochstaplerin, und der anschließenden Feier blieb sie mit einem Verweis auf allgemeine Unpässlichkeit fern. Es gibt Dinge, die sich niemals ändern.

Heute wird sie das Haus und den See für einen Tag verlassen, was in letzter Zeit häufiger vorkommt. Manchmal besucht sie ihren Vater, manchmal Michelle, die mittlerweile ein kleines Apartment in Berlin bezogen hat – und immer öfter fährt sie auch in das Heim, in dem ihre Mutter im Minutentakt den Fernsehsender wechselt und von ihrer Gegenwart kaum Kenntnis nimmt. Sie weiß, dass Zeit sich nicht anders verhält als alle wirtschaftlichen Güter: Je knapper sie ist, umso wertvoller wird sie.

Dieses Mal will Marie nach Norden.

Es ist kein Familienangehöriger, den sie besuchen wird, auch wenn sie zeitweilig das Gefühl überkommt, ihn schon so lange zu kennen – wie einen gutmütigen Onkel, der in Kindertagen stets kleine Geschenke vorbeibrachte und dann über Jahrzehnte hinweg verschollen war.

Immer wieder hat sie diese Reise hinausgezögert, sich

Ausreden zurechtgelegt und andere Termine vorgeschoben. Nicht weil sie die Aussicht auf das Wiedersehen unangenehm findet, sondern weil sie Angst hat, der Begegnung nicht gewachsen zu sein.

Die Landschaft neben ihr verändert sich stufenlos. Sand und Kiefern begleiten sie, auch wenn die Bäume im Verlauf der Fahrt immer gekrümmter erscheinen. Als sie nach zwei Stunden eine kurze Pause einlegt und die Betonfläche eines verfallenden Rasthofs abgeht, fühlt sich der Wind anders an. Sie meint, das Meer hinter den nächsten kümmerlichen Anhöhen wahrnehmen zu können, obwohl ihr Navigationsgerät sie eines Besseren belehrt.

Sie durchquert Orte, deren Namen sie nicht kennt und die sie bereits wieder zu vergessen beginnt, als sie die letzten Häuser passiert. Scheunen und Windkraftanlagen setzen in größer werdenden Abständen Akzente in der Einöde. Die wenigen Menschen, die Marie zu Gesicht bekommt, sind alt und gleichen ihre Körperhaltung den Kiefern an. Verfall, geht es ihr durch den Kopf, geordnete Strukturen, die zwangsläufig in Chaos versinken – egal, ob es sich um einstürzende Dächer handelt oder die Erinnerungen eines ganzen Lebens, die in grauem Schleier verschwinden.

In der Nähe der Küste nimmt die Zivilisation wieder zu.

Lebewesen und Gebäude zeigen sich von ihrer besten Seite, hochpreisige Boutiquen und Restaurants mit maritimen Gerichten wechseln sich mit neu gebauten Hotelanlagen ab. In einem Paralleluniversum würde Marie hier leben, vielleicht in einem alten Bauernhaus im Hinterland, ein Stück abseits der Touristenströme – auch wenn es nur eine andere Form der Einsamkeit wäre.

Einfacher als erwartet findet sie einen Parkplatz, überprüft noch einmal die Uhrzeit und Wegbeschreibung, die ihr der Mann per Kurznachricht zukommen ließ. »Ich frEue mich auF SIe.« Man merkt es seinem Text deutlich an, dass er nur widerwillig und unbeholfen auf einer winzigen digitalen Tastatur schreibt.

Marie geht zur Promenade. Der Wind ist noch einmal stärker geworden. Von ihrer Frisur, auf die sie morgens ungewohnt viel Mühe verwendet hat, ist schon nach wenigen Schritten nur noch eine Ahnung übrig.

Ein paar Minuten gibt sie sich der Betrachtung des Meeres hin, wie vermutlich alle Menschen, die nicht an der Küste wohnen. Obwohl Jahreszeit und Wetter kaum dazu einladen, verspürt sie den Drang, die Schuhe auszuziehen und ihre Füße zumindest kurz in die Flut zu halten. Nach einem Blick auf die Uhr läuft sie jedoch die Promenade weiter hinauf. Sie möchte Semper ungern warten lassen.

Er sitzt – den linken Arm auf der Lehne, die Beine übereinandergeschlagen – auf einer Bank unweit der Seebrücke. Etwas hat sich an ihm verändert, seitdem sie sich das letzte Mal gesehen haben. Marie kann den Unterschied nicht sofort identifizieren.

»Schön haben Sie es hier. Es freut mich zu sehen, dass meine Steuergelder gut investiert sind«, begrüßt sie den Kriminalpolizisten. Er braucht eine Sekunde, um ihre Anspielung zu verstehen, dann nimmt er den ironischen Grundton auf.

»Ich denke, für meine überschaubare Besoldung habe ich in Ihrem Fall genug geleistet …«

Sie würde Semper gerne umarmen, doch seine Körperhaltung verhindert jede freundschaftliche Geste. Vermutlich, denkt Marie, hat er sie genau deshalb eingenommen.

»Wie geht es Ihnen?«

»Kann nicht klagen. Und selbst?«

Während der Fahrt hatte Marie befürchtet, dass ihre Unterhaltung nicht über Belanglosigkeiten hinauskommen würde. Wieder und wieder hat sie sich deshalb einen Satz zurechtgelegt, der in ihrem Kopf gar nicht so unhöflich klang.

»Wir können uns noch eine Weile mit Small Talk abgeben, aber deshalb bin ich nicht hier.«

»Weshalb dann? Sie haben sich ganz schön angestrengt, mich hier aufzuspüren.«

Ein paar Sekunden muss Marie sich sammeln, sie wird das Gefühl nicht los, einen vorgegebenen Text aufzusagen, als wäre es der finale Dialog eines Theaterstücks.

»Ich habe mich nie wirklich bei Ihnen bedankt.«

»Bedankt für was?«

Sempers Irritation scheint aufrichtig zu sein.

»Ich habe drei unschuldige Menschen in mein Haus gelockt und mit einer Schusswaffe bedroht. Wenn Sie nicht eingeschritten wären, hätte ich einen von ihnen getötet.«

»Es war meine Pflicht dazwischenzugehen. Auch wenn die Situation erst dadurch völlig eskalierte.«

»Das ist nicht Ihre Schuld. Astrid war ...«

Sie kommt nicht dazu, ihren Satz zu Ende zu führen. Semper fällt ihr ins Wort.

»Bevor ich mein Bewusstsein verlor, war das Letzte, was ich sah, der Blick dieser Frau. Sie schaute mich nicht wütend oder hasserfüllt an, ganz im Gegenteil, eher vollkommen gleichgültig. Ich glaube, ich war ihr völlig egal. Höchstens ein abstraktes Hindernis, das ihr im Weg stand, weshalb sie es ausschalten musste. Alles, was für sie zählte, waren Sie.«

»Und ich habe es die ganze Zeit nicht bemerkt.«

»Machen Sie sich keine Vorwürfe.«

Am Horizont taucht die Brücke einer skandinavischen Fähre auf. Kurz wollen Maries Gedanken zu den Menschen auf dem Schiff abschweifen, sie stellt sich die Passagiere als sprudelnde Quelle für Geschichten vor, doch dann wendet sie sich wieder Semper zu.

»Sie haben mich gedeckt.«

»Ich schon. Der Anwalt von diesem di Francesco hat Sie ganz schön auseinandergenommen. Bewaffnete Geiselnahme ist ein hartes Wort für das, was da vorgefallen ist.«

»Aber es stimmt.«

»Sie befanden sich in einer absoluten Ausnahmesituation. Niemand kann da klar denken.«

Beide spüren sie, wie schwach Sempers Einwand ist.

»Ich dachte ziemlich klar, als ich den Plan fasste, Jakubs Mörder zu töten.«

Die Gemütsruhe des Kriminalpolizisten wird brüchig.

»Was wollen Sie eigentlich? Sie sind am Leben. Frei. Ihre Bücher verkaufen sich besser denn je.«

»Ich will nur verstehen, weshalb Sie für mich gelogen haben. Warum haben Sie ausgesagt, das alles sei Ihre Idee gewesen? Das kann Sie Ihre Pension kosten. Vielleicht kommen Sie ins Gefängnis.«

Sempers Kopfschütteln hat etwas Meditatives. Stundenlang könnte Marie dieser langsamen und unglaublich selbstsicheren Geste zusehen.

»Ich komme nicht ins Gefängnis.«

»Was macht Sie da so sicher?«

»Meine Krankheit. Ich habe Ihnen davon erzählt.«

»Aber Sie haben den Krebs besiegt«, sagt Marie und kommt sich sofort unerträglich bescheuert vor.

»Ein Irrtum, wie ich jetzt weiß. Er hat gestreut, die Milz und die Bauchwand sind befallen. Mir bleiben noch Wochen, mit Glück ein paar Monate.«

»Das tut mir sehr leid.«

»Weshalb? Sind Sie daran schuld? Ich glaube nicht.«

Semper räuspert sich, bevor er weiterspricht. Fast könnte man glauben, er müsse den Reflex unterdrücken zu weinen.

»Der Tod ist ein schlechter Verlierer. Kaum haben wir ihn einmal überlistet, sucht er auch schon einen neuen Weg, uns zu vernichten. Er spielt nicht fair. Am Ende gewinnt er immer.«

Seine Worte wirken seltsam tiefgründig. Bringt die Aussicht zu sterben diese Weisheit mit sich? Oder adelt das nahende Ende einfach alles, was ein schwer kranker Mensch von sich gibt?

»Ich bin nicht sonderlich belesen, jedenfalls nicht so wie Sie. Zu den wenigen Büchern, die mich immer wieder in ihren Bann ziehen, gehören *Die drei Musketiere* von Dumas.«

»*Die drei Musketiere?*«

»Lachen Sie nur. Es ist vielleicht kein Proust oder Balzac, aber die Figuren sind mir irgendwie ans Herz gewachsen. Ganz am Ende – d'Artagnans geliebte Constance wurde von Mylady umgebracht – sagt Athos zu unserem Helden: ›Ihr seid noch jung, und Eure bittern Erinnerungen haben Zeit, sich in süße Erinnerungen zu verwandeln.‹ Das hat mir immer gut gefallen. Obwohl es kein Happy End gibt, hat es doch etwas Versöhnliches. Man schlägt das Buch zu und fühlt sich ... erlöst.«

Das letzte Wort passt nicht ganz in Sempers Sprachschatz, er ist kein Mensch für religiöse Begrifflichkeiten, trotzdem geht es ihm ganz leicht über die Lippen. Vielleicht gehört auch das zur Endphase menschlichen Lebens, denkt Marie und fragt sich, ob es bei ihr auch so sein wird. Als sie mit Astrid auf den See hinausfuhr, setzte sie ihre Hoffnung jedenfalls nicht in einen allmächtigen Gott.

»Da wir schon bei der Fiktion sind ... Ich habe Ihnen ein wenig Lektüre mitgebracht.«

Sie holt ein in Zeitungspapier eingeschlagenes Exemplar ihres neuen Romans aus der Tasche.

»Was ist das?«

Sempers Überraschung amüsiert sie sekundenweise.

»Machen Sie es auf.«

»Ich bin nicht gut darin, mich über ein Geschenk zu freuen. Sehen Sie es mir nach, wenn ich ...«

»Nun öffnen Sie es schon.«

Mit ruckartigen Bewegungen reißt Semper die Verpackung auf. Ein Roboter, dem einfache menschliche Handgriffe erst noch beigebracht werden müssen.

»*Fanatisch*«, liest er vor und streicht mit dem Zeigefinger über den Titel. »Ich ahne ungefähr, wovon es handeln könnte.«

»Sehen Sie sich die zweite Seite an.«

In Maries Stimme schwingt ein nervöser Stolz mit.

»*Für Nathan Semper, in Dankbarkeit.*«

Der Mann lässt die Widmung eine Weile auf sich wirken. Er überlegt, was die korrekte Reaktion ist, scheint jedoch zu keinem Ergebnis zu kommen. Seine Mimik, die mehrfach wechselt, lässt schließlich ein Lächeln zu.

»Das ist sehr ... Danke. Danke, Marie.«

Es wäre der geeignete Moment, sie zu umarmen, doch Semper unterlässt es. Seine Regungslosigkeit reißt ein Vakuum in ihre Unterhaltung.

»Es soll im Sommer erscheinen«, füllt Marie die Lücke.

»Geht es gut aus?«

»Das verrate ich Ihnen doch nicht. Aber eine Figur kommt darin vor, die Ihnen sicherlich gefallen wird: ein Kriminalpolizist, der nichts Heroisches an sich hat und trotzdem im entscheidenden Moment zu einem Helden mutiert.«

»Ich werde gleich anfangen, es zu lesen. Und Sie ... Sie sollten jetzt gehen.«

Die letzten Worte kommen unerwartet. Marie hatte sich auf einen gemeinsamen Kaffee mit Meeresblick eingestellt, doch natürlich würde das nicht zu Semper passen. Und zu ihr vermutlich auch nicht.

»Strengt Sie meine Gegenwart so sehr an?«

»Keineswegs. Aber am Ende werde ich noch sentimental, und so sollen Sie mich nicht erleben.«

Sie stehen auf und umarmen einander schließlich doch.

Beide wissen, dass es ihre letzte Begegnung sein könnte. Ein paar Minuten bleiben sie nebeneinander auf der Promenade stehen, die nur von wenigen anderen Menschen bevölkert wird. Dann gehen sie in unterschiedliche Richtungen davon. Marie dreht sich noch einmal um und betrachtet Semper, wie er mit dem Manuskript in der Hand hinter einer Kurve verschwindet.

Mühsam kämpft sich die Sonne am Horizont durch ein Gebirge grauer Wolken, bis ihre Strahlen von den Wellen tausendfach gebrochen und gespiegelt werden.

Und dann ist da nur noch das Meer.

Trau niemandem – vor allem nicht dir selbst.

* Cover- und Preisänderungen vorbehalten

Ann Gosslin

Schrei der Erinnerung

Roman

Aus dem amerikanischen
Englisch von Christiane Winkler
Piper Taschenbuch, 416 Seiten
€ 11,00 [D], € 11,40 [A]*
ISBN 978-3-492-31579-1

Erin Cartwright wird gebeten, einen ungewöhnlichen Fall zu begutachten: Tim soll mit 17 Jahren seine Mutter und seine Schwester ermordet haben. Jetzt könnte er freikommen.

Je länger sich Erin mit dem verschlossenen Mann beschäftigt, desto größer werden ihre Zweifel, dass er ein Mörder ist. Gleichzeitig reißt die Auseinandersetzung mit Tims Vergangenheit alte Wunden auf – und ein schrecklicher Verdacht keimt in Erin auf: Ist ihre Familie in das tödliche Verbrechen verstrickt?

Leseproben, E-Books und mehr unter www.piper.de